HEYNE <

Das Buch

Al Greenwood sitzt im Knast, wenn auch ohne Schuldgefühle: Die Frau, die er an einem stürmischen Tag von einer Klippe geschubst hat, war zwar nicht, wie geplant, seine lästig gewordene Gattin Audrey. Stattdessen hatte es Michaela Rump getroffen, die Ehefrau des Dorfinspektors - aber die, nicht minder lästig, hatte das Audrey zugedachte Schicksal in Als Augen genauso verdient. Kaum hat Al sich damit abgefunden, seine Knastjahre in Ruhe abzubummeln, da taucht plötzlich Audrey auf, mit frischer Frisur und Gesinnung: Sie will Al entlasten und ihm zu unverhoffter Freiheit verhelfen. Doch damit nicht genug. In ihrem Schlepptau befindet sich – die tot geglaubte Michaela Rump.
Wen hat Al wirklich von der Klippe geschubst? Was weiß Michaela? Und wieso findet Als Tochter Carol ausgerechnet jetzt noch mehr Leichen im Keller? Die Karten sind neu gemischt.

»Bester schwarzer Humor aus England: Nach *Cliffhanger* folgt nun *Fischnapping* – wieder herrlich schräg und spannend.« *Für Sie*

Der Autor

Tim Binding, 1947 geboren, hat viele Jahre im Verlagswesen gearbeitet, bevor er sich dem Schreiben zuwandte. Mittlerweile ist er Autor von sieben Romanen und einem Kinderbuch. Er lebt zusammen mit seiner Familie in Kent.

Lieferbare Titel

Henry Seefahrer
Aus der Klippensturz-Reihe: *Cliffhanger*

Tim Binding

FISCHNAPPING

Roman

Aus dem Amerikanischen
von Ulrike Wasel
und Klaus Timmermann

WILHELM HEYNE VERLAG
MÜNCHEN

Originaltitel: RUMP STAKE

MIX
Papier aus verantwortungsvollen Quellen
FSC
www.fsc.org
FSC® C014496

Verlagsgruppe Random House FSC-DEU-0100
Das für dieses Buch verwendete FSC®-zertifiziertePapier
Holmen Book Cream liefert Holmen Paper,
Hallstavik, Schweden.

Vollständige deutsche Taschenbuchausgabe 09/2012

Printed in Germany 2012
Umschlaggestaltung: Nele Schütz Design, München,
unter Verwendung des Originalumschlags
von Simone Hoschack, Berlin
und Petra Koßmann, mareverlag, Hamburg
Umschlagillustrationen: © Otto Stadler/
Workbook Stock/Getty Images,
© Eric Isselee/Fotolia und © Uli Jooss/culture images

Druck und Bindung: GGP Media GmbH, Pößneck
ISBN: 978-3-453-40915-6

www.heyne.de

EINS

Du hast Besuch«, sagte Bernie der Schließer. Es war halb vier am Nachmittag. Ich hatte es mir eben mit einer Tasse Tee und Gebäck vor dem Fernseher gemütlich gemacht.

»Da läuft ein Western«, maulte ich. »Randolph Scott ist gerade vom Pferd gerissen worden.«

»Weiblichen Besuch, um genau zu sein«, sagte er. »Frauen. Zwei.«

Ich hatte seit gut dreieinhalb Jahren keinen weiblichen Besuch mehr gehabt, nicht, seit meine Nachbarin Mrs Schnüffelnase mit einem Stück makrobiotischem Weihnachtskuchen und der Raubpressung von einem Leonard-Cohen-Konzert in Köln, 1988, aufgekreuzt war. Bernie hatte beides konfisziert. Die CD sei illegal, meinte er, und der Kuchen sollte es sein. *Zwei* Frauen? Halleluja.

Ich strich mir mit ein bisschen Spucke die Haare glatt und überprüfte auf dem Weg zum Besucherraum noch meinen Hosenschlitz. Ein gutes Erscheinungsbild ist die halbe Miete, finden Sie nicht auch? Ich hätte mir die Mühe sparen können. Audrey saß auf einem der kleinen blauen Plastikstühle, Ellbogen auf dem Tisch, Hände gefaltet, darunter eine Packung Kippen. Frau Nummer zwei saß ein wenig hinter ihr, als wäre sie in halb offizieller Mission da, auf dem Schoß ein kleines Notizbuch. Sie hatte was an sich, das mein kleineres Ich aufmerken ließ. Nichts, was ich hätte benennen können, aber sie erregte meine Aufmerksamkeit und nebenbei noch ein bisschen mehr. Sie trug ein dunkles, gut geschnittenes Kostüm, wie Anwältinnen es gern tragen, hatte eine Kurzhaarfrisur und Lippen wie eine Ziege, ständig knabberbereit. Stellen Sie sich eine junge, nachdenkliche Mia Farrow vor, die auf einem Büschel Disteln rumkaut, dann wissen Sie ungefähr, was ich meine.

Audrey hatte sich verändert, seit ich sie das letzte Mal gesehen hatte. Die Audrey, die ich einmal kannte und liebte, hatte Haare in der Farbe eines schlecht gefilterten Fischteichs gehabt, so undurchdringlich trübe, dass man meinen konnte, es würde irgendwas Garstiges darunter lauern. Die Haare der neuen Audrey waren knallgelb gefärbt und ragten stachelig in die Luft, als hätte jemand ihre Zunge in eine Lampenfassung gedrückt. Sie trug eine große Brille mit rotem Gestell, so eine, wie Elton John sie trägt, wenn er ein bisschen Ruhe und Frieden haben will, und ihr blauer Hosenanzug sah verdächtig modisch aus. Ich gab es nur ungern zu, aber sie sah gut aus, auf eine irgendwie verrückte Art à la »Mir doch egal, was du von mir denkst«. Wenn ich nicht gewusst hätte, was sie getan hatte, wäre ich vielleicht sogar auf sie abgefahren.

Ich setzte mich und nahm mir, ohne zu fragen, eine von ihren Kippen. »Ich finde, du riskierst ganz schön was«, sagte ich, als sie sich mit den Streichhölzern vorbeugte. »Eigentlich müsste ich jetzt schon halb über dem Tisch sein, mit den Händen an deiner Gurgel.«

»Dann würdest du dein blaues Wunder erleben.« Sie tätschelte die Stelle, wo sich einmal ihr Bauch breitgemacht hatte. Jetzt fehlte davon jede Spur. Er war ersetzt worden durch eine Muskelschicht, die den Knöpfen von Audreys weißer Bluse praktisch keinerlei Probleme mehr machte. Ich sah nach unten.

»Diese Beine da«, sagte ich. »Sind das deine?«

»Diese Beine, Al, strampeln fünfzehn Meilen täglich auf einem Fahrrad, zehn davon bergauf. Bei der kleinsten Dummheit deinerseits quetschen sie dir die Eingeweide raus und verteilen sie im ganzen Raum. Also los, versuch's doch, trau dich.«

Sie lehnte sich zurück. Das kam mir schon bekannter vor. Al und Audrey wieder mittendrin in ihrer alten *Songs of Love and Hate*-Nummer. Ich ließ mir die Sache durch den Kopf gehen, überlegte, wie viel Schaden ich anrichten könnte, bis die Schließer mich von ihr wegzogen. Der Augenblick verging. Irgendwie war ich froh darüber. Es heißt, der Knast macht dich härter, aber das stimmt nicht immer. Manchmal ist es umgekehrt. Niemand auf Gottes weiter Welt ist sanfter als ein bekehrter Schläger.

Miss Farrow spitzte die Lippen, als wäre sie angewidert.

»Ms Cutlass hat Ihnen etwas mitzuteilen«, sagte sie. Ihre Stimme war wie eine frisch geschnittene Hecke, akkurat und etepetete, etwas, das die Nachbarn auf Abstand hielt.

»Miss wer?«, sagte ich.

»Ich hab meinen Namen geändert«, sagte Audrey stolz. »Ich hab meinen Mädchennamen angenommen.«

»Den Mädchennamen ihrer *Mutter*«, warf Ms Farrow ein. »Sie heißt jetzt Audrey Cutlass.« Auch sie schien stolz darauf zu sein. Sie hatte höchstens ein Dutzend Worte gesprochen, und schon fing sie an zu nerven. Ich wandte mich ihr zu.

»Entschuldigen Sie die Frage«, sagte ich so höflich, wie es nach vier Jahren Knast möglich ist. »Aber hatten wir schon das Vergnügen?«

Sie lehnte sich zurück, strich mit einem resoluten Schwung beider Hände über ihre Knie. Sie hatte hübsche Knie, auch hübsche Beine, und sie achtete darauf, dass alles gut zu sehen war. Frauen machen so was mit Männern im Gefängnis. Das ist ihre Art, sich zu revanchieren.

»Ich bin ihre Rechtsberaterin«, sagte sie. »Unter anderem.« Ihre Lippen versuchten ein Lächeln, überlegten es sich dann aber anders.

Ich wandte mich wieder meiner Ex zu. »Lass mich raten. Du willst die Scheidung rückgängig machen.«

Audrey klopfte mit ihrem Ringfinger auf den Tisch. Es steckte ein Ring dran, aber es war nicht meiner.

»Ich muss dir was sagen.« Sie schluckte schwer. »Ich hab morgen einen Termin bei Adam. Offiziell.«

»Adam?«

»Detective Inspector Rump.«

»Ach der. Immer noch vernarrt in seine Fische, was?«

Ziegen-Frau schnaubte, als hätte sie eine Distel in die Nase bekommen. Sie musste irgendwas Juristisches sein, dachte ich. Sah Rump wahrscheinlich jede Woche. Audrey tippte sich an die Stirn, wie immer, wenn sie wütend war. Manche Dinge ändern sich nie.

»Herrgott, Al, vier Jahre Knast und du jammerst noch immer über Fische. Ich weiß es nicht. Erstaunlicherweise hat Rumps Privatleben für mich nicht unbedingt oberste Priorität. Er ist jedenfalls noch immer bei der Polizei in Dorchester, stocksauer, nach allem, was man so hört. Denkt, er hat nicht die Beförderung bekommen, die er verdient.«

Jetzt war es an mir zu schnauben. »Weil er keine verdient hat, deshalb«, sagte ich. »Seinetwegen bin ich hier, mal abgesehen von dir. Ist schon schlimm, wenn du für etwas verknackt wirst, was du auch wirklich getan hast, aber es ist was völlig anderes, wenn … Gott, Audrey, du hast vielleicht Nerven.« Mir versagte die Stimme. Ich konnte spüren, wie es in mir hochkochte. Audrey hob eine Hand.

»Genug davon. Ich werde die Sache in Ordnung bringen. Ich hab vier Jahre Freiheit gehabt, unverdient, ich weiß, obwohl ich nicht so tun kann, als hätte ich nicht jede einzelne Minute genossen.« Sie warf einen Blick zur Seite. Die junge Farrow legte eine Hand auf Audreys Oberschenkel, drückte ihn. Ich hatte das nur freitagabends gedurft, nach einer Sitzung in Mr Singh's Curry House. Allerdings hatte ich mir auch nie die Nägel knallgrün-orange lackiert.

»Du meinst …« Ich konnte den Satz nicht zu Ende sprechen. Audrey hob das Gesicht und sah mich an. Sie hatte Tränen in den Augen. Miss Farrow schob einen Finger in ihr Notizbuch.

»Miss Cutlass ist bereit, ein volles Geständnis abzulegen; die Autofahrt, der unglückliche Vorfall, der Unfalltod von Miss Grogan, wie …« Sie stockte.

»… wie ich die Leiche hab verschwinden lassen …«, fügte Audrey hinzu. Ihre Begleiterin hob eine Hand.

»Audrey, bitte.« Sie fuhr fort. »Wie sie die Aufmerksamkeit auf Sie gelenkt hat, während ihre Zurechnungsfähigkeit unter dem Eindruck dessen, was sie versehentlich getan hatte, stark eingeschränkt war.«

»Versehentlich? Sie hat ihr den Kopf mit einem Stein zerschmettert.«

»Es war ein fest stehender Stein, Mr Greenwood, ein Stein, der zum falschen Zeitpunkt am falschen Ort war. Entscheidend ist …«

»Entscheidend ist, dass sie sie getötet hat und nicht ich.«

»Entscheidend ist, dass Sie nach ihrem Geständnis, wenn alles nach Plan läuft, in ungefähr zwei Monaten hier raus sein müssten, ohne einen sichtbaren Fleck auf Ihrer weißen Weste.« Sie schniefte. »Eine beachtliche Leistung, in Anbetracht Ihres Verhaltens in der Vergangenheit.«

Sie lehnte sich zurück, trommelte mit den Fingern auf ihr Notizbuch. Wenn ich ein Notizbuch gehabt hätte, hätte ich auch mit den Fingern darauf getrommelt. Anlass gab es weiß Gott genug.

Die Sache war nämlich die:

Vor vier Jahren lebte ich in einem Fischerdorf im tiefsten Dorset. Sehr malerisch, aber leider besiedelt von einem Haufen Hinterwäldler, wie man ihn südlich von unserem Männerknast Wormwood Scrubs mieser kaum finden kann. Ich betrieb das Taxiunternehmen im Ort. Es hatte Audreys Dad gehört, aber als er starb, übernahm ich den Laden. Heiratete die Tochter, erbte das Geschäft. Tja, damals schien das ganz sinnvoll. Der Laden war klein, aber fein, weil es in der Nähe die Kaserne mit Artilleriegelände gab und im Sommer die Touristen kamen. Der Vanden Plas, den wir hatten, war ein herrlicher Wagen, alles Walnuss und echtes Leder und ein Fahrgefühl, dass du den Leuten draußen am liebsten zugewinkt hättest, als wärst du ein König. Aber es gibt nun mal ein Limit, wie viel geistloses Gequatsche ein Mann aushalten kann, selbst wenn die Polster noch so bequem sind. Ich wurde unruhig. Ich wollte mehr vom Leben. Auch Audrey ging mir auf die Nerven: schon allein wie sie einen Raum betrat, wie sie aß, ihre Angewohnheit, jeden Nachmittag im Wintergarten zu hocken und ihre Zeitschriften durchzublättern, als wäre da nichts als Leere, sowohl auf der Seite als auch zwischen ihren Ohren. Es wurde mir alles zu viel, als bliebe mir keine Luft zum Atmen. Vielleicht lag es daran, wo wir wohnten. Ich meine, Bungalows sind an sich schon nichts für einen

Mann, aber das war es nicht allein. Das ganze Dorf war so, klein und unnütz und ohne jede Perspektive. Als würde man an einem Bonbon lutschen, das nie kleiner wurde. Was du auch anstelltest, wie sehr du dich auch ins Zeug legtest, es war immer da, stopfte dir den Mund voll. Ähnlich wie der Albtraum, den ich als Kind hatte, wenn die Bettdecke sich hob und langsam auf mich zurollte, Welle für Welle, um mich zu ersticken. Ich wachte dann immer schreiend auf, und Mum musste in mein Zimmer gerannt kommen und mir den Kopf streicheln, bis ich mich beruhigte. Bloß war Mum schon lange tot, und die Decke war durch ein Federbett ersetzt worden, und mein ganzes Geschrei fand in meinem Kopf statt. Aber erstickt wurde ich, so viel stand fest. Ich musste raus, raus aus dem Geschäft, raus aus meiner Ehe, raus aus meinem beschissenen kleinkarierten Leben. Entweder das, oder ich würde als Toter enden. Aber alles schön der Reihe nach: Audrey loswerden, den Vanden Plas verkaufen und auf zu neuen Ufern. Der Plan sah so aus:

1. Unversöhnlichen Streit mit Audrey provozieren, damit …
2. Audrey aus dem Haus stürzt, um eine halbe Meile entfernt oben auf der fast hundert Meter hohen Klippe Dampf abzulassen, während ich …
3. ungesehen eine Abkürzung über den hinteren Weg nehme und …
4. mich in einem strategisch günstig platzierten Ginsterbusch nahe am Klippenrand verstecke, ehe ich …
5. Audrey, wenn sie schließlich kommt, von der Klippe stoße, um daraufhin …
6. frohlockend zum Bungalow zurückzukehren und den Rest meines Lebens stressfrei zu genießen.

Hörte sich für mich plausibel an. Hört sich für Sie wahrscheinlich auch plausibel an. Passiert war Folgendes:

1. Ich hatte einen unversöhnlichen Streit mit Audrey provoziert, woraufhin …
2. Audrey aus dem Haus stürzte, um eine halbe Meile entfernt oben auf der fast hundert Meter hohen Klippe Dampf abzulassen, während ich …
3. ungesehen eine Abkürzung über den hinteren Weg nahm und …
4. mich in einem strategisch günstig platzierten Ginsterbusch nahe am Klippenrand versteckte, ehe ich …
5. Audrey, als sie schließlich kam, von der Klippe stieß, woraufhin …
6. ich frohlockend zum Bungalow zurückkehrte, *wo Audrey dreiviertelnackt vor dem Kamin saß und ihre Haare trocknen ließ, neben sich zwei Gläser Whisky und eine Flasche Champagner.*

   »Da bist du ja«, hatte sie gesagt. »Ich hab mich schon gefragt, wo du abgeblieben bist. Zieh die nassen Sachen aus. Mach's dir bequem.«

Zuerst dachte ich, sie wäre ein Geist, Audrey, die zurückgekommen war, um mich heimzusuchen, so wie der Morgenmantel von ihren Schultern rutschte, unter dem ihr Fleisch zum Vorschein kam, ganz heiß und fleckig, und dann dieses grauenhafte Grinsen in ihrem Gesicht, aber Geister tun nicht das, was Audrey dann tat, nicht dreimal in achtundzwanzig Minuten, plus Zugabe. Irgendwas war schrecklich schiefgegangen.

Ich sage Ihnen, was schiefgelaufen war. An dem Wochenende war lausiges Wetter gewesen, und Audrey war in einer von diesen knallgelben Öljacken losgezogen, wie sie die Männer von der Seenotrettung tragen. Daran war nichts auszusetzen. Sie hatte nun mal so ein Teil, das immer neben der Haustür hing. Das halbe Dorf hatte so ein Teil neben der Haustür hängen. Na ja, kein Wunder, es war schließlich ein Fischerdorf. Fischer tragen nun mal knallgelbe Öljacken, die im Norden tragen Schiebermützen und die Waliser hoppeln in Clogs herum. Natürlich hatte die Frau, die oben auf der Klippe aufgetaucht war, auch eine knallgelbe Öljacke angehabt. Daher musste es Audrey gewesen sein. Das war mein erster Fehler. Anscheinend hatte jeder, der an diesem Tag draußen unterwegs gewesen war, eine knallgelbe Öljacke spazieren geführt. Ich hatte die falsche Frau in die Tiefe gestoßen.

Und es kam noch schlimmer. Ich hatte zwei Töchter, eine eheliche namens Carol, die bei der erstbesten Gelegenheit mit Bruno dem Beuteltier nach Australien abgehauen war, und noch eine, von der unehelichen Sorte, die keine Viertelmeile von uns entfernt bei ihrem »Dad« wohnte und die ich fast jeden Tag sah. Miranda hieß sie, Miranda, das Beste, was mir nie passiert ist. Schon als ich sie das erste Mal sah, wusste ich sofort, dass sie von mir war. Ihre Mutter wusste das auch, aber wir bewahrten Stillschweigen über dieses Spermium auf Abwegen. Wir waren nämlich verantwortungsbewusst, wollten das Beste für sie, das Beste für uns alle. Tat aber ganz schön weh, zuzusehen, wie Miranda aufwuchs, sich in eine echte Schönheit verwandelte. Nur kleine Orte können Frauen wie Miranda hervorbringen, nur kleine Orte sind trostlos genug, Spatzen, die versuchen, einen Schwan festzuhalten. Sie war nämlich wie ich, jawohl, sie wollte mehr. Sie fühlte sich gefangen, wie ich, wollte die Schwingen ausbreiten, wegfliegen. Jedenfalls, einen Tag nachdem ich versucht hatte, Audrey von der Klippe zu schubsen, erfuhr ich, dass Miranda genau an besagtem Nachmittag verschwunden war, und ja, sie hatte auch eine gelbe Öljacke getragen. Und sobald ich das hörte, wusste ich, dass ich es getan hatte, meine eigene Tochter getötet, die einzige Frau außer meiner Mum, die ich je geliebt hatte, von einer Klippe gestoßen, ihr das blühende Leben genommen. Ist das nicht furchtbar – dass ihr eigener Dad so etwas getan hatte?

Dann folgten gut drei Wochen, in denen ich mich seltsam verhielt, Audrey sich noch seltsamer verhielt, meine ganze Welt den Bach runterging. Aber das Komische war, dass Audrey und ich trotz allem plötzlich zum ersten Mal seit Jahren wieder miteinander klarkamen. Es war fast, als ob wir irgendetwas gemeinsam hätten, das keiner von uns richtig benennen konnte, doch es lag in allem, was wir taten. Der Himmel drohte einzustürzen, und Audrey und ich befreiten uns von unseren Fesseln. Da draußen war etwas zum Greifen nahe. Wenn wir es bloß zu fassen kriegen könnten …

Und dann stürzte der Himmel tatsächlich ein, totaler, als ich es je für möglich gehalten hätte. Ich hatte Miranda nicht von der Klippe gestoßen. Ich konnte es nicht getan haben. Denn während ich oben auf der Klippe im Ginsterbusch darauf wartete, dass Audrey erschien, hatte sie hinterm Lenkrad des Vanden Plas gesessen, um Miranda zum Bahnhof zu bringen. Miranda wollte ein neues Leben anfangen, mit diesem Zahnarzt von der Army, mit dem sie ein Techtelmechtel hatte, wollte mit ihm durchbrennen, alles zurücklassen und auf uns alle pfeifen. Nur kam sie nie am Bahnhof an, denn als die beiden nicht mal eine Meile gefahren waren, hatte Audrey Miranda aus dem Wagen gezerrt, ihr den Schädel mit einem Stein eingeschlagen und ihre Leiche aufs Artilleriegelände geschleppt, wo sie von den Panzern in Stücke geschossen wurde, in Stücke geschossen, während Audrey und ich es wie die Karnickel auf dem Teppich vor dem Kamin trieben.

Und Audrey verhielt sich obendrein auch noch clever. Ließ es so aussehen, als wäre ich der Mörder: Sie hatte Mirandas Öljacke im Kofferraum des Vanden Plas liegen lassen, einen ihrer Schuhe unters Bett gelegt, Mirandas schönsten BH hinter dem Fischfutter im Hängeschrank versteckt. Und dabei hatte ich mich für den Schlaumeier gehalten.

Sie war clever, aber ihr Plan war nicht idiotensicher, zumindest nicht, bis Inspector Rump erschien, auf der Suche nach Miranda. Er leitete die Ermittlungen, aber da er Fischliebhaber war, interessierte er sich mehr für die Karpfen in meinem Teich als dafür, was mit meinem Mädchen passiert war. Prachtexemplare waren sie, meine beiden Asagis, blau und schön, bewegten sich zusammen wie ein schwebender Traum. Nach Miranda bedeuteten die Kois mir mehr als alles andere auf der Welt, und im Unterschied zu Miranda konnte ich sie jederzeit sehen, mit ihnen sprechen, sie sogar anfassen. Torvill und Dean hießen sie, und jedes Mal, wenn sie mit den Flossen winkten, hätten sie eine Goldmedaille verdient. Rump konnte die Augen nicht von ihnen lassen, wogegen nichts einzuwenden war, solange es ihn von meiner Wenigkeit und dem, was ich oben auf der Klippe getan hatte, ablenkte, wogegen aber jede Menge einzuwenden war, wenn es darum ging, Audrey wegen des Mordes an Miranda dranzukriegen. Und es waren nicht bloß die Fische. Rump war zudem auch noch neben der Spur, weil ihm gerade die Frau weggelaufen war. Sie hatte ihm einen Abschiedsbrief auf den Kaminsims gelegt, der besagte, da er seine Fische mehr liebe als sie, würde sie zurück nach Südafrika gehen. War das nicht der Gipfel an Rücksichtslosigkeit? Wie er selbst sagte, als er mich zum Polizeiwagen führte: Wer sollte denn nun die Fische füttern, wenn er arbeiten musste? Er erzählte mir noch etwas anderes: Seine Frau war oben auf der Klippe gewesen, um von allem hier Abschied zu nehmen – genau an dem Sonntag, als ich mich dort versteckt hatte –, und ja, Sie haben es sich bestimmt schon gedacht, auch sie hatte eine gelbe Öljacke an.

Um von allem Abschied zu nehmen? Er ahnte ja nicht, wie zutreffend das war. Ich hatte die Frau eines Bullen von der Klippe gestoßen statt meiner eigenen. Dorfleben, echt. Das ist nicht zu toppen.

Es war eine gewisse Erleichterung, zu erfahren, wen ich ins Jenseits befördert hatte. Es half mir, meinen Frieden damit zu machen, wie es so schön heißt. Und das Beste daran war, kein Mensch wusste, dass ich es getan hatte. Ich war damit durchgekommen, auch wenn leider die falsche Frau dabei draufgegangen war. Das Problem war nur: Mir wurde wegen Mordes an meiner eigenen Tochter der Prozess gemacht. Was sollte ich zu meiner Verteidigung vorbringen? Es gab nichts. Also saß ich einfach nur da und klammerte mich an die unrealistische Hoffnung, dass die Geschworenen mir an der Nase ansehen würden, dass ich es nicht gewesen sein konnte, dass Audrey es getan hatte. Gott, ich schrie es oft genug hinaus, stieß aber nur auf taube Ohren. Ich wurde zu fünfundzwanzig Jahren verknackt, und Audrey kassierte das Taxiunternehmen und obendrein zwanzig Riesen von einer Zeitung, an die sie ihre Story vertickte. Fünfundzwanzig Jahre, fünfzehn bei guter Führung. Ich dachte, ich könnte das verkraften, aber ich konnte es nicht. Während ich im Knast hockte, machte mir der Gedanke immer mehr zu schaffen: Audrey, die Mörderin des einzigen Menschen, den ich wirklich geliebt hatte, war ungeschoren davongekommen. Deshalb bat ich, nachdem ich ein Jahr abgesessen hatte, noch einmal mit der Polizei sprechen zu können. Ich erzählte ihnen alles: dass ich Miranda nicht umgebracht haben konnte, weil ich oben auf dem Kliff gewesen war und Mrs Rump in die Tiefe gestoßen hatte, legte im Verhörraum alle Karten offen auf den Tisch, aber keiner wollte mir glauben, am wenigsten Inspector Rump. Was ihn betraf, so lebte seine Frau noch immer unerreichbar irgendwo am Ende der Regenbogennation, basta. »Ich will nie wieder von dir hören«, hatte sie geschrieben, und das reichte ihm.

Das Leben im Knast war besonders hart, weil alle dachten, ich hätte meine eigene Tochter kaltgemacht. So etwas kommt bei Knackis nicht gut an. Es brachte nichts, ihnen zu erzählen, dass ich es nicht getan hatte. Auch sie wollten nichts davon hören. Ich hätte Miranda nie ein Haar gekrümmt, im Leben nicht. Sie war zauberhaft. Aber sie war tot, und die Frau, die sie umgebracht hatte, saß jetzt vor mir. Einer der Gründe, warum ich sie nicht besonders mochte.

»Entschuldige die Frage, aber warum gerade jetzt?«, sagte ich.

Audrey strich sich vorn über ihren Blazer, den Kopf gesenkt. Sie konnte mich nicht ansehen.

»Sie hatte eine Erleuchtung«, sagte Miss Farrow. Sie fing meinen Blick auf. »Einen Moment.«

»Einen Moment?«

»Bungee-Jumping.«

»Bungee-Jumping?«

Sie schnalzte mit der Zunge.

»Es ist nicht nötig, alles zu wiederholen, was ich sage, Mr Greenwood. Wenn Sie einfach nur zuhören würden.«

Audrey streckte eine Hand aus und berührte die junge Farrow am Arm.

»Schon gut, Michaela. Ich erklär's ihm.« Sie legte ihre Hand auf den Tisch.

Michaela? Wo hatte ich den Namen bloß schon mal gehört?

»Wir haben zusammen einen Bungeesprung gemacht, Michaela und ich, von einer Hängebrücke über einer Schlucht. Da saust du bis ganz nach unten, tauchst die Hand ins Wasser und schnellst wieder hoch. Du weißt ja, ich war schon immer schwindelfrei. Erinnerst du dich, meine Spaziergänge oben auf dem Kliff? Es war so ein fantastischer Blick, die Gischt tief unten, die Klippen, die Weite. Wenn ich da oben stand, hatte ich immer den Drang, na ja, zu springen, rauszufinden, was das wohl für ein Gefühl wäre, und dann, mit Michaela an meiner Seite, bekam ich die Chance dazu.«

Wieder streckte sie die Hand aus. Diesmal ergriff Miss Farrow sie, umschloss sie fest, als würden sie irgendetwas teilen, irgendetwas Großes.

»Ich hab mir das Gurtzeug angezogen und die Bungee-Jungs haben mich beruhigt, mir würde nichts passieren, es war nämlich ganz schön beängstigend. Es ging richtig tief nach unten, Al, richtig tief. Und dann hab ich's getan. Ich hab mich auf die Plattform gestellt, die Arme ausgestreckt, und ich bin gesprungen, als würde ich wieder zu Hause oben auf der Klippe stehen und ins Meer springen, auf das ich mein Leben lang geschaut habe. Es war herrlich, so mit dem Kopf voran in die Tiefe zu stürzen, einfach herrlich. Und das Komische war, obwohl du in der Luft warst, fühlte es sich gar nicht so an, als würdest du durch die Luft sausen, es war eher wie in einem Tunnel, einem riesigen wogenden Tunnel, in den du tiefer und tiefer eindringst, wie in …«

»… das Geschlechtsteil einer Frau«, erklärte Michaela ein bisschen zu laut für meinen Geschmack. Am Nebentisch erstarb das Gespräch. Solche Ausdrücke sind im Knast nicht gebräuchlich. Audrey sprach des ungeachtet weiter.

»Dann hab ich das Wasser berührt, mit der Hand berührt, Al, es berührt, wie eine Feder, wie ein Vogel im Flug, dann sauste ich wieder hoch, höher und höher, bis …«, sie schluckte, »irgendwas schieflief. Das Gummiband wurde ganz schlaff. Ich hing da, mitten in der Luft, weder ganz oben noch ganz unten, splitterfasernackt, verschnürt wie ein Rollbraten, bereit fürs Jüngste Gericht und …«

»Moment, Audrey. Splitterfasernackt?«

»Ich wusste, dass dich das hellhörig machen würde. Es ging darum, sich innerlich zu öffnen, Al. Solltest du mal probieren, wenn du hier rauskommst. Du könntest was über dich selbst erfahren. Jedenfalls, ich baumelte also über der Welt wie ein neugeborenes Baby, noch mit der Nabelschnur verbunden, frei von allem Schein, allen Lügen und Ausflüchten, aller Selbsttäuschung. Und auf einmal wurde mir klar, was ich getan hatte, was ich tun musste. Deshalb sind wir zurückgekommen. Ich konnte nicht mehr mit der Lüge leben.«

Sie sank in sich zusammen, als wäre sie leergelaufen. Ich konnte ihr noch immer nicht ganz glauben.

»Und warum verschwendest du dann Zeit damit, hierherzukommen?«

»Bloß um mich zu entschuldigen, Al. Ich wollte sie nicht

töten. Es ist einfach passiert. Dein uneheliches Balg, du hast es mich tagtäglich spüren lassen. Ich konnte es einfach nicht mehr ertragen.« Sie schob ihren Stuhl zurück. »Entschuldigt. Ich muss mal pinkeln.«

Sie stand auf und stolperte Richtung Toilette. Das hatte ich noch nie erlebt. Die Audrey, die ich kannte, hatte eine Blase mit einem Fassungsvermögen, dass die *Titanic* auf ihrem Inhalt hätte schwimmen können. Michaela rückte mit ihrem Stuhl näher an den Tisch.

»Sie ist sehr zerknirscht«, sagte sie, so glatt und gesittet, als wäre das allein ihr Verdienst. Sie hatte irgendwas an sich, das ich nicht genau einordnen konnte, aber ich wusste, wenn ich es schaffte, sie aus der Reserve zu locken …

»Entschuldigen Sie die Frage«, sagte ich, »aber gibt's diese Bräune einfach so im Laden oder nur auf Rezept? Ich hatte nämlich mal einen Wagen mit Walnussfurnier in der Farbe.«

Sie blieb völlig gelassen. »Ich werde von Natur aus schnell braun. Das ist wohl die Sonnenanbeterin in mir. Ich kann acht Stunden ununterbrochen in der Sonne liegen, ohne mich einmal umdrehen zu müssen.« Ich nickte. So ungefähr sah sie auch aus.

»Und, wie haben Sie meine Audrey kennengelernt? Nicht ausgestreckt an einem Strand, würde ich wetten. Sie hatte noch nie viel Hombre Solaire in der Handtasche.«

»*Ihre* Audrey?« Die Distel war wieder in die Nase gerutscht. »Ich glaube nicht unbedingt, dass sie sich noch als *Ihre* Audrey sieht. Sie ist jetzt lesbisch, Mr Greenwood. Wussten Sie das nicht?«

Ehrlich gesagt, doch. Meine Nachbarin, Mrs Schnüffelnase, hatte mir eine Postkarte mit der Info geschickt, genau an dem Tag, als es passierte. Vorne drauf war ein

Esel in einem Baströckchen abgebildet, und auf der Rückseite stand: »Audrey schläft mit den Mädels.« Ein richtiges Energiebündel war die gute Schnüffelnase, vierundsechzig, als sie das schrieb. *Sixty-Four.* Einer wie ihr war Paul McCartney offensichtlich nie begegnet.

»Wie man hört, schlagen eine ganze Menge verheiratete Frauen diesen Weg ein, wenn sich die Gelegenheit ergibt. Ist ja auch irgendwie einleuchtend, oder? Mit dem eigenen Geschlecht redet's sich besser, es versteht und schätzt dich. Ich meine, ihr wisst, was ihr tut, für uns Männer dagegen ist das alles ein bisschen rätselhaft. Also wo habt ihr euch kennengelernt, in einem Chatroom, einem Lesbenklub?«

Sie legte das Notizbuch auf den Tisch. »Sozusagen. Eine gemeinsame Freundin von uns brachte sie zum Radsport. Audrey war gleich Feuer und Flamme. Na, kein Wunder, bei den Beinen. Schauen Sie mal.«

Sie klappte das Notizbuch auf und holte ein Foto zwischen den Seiten hervor. Ich warf einen Blick darauf. Audrey und Michaela posierten in voller Radsportmontur, und zwischen ihnen stand eine weitere Frau. Sie sahen alle drei entsetzlich glücklich aus. Ich gab Michaela das Foto zurück. Ich wusste nicht, was ich sagen sollte.

»Das wurde vor zwei Jahren in Sydney aufgenommen, bei der Schwulen- und Lesben-Olympiade«, erklärte Michaela mir. »Gleich nach dem Radrennen für über Fünfzigjährige. Ich wurde Erste, Audrey Dritte. So haben wir uns kennengelernt. Ich hab sie auf Anhieb wiedererkannt. Sie war in mein altes Fitnessstudio gegangen, in Wool. Judes hieß es. Ich kannte sie damals nicht, aber ich hab sie immer auf der Rudermaschine gesehen. Da hat sie mich schon beeindruckt. Doch als wir uns richtig kennenlernten, in Australien, da hat es gleich zwischen uns gefunkt. Und als sie erfuhr, wer ich bin, das war überwältigend. Es war, als hätten wir beide schon unser ganzes Leben auf diesen Augenblick gewartet. Als die Zeit des Abschieds kam, hat sie sich einfach geweigert. Sie ist mit mir gekommen, einfach so. Wir haben zusammen ein Taxiunternehmen gegründet.«

Das kam mir schrecklich bekannt vor. »Moment, nicht verraten. Ihr habt euch Uniformen machen lassen.«

»Graue, ja. Wieso?«

»Schon gut. Weiter.«

»Wir hatten ein tolles Leben, ein florierendes Geschäft, einen hübschen Bungalow, jede Menge sportliche Aktivitäten, Schwimmen, Reiten, Golf. Sie hat einen sehr guten Schlag, wussten Sie das?«

Ich musterte sie forschend. Ich hatte sie schon mal gesehen, ganz sicher, aber mir fiel ums Verrecken nicht ein, wo.

»Entschuldigen Sie die Frage«, sagte ich, »aber ich hab noch immer keinen Schimmer, wer zum Teufel Sie eigentlich sind.«

»Nein? Ich bin Ihre zweite große Überraschung heute«, sagte sie.

»Angenehm oder unangenehm?«, fragte ich. »Wäre schön zu wissen.«

Sie legte die Hände an die Lippen, öffnete sie dann, die Handflächen nach außen. Es sah aus, als hätte sie das geprobt. »Das kommt ganz auf Ihren Standpunkt an, Mr Greenwood. Für meinen Mann bin ich eine unangenehme Überraschung, eine Erinnerung an seine zahlreichen Unzulänglichkeiten, nicht nur hinsichtlich des von ihm gewählten Berufes, sondern auch als Mensch. Für Sie bin ich, da ich weiß, was Sie in der Vergangenheit über mich gesagt haben, vermutlich eine angenehme, sobald Sie meinen Namen erfahren.«

Sie legte ihre Hand auf meine. Besucher dürfen das eigentlich nicht, aber ich wollte sie nicht davon abhalten. Die Hand war kalt, kalt und muskulös, aber nicht unangenehm. Ein Kribbeln lief mir über den Rücken.

»Wer zum Teufel bin ich? Ich bin Michaela Rump, Mr Greenwood, Adam Rumps Frau. Sie wissen schon, die Frau, die Sie von einer Klippe gestoßen haben.«

Ihre Lippen öffneten sich zu einem Lächeln. Ihre Zähne waren so groß wie Klaviertasten.

»Und wissen Sie was?«, sagte sie. »Ich hab kaum was gespürt.«

Ihre Zunge glitt über die Tasten. Die Disteln hätten keine Chance gehabt.

ZWEI

Danach erinnere ich mich nicht mehr an viel. Audrey kam mit verquollenen Augen zurück.

»Ich hoffe, die Klos im Frauengefängnis sind besser«, sagte sie, als sie wieder Platz nahm. »So. Ich hab gesagt, was ich sagen wollte. Nur noch ein paar Kleinigkeiten. Das Geschäft existiert leider nicht mehr.« Sie blickte sich fast erfreut um, als hätte sie mir auch das weggenommen.

»Stört mich nicht. Merkwürdigerweise sind meine guten Manieren, die ich als Taxifahrer mal hatte, irgendwie verflogen. Bleibt auch nicht aus, wenn man völlig grundlos dreiundzwanzig Stunden am Tag eingesperrt ist.«

Sie hörte gar nicht hin. »Dir steht eine Entschädigung zu. Ein ordentliches Sümmchen, schätze ich. Verdienstausfall, Rufschädigung.«

Michaela schnaubte erneut, und ihre Mundwinkel bogen sich nach oben – wie ein junger Elvis, der drauf und dran ist, eine Schlägerei anzuzetteln. Sie hätte gut ausgesehen mit glatt zurückgekämmtem und gegeltem Haar, schwarzes Leder, weiße Zähne, der Mund angewidert verzogen.

Audrey gebot ihr mit einer Hand zu schweigen. »Wenn du dringend Bares brauchst, könntest du deine Story an die *Daily Mail* verkaufen. Den Bungalow hab ich noch, aber er ist vermietet.«

»Welchen Bungalow? Du hast mir doch erzählt, du hättest ihn abreißen lassen.«

»Ich hab übertrieben. Im Eifer des Gefechts, Al. Ich hab den zerstörten Teil wiederaufbauen lassen. Außerdem geht es dich gar nichts an, was ich damit gemacht habe. Es ist schließlich mein Bungalow.«

»Dein Bungalow! Meine Kindheit? Meine Mutter? Dein Bungalow?«

Audrey hielt ihre ringlose Hand hoch, zählte an den Fingern ab. »Deine Kindheit, deine Mutter, mein Scheckbuch, mein Geld und meine Unterschrift. Außerdem, bevor die ganze Sache passiert ist, hab ich nicht gedacht, dass du so bald wieder rauskommen würdest, ich dachte …«

»Du würdest mich die nächsten hundert Jahre hier drin schmoren lassen, ja, wir wissen, was du für ein Mensch bist, nicht wahr, Michaela?«

Mrs Rump zog eine verdutzte Augenbraue hoch.

»Wir sollten uns zusammentun«, sagte ich zu ihr, »sobald sie hinter Schloss und Riegel sitzt. Wir könnten Erfahrungen austauschen, wie es ist, das Bett mit einer Mörderin zu teilen, all die wilden Säfte, die unter der Daunendecke fließen. Was meinst du? Gehen wir zu mir oder zu ihr?«

Audrey beugte sich vor und gab mir eine Ohrfeige. Ich sah mich um. Bernie zuckte die Achseln. Tja, so ist die Ehe nun mal, die Kollision von zwei Seelen und drei Körpern.

»Vergiss den Bungalow«, blaffte sie. »Da sind dir die Hände gebunden. Der Mietvertrag läuft über zwei Jahre, und die Leute sind erst vor drei Monaten eingezogen. Außerdem hätte ich nicht gedacht, dass du drin wohnen willst, ohne deine Fische.«

»Ich hab mich schon gefragt, wann wir auf das Thema kommen.«

»Ich mochte sie auch, Al. Ich hab sie für dich gekauft, erinnere dich.«

»Ja, und du hast sie auch für mich getötet. Meine Tochter getötet, meine Fische getötet. Manchmal weiß ich nicht, was schlimmer war. Ich meine, das mit Miranda ist einfach über dich gekommen, aber Torvill und Dean. Das war kaltblütig.«

»Das waren sie auch. Schaff dir neue an.«

»Das wäre nicht dasselbe. Mit dem Teil meines Lebens ist es aus und vorbei, genau wie mit ihnen.« Ich erzählte ihr nicht, dass ich Torvill in meiner Zelle hatte, ausgestopft und auf einen Rosenholzsockel montiert. Dean hatte ich auch mal gehabt, aber irgendwer hatte ihn sich für einen Akt der Selbstbeglückung ausgeborgt. Danach war er für mich irgendwie nicht mehr der Alte gewesen.

»Na, kuck bloß nicht allzu fröhlich aus der Wäsche«, beschwerte Audrey sich. »Man sollte doch meinen, ich tu dir einen Gefallen.«

»Ach, einen Gefallen tust du mir? Mein Leben draußen wird ja auch rundum prima, was?«

Die Wahrheit war, dass ich mich daran gewöhnt hatte, im Knast zu sitzen, schließlich war ich in dem festen Glauben gewesen, Michaela Rump von der Klippe gestoßen zu haben. Okay, ich saß für das falsche Verbrechen ein, aber ich hatte immerhin jemanden umgebracht. Ich war also kein Unschuldslamm. Jetzt war das alles durcheinander, auf den Kopf gestellt, Audrey tat etwas Anständiges, Michaela Rump war wieder quicklebendig. Demnächst würde Torvill noch oben auf ihrem Sockel anfangen, mit den Lippen zu schmatzen, und um ein Glas Wasser bitten. Ich musste hier raus.

Bernie führte mich zurück in den Aufenthaltsraum.

Randolph Scott saß wieder auf seinem Pferd, aber es spielte irgendwie keine Rolle mehr. Im Knast passiert nicht viel. Ein Tag ist mehr oder weniger wie der andere. Um dich bei Laune zu halten, lernst du vielleicht irgendwas Nützliches, schwitzt ein paar sinnlose Stunden im Fitnessraum, prügelst dich mit jemandem, der kleiner ist als du, doch im Grunde bist du am Ende faul, faul und außer Form. Dein Hirn arbeitet nicht mehr so flink, wie es könnte, und deshalb bist du nicht mehr so geistesgegenwärtig, wie du mal warst. Du hast für nichts mehr richtig Schwung, richtig Pep. Das Wiedersehen mit Audrey hatte mir förmlich den Stöpsel rausgezogen. Ich war leergelaufen, es war nichts mehr übrig. Als ich wieder in meiner Zelle war, hatte ich kaum noch die Kraft, das Zigarettenpapier aus der Packung zu ziehen.

Seltsamerweise hatte nicht Audreys Geständnis mich so fertiggemacht, sondern Michaela Rump, die von den Toten auferstanden war. Die ganze Zeit im Knast war ich sicher gewesen, dass ich sie von der Klippe gestoßen hatte, und auf einmal saß sie da, schlug die Beine unter einem Resopaltisch übereinander, gescheit und arrogant, als hätte sie sich gerade mal umgesehen und mich in der Toilette schwimmend entdeckt. Was hatte sie gemeint mit: »Ich hab kaum was gespürt«? Dass sie auf der Klippe gewesen war? Das konnte nicht sein. Von da oben ging es fast hundert Meter in die Tiefe. Selbst wenn sie den Sturz überlebt hätte, wäre sie im Wasser an den Felsen zerschmettert worden. Und wenn die ihr nicht den Rest gegeben hätten, hätte sie ein paar Meilen um die Felszunge herum bis zum nächsten Strand schwimmen müssen. Und wenn sie das alles überlebt hatte, warum war sie dann nicht zur Polizei gegangen? Keine Frau lässt sich gern von einer Klippe stoßen. Nein, sie spielte mit mir, hundertprozentig, als wüsste sie etwas, von dem sie wusste, dass ich es nicht wusste, sie wollte mich kirre machen, aus Spaß an der Freude. Radfahren war nicht das Einzige, was Audrey und sie gemeinsam hatten.

Dann war da noch die Frage, von der ich geglaubt hatte, sie ein für alle Mal geklärt zu haben. Wenn ich nicht Michaela Rump in die Tiefe gestoßen hatte, wen dann? Jemanden aus dem Dorf? Eine verdrossene Tagesausflüglerin? Eine Bergwanderin? Nein, meine Klippenspringerin war keine Wandersfrau. Sie war nicht ausstaffiert gewesen für drei Wochen Eigernordwand, wie das der durchschnittliche Wandervogel meistens ist. Sie hatte, soweit ich mich erinnerte, nichts dabeigehabt. Vielleicht hatte sie endgültig Schluss machen wollen. Warum hätte sie da irgendwas mitnehmen sollen? Das wäre einleuchtend, wie sie Rotz und Wasser heulend da oben gestanden hatte, in Wind und Regen, dicht am Klippenrand. Vielleicht hatte ich ihr einen Gefallen getan. Vielleicht hatte sie deshalb nicht geschrien, ein wenig Protest angemeldet, womit ich eigentlich gerechnet hatte. Aber nichts da. Sie hatte bloß mit den Armen gewedelt, und weg war sie. Ich hätte gleich wissen müssen, dass das nicht Audrey gewesen sein konnte. Audrey wäre nicht still und leise über den Jordan gegangen. Audreys Schreie hätten die *Bürger von Calais* zum Leben erweckt, über die sich unsere Kunstlehrerin, Miss Prosser, jede Woche auslässt. Letzten Monat haben wir eine Gefängnisversion von den *Bürgern von Calais* angefertigt; die *Schließer von Scrubs* haben wir das Werk getauft, wozu wir ein Foto verwendeten, auf dem Bernie und drei seiner Kollegen rings um einen Felsen aus Pappmaschee posierten. Ich selbst hielt es nicht für besonders gelungen, aber laut Miss Prosser habe ich ein Naturtalent für Formen und ein ausgeprägtes räumliches Vorstellungsvermögen. Ich hätte lieber irgendwas mit Miss Prosser gemacht, wie sie auf egal was posiert, aber das gehörte nicht zu ihrem Aufgabenbereich. Vielleicht würde ich Michaela Rump bitten, so nett zu sein, wenn ich draußen war. Ich sah sie förmlich schon, nur mit einem Umhang und Stiefeln bekleidet und mit ein paar Ketten um den Hals. Oder vielleicht bloß mit den Ketten und Stiefeln. Auch Michaela Rump wäre nicht still und leise von der Klippe gekippt. Aber sie war an dem Tag da oben gewesen, an dem Sonntag oder dem Samstag davor, das hatte ihr Mann mir jedenfalls erzählt. Wie am Piccadilly Circus war es an dem Wochenende oben auf dem Kliff zugegangen. Wenn ich das geahnt hätte, hätte ich es niemals versucht. Ich hätte gar nicht erst den Streit mit Audrey provoziert, und sie hätte Miranda nicht umgebracht. Aber ich dachte jetzt nicht an Miranda. Michaela, Michaela Rump war es, die mir nicht aus dem Kopf gehen wollte. Wann war sie dort gewesen? Vor mir, nach mir, *zusammen mit mir*?

Ich lag die ganze Nacht auf der Pritsche und starrte an die Decke, ließ alles noch mal Revue passieren: wie ich mich in dem Ginsterbusch versteckte, das aufblitzende Gelb, die flatternde Öljacke, die Gestalt, die mit dem Rücken zu mir stand, sich die Augen ausheulte, so laut, als würde ihr gleich die Lunge platzen. Nein, das stimmte nicht. Sie hatte nicht geweint. Sie hatte vielmehr gerufen. Ja, genau. Sie war aufgewühlt gewesen, aber sie hatte gerufen, nicht geweint, irgendwas gerufen, als ich auf sie zulief. Aber was? Ich hatte in dem Augenblick nicht hingehört, weil ich dachte, Audrey würde da stehen, und wenn sie irgendwas gerufen hätte, dann wahrscheinlich meinen

Namen und dass alles den Bach runterging, aber ich hatte es nicht wissen wollen. Ich hatte mich auf den Augenblick konzentriert, darauf, flink und lautlos zu ihr zu rennen, ihr den Schubs zu verpassen, der mein Leben für alle Zeit verändern würde. Wenn ich bloß dem Laut, den sie ausgestoßen hatte, Gestalt geben könnte, ihm ein paar Vokale verpassen, wenn ich mich bloß erinnern könnte. Was war es, ein Name? Ein Wort, ein Ausdruck, der für sie alles zusammenfasste? Was würde man der Welt sagen, kurz bevor man sich das Leben nimmt? Besten Dank auch. Dürfte ich's bitte noch mal versuchen? Die Frau, die ich erwischt hatte, war aus einem bestimmten Grund da oben gewesen, genau wie ich aus einem bestimmten Grund da oben gewesen war. Vielleicht hatte sie den Tod im Sinn, genau wie ich. Vielleicht auch nicht. Aber ich musste es wissen. Schlafende Hunde soll man nicht wecken, heißt es, aber ich konnte nicht anders. Der gute alte Rodin hatte die Bürger verewigt, das, was ihnen widerfahren war, die Demütigung, die sie erlitten hatten. Tja, das konnte ich nicht, aber ich musste dieser Frau wieder Leben einhauchen, sie wieder da hinstellen, wo sie einmal gestanden hatte, sagen, ja, so sah sie aus, so war sie. Warum mir das wichtig war, konnte ich nicht sagen. Sie bedeutete mir nichts, aber gerade deswegen bedeutete sie mir alles.

Drei Wochen ging das so, während ich auf den großen Tag wartete, und die ganze Zeit spürte ich, wie dieses Rätsel sich in mich hineindrückte, wie ein Knubbel in einer Matratze. Nicht dass ich viel Zeit für mich gehabt hätte, Besuche vom Direktor, Besuche von meinem Anwalt, der Gefängnisgeistliche, der sich gar nicht beruhigen konnte und mir den Rücken tätschelte, meinte, ich sollte meinem Glück danken und nicht verbittert sein. Bernies Frau backte einen Kuchen für mich. Ich hatte nicht mal gewusst, dass er eine Frau hatte. In meiner letzten Kunststunde schenkte Miss Prosser mir einen Strauß Veilchen, gab mir einen raschen Kuss auf die Wange und sagte, weiter so.

»Wer weiß, vielleicht werden Sie mal berühmt«, sagte sie und setzte den typischen Blick einer Frau auf, die sich ranschmeißt.

»Ich bin schon berühmt, Süße. Du willst dich bloß mit ranhängen«, sagte ich und klatschte ihr die Veilchen wieder in die Hand. Ungehobelt, ich weiß, aber das ist die einzige Sprache, die solche Frauen verstehen.

Und dann auf einmal war es vorbei. Ich war nicht mehr das Dreckschwein Nummer eins im Knast, ich war der ehrenwerte Al Greenwood, ein Mann, dem Unrecht widerfahren war. Auf einmal war es Freitagmorgen, und ich stand draußen, die Begnadigungsurkunde in der Gesäßtasche, Mums alten Koffer in der Hand, während mir mein letztes Gefängnisfrühstück wie ein Fettklumpen im Magen lag. Es war zehn Uhr, die Sonne hatte ihr Tagwerk bereits begonnen, die Luft umspülte mich, forderte mich auf, meine Klamotten auszuziehen, zu spüren, wie gut sie tat. Im Knast ist der Sommer einfach schrecklich, bloß stickige Hitze und ranziger Schweiß, hier dagegen war es, als stünde ich in einer neuen Haut, es war toll, ein Mann zu sein, toll, am Leben zu sein, die ganze Welt warm und einladend. Ich konnte sie beinahe greifen. Ein Auto kam stotternd die Straße herunter, einer von diesen altmodischen schwarzen Citroëns, in denen General de Gaulle ständig beschossen wurde. Er holperte auf den Bürgersteig gegenüber, eierte einmal im Kreis und kam schließlich direkt vor meinem rechten Fuß zum Stehen. Die gute alte Schnüffelnase, Alice Blackstock, saß hinterm Lenkrad, einen Jimi-

Hendrix-Sternenbanner-Hut auf dem Kopf, eine rosa Federboa um den Hals geschlungen. Ihre Finger ragten aus schwarzen Spitzenhandschuhen hervor. Sie sah nicht einen Tag älter aus als neunundneunzig. Sie kurbelte die Scheibe runter, und der Qualm waberte mir ins Gesicht. Keine Frage, was sie sich reingezogen hatte.

»Hallöchen, Nachbar«, sagte sie. »Entschuldigen Sie die Verspätung. Die Stadt war dicht. Sind Sie mir eben vors Auto gesprungen?« Sie lachte. Ich hatte seit Jahren nicht mehr so ein Lachen gehört, ohne Scheiß. Ich lächelte. Den Hendrix-Song, der im Auto lief, kannte ich auch.

»Mensch, Mrs B. Das nenn ich eine Überraschung.«

»Nach der langen Zeit hinter Gittern haben Sie bestimmt auf jemanden gehofft, der jünger aussieht. Das ist leider das Beste, was dieser Körper zu bieten hat.« Sie strich ihren Rock glatt. Sie hatte gute Beine für eine betagte Rentnerin. Das kam vom vielen Yoga.

»Ich habe auf überhaupt niemanden gehofft, Mrs Blackstock, zumindest auf niemand so Elegantes wie Sie.«

Alan Ladd gebrauchte dieses Wort in einer Szene mit Jean Arthur in dem Western *Mein großer Freund Shane.* Mum war damals mit mir nach Bournemouth ins Kino gefahren. Weil ich den Film so toll fand, stiegen wir gleich am nächsten Tag wieder in den Bus, um ihn uns noch einmal anzusehen, und am darauffolgenden Tag noch einmal. Beim vierten Mal bekamen wir jeder einen Becher Vanilleeis spendiert und durften gratis ins Kino. »Das war ein sehr elegantes Abendessen, Mrs Starrett«, hatte Shane gesagt, und ich benutzte den Satz auch manchmal bei Mum, als sie noch am Leben war. »Das war ein sehr elegantes Abendessen, Mrs Greenwood«, sagte ich, und dann wurde sie rot, genau wie Jean Arthur, als wäre es das Netteste, was sie je aus dem Munde eines Mannes gehört hatte. Natürlich war das Wort »elegant« im Zusammenleben mit Audrey ziemlich außer Gebrauch gekommen.

»Ich bin Ihnen was schuldig, Al«, sagte Mrs Blackstock. »Wir alle. Wir haben Ihnen unrecht getan. Sie abholen ist das Mindeste, was ich tun kann. Und ich heiße Alice, nicht Mrs Blackstock.« Sie trommelte mit den Händen aufs Lenkrad, als wäre es eine Bongo. »Na los, steigen Sie ein. Nichts wie raus aus dieser Stadt.«

Ich tat wie geheißen. Alice hockte auf zwei Kissen und einem Telefonbuch. Sie konnte kaum übers Armaturenbrett blicken.

»Ist mal was anderes«, sagte ich und machte es mir auf dem Beifahrersitz bequem, »ich der Fahrgast, Sie am Steuer. Ich wusste gar nicht, dass Sie fahren können.«

»Ich auch nicht. Da.« Sie streckte die Hand aus. »Das wird Ihre Nerven beruhigen.«

Ich zündete den Joint an, inhalierte tief und spürte, wie mir der Kopf langsam von den Schultern rollte und über den Rücksitz hüpfte. Der Citroën fuhr mit einem Ruck an. Erster Gang, zweiter. Ich wartete. Nach zehn Minuten klang der Motor allmählich wie ein Esel, der sich mit sich selbst vergnügt.

»Haben Sie mal die Möglichkeit erwogen, den Gang zu wechseln?«, fragte ich.

Alice legte den Kopf schief. »Meinen Sie, ich sollte?«

»Wäre vielleicht nicht schlecht.«

Sie überlegte einen Moment. »Und welchen Gang würden Sie empfehlen?«, fragte sie.

Ich nahm wieder einen Zug, hielt drei Finger hoch.

Sobald wir aus London raus waren, gondelten wir mit zweiundvierzig Meilen die Stunde über die Autobahn.

Unter den gegebenen Umständen kam mir das ziemlich schnell vor. Das Telefonbuch rutschte andauernd unter ihr weg. Aber egal. Es fuhr ohnehin niemand vor ihr. Einmal schloss ein Polizeiwagen zu uns auf, und ich dachte, herrje, gerade mal eine Stunde aus dem Knast, und schon kassieren sie dich wegen Beihilfe wieder ein, aber sie rückte ihren Hut zurecht, zwinkerte ihnen zu und winkte mit den Fingern, als sie davonbrausten.

»Polizisten mögen mich«, sagte sie. »Ich könnte ungestraft mit Mord davonkommen, wenn ich wollte.«

Das war eine interessante Vorstellung.

»Und wen würden Sie ermorden, wenn Sie wollten?«

Sie packte das Lenkrad fester, gab Gas. Die Nadel zitterte um die Dreiundfünfzig-Meilen-Marke. »Zunächst mal Ihre neuen Mieter. Drei Monate und schon denken die, das Haus gehört ihnen. Anfangs konnte ich sie ganz gut leiden, große Naturliebhaber, aber dann haben sie angefangen, sich über die Musik zu beschweren. So fang ich mittlerweile meinen Tag an, indem ich ordentlich aufdrehe.«

Ich tätschelte ihr die Hand. »Machen Sie sich wegen der Nachbarn keine Gedanken, Alice. So, wie wär's, wenn Sie mich den Rest der Strecke fahren lassen? Sich noch einen Joint drehen? Mir erzählen, was so alles passiert ist?«

»Fahr ich so schlecht?« Sie versuchte, es sich nicht anmerken zu lassen, aber sie war gekränkt.

Ich gab ihr einen Kuss. Ihre Haut war ganz dünn und zart. »Mrs B. So spitzenmäßig wie von Ihnen bin ich in meinem ganzen beschissenen Leben noch nicht kutschiert worden, verzeihen Sie meine Ausdrucksweise. Aber jetzt halten Sie an. Lassen Sie mal den Häftling 89576846 ans Steuer.«

Sie schlingerte auf die Standspur. Ich stieg aus. Sie

rutschte rüber. Ich stieg wieder ein, stellte den Sitz für mich ein, ließ den Sicherheitsgurt einrasten. Im Rückspiegel sah ich einen Riesenmöbelwagen auf der Innenspur angerast kommen, keine halbe Meile entfernt. Aus dem Ausland, dem Kennzeichen nach. Heutzutage sind unsere Straßen voll von ausländischen Lastern. Deshalb findet man auch keine anständigen Raststätten mehr, wo immer eine Bratpfanne voll mit qualmendem Fett bereitsteht. Diese ausländischen Fahrer futtern doch bloß eingelegte Heringe und Bratwurst und diese schauerliche Schweizer Schokolade. Und ihre Laster sind noch dazu größer als unsere, länger, schwerer. Die M20 muss schon wieder ausgebessert werden? Deine Fahrt dauert zwei Stunden länger? Tja, Kumpel, jetzt weißt du, was eine kontinentale Landmasse ist. Es wäre halb so schlimm, wenn du dich beim Überholen rüberbeugen und ihnen den Finger zeigen könntest, aber sie können dich gar nicht sehen. Sie sitzen im Führerhaus auf der falschen Seite. Jedenfalls, ich wartete eine Sekunde, ließ den Motor im Leerlauf aufheulen, um mich zu vergewissern, dass die Karre auch wirklich was unter der Haube hatte, dann trat ich das Gaspedal bis zum Anschlag durch und heizte auf die Fahrspur, als würde ich von Cape Canaveral abheben. Der Bursche stieg in die Bremsen und fuchtelte mit der Faust hinter mir her, als ich davonbrauste. Magie. Reine Magie voller Saft und Kraft.

»Wo haben Sie den Wagen eigentlich her?«, fragte ich.

Schnüffelnase löste die verkrampften Finger vom Sitz. »Er war Duncans ganzer Stolz«, sagte sie. »Ich hab es einfach nicht fertiggebracht, mich davon zu trennen. Er hat in einer Garage vor sich hin gegammelt, seit Duncan starb. Als ich hörte, dass Sie rauskommen, hab ich gedacht, Al wird irgendeinen fahrbaren Untersatz brauchen. Ich fand es immer so nett, wie er sich aufbäumt, wenn man den Zündschlüssel umdreht, als würde er eine kleine Erektion kriegen.«

Ich schluckte. Ich hatte vergessen, wie ihr Verstand manchmal arbeitete. Es ist nicht einfach für einen Mann, eine alte Frau Ende sechzig so reden zu hören. Damit widerlegen sie alles, was sie deiner Meinung nach sind, was sie doch schon immer gewesen sein müssen.

»Der war zu lange eingesperrt«, sagte ich. »Genau wie ich. Mal sehen, was wir zwei beide so leisten können, was?«

Ich hatte davon geträumt, wieder mit einer Frau zusammen zu sein, ich hatte davon geträumt, wieder zu spüren, wie Torvill und Dean zwischen meinen Fingern hindurchglitten, aber das war nichts im Vergleich zu dem hier, hinter diesem Lenkrad zu sitzen, die Gänge hochzuschalten, zu hören, wie der Motor erst aufdrehte und dann rund lief und wir die Konkurrenz weit hinter uns ließen. Es war zwar nicht der Vanden Plas, und ich trug auch nicht meine Autohandschuhe aus Schweinsleder, und es saß auch kein zweiundzwanzigjähriges Barmädchen neben mir, das sich das Tanktop auszog, aber als wir zu Hause ankamen, fühlte ich mich wie Flipper auf Benzedrin, so stark wie der Ozean, bereit, mich mit allem und jedem anzulegen.

Ich parkte den Wagen, ging dahin, wo ich einmal mein kleines märchenhaftes Leben gelebt hatte, und rechnete mit dem Schlimmsten. Ich traute meinen Augen nicht. Da stand er, der alte Bungalow meiner Mum, wo ich jedes Jahr die Sommerferien verbracht hatte, wo Audrey und ich uns ein Zuhause aufgebaut hatten, genau so, wie ich ihn kannte, fast. Audrey hatte den vorderen Teil nach der Explosion wiederaufbauen lassen, mehr nicht. Er sah aus wie immer und doch ganz anders. Er hatte etwas Ausdrucksloses, eine Art Leere, als wäre ihm alles Leben abhandengekommen. So vieles war auf so wenig Raum passiert, Liebe, Hass, der ganze Kram dazwischen. Alice war neben mich getreten.

»Er gehört übrigens Ihnen«, sagte Alice, mit ganz leiser Stimme. Es war eine furiose Fahrt gewesen.

»Audrey sieht das anscheinend nicht so.«

»Nicht der Bungalow, Al, der Wagen. Er gehört Ihnen, wenn Sie ihn wollen. Bis Sie was Besseres gefunden haben.«

»Mrs B…«

»Ich hab Duncans Zimmer für Sie hergerichtet.« Sie sah mich an, versuchte, meine Reaktion abzuschätzen. »Erinnern Sie sich an das Zimmer?«

Und ob ich mich erinnerte. Himmelbett, Daunenkissen. Ich hätte es dort gemütlich. Ich schaute wieder zu dem Bungalow und zu der kleinen Reihe Bungalows dahinter, all die Leben, die gelebt worden waren, während ich im Knast gesessen hatte.

»Was ist mit den Stokies?«, fragte ich und zeigte auf das Haus hinter meinem.

Sie schüttelte den Kopf. »Die sind weg«, sagte sie. »Sie haben jetzt auf der Seite einen neuen Eigentümer.«

»Ist er nett? Passt er hierher?«

»Hab ihn nie gesehen. Es wird mittlerweile als Feriencottage vermietet, steht das halbe Jahr leer.«

Das hörte ich ungern. Es bedeutete Urlauber. Kreischende Kinder, Hunde, die alles vollkackten, unnötige Nettigkeiten über den Gartenzaun. Aber das Wichtigste zuerst.

»Ich bezahle Ihnen den Wagen«, sagte ich. »Aber das Zimmer werde ich wohl nicht brauchen.«

Ich stand auf der Veranda, drückte den Klingelknopf. Ding, dong. Die neue Tür hatte eine Milchglasscheibe. Die Jalousien im Wohnzimmerfenster waren heruntergelassen, damit keiner reinkucken konnte. So sollte man in einem Bungalow mit einer Aussicht, wie ich sie habe, nicht wohnen. Die Tür ging auf. Ein großer Typ von ungefähr dreißig, welliges Haar, kariertes Hemd, eine Hand in die Vordertasche seiner Jeans gesteckt, als wäre er Paul Newman. Eine ganze Reihe Sportschuhe stand der Größe nach geordnet an einer Wand. Die gehörten doch wohl eigentlich in einen Schrank.

»Mr Bowles? Ich wollte mich Ihnen kurz vorstellen. Ich bin Al Greenwood, der Mann von Audrey, Sie wissen schon, Ihre Vermieterin, die gerade zu zweiundzwanzig Jahren Gefängnis verknackt wurde, weil sie meine uneheliche Tochter ermordet hat. Ich werde von nun an die Miete kassieren, in bar, wenn's recht ist. Darf ich reinkommen?«

»Gern.« Er wirkte ein wenig nervös. Völlig zu Recht.

Ich trat in die Diele. Ich konnte Duftkerzen riechen. »Ja«, sagte ich. »Schlimme Geschichte. Ist Ihre Frau da?«

»Im Wintergarten, glaub ich. Darling«, rief er. »Wir haben Besuch. Mr Greenwood. Mrs Greenwoods … äh …«

»Nennen Sie mich ruhig Al«, sagte ich betont jovial.

Die Gattin kam den Flur herunter und zog sich dabei ein Schlabbersweatshirt über den Kopf. Ich versuchte, nicht hinzusehen, aber es war irgendwie furchtbar offensichtlich, dass sie Freikörperkultur betrieben hatte, zumindest obenrum. Sie sah aus wie dreißig, fünfunddreißig und war kräftig. Nicht kräftig im Sinne von dick, sondern kernig. Sie hatte blondes Haar, das sie nach hinten gebunden trug; blondes Haar und Sommersprossen und so ein ungezwungenes Lächeln, das dir die Frage aufdrängt, warum andere so viel Glück im Leben haben und du nicht. Ich war jetzt schon neidisch.

»Das ist meine Frau Gretchen. Darling, das ist …«

Ich schüttelte ihr die Hand. Ich liebe es, Hände zu schütteln. Einmal schütteln, und du hast den Charakter. Einmal ziehen, und du hast den Körper. Die Hand war voller Kraft, keine Fitnessstudiokraft, sondern natürlich, stark und flink wie ein Reh, das durch einen Wald rennt. Es war ein Jammer, das ich tun musste, was ich tun musste.

»Bitte, kommen Sie herein«, sagte Gretchen. »Wir fühlen uns hier sehr wohl.«

Nicht mehr lange, dachte ich bei mir. »Nett, Sie kennenzulernen. Audrey hat Ihnen doch nie Ärger gemacht, Ihnen gedroht oder so?«

Sie schüttelte den Kopf.

»Na ja, normalerweise ist sie auch nur bei Jüngeren, Gutaussehenden durchgedreht. Wollen wir?«

Ich folgte ihnen hinein. Es hatte sich nicht viel verändert, größtenteils unsere alten Möbel, doch das Foto von Torvill und Dean hing nicht mehr über dem Kamin. Trotzdem, irgendwas stimmte nicht. Es war mein Wohnzimmer, aber wie in einem bösen Traum, wenn du weißt, dass irgendwas faul ist, aber nicht genau sagen kannst, was. Dann sah ich eines. Und mit einem Mal war es, als wären mir die Augen geöffnet worden, und ich sah sie überall, dreckige Stücke Treibholz ringsum verteilt, auf der Glastischplatte, auf dem Kaminsims, sogar auf dem Fernseher. Das größte war so ein krummer Baumstamm, den sie in die Ecke gestellt hatten. Er sah aus wie ein alter Rentner mit Verstopfung auf dem Klo. Wenn ich ein Hund gewesen wäre, hätte ich mich danebengehockt.

»Sehr hübsch«, sagte ich. »Sie haben alles sehr hübsch gemacht. Die Tannenzapfen da auf der Bilderleiste zum Beispiel, wie Sie die bemalt haben. Die sehen fast aus wie kleine verkrüppelte Menschen in einer Schlange auf dem Arbeitsamt oder so. Sehr kunstvoll. Verrät allerhand über Sie, nicht wahr?«

»Das erinnert uns an unsere Streifzüge durch den Wald«, sagte Gretchen. »Wir sind viel in der freien Natur unterwegs.« Sie stieß beim Sprechen mit der Zunge an. Ich fand das ziemlich attraktiv.

»Und das Treibholz. Wie ausgefallen, Holz am Strand zu suchen.« Ich streckte die Hand aus, tätschelte den Kopf des alten Mannes.

»Der Sand und das Meer bringen so aparte glatte Formen hervor«, sagte sie.

Ich nickte. »Ich hätte es selbst nicht besser formulieren können. Richtig elementar sind sie. Obwohl ich sagen muss, dass das Teil da auf dem Kaminsims ein bisschen was von einem Ständer hat, oder? Ich würde mich nicht dabei erwischen lassen, den zu oft zu streicheln.« Ich knuffte sie in den Arm. »Ich bin erst vor zwei Stunden aus dem Gefängnis gekommen. Wussten Sie das?«

Sie wechselten Blicke. Unruhiges Füßescharren.

»Wir wussten, dass damit zu rechnen war«, sagte Mr Bowles. Gretchen wich ein Stück zurück.

»Ja, ich ziehe zur alten Mrs Blackstock nebenan, um das Haus wohlwollend im Auge behalten zu können, obwohl …« Ich sah mich um. »Ich war seit vier Jahren nicht mehr in diesem Raum, nicht mehr seit … Oooh. Das ist alles ein bisschen …« Ich schnappte zweimal nach Luft, schlug mir aufs Herz. »Darf ich mich mal kurz hinsetzen? Mir wird plötzlich so komisch.«

Ich ließ mich mit einem Plumps neben dem Kamin nieder, hechelte noch ein bisschen mehr.

»Sie hätten nicht vielleicht irgendwas zur Hand, um meine Nerven zu beruhigen? Brandy, Whisky? Ein Wodka Tonic wäre schön. Ohne Eis.«

»Wir trinken nicht«, sagte er. »Aber wir haben einen selbst gemachten Holunderblütenlikör.«

»Genau das Richtige.«

Gretchen eilte in die Küche. Ich konnte hören, wie die Schranktür geöffnet, ein Glas herausgenommen wurde. Ich wusste genau, wo sie war, wo sie stand, wie sie den Arm ausstreckte. Mr Bowles vermied es, auf den Kaminsims zu schauen. Gretchen kam zurück, reichte mir das Glas. Ich hab schon gesehen, wie in der Tripperpraxis in Dorchester gesünder aussehende Sekretproben abgegeben wurden. Ich trank einen Schluck.

»Lecker. Aber vielleicht sollten wir doch in den Wintergarten gehen. Hier zu sitzen weckt bloß furchtbare Erinnerungen.« Ich streckte einen Fuß aus. »Da hat sie mit mir geschlafen, an dem Abend, wussten Sie das, genau da auf dem Teppich, die Hände noch warm von Mirandas Blut. Schwer zu glauben, was, eben noch hat sie ihr den Schädel mit einem Stein eingeschlagen, und im nächsten Moment ist sie auf allen vieren, splitterfasernackt, und reißt mir die Klamotten vom Leib. Ich meine, er sieht jetzt so friedlich aus, nicht? Ich nehme an, Sie haben das Gleiche gemacht. Auf dem Teppich, meine ich. Nicht jemanden umgebracht.« Ich lachte. Ein ziemlich schrilles Lachen. »Darf ich mir noch ein Glas holen? Die Küche ist noch da, wo sie immer war, schätz ich?«

Ich wankte rüber. Vor lauter Fischernetzen und Bootshaken und teerverschmiertem Kork konnte man sich kaum bewegen. Die beiden standen in der Tür, trauten sich nicht herein. Ich trank eine weitere Sekretprobe, ließ ein bisschen davon auf mein Hemd kleckern.

»Hätten Sie was dagegen, wenn ich das Linoleum hier drin erneuern lassen würde? Sehen Sie den rostbraunen Fleck da drüben? Da hat sie meine Fische ermordet. Prachtexemplare waren das. Sie hat sie mit einem von Mirandas besten Stilettos erstochen.« Ich deutete zum Fenster hinaus. »Sehen Sie die Nymphe mit dem kaputten Bein? Da war ihr Teich. Ich wollte Audrey drin ersäufen, als ich dahinterkam, was sie getan hatte, und das hätte ich auch gemacht, wenn die Polizei mich nicht zurückgehalten hätte. Und ja, vor dem Haus wurde Police Constable Stone in die Luft gejagt, als ich gerade verhaftet wurde. Seien Sie vorsichtig, wenn Sie den Rasen im Vorgarten mähen. Da müssen noch überall Knochenstückchen von ihm rumliegen. Er war erst neunundzwanzig. All die Jahre hatten wir diesen Türstopper, eine alte Granathülse, ohne zu ahnen, dass das Ding noch scharf war. Also, Sie sind viel an der frischen Luft, sagten Sie. Dann gehen Sie viel spazieren?«

»Spazieren, wandern, campen und so.« Mr Bowles wirkte jetzt ziemlich defensiv.

»Ich dachte bloß, Sie würden meinen kleinen Plan vielleicht befürworten.«

»Aha?«

»Ja, das Gefängnis verändert einen Menschen, seine Prioritäten, seinen Blick auf das Leben. Als ich hinter Gitter kam, war ich selbstsüchtig und rücksichtslos, das kann ich nicht bestreiten. Manche würden sagen, ich war brutal, grausam, unberechenbar. Ich trage wahrscheinlich genauso viel Schuld an den schrecklichen Dingen, die unter diesem Dach passiert sind, wie Audrey. Aber im Gefängnis fängt man an, sich selbst wahrzunehmen, Mrs Bowles, seine Mitmenschen, seine Mitgefangenen, man erkennt, wie gefährdet wir sind, dass es uns alle treffen kann und wir allein auf die Gnade Gottes«, ich bekreuzigte mich, »bauen können.«

»Wie wahr«, sagte Gretchen.

»Und deshalb habe ich mir geschworen, dass ich, falls ich je wieder rauskäme, denjenigen helfen würde, die wie ich im Gefängnis waren, dass ich ihnen helfen würde, wenn sie am meisten Hilfe nötig haben, nämlich in den ersten Wochen, die sie wieder im richtigen Leben sind. Und wo könnte ich das besser tun als hier, in meinem alten Revier, mit den vielen Stränden und dem Meer und dem Schwimmen und den Angelhaken, wo könnten sie besser in Ruhe einen Blick auf sich selbst werfen und mit ihrem inneren Häftling Frieden schließen? Wie diese Treibholzstücke in Ihrem Wohnzimmer möchte ich das Treibholz aus den Gefängnissen Ihrer Majestät hierherholen, überwiegend Freunde, wie ich mit Stolz sagen darf, möchte sie formen, ihre rauen Kanten glätten, ihnen, keine Ahnung, Gelassenheit schenken. Es wird nicht einfach sein, es wird auf dem Weg so manchen Fehltritt geben, aber, bei Gott, es ist die Mühe wert. Und falls es mal richtig zur Sache geht, nun, glauben Sie mir, ich bin kein Schwächling. Mrs B unterstützt meine Pläne voll und ganz. Sie hat bereits zwei ihrer Zimmer im Erdgeschoss entsprechend vorbereitet. Wir erwarten den Ersten am Sonntag, meinen alten Kumpel Victor, hartnäckiger Wiederholungstäter, ich sag Ihnen lieber nicht, was er alles auf dem Kerbholz hat, ich möchte Sie nicht beunruhigen, aber glauben Sie mir, er würde keiner Fliege was zuleide tun. Hat von seinen sechsunddreißig Jahren dreiundzwanzig gesessen. Ist das zu fassen?

Kein Wunder, dass er davon gezeichnet ist, aber Camping, das könnte genau das Richtige für ihn sein, meinen Sie nicht auch? Dürfte ich mir das Stück Treibholz noch mal anschauen?«

Innerhalb einer Stunde hatten sie gepackt und das Weite gesucht. Ich warf sämtliche Tannenzapfen und das ganze Treibholz im Garten auf einen Haufen, kippte Benzin drüber und warf ein Streichholz rein. Die Flammen schossen hoch, erhellten meine Steinnymphe, flackerten über ihren Körper, als erwachte sie zum Leben, als könnte sie spüren, dass ich zum Leben erwachte, als hätte sie auf diesen Augenblick gewartet, genau wie ich. Es war lange her, seit ich das gesehen hatte, heiß schimmerndes Fleisch vor meinen Augen. Ich konnte nicht anders. Sie können vielleicht nicht nachvollziehen, was ich dann tat, was ich einfach tun musste. Vielleicht kann das nur jemand nachvollziehen, der selbst eingesperrt war, im Knast und innerlich, denn wenn du im Knast sitzt, bist du auch innerlich eingesperrt und brauchst ein Ventil. Ich blickte mich um, öffnete meinen Hosenschlitz, fasste mich an. Es flog nur so aus mir raus, direkt auf sie drauf.

»Bonsai«, sagte ich. »Bonsai, verdammt noch mal.«

Ich machte meine Hose wieder zu, drehte mich um. Die alte Schnüffelnase lehnte über den Zaun, schon wieder einen Joint in der Hand.

»Schön, dass Sie wieder da sind, Al.« Sie nahm einen tiefen Zug, hielt mir den Joint hin. »Alleinsein ist so langweilig.«

DREI

Am nächsten Morgen weckte mich ein Geräusch, von dem ich gedacht hatte, dass ich es nie wieder hören würde: Sommerregen auf dem Dach. Er prasselte dumpf und hart über meinem Kopf, als wäre ich nie fort gewesen. Wie oft hatte ich das Geräusch früher gehört, wenn Audrey neben mir lag, in ihrem Maginot-Linie-Nachthemd, oder als ich klein war und Mum hereinkam, eine Tasse Tee und einen Keks in der Hand, die Augen zur Decke erhoben? Sie sang immer dasselbe Lied, meine Mum, wenn wir bei miesem Wetter nicht zum Strand konnten. *Rain on the Roof* hieß es. »*You and me and rain on the roof*«, so fing es an, und während sie sang, drückte sie mich ganz fest, und danach war mir egal, was wir machten, wir zwei gemütlich zu Hause, ich malte Bilder oder spielte Verhörmethoden im Hinterzimmer, Mum backte Rosinenbrötchen oder diese kleinen Kuchen aus Cornflakes und Schokolade. Und hier und jetzt hörte ich ihn wieder. Derselbe alte Regen. Dasselbe alte Dach. Nur was drunter ist, ändert sich.

Ich zog mir ein Paar Socken an und sah mich um. Ich hatte gestern fast den ganzen Tag bei Mrs B verbracht und mich von ihr auf den neuesten Stand bringen lassen. Sie hatte mächtig was zum Essen eingekauft, kaltes Brathähnchen, Kalbfleisch-Schinken-Pastete, ein dickes Stück Cheddar, für sich selbst irgendeine vegetarische Brühe, all das stand auf dem Tisch zusammen mit einer Flasche Schampus, an deren Etikett eine kleine Karte pappte. »Al Greenwood, Free At Last«, hatte sie daraufgeschrieben und dann den Song gespielt, als sie den Korken knallen ließ. Mir kamen fast die Tränen, vor allem bei dem Gedanken daran, was sich zwischen uns abgespielt hatte, damals. Ich brachte es nicht übers Herz, ihr zu sagen, worauf ich eigentlich Lust hatte: eins von Mr Singhs Currys der Stärke acht, und zum Runterspülen einen Eimer Lager. Immerhin, sie hatte einen ordentlichen Vorrat an Wodka der Marke Belvedere zur Hand, und natürlich ihr Selbstgezogenes. Als ich schließlich zurückwankte, war ich dermaßen zu, dass ich dreimal versuchte, die Treppe nach oben zu den Zellen zu finden, ehe mir wieder einfiel, wo ich war. Jetzt, da ich durch dieselben Räume ging, auf dieselben Möbel starrte, fühlte sich alles ein bisschen an wie der Bodensatz von etwas, matt und grau, ausweglos, wie das Wetter draußen. Leben auf der Bungalow-Spur. Es würde eine gewisse Eingewöhnungszeit brauchen.

Ich ging in die Küche. Die war jetzt richtig kahl. Das Einzige, was ich wiedererkannte, stand auf dem Regal: die Lady-Diana-Hochzeit-Gedenktasse, die Audrey gekauft hatte, damit Blind Lionel, Wools führender Unisex-Friseur, ihr die gleiche Frisur verpasste. Ein Riesenfehler war das gewesen, denn Blind Lionel hatte ihr die Haare wie Prinz Charles geschnitten, der auch auf der Tasse prangte, bloß auf der anderen Seite.

Die Bowles hatten die Schränke leer geräumt, bis auf ein halbes Glas Himbeermarmelade. Ich stand am Fenster, schaufelte den Rest mit einem Messer heraus. Ich überlegte, zur Bucht zu gehen, um zu sehen, wer so alles da war. Später könnte ich nach Dorchester fahren. Ich musste ein paar Einkäufe machen. Audrey hatte sämtliche Klamotten ausgemistet, die ich je besessen hatte, sogar meine besten Autohandschuhe. Ich hatte noch andere Sachen zu erledigen, mich mit Rump verabreden, versuchen, ihn irgendwie zum Reden zu bringen, rausfinden, ob es irgendwelche Hinweise gab, wer an dem fraglichen Sonntagnachmittag oben auf der Klippe gewesen sein könnte. Er hatte jede Menge Leute befragt, als Miranda verschwunden war. Zum Beispiel die Frau vom Parkplatzkassenhäuschen, Mickey Travers' Tochter. Die hatte ungefähr zur passenden Uhrzeit jemanden zum Kliff raufgehen sehen. Vielleicht hatte sie irgendwas gesagt, was ihm entgangen war. Vielleicht war ihm ja auch bei anderen, mit denen er gesprochen hatte, irgendwas entgangen. Natürlich musste ich auf der Hut sein. Ich konnte nicht einfach damit rausrücken. Ich musste es auf indirektem Weg versuchen, so, dass er es kaum mitkriegte, und dazu bot sich nur eine sichere Methode an. Fische. Die Gattung Karpfen. Tja, es ging nun mal nicht anders.

Drüben im Garten, da, wo der Teich gewesen war, hatte das Gras eine andere Farbe als der Rest, heller, schwächer, und in der Mitte stand die Nymphe, als wäre sie gestrandet. Sie sah mich aus den Augenwinkeln an. Ich wusste, was sie dachte. Ich dachte dasselbe.

Ich ging in die Diele, griff mir Mums alten Koffer und schleppte ihn ins Wohnzimmer. Ich hatte nicht viel mitgebracht, ein paar Zeichnungen, die ich gemacht hatte, einen Satz Buntstifte, die ich bei Bernie abgestaubt hatte, ein Buch über diesen alten Henry Moore, das Miss Prosser mir zwei Jahre zuvor zu Weihnachten geschenkt hatte, das Foto von Miranda, wie sie neben dem Vanden Plas stand, der Rahmen ganz verbogen, weil Victor versucht hatte, mir damit ein Ohr abzuschneiden, und mittendrin, schön sicher eingewickelt in mein zweites Hemd, Torvill. Ich wickelte sie aus, hielt sie in den Händen. Ihre Farbe war mit den Jahren ein wenig verblasst, und direkt über den Kiemen hatte sie eine Delle, wo Audrey ihr den Schuhabsatz reingerammt hatte, aber sie sah noch immer wunderhübsch aus, hatte noch immer den Körper, bei dem einem Koi-Liebhaber die Hände jucken. Ich durchquerte den Raum und stellte sie mitten auf den Kaminsims, unter die Stelle, wo das Foto der beiden gehangen hatte. Sie hatte die Lippen gespitzt, als würde sie noch immer versuchen, sie Dean entgegenzustrecken, um ihn zu küssen. Aber ihr Tanzpartner war längst nicht mehr da.

»Nur du und ich, mein Mädchen«, sagte ich. »Nur du und ich.«

Sie blickte mich aus dem Winkel ihres unversehrten Auges an, und wir beide waren uns der Leere um uns herum bewusst. Da klingelte das Telefon.

Ich ging hin, starrte es an, fragte mich, wer zum Teufel das sein konnte. Ich hatte niemandem erzählt, dass ich hierherkommen wollte, und überhaupt, wer kannte die Nummer? Vielleicht lag es am Haus, an der Leere, als wäre hier absolut nichts, keine Gegenwart, keine Zukunft, nur Vergangenes, jedenfalls war das Telefon laut, richtig laut, lauter, als ich es je zuvor gehört hatte, so laut, als würde es die Fensterscheibe zerspringen lassen, wenn es weiter klingelte. Ich blickte Torvill an, aber sie sagte nichts, starrte bloß geradeaus, tat so, als könnte sie es gar nicht hören. Dann machte es bei mir klick. Der Anruf war gar nicht für mich, sondern für die Schwachköpfe, die ich rausgeekelt hatte. Oder es war der Göttergatte persönlich, weil er die Marmelade wiederhaben wollte. Ich nahm ab, fast beschwingt.

»Al Greenwood, zu Ihren Diensten. Für jede Tour zu haben.« So hatte ich mich immer am Telefon gemeldet, als ich noch das Taxiunternehmen besaß, zumindest, wenn ich dachte, es wäre eine Frau am anderen Ende, und wenn Audrey außer Hörweite war.

»Hallo, Dad.«

Ich konnte es nicht fassen. Miranda! Miranda rief an. Es war alles ein schrecklicher Irrtum gewesen. Audrey hatte sie gar nicht umgebracht, genauso, wie ich nicht Audrey oder Michaela oder vielleicht überhaupt wen umgebracht hatte. Audrey hatte sie wohl nur bewusstlos geschlagen, mehr nicht, sie bewusstlos geschlagen und hinüber aufs Artilleriegelände geschleppt, wo wir alle dachten, sie wäre in winzige Stücke gesprengt worden. Aber nein, sie musste wach geworden sein, ganz benommen und verwirrt, an Gedächtnisverlust gelitten haben und dann umhergeirrt sein, ohne zu wissen, wer oder was sie war. Ein Schlag auf die Rübe kann so etwas zur Folge haben, das weiß jeder. Aber da war sie wieder, auferstanden von den Toten. Und sie hatte mich gerade Dad genannt! Zum allerersten Mal! Mann, das Leben ist manchmal ein Dreiviertelparadies.

»Miranda!«, sagte ich. »Mein Äffchen! Ich kann's gar nicht glauben. Du lebst!«

Ein Keuchen. Ich konnte hören, wie sie nach Luft rang, völlig schockiert, meine Stimme zu hören. Sie und ich, wieder vereint, aber diesmal sozusagen offiziell. Dann antwortete sie.

»Nein, Dad. Hier ist nicht Miranda. Hier ist Carol, deine eheliche Tochter, weißt du nicht mehr, die Tochter, die mit ihrem Zukünftigen putzmunter nach Australien abgehauen ist, die Tochter, die du seit acht Jahren nicht mehr gesehen hast.«

Carol! Ich hatte sie ganz vergessen, das heißt, natürlich nicht *ganz,* so was passiert einem schließlich nicht, nicht beim eigenen Nachwuchs, auch wenn er noch so nervt, aber sie war mir nicht mehr so präsent gewesen, schon lange nicht mehr. Das war nicht immer so. Damals, als sie noch klein war, da waren wir ein Herz und eine Seele, Carol und ich. Sonntagmorgens, wenn ich dem Vanden Plas seine wöchentliche Politur verpasste, wich sie mir in ihren kleinen weißen Söckchen nicht von der Seite, mit einem flauschigen, gelben Staubwedel von der Größe ihres Kopfes, als würde sie eine riesige Pusteblume tragen. Sie fand es toll, ihrem Dad zu helfen, sein großes schwarzes Auto auf Hochglanz zu bringen, und wenn ich sie mir auf die Schultern setzte, damit sie sich über das Dach lehnen konnte, bewegten sich ihre Ärmchen wie Windmühlen. Zauberhaft waren diese Morgenstunden, nur sie und ich und der durchs Küchenfenster wabernde Geruch des Sonntagsbratens, den Audrey anbrennen ließ. Und dann, mit dreizehn oder so, war sie eines Morgens wie ausgewechselt gewesen, ganz und gar nicht mehr die Carol, die ich kannte. Wollte nichts mehr zu tun haben mit mir oder dem Wagen, als wäre es ihr peinlich, was ich beruflich machte, mit meinem Anzug und den Handschuhen und der Art, wie ich meine Mütze zurechtrückte, wenn ich die Beifahrertür öffnete. Danach blühten mir vier Jahre, in denen sie mich von oben herab behandelte, vier Jahre Hochnäsigkeit und Beleidigtsein und Türenknallen und Zu-ihrer-Mutter-Halten, wenn Audrey und ich uns fetzten. Dann wurde sie siebzehn, und es hieß, ab auf die Sekretärinnenschule und in die große Stadt. Konnte gar nicht schnell genug wegkommen. Und das war's. Selbst als sie aus London zurückkam, erkannte ich sie kaum wieder. Wir waren einander fremd geworden, das kann ich nicht bestreiten, trotzdem, ich hätte gedacht, sie würde sich mal melden, als ich in den Knast kam. Aber kein Wort, nicht ein einziges, nicht mal zu meinem Geburtstag. Es hätte doch nicht viel Mühe gemacht, ab und an eine Postkarte mit ein paar Zeilen, vielleicht mal ein Foto. Nicht von sich natürlich, denn anders als Miranda war Carol nicht besonders fotogen, vor allem seit sie am Great Barrier Reef ein Bein verloren hatte. Nein, irgendwas für meine Zellenwand, zum Beispiel einen Blätter fressenden Koalabären oder Kylie Minogue auf einem Baum, irgendwas, das mich bei Laune gehalten hätte. Nicht zu viel verlangt, möchte man meinen, aber so ist das nun mal mit Familien. Sie können nicht anders, als dich unglücklich zu machen.

»Carol, Schatz! Natürlich bist du das. Ich würde deine Stimme überall erkennen. Ich bin bloß ein bisschen durcheinander, mehr nicht, wo doch jetzt ans Licht gekommen ist, was Mum dem armen Mädchen angetan hat. Ich hab an sie gedacht. Natürlich auch an dich. Wo bist du?«

»Ich bin in Heathrow. Ich bin eben durch die Zollabfertigung.«

Beim heiligen Känguru, sie war hier? Was wollte sie? Hoffte sie, es würde was von meinem Geld in ihren Beutel springen? Es hatte alles in der Zeitung gestanden. Fünfzig Riesen Entschädigung mindestens, meinten die Anwälte, womöglich eine Viertelmillion. Anscheinend war sie in den nächsten Flieger gestiegen, als sie davon erfahren hatte. Ich sah sie förmlich schon, wie sie mich umgarnte, als wäre ich ihr Ein und Alles. »Komm und leb bei uns, Dad. Fang ein neues Leben an.« Na, sie würde keinen roten Heller kriegen. Das konnte sie sich abschminken.

»Du kommst extra deinen alten Dad besuchen. Ich kann

es kaum fassen. Ich bin so was von gerührt, Schätzchen, ob du's glaubst oder nicht. Ich meine, es muss schwer für dich sein, die Mutter wandert ins Gefängnis und der Vater kommt raus – ein bisschen so wie die Wetteruhren, die sie in der Schweiz haben. Trotzdem. Kein Grund für uns, nicht zu feiern. Wie sind deine Pläne? Kommst du direkt her?«

»Eher nicht. Ich fahr zuerst zu Scotland Yard. Ich möchte, dass sie noch mal Robins Tod untersuchen. Ich weiß, du hast ihn umgebracht, du Scheißkerl, und diesmal werd ich's beweisen. Ich bring dich wieder in den Knast, Dad, und wenn es das Letzte ist, was ich tue.«

Und sie legte auf. Nicht der schönste Anruf, den man sich für den ersten vollen Tag in Freiheit erhoffen würde, aber was soll's. Torvill sah mich an, ganz vorwurfsvoll.

»Vielleicht hatte sie einen schlechten Flug«, spekulierte ich. »Vielleicht hat Audrey ihr den Floh ins Ohr gesetzt. Ja, das wird's sein. Konnte den Gedanken nicht ertragen, dass ich wieder zu Hause bin, wo ich hingehöre. Jedenfalls, hier kriegt mich keiner mehr raus, das schwör ich dir, schon gar nicht Meister Parker. Es war seine Schuld. Er hätte eben nicht …«

Ich verstummte. Ich war noch nicht so weit, ihr alles zu erzählen. Wir waren schon zu lange ein Team, Torvill und ich. Sie hatte mir geholfen, so manche harte Zeit im Knast durchzustehen. Das macht das Gefängnis mit dir, du begreifst, wer deine Freunde sind, auf wen du dich verlassen kannst. Torvill war eigen. Wenn ich ihr erzählen würde, was ich getan hatte, könnte sie mir das krummnehmen.

Robin Parker war Carols erster Verlobter gewesen. Sie hatte eine Reihe Freunde gehabt, ehe sie bei ihm landete, überwiegend Australier, die sie hier anschleppte, nur um mich sauer zu machen. Was sie an ihr fanden, war mir schleierhaft, aber sie bissen an, schlürften Tee bei uns auf der bequemen Ausziehcouch, mit Beinen wie ein tropischer Regenwald, faselten ohne Ende darüber, wie toll es doch wäre, am Weihnachtstag im Adamskostüm herumzuhüpfen, und Carol wackelte mit dem Kopf, als könnte sie's kaum erwarten, dabei zu sein. Mir rollte es glatt die Zehennägel auf, wenn ich sah, wie sie sich benahm, an den Lippen der Typen hing. Und genau das vergraulte sie letzten Endes alle. Wer will schon eine nickende Klette als Freundin? Ich kriegte schon vom Zuhören Gänsehaut.

Robin hatte keinen Tropfen australisches Blut in den Adern. Bis er von dem Berg stürzte, war ich nicht sicher, ob er überhaupt Blut in den Adern hatte. Die Australier schleppten Carol wenigstens hin und wieder ab, gingen mit ihr irgendwohin, wo sie ungestört waren, um sie mal ordentlich ranzunehmen. Sie verstehen schon, wenn von »down under« die Rede ist, muss damit nicht unbedingt ein Besuch im Opernhaus von Sydney gemeint sein. Aber Robin, Robin interessierte sich für das alles nicht. Er hatte Tieferes im Sinn.

Sie hatte ihn im Zug kennengelernt, auf der Fahrt von London zu uns. Sie war arbeitslos und konnte sich das Zimmer in der WG nicht mehr leisten. Im ersten Monat durften wir ihn nicht sehen, danach kam er eine Zeit lang immer dann vorbei, wenn ich tagsüber eine längere Tour hatte. Das, was ich über ihn hörte, fand ich nicht so prickelnd. Er war an der Uni gewesen. Er war ein Besserwisser mit zig Abkürzungen vor seinem Namen. Er kochte gern und ging gern bergwandern und hatte zu Carol gesagt, ihre Nase hätte die gleiche Form wie der Zinken von dieser englischen Königin vor ewiger Zeit – Matilda die Unglückliche oder so. Er war in unsere Gegend gekommen, um oben auf dem Kliff den Grabhügel, den wir Beule nannten, unter die Lupe zu nehmen. Er hatte vor, ihn aufzubuddeln, um rauszufinden, was darunter lag. Typisch Auswärtige, wissen alles besser, stecken die Nase überall rein, wo sie nichts zu suchen haben. Das da oben ist unsere Beule, verdammt. Wenn überhaupt wer daran rumdrückt, um festzustellen, was drin ist, dann doch wohl unsereiner oder die Jungs vom Spread Eagle. Ich war alles andere als begeistert.

Kennenlernen durfte ich ihn dann an einem Samstag. Ich hatte eine lange Fuhre gehabt, einen Burschen aus Southampton abgeholt, der von einem dieser Kreuzfahrtschiffe gekommen war, knackebraun und total erholt, als hätte er sechs Monate die Füße hochgelegt. Wie sich herausstellte, war er gar kein richtiger Touri. Er hatte kostenlos mitfahren dürfen und dafür Tanzunterricht gegeben und kleine Vorträge über die Big-Band-Ära gehalten, mit Dias und Schallplatten und Ausschnitten aus alten Filmen. War pillepalle, sagte er. Er hatte öfter eine Frau in die Kiste gekriegt als Hummer gegessen – und Hummer gab's zweimal am Tag. Das brachte mich ins Grübeln. Ich meine, er sah nicht mal besonders aus, absolut nicht, und das wusste er auch. Wir legten unterwegs eine Pause ein, um ein bisschen was zu trinken, und ich fragte ihn aus, wollte wissen, wie er so einen lauen Job an Land gezogen hatte. Er meinte, Kreuzfahrtschiffe schrien förmlich danach, nach Unterhaltung, nach irgendwas, um die Passagiere für ein oder zwei Stunden zu beschäftigen – Vorträge über dies und jenes, Bienenzucht, Reisen den Orinoco hoch, wie du deine Frau ermordest. Caracas hieß er. Johnny Caracas, er gab mir seine Karte und meinte, ich sollte mich melden. Genau das, was ich brauchte, dachte ich, eine zweiwöchige Kreuzfahrt, lecker Hummer und keine Audrey am Hals.

Jedenfalls, als ich den Bungalow betrat, saß Carol auf dem Sofa, und diese Robin-Type saß auf ihrem Schoß, drehte und wendete den Kopf, während sie ihm das Haar streichelte. Ich hatte vergessen, dass er übers Wochenende bleiben wollte. Einen Moment lang dachte ich, er wäre so eine Bauchrednerpuppe. Ich meine, was ist das für ein Mann, der sich bei einer Frau auf den Schoß setzt? Er trug so eine Norfolkjacke, überall Taschen und Schnallen. Er hatte eine Schildpattbrille und große Füße und einen strähnigen Bart derselben Farbe und Struktur wie Audreys Sydney-Opernhaus.

Carol nahm die Hand von seinem Kopf und blickte mich finster an. »Na endlich. Wir warten schon auf dich. Das ist mein Dad, Robin, wie immer zu spät.«

Robin hievte sich hoch, streckte mir eine Hand hin. Sie war dünn und knochig, rot wie ein Fleischlappen. »Sehr erfreut, Ihre Bekanntschaft zu machen, Mr Greenwood.«

Ich brauchte einen Moment, um mich zu erholen. Ich meine, der Anblick von Audreys achtem Weltwunder war eine Sache, es auch noch reden zu hören eine ganz andere. Ich schüttelte seine Hand. »Ich bin entzückt.«

Carol blähte sich auf. »Robin ist Archäologe«, sagte sie und wischte sich über die Brust, als hinge ein Orden dran. »Deshalb ist er überhaupt hier an die Küste gekommen. Um sich unsere Fossilien anzusehen.«

»Und stattdessen hat er dich gefunden. Wie ich höre, überlegen Sie auch, sich an unserer Beule zu schaffen zu machen«, sagte ich. »Unsere Carol reicht Ihnen wohl nicht.«

»Dad!«

»War nur ein Witz, Mäuschen. Und? Stimmt es?«

»Ich würde es nicht so nennen, dass ich mich daran zu schaffen machen will, Mr Greenwood. Es ist eher eine Entdeckungsreise, um rauszufinden, was sich da unten verbirgt.« Es dauerte einen Moment, bis mir klar wurde, was er meinte. Ich war immerhin ihr Vater.

»Da liegt nichts drunter. Mickey Travers und ich haben die Beule weiß Gott oft genug mit Metalldetektoren abgesucht. Wenn da irgendwas Wertvolles zu finden wäre, hätten wir's ausgebuddelt.«

Robin gab so ein kleines besserwisserisches Hüsteln von sich, wie man es von Ärzten kennt, die meinen, man wollte ihnen reinreden. »Unsere Methoden wären da erheblich wissenschaftlicher, das versichere ich Ihnen. Echolot, Infrarotkameras, gründliche Messungen, ganz zu schweigen von der guten altmodischen Spatenarbeit.« Er hüstelte wieder. »Und für mich hat nicht alles einen *Geld*wert, Mr Greenwood. Es geht einfach nur darum, die Vergangenheit zu verstehen; wie Menschen gelebt haben.«

»Tja, auf der Beule hat niemand gelebt, das kann ich Ihnen versichern. Viel zu kalt. Außerdem, es ist eine Beule. Hocken Sie mal ein oder zwei Wochen auf so einer Beule, dann wissen Sie Bescheid. Deshalb haben unsere Vorfahren in Höhlen gelebt, und wenn sie es sich leisten konnten, Bungalows gebaut. So eine Beule hat als Wohnsitz keine Zukunft, trotz der Aussicht.«

»Das ist mir klar, aber was ist, wenn da oben ein alter angelsächsischer Stammesfürst begraben liegt?«

»Was soll dann sein? Wenn er da begraben wurde, dann um dort begraben zu bleiben und nicht um ausgebuddelt zu werden, wo er es gerade so richtig schön gemütlich hat. Ich will gar nicht wissen, was alles passieren kann, wenn man einen alten sächsischen Stammesfürsten in seiner ewigen Ruhe stört. Die haben mit allen möglichen Verwünschungen und Zaubersprüchen gearbeitet, diese Druiden, genau wie die Ägypter. Pyramiden, Beulen, ist im Grunde alles eins. Lassen Sie die Finger davon, das wäre mein Rat.«

Danach herrschte eine Weile Schweigen. Robin ging zurück zum Sofa, setzte sich, fing an, seinen Bart um den Mund herum zu befingern, als suchte er den Weg hinein. Ich wusste, wie er sich fühlte. Es war schrecklich, einfach schrecklich.

»Robin ist Mitglied bei Mensa«, verkündete Carol und warf sich wieder in die Brust. Das hörte ich gar nicht gern. Aber ich wollte keine Vorurteile zeigen. Nicht ganz richtig im Kopf zu sein, ist bloß eine Krankheit, genau wie Gicht oder Herpes. Vorurteilsfreie Zone, unser Bungalow.

»Ach ja? Muss er was dagegen nehmen?«

»Das hat was mit seinem IQ zu tun, Dad. Man muss einen Intelligenztest bestehen. Nur die Superintelligenten werden aufgenommen. Er hat sich schon bei etlichen Quizsendungen im Fernsehen beworben, aber sobald die erfahren, dass er Mensa-Mitglied ist, lehnen sie ihn ab.«

Das fand ich einleuchtend.

Robin streckte Verständnis suchend die Hände aus. »Wer was weiß, der soll es auch zeigen, das ist mein Motto«, sagte er, wobei er den Kopf drehte und wendete, als wäre sein Kragen zu eng. Es wurmte ihn, dass ihm der große Starruhm verwehrt wurde.

»Ich bin sicher, wenn die Sie persönlich sehen würden, würden sie es sich anders überlegen. Haben Sie den schon lange, Robin?«

»Bitte?«

»Den Bart. Carol hat so viel von Ihnen erzählt, dass es

mir schon zu den Ohren rauskam, aber den Bart hat sie mit keinem Wort erwähnt.«

Er wusste nicht, was er davon halten sollte. »Äh, so genau weiß ich das gar nicht mehr. Etwa seit ich mit der Schule fertig bin. Wieso, mögen Sie keine Bärte?«

»Ach wissen Sie, es gibt Bärte und Bärte. Manche stehen einem Gesicht besser als andere. Ich frage mich bloß, ob Ihrer, nur rein gesichtsmäßig, von Nachteil sein könnte, fernsehmäßig. Ich meine, das Bild ist inzwischen wesentlich klarer, das liegt an dem ganzen digitalen Quatsch. Ah, da kommt ja Audrey, frisch aus der Küche. ’n Abend, mein Herzblatt. Wir unterhalten uns gerade über Robins Bart. Ziemlich ausgeprägter Wuchs, da wirst du mir sicherlich beipflichten.«

Audrey stand in der Tür, einen eisernen Schöpflöffel in der Hand. »Du kommst zu spät«, sagte sie. »Zwei Stunden, zehn Minuten, um genau zu sein.«

Ich warf ihr eine Kusshand zu. »Dann ist es ja gut, dass es heute Auflauf gibt. Sie kriegen Audreys Paradegericht, Robin. Schweinekoteletts in Tomatensuppe. Einmal probiert, nie vergessen.«

Er nickte. Wahrscheinlich hatte er gesehen, wie Audrey die Dose aufmachte. »Carol hat mir erzählt, Sie sind Taxifahrer. Kennen Sie den Weg nach San José?« Er lachte.

Carol boxte ihn gegen den Arm. Ich hätte mich für eine andere Stelle entschieden.

»Endlich! Ein Freund mit Humor. Hat aber auch lange genug gedauert.«

Er sprach unbeirrt weiter. »Und Ihr Name. Ganz ähnlich wie Al Green. Ich schätze, Sie kriegen oft von Leuten *Jesus is waiting* oder *Take me to the River* zu hören.«

»Nicht so oft, nein.«

»Trotzdem, ich stell mir das faszinierend vor, mit Leuten aus ganz unterschiedlichen sozialen Schichten zu tun zu haben, wie ein Fenster zur Menschheit. Sie müssen einen Riesenfundus an Geschichten haben.«

»Meinen Sie?«

»Sie kennen doch sicher die Geschichte, die T.S. Eliot gern erzählt hat.« Er zog die Augenbrauen hoch. Ich wusste, was er dachte. Nämlich dass ich nicht wüsste, wer zum Henker T.S. Eliot war. Ich wusste, wer er war. Das verdankte ich meiner Mum, die Bobs zweites elektrisches Album hatte, mit der Zeile: *Ezra Pound and T.S. Eliot fighting in the captain's tower.* Danach wollte ich natürlich unbedingt wissen, wer die beiden waren. Klaute mir eins von Eliots Büchern aus der Bücherei. Konnte persönlich nicht viel damit anfangen. April ist der grausamste Monat? Was ist dann mit September, wenn all die hübschen Urlaubsflirts plötzlich wieder nach Hause abdüsen und dich dir selbst überlassen? April? April ist schon fast Mai, und der bedeutet die Rückkehr von nackten Beinen und kurzen Röcken.

»T. S. wer?«, sagte ich.

Er blickte nach unten auf seine Schuhe, ein kleines Grinsen um die Lippen. Hatte ich mir gedacht.

»T. S. Eliot. Einer unserer berühmtesten Dichter. Literaturnobelpreisträger. Jedenfalls, T. S. Eliot hat mal in London ein Taxi genommen, und als er einstieg, sagte der Taxifahrer: ›Sie sind T. S. Eliot, nicht?‹ Und T. S. Eliot sagte: ›Ja, richtig. Woher wissen Sie das?‹ Und der Taxifahrer sagte: ›Ach, ich kenne alle berühmten Leute. Ich hab ein gutes Gedächtnis für Gesichter. Erst neulich saß Bertrand Russell genau da, wo Sie jetzt sitzen. Und ich zu ihm: »Sie sind Bertrand Russell, der berühmte Philosoph, nicht?«, und er: »Ja, stimmt.« Und ich: »Na, Sir Bertrand, dann lassen Sie mal hören. Ich würd nämlich furchtbar gern wissen, worauf es ankommt.‹ Und wissen Sie was? Er konnte es mir nicht sagen.‹«

Und Robin schlug sich klatschend auf die Schenkel und fing an zu lachen. Carol gab ihm einen Klaps auf den Po und fing an zu lachen. Audrey boxte ihm gegen den Arm und fing an zu lachen. Und dann lachten sie alle drei und kriegten sich nicht mehr ein. Ich hätte ihn auf der Stelle abmurksen können und ihn gern oben auf der Beule begraben, mit etwas guter altmodischer Spatenarbeit.

»Konnte ihm was nicht sagen?«, fragte ich.

»Was?« Robin kämpfte mit den Tränen.

»Konnte ihm was nicht sagen?«, wiederholte ich.

Robin hörte auf zu lachen, blickte Carol an. Carol hörte auf zu lachen, blickte Audrey an. Audrey hörte auf zu lachen, blickte mich an.

»Worauf es ankommt«, sagte Robin.

»*Was* ankommt?«

»Na, alles eben«, sagte er mit Nachdruck. »Im Leben.« Plötzlich war die Geschichte nicht mehr lustig.

Ich schüttelte den Kopf. »Wieso sollte er wissen, worauf es im Leben ankommt? Bloß, weil er viel nachdenkt?«

»Dad. Das war ein Witz.«

»Ja, aber er hat weder Hand noch Fuß, Kleines. Ich meine, selbst wenn er es tatsächlich wusste, hätte er es wohl kaum einfach so vom Rücksitz eines Taxis aus erklären können. Ich meine, das, worauf es im Leben ankommt, ist doch wohl ein bisschen komplizierter? Oder, Robin?«

»Ich schätze, ja.«

»Natürlich ist es das. Das ist das Problem mit solchen Witzen. Die sind was für Neunmalkluge. Bei näherem Hinsehen sind sie nicht mehr lustig. Meine Witze mögen ja ein bisschen derb sein, Mösen und Bischöfe und College-Boys, die denken, sie wissen alles, aber wenigstens sind und bleiben sie lustig. Was machen die Koteletts, Liebste? Lange genug gegart?«

Wir aßen zu Abend. Er hatte hervorragende Tischmanieren, dieser Robin, steckte sich die Serviette in den Kragen, legte Messer und Gabel jedes Mal hin, wenn er kauen wollte, und weit und breit waren keine Ellbogen zu sehen. Nach dem Auflauf gab's Windbeutel mit Vanillecreme. Carol warf Robin unter ihren Wimpern hindurch immer wieder vielsagende Blicke zu. Nicht in meinem Haus, ausgeschlossen. Anschließend nahm ich die beiden mit zu den Fischen. Kaum hatte ich das Unterwasserlicht eingeschaltet, fingen die Kois an zu scharwenzeln, vor lauter Begeisterung, dass ich da war. Wir betrachteten sie, und ihre Farben schimmerten im zitternden Wasser.

»Das da ist Torvill«, sagte ich, als sie an uns vorbeiflitzte. »Ist sie nicht ein Prachtstück?«

»Sehr nett«, sagte Robin. »Aber was macht sie – was machen die beiden?«

»Was sie machen? Es sind Fische, Robin. Sie *machen* gar nichts, außer dass sie mir das Herz aufgehen lassen, weil sie die schönsten Geschöpfe sind, die Gott je ersonnen hat. Bis auf unsere Carol natürlich.«

»Was ist mit mir?« Audrey stand hinter uns. Ich hatte nicht gemerkt, dass sie mitgekommen war. »An welcher Stelle komme ich in deinem großen Plan des Lebens? Vor oder nach den Fischen?«

»Das ist eine Fangfrage, Audrey.«

»Extra für dich. Kaffee, Robin?«

Wir marschierten zurück ins Wohnzimmer. Audrey hatte das beste Kaffeeservice rausgeholt und einen Teller mit Minzschokoladenplätzchen hingestellt, die noch von Weihnachten übrig geblieben waren.

»So«, sagte sie, als wir alle saßen. »Was machen wir jetzt?«

Robin beugte sich vor, und seine Augen glänzten.

»Ich hab genau das Richtige«, sagte er. Er griff in seine Jackentasche und holte eine kleine schwarze Schachtel heraus.

»Scrabble«, sagte er.

Und so fing alles an.

Er hatte kein gewöhnliches Reiseset mitgebracht. Es war ein ganz besonderes Set, mit einem hölzernen Klappbrett mit Metallscharnieren, kleinen Mahagoniablagebänkchen und kleinen Buchstabensteinen aus Elfenbein mit winzigen Magneten auf der Rückseite, damit sie nicht verrutschten. Selbst das Säckchen, in dem er sie aufbewahrte, war aus irgend so einem noblen Leder. Ich musste zugeben, es sah hübsch aus, alles handgemacht, wie für ein schickes Segelschiff angefertigt. Er hatte sogar einen silbernen Drehbleistift, der an dem Notizblock für den Punktestand klemmte, und ein kleines Taschenwörterbuch, das er aus seinem Rucksack in der Diele zog. Ehe ich etwas sagen konnte, hatte Robin schon alles aufgebaut, Ablagebänkchen auf dem Couchtisch, Brett in der Mitte, Audrey und ich auf dem Sofa, er und Carol in den beiden Bambussesseln, die sie aus dem Wintergarten geholt hatte.

»Am besten notiere ich die Punkte«, sagte er und schüttelte kurz das Säckchen, »schließlich kenn ich die Regeln, einverstanden? Fangen wir an?« Und los ging's.

Wir spielten an dem Abend zwei Partien, und am Sonntag spielten wir zwei nach dem Mittagessen und hätten noch eine dritte gespielt, wenn ich die beiden nicht zum Zug hätte bringen müssen, damit sie abends wieder in London waren. Als ich ihnen zum Abschied winkte, sah ich, wie er das Brett auf dem Tisch zwischen ihnen aufstellte. Und wissen Sie was? Ich wäre am liebsten eingestiegen und hätte gleich wieder mitgespielt. Das hätte mich stutzig machen müssen.

Am nächsten Wochenende war er wieder da und auch am Wochenende darauf, wobei ich nicht hätte sagen können, ob er wegen der Beule kam oder wegen Carol oder um Scrabble zu spielen. Vormittags ging er hoch zur Beule, um seine Messungen anzustellen. Nachmittags, wenn wir unterwegs waren, hätte er sich, wäre er ein halbwegs normaler Mann gewesen, mit Carol verlustiert, aber die meiste Zeit schrieb er seiner Mum, am Kuli lutschend, elend lange Briefe, in denen er haarklein alles erzählte, was er am Wochenende gemacht hatte. Kein Wunder, dass Carol ab und an mal ein wenig kribbelig wurde. Schließlich war sie ihres Vaters Tochter. Am Abend wurde es aufgebaut, unweigerlich, das kleine Brett, und wir fingen an. So lief das Wochenende für Wochenende. Ja, von dem Moment an, da Robin die Bühne betrat, schien das Leben nur noch aus Wochenenden zu bestehen. Wir hörten am Sonntagabend auf, und schwups war es wieder sieben Uhr am Freitag, und er kam zur Tür herein und klappte das Brett auf.

Ehrlich gesagt, bevor Robin auftauchte, hatte ich nie Zeit für Gesellschaftsspiele gehabt, für Spiele jeglicher Art eigentlich, aber wenn ich an diesen Wochenenden die Hand ins Säckchen steckte, fühlte ich mich wieder wie ein Kind, das in den Weihnachtsstrumpf greift und nicht weiß, was er ihm bescheren wird. Ich bekam schon Herzrasen, wenn ich nur daran dachte, gleich dran zu sein, an die Möglichkeiten, die sich mir auftun würden, daran, wie Audrey Wörter wie TEE und KUH hinknallte, wie Carol sauer wurde, weil ihr nichts Schlaues einfiel, und ich, der ich auf das Brett schaute und die Buchstaben studierte, begriff, dass ich vielleicht nicht der Gebildetste am Brett war, na gut, aber ich war flink, kannte mehr Wörter, als ich je für möglich gehalten hätte. Der Anblick von all den Buchstaben, die da vor mir auf dem Bänkchen in einer Reihe lagen, war kein Hindernis, im Gegenteil, er war eine Hilfe, formte Muster in meinem Kopf. Ich hatte ein Gehirn, und – wer hätte das gedacht? – es funktionierte. Fünf Wochenenden, und ich war süchtig. So etwas hatte ich noch nie erlebt. Ich meine, mal abgesehen von den vierzehn Tagen in Weymouth, mit Saufen und Pillen und scharfen Frauen. Aber das hier war anders. Es war wie Freiheit, als wäre ich nicht ich, sondern ein anderer, einer, der besser war als ich, schlauer, gewitzter, einer, der's draufhatte. Es gab dabei nur ein Problem. Robin.

Er gewann einfach immer, wissen Sie. Immer. »Meine Partie, würd ich sagen« war sein kleiner Spruch, und dann rieb er sich die Hände und grapschte sich die Buchstaben und warf sie ins Säckchen, bereit für die nächste Runde. Wenn er ein Ö oder ein Q hatte, landeten sie irgendwie immer auf einem Bonusfeld mit dreifachem Buchstabenwert. Er kannte all diese bescheuerten Wörter, die seit fünfhundert Jahren kein Schwein mehr benutzte, und er war höllisch gut mit den S. Und er gewann nicht bloß. Er schlug uns vernichtend, mich vor allen Dingen, gewann mit sechzig, siebzig, manchmal hundert Punkten Vorsprung. Gewinnen war für Robin alles, und er sorgte dafür, dass ich das auch wusste.

Sein Benehmen ergab irgendwie keinen Sinn. Wenn du

drauf aus bist, dich beim Vater deiner Freundin beliebt zu machen – was wichtig sein könnte, wenn die Zeiten hart wurden, und sie würden hart werden, denn Carol war schließlich die Tochter ihrer Mutter –, müsste eigentlich das oberste Gebot sein, ihn bei Laune zu halten. Ich hatte das bei Audreys Dad weiß Gott zur Genüge getan. Und das zweite Gebot wäre, ihn nicht zweimal am Samstag zu demütigen und dann gleich noch dreimal am Sonntag, selbst wenn's schwerfiel. Aber nicht so Robin. An jedem Wochenende machte er mich am Brett nach Strich und Faden fertig. Hätte er einen Funken Anstand im Leibe gehabt, hätte er mich ein- oder zweimal gewinnen lassen. Er hätte gewusst, dass es Absicht war. Ich hätte gewusst, dass es Absicht war. Aber wir hätten auch beide gewusst, dass er mir ein bisschen Respekt zollte, und das hätte ich zu schätzen gewusst. Aber nichts da. Am Anfang war mir völlig egal, ob ich verlor oder gewann. Es war ein Spiel, mehr nicht. Aber nach zwei Monaten hatte mich der Ehrgeiz gepackt, den kleinen Scheißer zu schlagen und, wenn ich könnte, ihm obendrein den Bart abzufackeln. Offen gestanden, seit der Bart aufgetaucht war, hatte ich auch Probleme im Bett mit Audrey. Die optische Ähnlichkeit brachte mich aus dem Takt. Ich versuchte, dagegen anzugehen, schloss die Augen, dachte an irgendwas anderes, zum Beispiel an die Fische, aber sobald sich so etwas einmal im Kopf eingenistet hat, kriegst du es schwer wieder raus. Selbst wenn es mir gelang, rechnete ich schon fast damit, hinterher »Meine Partie, würd ich sagen« zu hören.

Sechs Monate später trat ein, wovor mir die ganze Zeit gegraut hatte. Robin und Carol verlobten sich. Audrey war hin und weg. Sie küsste und drückte ihn und holte die Flasche Champagner, die ich für meinen Geburtstag verwahrt hatte. An dem Abend legte er MARQUIS und MITGIFT aufs Brett und schlug mich mit einem Vorsprung von dreiundfünfzig Punkten. In der nächsten Woche verkündete Audrey, dass wir alle zusammen in Urlaub fahren würden, um uns besser kennenzulernen.

»Er ist jedes Wochenende bei uns«, sagte ich. »Ich kenne ihn bereits.«

»Das nennt man Beziehungen vertiefen. So was machen Menschen, wenn es drauf ankommt. Es geht um die Zukunft unserer Tochter. Außerdem fahren wir nie in Urlaub.«

Sie sah meinen Gesichtsausdruck.

»Wir fahren, Al. Ich hab mir alles genau überlegt. Es geht in den Lake District. Laut Prospekt leben dort lauter Dichter. Stell dir vor, wie romantisch das ist, sie da herumwandern zu sehen, wie sie sich Reime ausdenken.«

»Es ist verflucht weit, Audrey, bis zum Lake District. Ich fände irgendwo näher an zu Hause geeigneter. Am Meer.«

»Ich hab das Meer satt, jeden Tag derselbe Anblick.«

Das konnte ich gut nachempfinden. Also auf zum Lake District.

VIER

Ich bin noch nie gern in Urlaub gefahren. Die ganze Packerei, die Reiserei, der Einheitsfraß, den du und die anderen siebenhundert Trottel vorgesetzt bekommen, wie Schweine am Trog. Denn genau das bist du im Grunde genommen, ein Schwein am Trog, das angeschrien wird, herumgestupst, hierhin und dorthin gescheucht, in Flugzeuge verfrachtet, in Züge gepfercht, das stundenlang irgendwo Schlange steht und irgendwann völlig willenlos am Ziel ankommt. Und wozu? Um in einen papierdünnen Verschlag gestopft und an einen Strand getrieben zu werden, wo Sonnenliegen wie Särge nach einem Erdbeben aufgereiht sind, braun gebrannte Schürzenjäger vorbeischlendern, deine Frauen taxieren, beschissene Handtücher und durchsichtige Armreifen *made in China* verkaufen. Du kannst nichts anderes machen als essen, schlafen, trinken und in regelmäßigen Abständen das Frauchen bespringen, denn genau das macht ein Schwein: essen, schlafen, trinken und, wie und falls erwünscht, für dreißig Sekunden rauf auf die Sau. Das ist kein Urlaub. Das ist ein Arbeitslager. Und du bezahlst auch noch dafür.

Ich hab das mal eine Zeit lang gemacht, als ich jünger war, bin auf diese Insel nicht weit von Oberst Gaddafi gefahren, Malta, das Land der Lederhandtaschen und Schutthaufen. Damals waren die wichtigsten Zutaten glasklar: so viel Bier, wie mein Magen fassen konnte, und jeden Tag eine andere Braut, hab häufig nicht mal nach ihrem Namen gefragt. Abfüllen und aufs Kreuz legen, das war mein Motto. Wieder zu Hause, war ich einfach nur angewidert, von denen, von mir, hatte die Faxen dicke; wie langweilig das alles gewesen war, wie öde und sinnlos, wie routinemäßig. Trotzdem musste ich es machen. Ich hatte keine Wahl. Ich war ein Schwein. Hatte nur Augen für den Trog.

Und dann fuhr ich irgendwann nicht mehr hin. Ich erinnerte mich an den Ort, von dem mir Mum immer erzählt hatte, oben im Peak District, wo ihre Mum herstammte, und ich fuhr hin, unternahm nichts Besonderes, lungerte bloß herum, kutschierte durch die Gegend, trank das Bier aus der Region, unterhielt mich mit Leuten, die ich nie wiedersehen würde. Keine Frauenaufreißerei, keine viertägigen Sauftouren, nicht mal eine unfaire Prügelei mit jemandem, der kleiner war als ich, bloß Ruhe und Frieden und in schön sauberer Bettwäsche aufwachen. Und soll ich Ihnen was sagen? Als ich nach Hause kam, hatte ich ein rundum gutes Gefühl, so als müsste es gar nicht so sein wie vorher. Von da an fuhr ich ab und an zu irgendwelchen beschaulichen Orten im Land, in die Cotswolds, in den New Forest, wieder hoch in den Peak District, Orte mit Flüssen und Steinbrücken und Pubs, wo ich in einer Ecke sitzen konnte, niemand sein musste, kein Protzer, kein Blender, nicht mal ein Gesicht. Ich verriet keinem zu Hause, wo ich gewesen war. Es hätte sich total komisch angehört, Al Greenwood macht mutterseelenallein Urlaub im Heimatland. Nicht gut fürs Image. Ich probierte es einmal mit Audrey, nachdem wir frisch zusammen waren, aber sie wollte immer nur Prospekte wälzen und überall wandern, alles sehen, alles durchplanen, und damit kam ich nicht klar. Dann schon lieber vierzehn Tage Pauschalurlaub, ihr den Rücken mit Sonnenmilch einreiben, sie ab und an umdrehen. Aber jetzt, diese Idee mit dem Lake District. Ich hatte das Gefühl, als würden sie sich in mein ganz privates Ich einschleichen, das versteckt gewesen war, von dem keiner wusste. Das gefiel mir nicht. Aber was hatte ich für eine Wahl? Es ging um das zukünftige Glück meiner Tochter, oder?

Ich lieh mir von einem Kumpel ein Wohnmobil. Es hatte alles, eine Kochnische mit Herd und Kühlschrank, ein kleines Chemieklo gegenüber der Haupttür, ein richtiges Schlafzimmer im hinteren Teil mit Doppelbett und Fernseher an der Decke und eine Sitzgarnitur für sechs im vorderen Teil, die sich abends zu einem zweiten Doppelbett umfunktionieren ließ. Nicht viel Privatsphäre hinter den Vorhängen, aber das war das Problem von Mensa-Mann, nicht meins. Ich schaffte den Alkohol rein, und wir brachen auf, Audrey, Robin und Carol, Monty der Hund und ich.

Bei so einem Urlaub braucht man vor allem eines, nämlich gutes Wetter. Man muss mal raus, sich gegenseitig Luft zum Atmen geben. Wenn ein Pärchen Lust auf eine Besichtigung des Sydney-Opernhauses hat oder auf anständigen Zoff, dann müssen die anderen beiden sich verdünnisieren können, in den Pub gehen, eine Wanderung machen, das unnatürliche Verlangen entwickeln, sich zweieinhalb Stunden lang das örtliche Bleistiftmuseum anzutun. So sind nun mal die Regeln. Es war schon schlimm genug gewesen jedes Wochenende zu viert im Bungalow, aber im Wohnmobil war der Stress einfach vorprogrammiert.

Es fing schon mal nicht gut an. Am ersten Tag rutschte Carol beim Gassigehen mit Monty im Schlamm aus und verstauchte sich den Knöchel. Am zweiten Tag flammte Audrey sich die Augenbrauen weg, als sie den Gasherd anzünden wollte. Am dritten Tag fing es an zu regnen. Wir wurden gegen fünf Uhr davon wach. Um acht war schon nichts anderes mehr zu sehen als Nebel und Dunkelheit, das Grün um uns herum verwandelte sich in Wasser, der Himmel, niedrig und bedrohlich, rückte uns auf die Pelle, als gäbe es kein Entrinnen. Das war kein normaler Regen, wie man ihn schon mal im Urlaub hat, eher die gewaltige biblische Spielart, für die Noah die Arche zusammengezimmert hat. Ich rechnete schon fast damit, dass zwei Giraffen um die Ecke kämen und nach dem Landungssteg suchten. Wir konnten nichts anderes tun als den Morgen aussitzen.

Zu dem Zeitpunkt ging Robin mir schon ordentlich auf den Senkel. Es fing an mit dem täglichen Brief, den er morgens als Erstes seiner Mum schrieb. Mrs Eileen Parker, schrieb er auf den Umschlag und in Klammern dahinter (MUM!). Ich meine, wir hätten das wohl alle machen sollen, unserer Mum schreiben, die uns geliebt hat, ihr so was wie eine kleine Rettungsleine der Hoffnung und Erinnerung zuwerfen, aber keiner von uns hat das je getan, oder? Das heißt, keiner außer Gutmensch Parker, und der saß immer da, in seinen Pantoffeln, lutschte an seinem Kuli, ganz aufgeblasen von seiner eigenen Herzensgüte. Diese Pantoffeln waren ein weiterer Punkt, schauderhafte Dinger mit Rundnase und Schottenmuster, die Dudelsackmusik spielten, wenn man am Bommel zog. Dann kamen die morgendlichen Stretchübungen, die er an der Küchentrennwand absolvierte, wobei er versuchte, das Wohnmobil umzukippen und gleichzeitig meinen Kaffee zu trinken. Anschließend fing das Gesumme an. Im Bungalow war es mir nicht sonderlich aufgefallen, aber im Wohnmobil verfolgte es dich überall. Es hatte keine Melodie, jedenfalls keine, die ich erkennen konnte, es war einfach da, wie ein Furz, der nicht verfliegen wollte, den alle ignorieren mussten. Robin summte beim Zeitunglesen, er summte beim Spülen, und, was am schlimmsten war, er summte auf dem Chemieklo. Auf derart kleinem Raum hältst du dich bei so was bedeckt. Aber dieser Robin hätte genauso gut die Tür auflassen und Eintrittskarten verkaufen können. Schon bald bohrte es sich in meinen Kopf. Schon bald hörte ich es sogar, wenn er nicht summte.

Am Nachmittag des Regentages wurde ich langsam unruhig. Es sah nicht danach aus, dass der Regen aufhören würde. Ich wollte trotzdem raus, aber Robin hatte eine bessere Idee. Audrey hatte so einen kleinen versilberten Pokal ganz hinten im Geschirrschrank gefunden, so einen, wie sie Kindern an Schulsporttagen verliehen werden.

»Wie wär's, wenn wir ein richtiges Scrabble-Turnier veranstalten«, sagte Robin, »den Rest des Tages. Wer die meisten Punkte erzielt, kriegt den Pokal.«

Es war eine bescheuerte Idee, aber so eingesperrt, wie wir im Wohnmobil waren, stürzten wir uns begeistert darauf. Wir beschlossen, eine richtig große Sache draus zu machen. Wir warfen uns in Schale. Ich trug meinen besten Blazer mit Messingknöpfen. Robin kramte diesen Smoking mit Quasten hervor. Audrey zog ihre grün-orange karierte Lieblingsgolfjacke mit Fliege an, polierte den Pokal und förderte eine Dose Kekse zutage. Carol hatte ihre weiße Schlaghose und eine Bluse mit Kordelzug an. Ich entkorkte zwei Flaschen Wein, während Carol eine Punktetabelle für alle geplanten Partien anfertigte. Runde eins: ich gegen Carol, Audrey gegen Robin; Runde zwei: Robin gegen

Carol, ich gegen Audrey; Runde drei: Carol gegen Audrey und schließlich ich gegen Robin. Es konnte losgehen.

Die ersten Spiele liefen wie erwartet. Ich schlug Carol, Robin schlug Audrey. Es war spaßig, wie wir um den Tisch saßen, Schokoladenkekse mampften, Wein tranken, über Audreys Rechtschreibung lachten. Vielleicht, dachte ich, hatte sie ja doch recht mit diesem Quatsch von wegen Beziehungen vertiefen. In der nächsten Runde schlug Robin Carol, und ich schlug Audrey. Auch das war keine Überraschung. Inzwischen war es sechs Uhr. Wir legten eine Pause ein für Würstchen mit gebackenen Bohnen, während der Regen aufs Dach hämmerte, als wollte er reingelassen werden. Was kümmerte es uns? Ich öffnete noch eine Flasche Wein für die Kinder und holte für Audrey und mich was Anständiges hervor. Sobald alle wieder versorgt waren, setzten wir uns für die letzten zwei Partien hin, Audrey gegen Carol und ich gegen Robin. Den Mädchen ging es darum, sich zu amüsieren. Sie hatten sowieso keine Chance, den Pokal zu gewinnen. Aber Robin und ich? Wir lagen punktemäßig dichter beieinander als erwartet.

Der erste Aufreger kam, als Audrey Carol schlug. Das war wie ein Omen, wie eine Vorbereitung, Audrey und ich gegen Carol und Robin, die Oldies gegen die Youngster, die Beschränkten gegen die Allwissenden. Vielleicht hatte es gar nichts damit zu tun, aber kaum hatte ich mich Robin gegenübergesetzt und er zupfte sich am Bart, als wäre es eine ausgemachte Sache, wusste ich, dass ich eine Chance hatte. Wie gesagt, ich hatte in den ersten beiden Runden gut abgeschnitten, fast so viele Punkte erzielt wie er. Aber das war es nicht. Es war vielmehr so, dass ich im Laufe der Wochen Fortschritte gemacht, darüber nachgedacht, den

Spielverlauf beobachtet hatte. Ich hatte mir auch so ein kleines Handbuch gekauft, *100 ultimative Scrabble-Tipps,* und drin rumgelesen, wenn ich im Vanden Plas saß und auf die nächste Tour wartete. Jetzt hatte ich das Gefühl, dass meine große Stunde gekommen war. Inzwischen spürte ich den Scotch, und von Anfang an, vom ersten Wort an, das ich aufs Brett legte – WILDFANG –, richtig frech und souverän, so als wäre ich wild und er mein Fang, als ordneten sich die Buchstaben wie von selbst auf der Ablage, auf dem Brett, fügte sich alles reibungslos ineinander. Ich war hellwach, beflügelt, cool wie bei einer schnellen Nummer am Nachmittag. Ich zog bessere Buchstaben aus dem Säckchen als Robin, nutzte sie besser. Er war verunsichert, das merkte ich ihm an. Ich hatte einen Lauf, und das wussten wir alle. Plötzlich war diese Partie ungemein wichtig. Plötzlich glänzte der kleine Pokal auf dem Regal nur für mich. Jedes Mal, wenn ich ihn ansah, kam er mir größer vor, strahlender, in greifbarerer Nähe. Verstehen Sie mich nicht falsch. Robin war noch immer gut, lag insgesamt noch immer vorn, aber mit jeder Runde rückte ich ihm näher auf den Leib. Wörter, die zu kennen ich nicht für möglich gehalten hätte, fielen mir so locker ein, wie das Eis in meinem Whisky klimperte, klar und wie für mich geschaffen, OBSKUR, DISPUT, SURREAL. Hin und her ging es mit uns, und mit jeder Runde verringerte sich sein Punktevorsprung, rückte der Pokal näher zu mir. Selbst wenn ich das Ding nicht ergatterte, hätte ich Robin das Leben ganz schön schwer gemacht, ihm ein Kopf-an-Kopf-Rennen geliefert.

Vielleicht wurde ich arrogant, aber im letzten Viertel der Partie fiel ich zurück. Robin baute seine leichte Führung aus. Mir lief die Zeit davon. Ich konnte nur kurze

Wörter legen, Wörter, die nicht viel einbrachten, zumal die Buchstaben langsam zur Neige gingen und das Brett schon so gut wie voll war. Das Spiel entglitt mir. Zwei Runden später war nichts mehr im Säckchen, es gab nur noch das, was wir auf unseren Bänkchen liegen hatten, dann war Schluss. Er führte mit neunundzwanzig Punkten Vorsprung. Ich hatte noch fünf Buchstaben übrig. Er musste noch sieben haben, ein komplettes Bänkchen voll. Er war an der Reihe. Ich hätte ein halbwegs punkteträchtiges Wort legen können, wenn ich dran gewesen wäre. Im unteren Bereich des Brettes lag das Wort SIE, das horizontal noch verlängerbar war. Ich könnte G-E-L anlegen und bekäme SIEGEL. Das würde mir acht Punkte einbringen. Ich würde immer noch verlieren, aber respektabel. Robin ahnte anscheinend, was mir durch den Kopf ging, denn er lächelte, streckte eine Hand aus und knallte hinter das SIE die Buchstaben GER. SIEGER. Sieben weitere Punkte. Er lehnte sich zurück, richtete die Augen auf das Regal mit dem Pokal.

Ich senkte den Blick auf meine letzten fünf Buchstaben – ein G, ein E, ein L, ein M und ein U. Ich zerbrach mir den Kopf, wie ich möglichst viele davon, vor allem aber das punktestarke M loswerden könnte.

»Meine Partie, würd ich sagen«, sagte Robin.

Und dann sah ich sie, die Chance, die sich mir durch sein Wort eröffnet hatte. Ich konnte vertikal vier meiner Buchstaben an das zweite E in SIEGER anhängen, und zwar so, dass mein L auf einem Feld mit dreifachem Wortwert lag – als wäre es eine Schicksalsfügung. U-M-E-L. EUMEL. Es war unglaublich. Ich hätte bis auf einen alle meine Restbuchstaben verbraucht, würde geschlagene siebenundzwanzig Punkte kassieren, wodurch sich Robins

Vorsprung auf neun Punkte verringerte. Und alles, was noch auf seinem Bänkchen lag, würde von seinem Punktestand abgezogen. Ich wusste nicht genau, wie viele Buchstaben er noch hatte, aber eines wusste ich: Es war ein Y dabei. Vielleicht hoffte er, damit in einem letzten Spielzug noch irgendwie bei Carol Eindruck schinden zu können, neunmalklug, wie er war. Aber leider gab es beim besten Willen keine Möglichkeit, wie er es noch unterbringen konnte, und das hieß, es würden ihm mindestens zehn Punkte von seiner Gesamtzahl abgezogen werden. Was bedeutete, dass ich gewinnen würde. Ich würde gewinnen, verdammt noch mal. Ich hatte ihn in seinem Lieblingsspiel geschlagen. Ich legte die Buchstaben hin, ganz bedächtig, mein Mund wie ausgetrocknet, mein Herz schlug wie ein Presslufthammer, als würde mir eine barbusige Schönheitskönigin auf der Überholspur der Autobahn einen runterholen. Was für ein Gefühl!

»EUMEL«, sagte ich, bemüht, das Zittern in meiner Stimme zu unterdrücken. Ich hatte gewonnen. Ich hatte ganz einfach gewonnen. Ich würde den Ruhm einheimsen, ich würde den Pokal kriegen und später, wenn ich reichlich daraus getrunken hatte, würde ich Audreys Opernhaus die beste Produktion bescheren, die es seit Jahren gesehen hatte; drei Akte und keine Pause. Scheiß auf den Anstand.

Robin kraulte sich den Bart.

»Eumel?«, sagte er und schüttelte den Kopf. »Das gilt nicht.«

»Das gilt nicht, Dad«, echote Carol.

»Was soll das heißen, es gilt nicht? Es ist ein ganz normales Wort, ich benutz es andauernd. Erst neulich noch. Der Typ ist wirklich ein ganz schöner Eumel, hab ich gesagt, was, Audrey?«

Robin winkte ab.

»Das spielt keine Rolle. Du kannst es nicht nehmen. Es ist umgangssprachlich. Beim Scrabble ist nur Hochsprache erlaubt.«

»Wieso denn das?«

»Weil Scrabble nun mal Spielregeln hat, und seriöse Leute halten sich daran.«

»Was ist denn an Eumel unseriös? Es ist vielleicht etwas altmodisch, zugegeben, aber ein durchaus seriöses Wort.«

»Es ist gegen die Regeln. Basta.«

»Jawohl, basta«, zwitscherte Carol. »Fang nicht an zu schummeln.«

»Wer schummelt denn hier? Ich hab nur ein ganz normales Wort gelegt. Ein Wort, das durchaus gebräuchlich ist.«

»Selbst wenn, es ist umgangssprachlich.« Robin beugte sich vor, sammelte die Buchstaben vom Brett und gab sie mir zurück.

»Ich bin dran«, sagte er, und ohne auch nur eine Sekunde zu warten, legte er seine Buchstaben einen nach dem anderen hin, als wären die Felder bloß für ihn da, Y-R-U-S, legte sie genau unter das G von SIEGER, was nicht gegangen wäre, wenn direkt daneben mein EUMEL gelegen hätte.

»Gyrus«, sagte er. »Das macht noch mal sechzehn Punkte. Ein tolles Finale, das müsst ihr zugeben.«

»Soviel ich weiß, schreibt sich Gyros mit o«, sagte ich, »und Fremdwörter sind erst recht nicht erlaubt.«

»Es heißt Gyrus mit u, ist der medizinische Begriff für Gehirnwindung und steht in jedem anständigen Wörterbuch«, gab Robin zurück, woraufhin er die Buchstaben wieder ins Säckchen kippte. Audrey holte den Pokal.

»Auf den Champion«, sagte sie und setzte sich neben ihn. »Mit seinen Gehirnwindungen scheint alles zu stimmen.«

Carol gab ihm einen Kuss. »Ist er nicht gescheit?«, sagte sie.

»Und ob«, stimmte Audrey mit ein. »Und er sieht gut aus. Al wollte sich auch mal einen Bart stehen lassen, aber der ist ganz ungleichmäßig gewachsen, als wäre er mit Unkrautvernichter besprüht worden. Tja, der eine hat's, der andere nicht. Und Robin hat es im Überfluss. Wenn ich jünger wäre und Carol nicht meine Tochter …« Sie rückte mit ihrem Hintern dicht an ihn ran, sagte: »Na los, Champion, trink«, und goss ihm den letzten Schluck Wein in den Pokal. Er floss hinein, plätscher, plätscher, plätscher. Robin trank wie ein Baby aus seiner Flasche und sah mich dabei die ganze Zeit über den Rand hinweg an. Ich wusste, was er dachte. Er hatte nicht nur das Spiel gewonnen. Er hatte meine ganze beschissene Familie gewonnen.

»Eumel«, sagte Audrey kopfschüttelnd. »Also wirklich.«

In der Nacht lag ich am äußersten Rand des Bettes, hellwach. Der Regen hatte nicht aufgehört. Ich konnte Robin und Carol im vorderen Teil rumalbern hören. So glücklich hatten sie noch nie geklungen.

»Hör dir das an«, sagte ich.

»Was?«, sagte Audrey.

»Sie lachen über mich. Nicht zu fassen. Meine eigene Tochter.«

»Lass gut sein, Al. Sei kein schlechter Verlierer.« Damit drehte sie sich um.

Aber ich konnte es nicht gut sein lassen. Ich konnte kein Auge zutun, weil ich ständig darüber nachdenken musste. Würde es von nun an so laufen, Al hinterm Lenkrad, aber nicht mehr am Steuer, während Robin Klugscheißer Parker summend den Bungalow und Audreys Zuneigung eroberte? Ich sah andauernd sein Gesicht vor mir, die hastige Art, wie er mir meine Buchstaben zurückgegeben und seine eigenen aufs Brett geknallt hatte. Irgendwas stimmte da nicht. Schon aus Höflichkeit hätte er warten müssen und so tun, als müsste er nachdenken, es sei denn ...

Es war, als würde eine Glühbirne angeknipst. Es sei denn, er hatte die Sache so schnell wie möglich beenden wollen. Es sei denn, er hatte irgendwas zu verbergen gehabt, es sei denn, er war wegen der ganzen letzten Runde nervös gewesen.

Ich stand auf und schlich in die Kochnische. Sie unterhielten sich ganz leise.

»Vielleicht sollte ich ihn mal gewinnen lassen, bloß um die angespannte Stimmung zu lösen.«

»Untersteh dich, Robs. Ich find's toll, wenn du ihn schlägst. Das macht mich richtig an. So was hat vorher noch keiner getan. Ihn so geschlagen, ihn Tag für Tag für Tag fertiggemacht. Das heute Abend war der Hammer. Das hat mich angemacht wie noch nie. Wie sieht's aus? Lust auf noch 'ne Runde?«

An der Stelle hätten manche Väter sich wahrscheinlich zurückgezogen, aber ich war auf einer Mission. Ich schob den Kopf ganz vorsichtig um die Ecke. Das Bettzeug lag auf einem Haufen, aber das interessierte mich nicht. Ich blickte auf das Regal an der Wand, wo das Scrabble-Set stand, der Pokal und das, worauf ich es abgesehen hatte, sein Wörterbuch.

»Oh Gott, Carol«, sagte Robin auf einmal. »Eumel. Scheißeumel«, und ein Fuß tauchte aus dem Nichts auf und fing an, gegen die Wand zu knallen. Alles auf dem Regal geriet ins Rutschen. Ich streckte den Arm aus. Das Wörterbuch fiel mir in die Hand. Ich wusste, was ich darin finden würde.

Ich nahm es mit in die Kochnische und machte Licht. Ich blätterte die Seiten bis zum E durch, das erste Mal im Leben, dass ich überhaupt ein Wörterbuch benutzte. Es war allerdings nicht schwierig. Durch Scrabble war ich an Buchstaben gewöhnt. *Eber, Ehre,* ich blätterte schneller, konnte es nicht erwarten, ans Ziel zu kommen. Dann war ich bei den Wörtern, die mit EU anfingen. *Eucharistie, Eukalyptus,* und dann dick und fett: **EUMEL**. Es stand im Wörterbuch, es galt also doch. Robin hatte mich gelinkt. Und das wusste er.

Ich ging wieder ins Bett, schaltete das Licht ein, stupste Audrey an.

»Audrey, wach auf. Ich muss dir was zeigen.«

Audrey schob mich weg.

»Herrje, Al, lass endlich gut sein. Außerdem, wer will denn schon dein Eumelchen sehen?« Und sie drehte sich lachend wieder weg, um weiterzuschlafen. Humor ist der Leim, der eine Ehe zusammenhält, nicht wahr?

Ich wartete zwanzig Minuten, schlich mich dann wieder aus dem Bett und stellte das Wörterbuch zurück ins Regal. Carol und Robin träumten den Traum junger Liebe. Ich nahm seine Schottenpantoffeln mit aufs Chemieklo, pinkelte rein und stellte sie zurück vors Bett. Als ich wieder neben Audrey lag, schlang ich meinen Arm um sie und drückte sie fest.

»Gute Nacht, Schatz«, sagte ich und gab ihr einen schmatzenden Kuss auf den Hals. Danach schlief ich problemlos ein.

Am nächsten Morgen war die Welt wie verwandelt. Der Dunst hatte sich gelichtet, die Sonne schien. Ich kochte Tee für uns alle. Beim Frühstück saß Robin mit nackten Füßen am Tisch und schrieb an seine Mutter, Carol wusch seine Pantoffeln in der Spüle aus. Audrey nahm Monty mit nach draußen und verpasste ihm eine ordentliche Abreibung. Glückliche Familien sehen anders aus. Als Robin fertig war, wollte er eine Wanderung machen, doch Carols verstauchter Knöchel tat noch immer weh, und Audrey traute sich nicht in die Öffentlichkeit, solange ihre Augenbrauen nicht nachgewachsen waren.

»Geh du doch mit, Al«, schlug sie vor. »Ein bisschen Bewegung würde dir guttun.«

Ich war der Letzte, der da widersprochen hätte.

»Gute Idee«, sagte ich. »Ein paar Sandwiches, eine Dose Bier, das Scrabble-Set für eine schnelle Partie auf dem Gipfel. Klingt super.«

»Find ich auch.« Robin strahlte übers ganze Gesicht. »Scrabble auf einem Berg. Das wäre das erste Mal. Wir haben's noch nie auf einem Berg gemacht, nicht, Carol?«

Carol schüttelte den Kopf.

»Und vergiss nicht, deinen Brief einzuwerfen«, sagte Audrey zu ihm. »Ich hoffe, du hast ihr von gestern Abend erzählt, von deiner Glanzleistung.«

»Ich war ziemlich genial, nicht?«, pflichtete er ihr bei und sagte dann mit einem Grinsen zu mir: »Hast du dein Handy eingesteckt, Al? Meins hat keinen Saft mehr. Was bin ich bloß für ein Eumel.« Ich sagte nichts, klopfte nur auf meine Tasche.

Wir fuhren zu so einem Wanderparkplatz. Robin wollte hoch auf den Crinkle Crags. Ich zog mir ein Paar gute alte Schuhe und einen Fischerpullover an. Durch so einen geht nichts durch. Robin hatte seine Norfolkjacke an und trug eine Mütze wie Sherlock Holmes. Als wir losstapften, winkte Carol, die auf den Stufen vom Wohnmobil stand, mit Montys Pfote hinter uns her. Es war ein furchtbar langer Marsch, zuerst an einer Farm vorbei, über eine Fußgängerbrücke, und dann rauf auf den Berg. Ich war vorher nie viel gewandert, nicht in dem Stil, einen Fuß vor den anderen, und es war anstrengender, als ich gedacht hatte. Aber das würde ich dem kleinen Besserwisser nicht sagen. Er war ein alter Hase, das sah ich. Es fing ganz harmlos an, der Pfad einigermaßen breit, die Steigung kaum der Rede wert, doch ehe du wusstest, wie dir geschah, wurde es deutlich schwieriger. Der Pfad wurde schmaler, steiler. Mit einem Mal fühlten sich meine Füße bleiern an. Einen vor den anderen zu setzen war kein Kinderspiel mehr, im Gegenteil, es war verdammt schwer. Mein ganzer Körper fühlte sich mehr und mehr an wie ein schreckliches Gewicht auf meinen Beinen, als würde ich einen Rucksack voll mit Beton schleppen. Robin sah sich ständig nach mir um.

»Alles klar?«, fragte er. »Wird es dir auch nicht zu viel?«

»Nein, nein. Es liegt an den Schuhen. Die müssen eingelaufen werden.«

Wir marschierten weiter. Er hatte natürlich eine Karte dabei, haben diese Typen doch alle, eingepackt in Plastik. Ab und an blieb er stehen und deutete auf irgendeine Felsspitze in der Ferne. Dann nickte ich, froh über die Verschnaufpause, obwohl ich so was auf den Tod nicht ausstehen kann, wenn Leute einem was über Sachen verklickern, als würden sie ihnen gehören. Great Knott, Brown Howe und so weiter und so fort, er nannte sie alle beim Namen, als wären sie gute Freunde von ihm. Ich hätte nicht übel Lust gehabt, zu einem von denen rüberzumarschieren und ihm einen ordentlichen Tritt zu verpassen. Es waren Felsen. Schluss, aus.

Eine gute Stunde ging das so weiter, wir marschierten, stiegen höher und höher, Robin studierte seine Karte und plapperte vor sich hin. Eine Dreiergruppe hatte uns eine halbe Stunde zuvor überholt, doch davon abgesehen hätte man meinen können, wir wären die einzigen Menschen auf Erden. Das ist schon irgendwie ein komisches Gefühl, so klein zu sein an einem so großen Ort und dennoch darüber hinwegzuschreiten. Als Einzige. Keine neugierigen Augen. Keine Gesetze. Keine Zukunft. Keine Vergangenheit. Da kommst du auf ganz merkwürdige Ideen.

Endlich waren wir irgendwo angekommen, nachdem wir auf allen vieren bis ganz nach oben auf diesen Gipfel gekraxelt waren, der aussah wie ein spitzer, schwarzer Zinken, die Erde meilenweit unter uns, alles Grün verwaschen und weit weg, als wären wir nie im Leben von dort gekommen. Eine Weile sprach keiner von uns ein Wort. Man musste sich erst dran gewöhnen.

»Bad Step heißt der Punkt hier«, sagte er schließlich. »Hast du noch immer Lust auf eine schnelle Partie?«

»Und ob. Ich hab das Gefühl, ich bring's noch zum Scrabble-Meister.«

»Da hast du aber noch einiges vor dir. Gute Übersicht, Bestandsmanagement. Das ist die Hauptsache. Kann ich mir mal dein Handy ausleihen?«

»Verdammt, hab ich vergessen.«

»Also wirklich, Al. Auf so einer Bergtour sollte man immer ein Handy dabeihaben. Ich wollte Carol anrufen, ihr sagen, dass wir oben sind, ein Foto machen.«

Wir standen einfach da, ließen den Blick schweifen.

»So was rückt alles wieder ins rechte Licht, nicht, wenn man hier oben steht«, sagte ich. »Was wichtig ist, was nicht. All die kleinen Eifersüchteleien, die wir Menschen haben, unsere kleinen Hassgefühle und Verbitterungen. Ich meine, was ist das alles gemessen am großen Weltenplan, Robin, erklär mir das mal?«

»Wir nichtigen Wesen«, sagte er.

»Ich hätte es nicht besser ausdrücken können. Und mit diesem Gedanken im Hinterkopf muss ich dir was gestehen.«

»Ach ja?«

»Ja. Ich hab dir gestern Nacht in die Pantoffeln gepinkelt.«

»Was soll das heißen, du?«

»Ich meine damit, ich. Ich habe dir gestern Nacht in die Pantoffeln gepinkelt. Alle dachten, es wäre Monty gewesen. Aber das stimmt nicht. Ich war's. Ich hab erst in den rechten gepinkelt, und dann hab ich in den linken gepinkelt, könnte aber auch umgekehrt gewesen sein, ich weiß es nicht mehr so genau. Jedenfalls, entscheidend ist, ich habe reingepinkelt, sie richtig voll gemacht. Und hast du eine Ahnung, warum?«

»Al, soll das ein Witz sein? Wenn ja, dann …«

»Weil ich stinksauer war, Robin, darum. Ich hatte mir nämlich kurz vorher dein Wörterbuch ausgeliehen und das Wort Eumel nachgeschlagen und musste feststellen, dass es drinsteht, dass es sehr wohl gilt. Du hast geschummelt. Du hast mich um den Sieg gebracht, und du hast mich um den Pokal gebracht. Du hast mich aussehen lassen wie einen blöden Eumel, Robin, einen Scheißeumel, und das macht mich wütend.« Und schon stürzte ich mich auf ihn und packte ihn am Hals.

»Al, glaub mir, ich hab nie ...« Ich zog an seinem Bart.

»Wie wäre es gewesen, mal ins Wörterbuch zu kucken? Dich anständig und korrekt zu verhalten? Zu sagen, ›Ja, Al, das ist super, du hast gewonnen, weil Eumel ein ganz normales Wort ist, genau wie Bart und Beule und schrecklicher Unfall‹.«

»Al, ich wollte doch nicht ...«

»Doch, du wolltest! Jawohl, du wolltest! Das ist das Problem, Robin. Du wolltest! Ich schwöre hoch und heilig, wenn du nicht gesagt hättest ... ›Oh Gott, Carol, Eumel. Scheißeumel!‹« Und dann lief ich mit ihm bis dicht an den Rand, riss ihn herum – er hatte die Arme ausgestreckt wie ein Christus auf einem Drahtseil, und seine Füße tanzten wie Fred Astaire mit Durchfall – und gab ihm einen Schubs, einen richtig festen Schubs gegen seine Norfolkjacke, und seine Augen flogen weit auf, und er öffnete den Mund, und heraus kam so ein langer hoher Ton wie ein dünner heulender Strahl Pisse, ein Klang, den ich einem Körper niemals zugetraut hätte, eher wie ein Vogel als ein Mensch, unwirklich. Höher und höher wurde der Ton, je tiefer er fiel, höher und höher, bis ich ihn nicht mehr hören konnte, aber ich schwöre, ich wusste, dass er noch nicht verstummt war, sondern weiter nach der Welt schrie, die er gerade verließ.

Ich brauchte zwanzig Minuten, bis ich unten bei ihm war. Sein Gesicht lag auf einem Felsen, als wäre er eingeschlafen, ein Blutfaden rann aus dem Ohr zum Mund, ein Bein lag auf seinem Rücken, völlig verkehrt, wie bei einer Marionette mit durchgeschnittenen Schnüren. Ich griff in seine Innentasche, die große unten an der Seite, und da war es, sein kleines Reise-Set. Ich konnte nicht widerstehen. Ich holte es raus, hielt es ihm unter die Nase.

»Drei Buchstaben«, sagte ich. »T.O.T. Gibt zwar nur vier

Punkte nach meiner Berechnung, aber da heute ein ganz besonderer Tag ist, geb ich mir den dreifachen Wortwert, womit wir bei zwölf wären. Meine Partie, würd ich sagen.«

Und das war das Ende von Robin. Carol nahm es nicht besonders gut auf, als ich ohne ihn zurückkam, aber so ist das Leben. Es läuft nicht immer so, wie man es plant.

Zehn Jahre war er nun schon tot, und jetzt wollte Carol alles wieder aufwärmen. Na, sollte sie es doch versuchen. Sie hatte nichts in der Hand, gar nichts. Der Polizist, der mich damals vernahm, hatte mich nicht besonders gemocht. Die Blutergüsse rings um Robins Hals verlangten mir einige trickreiche Winkelzüge ab, aber nichts, womit ich nicht fertiggeworden wäre.

Und das Scrabble-Set? Es war kein Problem gewesen, es in der Aufregung zu verstecken. Besser, niemand brachte Robins Tod irgendwie mit dem Spiel in Verbindung. Ich verschwand einfach aufs Klo und verstaute es ganz unten in der Chemietoilette. Als wir wieder zu Hause waren, spritzte ich es mit dem Massagestrahl der Dusche ab und versteckte es dann hinter ein paar losen Backsteinen in der Garage. Nachdem Carol nach Australien ausgewandert war, bewahrte ich es eine Weile im Handschuhfach des Vanden Plas auf, spielte ab und zu eine Partie mit Blind Lionel, Wools führendem Unisex-Friseur, verstaute es aber wieder hinter den Backsteinen, nachdem Audrey und ich einmal abends zusammen Curry essen gegangen waren und sie bei der anschließenden Nummer im Auto das Handschuhfach mit dem Fuß aufgekickt hatte. Zum Glück war sie zu beschäftigt gewesen, um irgendwas zu merken. Ich hatte seit Jahren nicht mehr an das Set gedacht – aber jetzt? Nach Carols Anruf musste ich nachsehen, ob es noch da war. Ich wollte, dass es noch da war.

Ich ging durch den Wintergarten in die Garage. Als ich das letzte Mal dort drin gewesen war, hatte Adam Rump gerade den Vanden Plas unter die Lupe genommen, bis er den Kratzer am Kofferraum entdeckt und schließlich Mirandas gelbe Öljacke zutage gefördert hatte. Danach hatten sie sich um die Garage nicht weiter gekümmert. Sie hatten ja, was sie wollten. Jetzt stand der Citroën da, mit der Motorhaube nach vorn, der Kühlergrill sah aus wie ein hechelnder Hund, der von der Leine gelassen werden will. Es war schön, wieder einen schicken Schlitten hier drin stehen zu haben.

Ich tätschelte ihm den Scheinwerfer und schob mich an ihm vorbei bis zu den Regalen. Sie waren vollgestopft mit Sachen, die seit Jahren kein Mensch mehr angerührt hatte, kaputte Blumentöpfe, alte Farbdosen, einer von diesen Unkrautvernichtungssprühcontainern, die Audrey sich einmal im Monat auf den Rücken geschnallt hatte, um im Garten einen Blitzkrieg zu führen. Oben knapp über dem Dachbalken, vor dem Speicherraum, der sich über die halbe Garagenlänge erstreckte, hing die alte Blechtrommel, auf der Carol als Kind immer im ganzen Haus herumgeschlagen hatte. Die hatte ich völlig vergessen. Der Schlitten, den ich für sie gebaut hatte, musste auch noch irgendwo da oben sein. Das ist das Problem, wenn man auf Speichern und so herumstöbert. Es werden alle möglichen Erinnerungen wach.

Ich kniete mich hin und tastete nach den losen Backsteinen. Komisch, ich hatte gedacht, ich würde sie auf Anhieb finden, aber ich brauchte doch ein oder zwei Minuten und dann noch mal eine ganze Weile, um sie wieder zu lockern, doch schließlich hatte ich sie draußen. Und da war es, Robins kleines Scrabble-Set, eingepackt in eine Mitnehmtüte von Mr Singh's Curry House. Ich nahm es heraus, blies den Staub weg, legte es aufs Autodach und öffnete es. Es war alles da. Der Drehbleistift, das Ledersäckchen mit den Buchstabensteinen, die vier Ablagebänkchen, das Brett mit den kleinen Messingscharnieren, alles so gut wie neu, sogar der Notizblock für den Punktestand und das Taschenwörterbuch. Das Wörterbuch hatte er auf dem Berg nicht bei sich gehabt, aber als ich den Camper ausgeräumt hatte, bevor ich ihn zurückbrachte, hatte ich es auf dem Regal stehen sehen und zu dem Rest in die Tüte gepackt. Das komplette Set. Ich hatte alles beisammen. Ich nahm den Notizblock, blätterte die Seiten durch. Es war noch alles da, sämtliche Partien, die wir in dem Sommer gespielt hatten, Robins saubere und pingelige Handschrift, sein Siegpunktestand jedes Mal unterstrichen, auch die letzte Partie, wo der Punktestand nicht nur unterstrichen war, sondern Audrey obendrein eine Reihe niederträchtige, dicke Ausrufezeichen dahintergemalt hatte. Auch das hatte ich ganz vergessen. Na, sie konnte mich mal. Und Carol konnte mich auch mal. Undankbares Biest. Es wäre niemals gut gegangen, wenn Carol so einen Schummler geheiratet hätte. Ich hatte ihr einen Gefallen getan. Ohne mich hätte sie Bruno das Beuteltier niemals an Land gezogen, hätte niemals erlebt, wie toll es ist, im Bikini den Weihnachtstruthahn zu füllen. Schön, ihr wäre auch nicht das Bein knapp über dem Knie abgebissen worden, aber so ist nun mal das Leben, nicht? Du kannst nie wissen, wann es dir einen Hai auf den Leib hetzt.

Ich packte alles wieder ein und ging damit ins Haus. Ich hatte die Partie anständig und ehrlich gewonnen. Wenn er mir den Sieg nicht abgeluchst hätte, wäre vielleicht alles anders gekommen, aber er hatte ja nicht anders gekonnt. Okay, es war falsch gewesen, ihm das Scrabble-Set abzunehmen, aber so was passiert nun mal im Eifer des Gefechts. Jetzt hatte ich es ausgegraben, und ich würde es auf keinen Fall wieder verstecken, Carol hin oder her. Es war ein besonderes Set, wie der Citroën, dafür da, benutzt zu werden. Im Gefängnis wird dir erst so richtig klar, wie wertvoll solche Dinge sind. Blind Lionel würde vielleicht mal Lust auf ein Spielchen haben. Womöglich sogar Mrs Blackstock. Ein paar Joints, ein oder zwei Wodka, um die Gehirnzellen wieder in Schwung zu bringen, wieso nicht? Könnte ein super Abend werden.

FÜNF

Ich rief die gute alte Schnüffelnase an, aber sie war nicht da. Entweder das, oder sie verdrehte sich gerade auf ihrer Matte. Ich rief den Anwalt an, Mr Pritchard. Fünfundsechzig Riesen bot der Staat mir für meine Zeit im Knast. Mr Pritchard wollte unbedingt mehr rausschlagen, ich dagegen war durchaus gewillt, das Geld zu nehmen und die Sache endgültig abzuhaken. Ich war nicht gerade scharf darauf, dass sie zu viel herumstöberten. Keine Ahnung, was sie noch alles finden würden. Fünfundsechzigtausend und eine weiße Weste wären mir mehr als recht.

Als Nächstes rief ich Adam Rump an. Er hatte nicht damit gerechnet, von mir zu hören.

»Mr Greenwood. Was kann ich für Sie tun? Es gibt doch hoffentlich kein Problem mit Ihrer Entlassung?« Er war nervös. Keine große Überraschung in Anbetracht dessen, dass er mir die vier Jahre Knast eingebrockt hatte.

»Keine Sorge, Inspector«, erwiderte ich. »Es lief alles glatt wie Schmierseife. Aber wäre es möglich, dass wir uns mal treffen? Privat, meine ich.« Ich konnte hören, wie er die Luft durch die Zähne einsog.

»Ich halte das ehrlich gesagt nicht für ratsam, Mr Greenwood. Wenn Sie Klagen haben, schlagen Sie besser den Dienstweg ein, obwohl Sie, wenn ich Ihnen einen Rat geben darf, versuchen sollten, nach vorne zu schauen, nicht zurück, so schmerzhaft die Vergangenheit auch war. Wir haben alle in gutem Glauben gehandelt, was Ihnen hoffentlich klar ist, auch wenn wir den Falschen erwischt haben. Oder sollte ich sagen, die Falsche.« Er lachte nervös auf. An seiner Stelle wäre ich auch nervös gewesen.

»Na ja«, sagte ich. »Im großen Weltenplan spielt es wohl kaum eine Rolle, wenn dem Leben eines Mannes ein paar Jährchen geklaut werden. Wenigstens hatte ich die Gesellschaft meiner Kois. Und genau darüber möchte ich mit Ihnen reden. Ich bin zwar gerade erst raus, aber angesichts meines makellosen Rufes dachte ich, eine Erneuerung meiner Klubmitgliedschaft wäre durchaus angebracht, vielleicht ohne den Pflichtbeitrag, wenn man die Umstände berücksichtigt. Ich meine, ich war schließlich gerade erst eingetreten, als Sie mich ins Kittchen gebracht haben. Ich hab für mein Geld nicht viel bekommen, da werden Sie mir doch wohl recht geben.«

»Sie haben jeden Monat den Klubrundbrief erhalten …«

»Der auch immer sehr informativ war. Ich hab Torvill und Dean fast jeden Abend daraus vorgelesen. Dennoch, ich dachte, wir sollten uns mal treffen, über das eine oder andere Fischthema reden. Es ist doch bestimmt allerhand passiert in den letzten vier Jahren.«

»Das kann man wohl sagen. Erst kürzlich hat es zum Beispiel beachtliche Fortschritte in der Behandlung von Kropfgeschwülsten gegeben. Was die Mitgliedschaft betrifft, da wird der Ausschuss sich sicherlich meiner Empfehlung anschließen.«

Wir verabredeten uns für den nächsten Tag, wenn er dienstfrei hatte, in den Water Gardens außerhalb von Dorchester. Er wollte sich dort ein paar tropische Teiche ansehen, sich »inspirieren lassen«, wie er sagte. Immer noch derselbe alte Rump. Ich ging bei Alice Blackstock vorbei, warf ihr einen Scheck durch den Briefschlitz, den ich auf den nächsten Monat datiert hatte. Auf die Rückseite des Umschlags hatte ich geschrieben: »Lust auf eine Partie Scrabble?« Sie hatte kein Geld für den Citroën haben wollen, aber ich gab ihr trotzdem welches, fünfzehn Riesen. Der Wagen war wahrscheinlich viermal so viel wert. Wie dem auch sei, lieber fünfzehntausend hinblättern und draußen sein als in irgendeinem rattenverseuchten Knast vergammeln und keinen roten Heller kassieren. Ich brachte ihn auf Hochglanz, seifte das Dach gründlich ein, dann die lang gezogene, schräg abfallende Motorhaube, bis ich mit einer Hand den Boden berührte. Ich versuchte, den Gedanken zu verdrängen, aber selbst das, wie mein Kopf nach unten schaute, Arm und Körper folgten, war wie eine Botschaft, wohin ich zu gehen hatte, dass ich mich dem Dämon noch einmal stellen musste. Vier Jahre war es her. Es kam mir vor wie eine Ewigkeit.

Ich hatte nur den Anzug vom Gefängnis, der eigentlich viel zu warm war, aber ich ging trotzdem los. Ich nahm die Abkürzung hintenrum, genau wie an dem Nachmittag damals. Der Regen hatte aufgehört, die Luft war nass und schwül, und Dampf stieg von den Blättern und Ästen auf, als wäre ich in einem tropischen türkischen Bad. Der Pfad war weniger ausgetreten, als ich in Erinnerung hatte, und rutschig unter den Schuhen. Hin und wieder musste ich mich an Stellen, wo er von den Hecken überwuchert war, regelrecht durchzwängen, nasse Zweige klatschten mir ins Gesicht, meine Hose sah vorne aus, als hätte ich mich gerade vollgepinkelt. Es war fast so, als wäre hier niemand mehr langgegangen seit damals. Dann war ich über den Zaunübertritt, vorbei an den ausgedienten Viehtrögen und auf der steilen Steigung hoch zur Beule. Der Himmel klarte allmählich auf, und als ich oben war, brach die Sonne durch, voll und stark. Ich habe noch nie zu den Leuten gehört, die sich endlos darüber auslassen können, wie toll es ist, am Meer zu leben. Die dort leben und arbeiten, verlieren darüber kein Wort, sie nehmen es einfach hin, doch je näher ich kam, desto stärker konnte ich es spüren, es fraß sich in meinen Bauch, wie ein Schmerz, der betäubt worden war und wieder erwachte. So etwas erlebst du nirgendwo anders als am Meer, dieses Reißen in der Luft, diesen Schlag ins Gesicht, dieses Ziehen an den Knochen. Das Atmen tat fast weh.

Und dann war ich da, blickte nach unten über den leuchtend grünen Abhang und die wogende Masse dahinter und das Loch aus leerem Himmel dazwischen. Ich zog die Jacke aus, warf sie mir über die Schulter. Es war blau, das Meer, blauer, als ich es je erlebt hatte, tief und langsam rollend, als wäre es im Bett und auch gerade aufgewacht. Genauso ist das Meer, immer, es wartet auf jemanden, um ihn zu wecken, ihn in die Arme zu nehmen. So war es damals an dem Sonntagnachmittag, als es auf mich wartete, auf sie wartete, darauf wartete, dass das kleine Spiel begann. Und so war es auch jetzt. Nur war es jetzt nicht ganz so wie damals. Ich merkte plötzlich, dass der Ginsterbusch nicht mehr da war, in dem ich Audrey aufgelauert hatte. Bis auf ein Büschel dichtes Gras war es so, als hätte es ihn nie gegeben. Ich musste lachen. Wenn es hier damals schon so ausgesehen hätte wie jetzt, wäre das alles gar nicht passiert. Nicht mir, nicht Torvill, nicht Dean, nicht Audrey und auch nicht der armen Seele, die an ihrer Stelle hier oben aufgetaucht war.

Ich ging runter zum Rand, und der Windstoß, der das Kliff heraufgeweht kam, traf mich ins Gesicht. Ich hatte das schon einmal gemacht, und es hätte mich beinahe das Leben gekostet. Aber ich musste es noch einmal tun, hinunterblicken auf das, was ich getan hatte. Die Felsen waren unverändert, obwohl sich links von mir ein Teil des Kreidegesteins gelöst hatte. Irgendwo da unten lagen die Knochen einer Frau, die ich umgebracht hatte, nicht genau da, aber irgendwo an der Küste, ganz sicher. Normalerweise zieht die Strömung sie ein paar Meilen mit, bis sie zwischen den Touristen in Höhe der Durdle Door wieder auftauchen, aber nicht so diese Frau. Sie war auf dem Meeresgrund geblieben, nur in Gesellschaft von Krabben und Hummern. Oben hatte sie niemand vermisst, als hätte sie nie existiert. Ich glaube, deshalb musste ich es wissen. Ich fand das einfach nicht in Ordnung so.

Ich kehrte zurück zu der Stelle, wo der Ginsterbusch gestanden hatte, ging in die Hocke, versuchte, es mir vorzustellen. Die Erinnerung ist schon eine komische Sache. Es heißt, wenn du dich an irgendwas erinnern willst, denk nicht dran. Es fällt dir dann wieder ein, wenn du am wenigsten damit rechnest. Also, ich hatte im Knast möglichst nicht dran gedacht, und mir war gar nichts wieder eingefallen. Aber jetzt, wo ich wieder hier war, spürte ich auf einmal alles, wie ich in dem Busch gewartet hatte, wie ich mich geduckt hatte, mich kaum getraut hatte zu kucken, wie ich sie in Sicht kommen sah, in ihrer gelben Öljacke, verschwommen durch den Regen, mit erhobenem Kopf, schreiend. Ich schloss die Augen, versuchte, diese Masse Gelb zu spüren, versuchte, sie so zu spüren wie an dem Tag damals, als ich zu ihr hinlief, wobei dieser Laut aus ihrem Mund kam – ich konnte ihn tatsächlich ein wenig hören, irgendwo tief in mir vergraben. Es war kein gewöhnlicher Schrei, obwohl es sich bei dem Wind und Regen für mich so angehört hatte, nein, es war mehr als ein Laut, eher ein Name oder ein Singsang, irgendwas, das für sie eine Bedeutung hatte. Und sie hatte die Arme ausgestreckt, weil sie danach rief. Aber ich konnte es noch nicht verstehen. Vielleicht würde es mir ja noch irgendwann einfallen.

Als ich wieder zu Hause war, kam mir der Bungalow richtig seltsam vor, hohl, als wäre er eine Hülle, in der ich lose steckte. Leerer Kühlschrank, leere Speisekammer, leerer Kleiderschrank, nicht mal ein Stapel alter Zeitungen oder ein paar zerdrückte Bierdosen, die für ein bisschen Leben gesorgt hätten. Ich ließ den Citroën an und fuhr nach Dorchester. Es war herrlich, wieder am Steuer zu sitzen, wieder diese Macht zu haben. Genau das ist Freiheit – überall hinfahren zu können, einfach so. Es war ein ganz anderer Wagen als der Vanden Plas. Der Vanden Plas war ein Geschäftsfahrzeug gewesen, für feine Pinkel, die im Fond sitzen und die Welt da draußen von oben herab betrachten. Der Citroën mochte Menschen. Er wollte, dass du dich wohlfühlst. Er hatte mehr Herz, mehr Pep, mehr Saft. Alice hatte recht. Sobald du den Motor anließest und sahst, wie der Wagen vorne hochkam, wusstest du, was er wollte. Und du wolltest es auch.

Ich parkte in der Innenstadt und ging einkaufen. Eigentlich war es ganz gut, dass Audrey meine alten Sachen weggeschmissen hatte. Es hätte mir sowieso nichts mehr gepasst, so dünn war ich geworden. Ich kaufte mir zwei Anzüge, einen dunklen, einen hellen, und eine schwarze Wolljacke. Ich besorgte mir einen Stapel Hemden (überwiegend weiß), kurzärmelig, langärmelig, und ein halbes Dutzend weiße T-Shirts. Ich hatte Lust, Weiß zu tragen, als wäre ich eine unberührte Braut, ganz jung und frisch, als sähe ich die Welt mit anderen Augen. Ich kaufte mir auch ein schickes Paar Schuhe, salopp mit Quasten, und Sportschuhe. Ich spürte meinen federnden Gang. Ich ging in ein Reisebüro und nahm mir einen Armvoll Kataloge mit, hauptsächlich Kreuzfahrten. Bald würde ich mir eine leisten können, Erste-Klasse-Kabine, ein Platz am Tisch des Kapitäns, heiße Mädels, die nur darauf warteten, flachgelegt zu werden. Auf dem Rückweg hielt ich an einem Supermarkt, der die ganze Nacht geöffnet hatte, und füllte den Einkaufswagen, als wäre Weihnachten, anständige Butter, anständiger Kaffee, anständige Orangenmarmelade, Sachen, die ich seit Jahren nicht gegessen hatte. Ich würde nie wieder irgendwelchen Mist in mich reinstopfen.

Wieder zu Hause packte ich alles aus. Es war ein gutes Gefühl, die Schränke in der Küche zu füllen, die Klamotten in den Kleiderschrank zu hängen. Ich zog mich aus, stopfte den Anzug, mit dem ich aus dem Knast entlassen worden war, in den Mülleimer, nahm ein langes, heißes Bad, blickte an mir herunter, stolz und frei. Ich rasierte mich mit dem neuen Rasierzeug, das ich gekauft hatte, klatschte mir Aftershave auf die Wangen. Ich zog das Zellophan ab, schlüpfte in ein frisches Paar weiße Socken, spazierte darin umher, nur um das Gefühl zu genießen, wackelte mit den Zehen. Es fühlte sich fabelhaft an, als wäre ich wieder jung und hart, bereit, für England zu vögeln. Ich zog die passenden Boxershorts an und machte eine Dose Pfirsiche auf. Ich setzte mich auf die Ausziehcouch, legte die Füße auf den Tisch und trank den Saft. Das Scrabble-Set lag auf dem Tisch. Torvill beobachtete mich.

»Tja«, sagte ich zu ihr, »wenn Alice nicht rüberkommt, muss ich wohl mit mir selbst spielen«, und öffnete die Schachtel. Ich schob die Hand ins Buchstabensäckchen, ließ die Steine durch meine Finger gleiten. Es klang wie Kiesel an einem Strand. Ich überlegte, ob ich mir die Unterhose ausziehen sollte, eine Partie nackt spielen, mir einen runterholen. Ich konnte das jetzt ohne Weiteres machen, splitterfasernackt durchs Haus laufen, mir einen von der Palme wedeln, einfach auf den Teppich. Ich konnte eine Tasche packen, die ganze Nacht hindurch zum Peak District fahren, es dort tun, wenn ich wollte. Ich konnte *alles* machen, was ich wollte.

Es klingelte. Ich legte das Säckchen hin, ging zur Haustür. Ich konnte die Gestalt ganz verwackelt durch die Scheibe sehen. Niemand, den ich erkannte. Einen Moment lang dachte ich, es wäre vielleicht Alice Blackstock, die gekommen war, um mein Angebot anzunehmen. In all den Jahren, die ich sie kannte, hatte ich kaum je mit ihr telefoniert. Ich glaube, sie konnte Telefone nicht ausstehen. Ich öffnete die Tür.

Es war nicht Alice Blackstock.

»Mrs Rump. Was für eine unerwartete Herausforderung. Ich nehme an, Sie möchten reinkommen.«

»Und Sie möchten sich vielleicht was anziehen?«

»Möchte ich das?«

Ich trat beiseite.

Sie kam rein. Sie trug ein blaugrünes Kostüm, einen weißen Hut, eine weiße Handtasche und hatte ein Auftreten, als würde sie eine Kasernenbaracke inspizieren. Sie hatte auch weiße Handschuhe an. Ein solcher Aufzug ist ungewöhnlich für eine Frau in dieser Gegend. Ich rechnete schon fast damit, dass sie mit dem Finger über die Fensterbank fahren würde, um den Staubtest zu machen. Küche, Wintergarten, Schlafzimmer, sie ging durch alle Räume, ohne ein Wort zu sagen, während ich ihr folgte wie ein

Straßenköter einer Rassehündin. Es war allerdings durchaus amüsant, diesen straffen Beinen auf Patrouille hinterherzudackeln. Auch für sie, dachte ich. Wir landeten schließlich im Wohnzimmer. Ich verschwand kurz und zog mir was an. Als ich wiederkam, stand sie am Kaminsims. Ihr Kostüm passte farblich zu Torvills Tupfen. Sie rieb sich die Hände.

»Das ist also der berühmt-berüchtigte Bungalow«, sagte sie. »Wo alles passiert ist.«

»Wo was alles passiert ist?«

»Sie und Audrey, Mr Greenwood. Ohne Sie, ohne diesen Bungalow, gäbe es nicht die Audrey, die in mein Leben geschneit ist. Ihr zwei habt einiges zu verantworten.«

»Es ist bloß ein Bungalow.«

»Wir haben Bungalows in Südafrika, aber die sind erheblich luftiger als der hier, offene Wohnflächen, geräumige Veranden, überdachte Holzbereiche, die mit den Bäumen draußen verschmelzen. Die Symbiose mit der Natur ist einfach stärker.«

»Mir sind vier stabile Wände lieber. Vier Wände, Doppelverglasung und eine Tür mit einem Zahlenschloss dran. Ich überlege, mir ein Beispiel an Audrey zu nehmen, den Klingelknopf unter Strom zu setzen, den Zaun ebenso. Ich halte mir Leute gern vom Leib.«

»Das weiß ich. Ich hab es gleich gewusst, als ich Sie das erste Mal zu Gesicht bekam. Sie sind ein einziger großer Sack voll Arbeiterklassenunterdrückung, Mr Greenwood, fest zugeschnürt. Was ist das?«

Sie deutete nach unten. Ich hätte es lassen sollen, wo es war. Zu spät.

»Ein Reise-Scrabble-Set.«

»Ich hätte Sie nie für einen Scrabble-Fan gehalten.«

»In vier Jahren Knast freust du dich über jede Ablenkung, die du kriegen kannst. Ich bin sogar ganz gut.«

»Und Sie haben dieses kleine Set gebastelt. Sie sind handwerklich ja richtig geschickt.«

»Na ja, es war ein Zeitvertreib.«

Ihre Finger streiften leicht die Schachtel. Es war fast unzüchtig, wie sie sie berührte.

»Ich spiele selbst auch ganz gern«, sagte sie.

»Das hab ich mir gedacht.«

»Zu dritt, zu viert, zu zweit gegen die Uhr. Haben Sie schon mal Schmuddel-Scrabble gespielt?«

»Wie geht das?«

»Na wie wohl? Wenn man kann, legt man Schimpfwörter, Kraftausdrücke, alles, was man in anständiger Gesellschaft nicht sagen würde. Man kann normale Wörter nehmen, wenn ein unanständiges Wort nicht möglich ist, aber dafür kriegt man auch nur normale Punkte. Bei Schweinkram verdoppelt sich die Punktzahl. Audrey und ich haben es andauernd gespielt. Sorgt für ein bisschen Pep.«

Wir blickten auf das Set. Ich sah förmlich schon ein paar passende Wörter auf dem Brett liegen.

»Also, das ist ja alles sehr interessant, aber was wollen Sie? Ich hab allerhand zu erledigen. Ich muss Anwälte konsultieren, Wachhunde kaufen ...«

»Spiele spielen.«

»Gut möglich. Ich trage mich mit dem Gedanken, Künstler zu werden, wissen Sie? Ich bin nämlich ein Naturtalent für Formen und räumliches Vorstellungsvermögen. Sie haben meine Frage noch nicht beantwortet. Was wollen Sie?«

»Die Frage ist weniger, was *ich* will, Mr Greenwood, sondern eher, was wir beide wollen. Sie wollen etwas. Ich will etwas.«

»Aha? Und was will ich, abgesehen vom Offensichtlichen?«

Sie legte die Hände zusammen, als wollte sie beten. »Sie wollen wissen, wen Sie damals an jenem Sonntagnachmittag von der Klippe gestoßen haben. Diese ganze Geschichte, dass Sie jedem erzählt haben, Sie hätten mich runtergestoßen. Das war nicht alles nur Blödsinn, oder?«

Sie stand da, blickte mich forschend an, die Augen weit offen, starr auf meine gerichtet, herausfordernd. Ich glitt ab zu ihrem Mund, fragte mich, was sonst noch alles darinsteckte.

»Und ob es das war. Ich saß im Gefängnis für etwas, was ich nicht getan hatte. Ich wollte Ihren Mann bloß auf mich aufmerksam machen, ihn dazu bringen, Audrey genauer unter die Lupe zu nehmen. Wenn Ihr Mann geglaubt hätte, ich wäre damit beschäftigt gewesen, Sie umzubringen, hätte ich wohl kaum Miranda umbringen können, oder? Ich wusste, dass Audrey es getan hatte, aber keiner wollte mir glauben.«

Sie trat ans Fenster. Es ist merkwürdig, wie du manchmal an der Haltung von Leuten erkennen kannst, was sie sagen werden. Sie wandte sich mir zu, indem sie den Oberkörper in meine Richtung drehte, wie die Antwort auf ein Fragezeichen. Sie hatte alles choreografiert.

»Ja, das sagen Sie jetzt, wo Sie wieder auf freiem Fuß sind. Aber wissen Sie was? Sie haben gedacht, genau das wäre passiert. Ich glaube, Sie waren überzeugt, mich in die Tiefe gestoßen zu haben.«

»Wieso glauben Sie das?«

»Weil ich Ihren Blick gesehen habe, als wir uns das erste Mal begegnet sind. Da stand Ihnen nicht bloß Überraschung ins Gesicht geschrieben, Mr Greenwood. Es war der reine Schock, der Schock darüber, dass vier Jahre absolute Gewissheit mit einem Mal weggewischt worden waren. Ich hab's genau gesehen. Sie haben gedacht, entweder kann sie sehr gut schwimmen – was übrigens der Fall ist –, oder sie war es gar nicht. Ihnen ist mit einem Schlag klar geworden, dass Sie jemand anderen von der Klippe gestoßen haben. Und nun, als freier Mann, wollen Sie wissen, wen.«

»Wieso sollte ich das wollen?«

»Weil der Mensch von Natur aus neugierig ist und Sie ein Mensch sind, auch wenn Audrey das anders sieht.«

Sie setzte sich, schlug die Beine übereinander, legte eine Hand auf die Armlehne, sah wieder mit diesem Lächeln zu mir hoch. Ihr Lippenstift hatte die Farbe von getrocknetem Blut. Es kam mir vor wie meines. Ich wusste nicht, was tun. Alles abstreiten? Mitspielen? War das ihre Initiative oder konnte ich den Würgegriff meiner Ex dahinter spüren?

»Sie sagten, ich würde was wollen und Sie würden was wollen. Ich habe noch nicht gehört, was Sie wollen.«

»Später. Zuerst möchte ich was essen, Mr Greenwood, einen Drink jetzt sofort und ein anständiges Stück Fleisch danach. Wir könnten uns hier unterhalten, aber ich würde unsere Diskussion lieber an einem etwas öffentlicheren Ort fortsetzen. Es könnte ja schließlich sein, dass ich hier nicht sicher bin.«

Einen Drink! Ich konnte es kaum fassen. Ich hatte keinen Tropfen im Haus! Beim Anblick der ganzen Fressalien im Supermarkt hatte ich doch glatt den Alkohol vergessen.

»Sie haben alkoholmäßig kein Glück, fürchte ich. Ich bin erst einen Tag wieder hier.«

Sie rümpfte die Nase. »Sie sollten immer was Alkoholisches im Haus haben, Mr Greenwood. Das ist das oberste

Gebot einer guten Haushaltsführung. Man kann nie wissen, wann jemand unerwartet auftaucht. Und ich bin absolut unerwartet.« Sie streckte eine Hand aus. »Sie laden mich ein.«

Ich ging mit ihr ins Spread Eagle. Die machten dort ein gutes Steak, ein dickes Lendenstück mit frischen Pommes, in anständigem Cholesterin frittiert. Allerdings hatten sie eine Angewohnheit, die ich noch nie verstanden hatte; sie versteckten die gerösteten Zwiebeln unter einem Haufen Salatblätter. Was sollte das? Wollten sie so tun, als gäbe es keine? Sollte es eine Überraschung sein? Es war völliger Quatsch. Ich spießte den Salat immer auf die Gabel und warf ihn Walter hin, dem Haushund. Er war nicht besonders hygienisch, dieser Walter, mit seinen gelben Zähnen und wie er einem den Schoß vollsabberte, aber andererseits, das Spread Eagle auch nicht. Außerdem, ein paar Bazillen sind gut für einen, das weiß schließlich jeder.

Seit meiner Verhaftung hatten sie mich im Spread nicht mehr gesehen, aber es war typisch für die Kneipe, dass keiner ein Wort sagte, als ich reinkam, nicht mal mit einer Tussi wie Mrs Rump im Schlepptau, die in ihren Stöckelschuhen durch den Raum stakste. Im Spread Eagle trug keiner Stöckelschuhe. Die zerkratzten das Linoleum. Doc Holiday saß auf seinem angestammten Hocker und bewarf die junge Frau hinter der Bar mit Erdnüssen. Ich hatte sie noch nie gesehen. Sie mochte das nicht. Sie wusste, worauf er zielte.

Ich bestellte für mich ein Löwenbräu, für sie einen großen Gin Tonic und für den Vertreter der Ärztezunft einen doppelten Whisky. Doc hob sein Glas zum Dank. Wir gingen mit den Drinks in den angrenzenden Speiseraum. Doc sah vielleicht angetrunken aus, vielleicht war er auch angetrunken, aber er gehörte zu der Sorte Schluckspechte, die alles mitkriegen und nichts vergessen. Ich wollte ihn am Ende nicht auch noch von einer Klippe stoßen müssen. Im Speisesaal war sonst niemand, außer Walter. Die junge Frau kam, um unsere Bestellung aufzunehmen. Michaela bestellte das Steak.

»Und wie hätten Sie es gern, Madam?«, fragte die Frau. Sie warf ihr Haar nach hinten. Zwei Erdnüsse kullerten zu Boden.

»Blutig«, sagte Michaela und sah sie an, wie Frauen einander ansehen, taxierend. »So blutig, dass die Pommes rot werden.«

Die Frau wandte sich an mich. »Und Sie, Sir?«

»Er möchte seins auch blutig«, kam Michaela mir zuvor. »Und dazu nehmen wir eine Flasche von dem roten Hauswein. Es wird ein blutiger Abend werden.« Die Frau gab uns unsere Nummer und ging. Sie hatten im Pub so ein System. Wenn sie deine Nummer riefen, holtest du dir dein Essen an der Bar. Michaela trank einen Schluck von ihrem Gin. Zeit für Small Talk.

»Ich nehme an, Sie haben den Schauplatz Ihres Verbrechens bereits besucht«, sagte sie.

»Ich hab einen Spaziergang zum Kliff gemacht, wenn Sie das meinen.«

»Das habe ich ganz und gar nicht gemeint, Mr Greenwood. Wie war es?«

»Der alte Ginsterbusch ist weg.«

»Na, so was. Ich bin selbst auch oft da oben gewesen, wissen Sie.«

»Das hat Ihr Mann mir erzählt. Mich wundert, dass Sie Audrey dort nie gesehen haben. Beim geringsten Anlass ist sie nach da oben verschwunden, um mit ihrem besseren Ich zu kommunizieren.«

»Vielleicht hab ich sie ja mal gesehen, aber ich war nicht auf Gesellschaft aus. Sie höchstwahrscheinlich auch nicht. Man kann da oben gut mit sich allein sein. Zumindest, wenn Sie nicht in der Nähe sind.« Sie rührte mit einem Finger in ihrem Drink. »Es ist aufschlussreich, finden Sie nicht auch, dass Sie eben das mit dem Ginsterbusch erwähnt haben, als wäre Ihnen das als Erstes aufgefallen. Ich hätte vermutlich auch gemerkt, dass er weg ist, aber nicht sofort. Da drin haben Sie sich versteckt, nehme ich an.«

Mein lieber Schwan. Sie war flink. Ich schüttelte den Kopf.

»Sie schätzen mich völlig falsch ein, Mrs Rump. Der Ginsterbusch war eine allseits beliebte Stelle für ein Nümmerchen an der frischen Luft, trotz der Dornen. Ich meine, was machen schon ein paar Kratzer, wenn es richtig zur Sache geht.«

»Sie sprechen aus Erfahrung, nehme ich an.«

»Ich war das ein oder andere Mal dort.«

»Nicht mit Audrey, nehme ich an.«

»Sie hätte nicht reingepasst.«

»Doch, hätte sie, wenn Sie gewollt hätten. Männer verstehen nicht das Geringste von der Schönheit einer Frau, Mr Greenwood. Für Männer wie Sie war Audrey plump, unangenehm, herrisch, zu viel Fleisch an den falschen Stellen. Für eine Frau war Audrey stürmisch und großzügig, mit einem Körper zum Schlemmen.«

»Und Sie haben ordentlich zugelangt.«

»Ich war hungrig. Das bin ich oft. Das ist eines der Dinge, die mein Ehemann nie verstanden hat.«

»Also haben Sie ihn verlassen.«

»Ich bin eine Überlebenskünstlerin. Ich bin es gewohnt, das sinkende Schiff zu verlassen. Ich habe früher auf Kreuzfahrtschiffen gearbeitet, in der Sicherheitsbranche, Taschendiebe, Falschspieler, Trickbetrüger, Leute aufspüren, ihre wahre Identität ermitteln. So hab ich Adam kennengelernt. Er war mit seiner Mutter auf Kreuzfahrt. Ich wollte Südafrika verlassen, eine Firma in England aufmachen, expandieren. Ich dachte, er wäre leicht zu … sagen wir, handhaben. Aber in unserer Ehe war noch jemand Drittes im Bunde, für den er auf Abruf parat stehen musste, der immer Vorrang hatte.«

»Sie meinen die Polizei.«

»Ich meine die Fische. Ich hätte schon in unseren Flitterwochen merken müssen, dass da was nicht stimmte, aber ich schrieb den Umstand, dass er so viel Zeit im tropischen Aquarium verbrachte, der Nervosität eines unerfahrenen Mannes zu. Ich bin nach Ansicht vieler Leute ein bisschen schwierig.«

Der Wein kam. Ich nahm ihn der jungen Frau aus der Hand und schenkte selbst ein.

»Also, damit ich das richtig verstehe. Sie sind nach Südafrika getürmt, ohne sich auch nur zu verabschieden.«

»Er wusste, wo ich hinwollte. Ich hab ihm einen Brief hinterlassen. Und das war's.«

»Keinen Kontakt.«

»Hätten Sie sich gemeldet? Ich war gesund und munter, lebte in Transvaal. Wieso sollte ich mich bei diesem … Kauz melden?«

»Und Sie waren nie wieder hier? In England?«

»Es zog mich nichts mehr hierher. Ich hatte Audrey gefunden. Wir hatten keinen Grund zurückzukommen, dachten wir zumindest.«

»Bis Sie die Wahrheit über sie herausgefunden haben.«

Michaela nippte vorsichtig an ihrem Wein, ohne mich aus den Augen zu lassen. »Zuerst die Wahrheit über Audrey und dann die Wahrheit über Sie. Gott, ihr zwei seid vielleicht ein Pärchen, zwei Morde an einem Tag. Ich hätte mir fast gewünscht, Sie hätten mich tatsächlich runtergestoßen. Wahrscheinlich hätte ich auch das überlebt. Hab ich Ihnen schon erzählt, dass ich südafrikanischer Champion im Turmspringen war?«

»Sie haben mir so einiges noch nicht erzählt, vor allen Dingen, warum Sie hier sind und was Sie wollen.«

»Sie werden ungeduldig, Mr Greenwood, wie ich feststelle. Sie sollten lernen, sich in Geduld zu üben. Impulsive Handlungen können einem schrecklich viel Ärger bescheren, meinen Sie nicht auch? Würden Sie mich kurz entschuldigen? Ich muss mal für kleine Mädchen.«

Sie schwang die Beine auf diese geschickte Art, wie Frauen das machen, und stand auf. Klack, klack, klack knallten die Absätze. Ich sah, wie sie an der Bar nach dem Weg zu den Toiletten fragte, sah, wie die junge Frau nach hinten deutete. Klack, klack, klack verschwand Michaela in die Richtung. Doc schnippte ihr eine Erdnuss aufs Hinterteil, als sie die Tür erreichte. Unsere Nummer wurde aufgerufen, dreiunddreißig. Ich ging zur Bar. Doc Holiday sah auf seine Fingernägel.

»Wie läuft das Geschäft mit den Krankheiten?«, sagte ich. Er hielt die rechte Hand hoch.

»Vier Prostatauntersuchungen in vier Tagen. Alle wollen heutzutage immer nur eins, Tests. Keiner ist mehr bereit, krank zu werden. Sie leiden nicht zufällig an irgendwas Unheilbarem?«

»Nicht dass ich wüsste.«

»Sie sind wahrscheinlich im Verdrängungsstadium, wie es heute so schön heißt. Das macht der Knast mit einem. Medizinisch bewiesen. Kommen Sie doch mal vorbei. Wer weiß, vielleicht find ich ja was, schreib Ihnen ein oder zwei Atteste. Fahren Sie immer noch Taxi?«

Ich schüttelte den Kopf. »Ich bin jetzt Künstler. Skulpturen.«

»Alle Achtung. Akte?«

»Hauptsächlich.«

»Dachte ich mir. Ton?«

»Kreide. Metall. Holz. Sie haben nicht zufällig eine Kettensäge, oder? Ich denke in größeren Dimensionen.«

Er schüttelte den Kopf. »Aber Mickey hat eine. Hat seiner Frau vor sechs Monaten einen Daumen abgesäbelt, beim Holzschneiden. Wenn ich ihn sehe, sag ich ihm, dass Sie Interesse haben.«

Ich nahm die beiden Teller, trug sie zurück. Doch als ich über die Türschwelle zum Restaurant schritt, blieb ich mit der Fußspitze an dem abgenutzten Linoleum hängen, wodurch ich förmlich in den Raum katapultiert wurde, die Arme vorgestreckt wie ein Kind beim Eierlaufen. Ich kam rutschend zum Stehen, aber eins von den Steaks segelte durch die Luft und landete geradewegs in Walters Wassernapf. Die Zwiebeln flutschten unter dem Salat hervor und landeten auf dem Boden. Der Salat schwebte hernieder und landete auf Walters Nase. Walter schielte auf den Salat, schüttelte ihn ab, leckte dran und spuckte ihn wieder aus.

Ich bin richtig stolz auf das, was ich als Nächstes tat. Ich bückte mich blitzschnell, fischte das Steak aus dem Wassernapf, tupfte es an Walters Rücken trocken und klatschte es wieder auf den Teller. Ich schaufelte die Zwiebeln vom Boden, arrangierte sie neben dem Steak und legte den Salat wieder obendrauf. Mit einem Blick nach hinten vergewisserte ich mich, dass sie noch nicht wieder da war. Doc Holiday beobachtete mich von seinem Hocker aus. Er drohte mit dem Finger und zwinkerte mir zu. Ich setzte mich und arrangierte die beiden Gedecke schön ordentlich einander gegenüber. Es sah alles ganz appetitlich aus. Michaela kam zurück. Ihre Lippen waren jetzt noch röter, und ich konnte ihr Parfüm riechen. Sie hatte sich aufgemotzt.

»Sie haben was vergessen«, sagte sie, die Schüssel mit den Pommes in der Hand.

»Ich Dummerchen.«

Sie setzte sich.

»Das sieht ganz passabel aus.«

»Ich hab ja gesagt, die Steaks hier sind gut.«

Sie nahm ihr Messer, schnitt ein Stück ab, schob es sich in den Mund. Ich spürte, wie sich in mir etwas regte. Das hier machte Spaß.

»Nicht schlecht«, sagte sie. »Aber sehen Sie mal hier.«

»Was ist denn? Ein Hundehaar?«

»Seien Sie nicht albern. Ich würde keinen Bissen mehr runterkriegen, wenn da ein Hundehaar drin wäre. Nein, unter dem Salat. Geröstete Zwiebeln!«

Ich hob meinen an. »Nein, so was. Tatsächlich.« Ich schenkte ihr Wein nach. »Also, wo waren wir? Ach ja. Sie waren gerade dabei, mir zu sagen, was Sie wollen.«

Michaela öffnete ihre Handtasche und holte einen Zeitungsausschnitt heraus, faltete ihn auseinander und breitete ihn zwischen uns aus. Er war aus dem Käseblatt von Dorchester. Auf einem Foto hielt Adam Rump einen wunderschönen Koi hoch. Darunter stand: »Führender Polizeibeamter gewinnt Tropenfisch-Trophäe.«

»Donnerwetter«, sagte ich. »Ein Kohaku, dem Aussehen nach.«

»Ihr Name ist Mini Ha Ha«, sagte sie. »Sie hat ihm eine Goldmedaille eingebracht. In dem Artikel steht, er will sie zur Zucht verwenden. Dieser Fisch war es letzten Endes, der mich vertrieben hat. Ich hab Adam einmal abends überrascht, wie er ihr ein Gedicht vorgelesen hat, eins von Longfellow. Ist das zu fassen? Er wirft ihr Fischpellets zu und liest ihr Gedichte vor. Sie hat das Futter mit dem Maul gefangen, als wäre sie ein Hund. Es war widerlich.«

»Na ja, jedem Tierchen sein Pläsierchen. Wenn er seinem Fisch Gedichte vorlesen möchte, ist das wohl kaum ein Verbrechen. Was hat das alles mit mir zu tun?«

»Sie werden sie für mich stehlen, Mr Greenwood. In seinen Garten einbrechen, in den Teich springen mit einem großen Kescher oder wie die Dinger heißen und sie mitgehen lassen.«

Ich hätte mich fast an einer Fritte verschluckt. »Wieso wollen Sie ihm seinen Fisch stehlen? Sie können die Viecher doch nicht ausstehen.«

»Ich werde Lösegeld für ihn verlangen. Drohen, ihn auf YouTube zu braten.«

»Das ist nicht besonders fair von Ihnen.«

»Nein, nicht? Aber was Männer angeht, gehöre ich eben nicht zu der fairen Sorte. Sie waren zu mir auch nicht besonders fair. Er hat inzwischen Geld, wissen Sie. Sein Onkel hat ihm letztes Jahr ordentlich was vermacht.«

Jetzt wurde es interessant.

»Wie viel?«

»Ich weiß nicht genau. Zweihunderttausend Pfund, vielleicht auch mehr. Raten Sie mal, was er damit vorhat.« Sie zeigte auf den Artikel. »Einen Teich für Tropenfische anlegen, steht da, in der Größe eines olympischen Schwimmbeckens, mit einem Mosaik von seiner Mutter auf dem Grund.«

»Na ja, es ist sein Geld.«

»Nicht mehr – wenn Sie ihm den Fisch klauen. Er ist vernarrt in ihn.«

»Das hört sich nicht sehr gut an, Mrs Rump, finde ich. Er ist Polizist. Er hat die gesamte Polizei von Dorsetshire hinter sich. Ich komme gerade frisch aus dem Knast. Das wäre ein äußerst unkluger Schachzug von mir.«

»Sie vergessen die Sache, die uns zwei zusammengebracht hat, Mr Greenwood.«

»Audrey?«

»Unser Augenblick auf dem Kliff.«

Sie schob ihren Teller beiseite. Zwischen ihren Schneidezähnen hatte sich ein winziges Stück Steak verfangen. Ich konnte die Augen nicht davon losreißen. Am liebsten hätte ich mich vorgebeugt und es rausgezupft.

»Ich hab sie gesehen, Mr Greenwood, die Frau, die Sie in die Tiefe gestoßen haben. Ich hab mit ihr gesprochen. Als ich nämlich gerade auf dem Weg nach unten war, kam sie den Weg rauf.«

Ich nahm wieder einen Schluck, bedächtig, um mir möglichst nichts anmerken zu lassen. Sie war da gewesen, nur wenige Minuten zuvor. Gott, das kam hin.

»Ich war an dem Sonntagnachmittag hingefahren. Adam und ich sind dort immer spazieren gegangen, ganz am Anfang unserer Ehe, bevor das mit den Fischen überhandnahm. Ich wollte vor meiner Abreise noch einmal das Kliff sehen, alles frisch vor Augen haben, wenn ich an Bord der Maschine ging. Das Klima in Südafrika ist wärmer, klar, aber die Küste hier hat was, die Kreidefelsen und die

Hügel, das Trotzige. Sie ist was ganz Besonderes. Ich blieb etwa eine halbe Stunde da oben. Und dann bin ich wieder nach unten gegangen.« Sie beugte sich vor. »Und wie gesagt, auf dem Weg nach unten kam mir jemand entgegen, gelbe Öljacke, Gummistiefel, Kapuze auf.«

»Und?«

»Als sie auf meiner Höhe war, bin ich ausgerutscht und gegen die Böschung gefallen. Sie hat die Hand ausgestreckt, um mich aufzufangen, mich dann wieder auf die Beine gezogen. Sie war richtig stark. Wir haben uns kurz unterhalten, drei oder vier Sätze jeder. Ich hab diese Sätze noch so klar in Erinnerung, als wäre es gestern gewesen.« Sie hielt inne. »Möchten Sie wissen, was wir gesagt haben?«

Ich nahm noch einen Schluck. Meine Hand zitterte. Ich war machtlos dagegen.

»Könnte ganz unterhaltsam sein.«

»Klauen Sie Mini Ha Ha, dann erzähle ich es Ihnen vielleicht. Ich könnte Ihnen auch in anderer Hinsicht behilflich sein. Ich war schließlich in der Sicherheitsbranche. Ich weiß, wie man an Daten rankommt, an Informationen. Mein Mann ist Polizist, schon vergessen? Ich habe eine ganze Reihe Freunde bei der Polizei. Gute Freunde. Freunde, die mir noch so manchen Gefallen schulden.«

»Um wie viel Uhr waren Sie oben auf dem Kliff?«

»Wie viel Uhr, will er wissen! Keine Ahnung, vier, halb fünf? Ein bisschen später? Ich musste um sechs wieder in Dorchester sein, um den Zug nach London zu erwischen.«

»Sie haben das alles nie der Polizei erzählt.«

»Wieso auch? Ich war schon außer Landes, als die Nachricht von dem Mord an Miranda und Ihrem albernen Geständnis publik wurde. Und nur Sie und ich wissen von der Klippe, Mr Greenwood.«

Das stimmte. So schlecht sah die Sache gar nicht aus. Ich überlegte einen Moment.

»Diese Mini Ha Ha. Wo würden wir sie halten?«

»Badewanne?«

»Man kann so einen Fisch nicht in der Badewanne halten. Sie braucht anständiges Futter, eine ordentliche Temperaturkontrolle.«

»Es gibt schließlich den Heißwasserhahn.«

»Das Wasser muss belüftet werden, gefiltert«, erklärte ich. »Kois sind sehr nervöse Geschöpfe. Sie haben es nicht gern, wenn sie aus dem Wasser geholt werden.« Ich deutete auf das Foto. »Da, sehen Sie, wie er sie in den Händen hält. Sehen Sie sich ihre Augen an. Es gefällt ihr nicht, das sieht man ihr an. Er hat es wahrscheinlich nur ganz kurz getan, für das Foto. Wenn man einen Fisch wie sie in eine warme Wanne wirft, taugt sie höchstens noch für Walters nächste Mahlzeit.«

»Sie haben doch einen Teich, nicht wahr?«

»Ich hatte einen. Audrey hat ihn zuschütten lassen.«

»Dann heben Sie ihn wieder aus. Wir können sie da drin verstecken. Das wäre perfekt.«

Sie steckte sich das letzte Stück Fleisch in den Mund. Ich hatte meins kaum angerührt. Gott, diese Zähne. Ich würde mich hüten, irgendwas von mir in den Mund da zu stecken. Nicht ohne eine Garantie.

»Dieses Arrangement«, sagte ich. »Wie würde es funktionieren? Falls ich …«, ich senkte die Stimme, »… seinen Fisch ausborge, woher soll ich wissen, dass Sie Ihren Teil der Abmachung einhalten?«

»Gar nicht. Aber ich weiß, was Sie für einer sind. Außerdem, es könnte mir Spaß machen. Seit Audrey und ich hierher zurückgekommen sind, war das Leben ganz schön einseitig. Ich brauch ein bisschen Abwechslung, neuen Schwung. Also, kommen wir ins Geschäft?«

Kamen wir ins Geschäft? Es war verrückt, aber auf eine wahnwitzige Weise ergab es Sinn. Falls sie mir helfen konnte, rauszufinden, wer die Frau am Kliff gewesen war. Und Rump. Der hatte es einfach verdient. Und ich hatte seit Jahren keinen lebendigen Karpfen mehr gesehen.

»Bedenken Sie«, sagte Michaela, wohl weil sie mein Schweigen als Zaudern deutete, »ich kann jederzeit zur Polizei gehen, denen sagen, dass ich tatsächlich an dem Nachmittag da oben war, genau wie Sie behauptet haben, und dass ich eine andere Frau habe raufkommen sehen. Eine solche Geschichte könnte die Polizei interessieren, in Anbetracht Ihrer Aussage von damals, meinen Sie nicht auch?«

»Drohungen ziehen bei mir nicht, Mrs Rump. Wir müssen einander in der Sache vertrauen.«

Sie lachte. »Ach, Mr Greenwood. Ich vertraue einem Mann nie, ehe ich nicht ein paarmal mit ihm gevögelt habe.« Sie starrte fest auf meinen Mund.

»Im Ernst? Und dann?«

»Und dann trau ich ihm erst recht nicht.« Sie ließ ihr Lachen die Klaviatur hoch- und runterlaufen.

»Trinken wir noch was«, sagte ich, »bei mir im Bungalow. Um unsere Partnerschaft zu begießen.« Ich deutete auf den Zeitungsausschnitt. »Darf ich den behalten?«

»Rahmen Sie ihn von mir aus ein. Hauptsache, ich muss ihn nicht mehr sehen.«

Ich faltete ihn zusammen, steckte ihn in die Tasche. Ich kaufte eine Flasche Whisky an der Theke, und wir fuhren zurück. Alice stand an ihrer Tür, mit meinem Umschlag in der Hand. Ich kurbelte das Fenster runter.

»Das wär doch nicht nötig gewesen«, rief sie.

»Ich weiß. Aber das mit dem Wagen auch nicht, also sind wir quitt.« Sie warf einen Blick auf Michaela, die sich schminkte.

»Dann ist so weit alles nach Ihrem Geschmack?«, fragte sie.

»Bestens, obwohl ich sie noch nicht auf Herz und Nieren geprüft habe. Könnte sein, dass hier und da was aufgepeppt werden muss. Aber schon allein hier zu sitzen, das ist, als hätte ich vorher gar nicht richtig gemerkt, wie sehr ich das vermisst hab.«

Sie nickte.

»Hätten Sie vielleicht später Lust auf ein Spielchen, Mrs B?«

»Heute Abend?« Sie blickte amüsiert.

»Vielleicht nicht heute Abend. Morgen? Ich wette, Sie kennen ein paar mordsmäßige Wörter, Mrs B.«

»Ich versohle Ihnen das Knacki-Fell, verlassen Sie sich drauf.«

Zurück im Wohnzimmer zog Michaela ihre Jacke aus, setzte sich auf die Ausziehcouch, legte die Arme auf die Rückenlehne. Ich goss ihr einen Schluck Whisky ein und reichte ihr das Glas.

»Die alte Schachtel scheint sehr besorgt um Ihr Wohl zu sein. Ist sie scharf auf Sie oder so?«, sagte sie und blickte hoch.

»Wir kennen uns schon ziemlich lange, die alte Schnüffelnase und ich. Ich mag ihr Temperament. Sie war mal ein heißer Feger, zu ihrer Zeit.«

»Das macht Sie also an? Ein bisschen Temperament. Eine, die mal ein heißer Feger war, zu ihrer Zeit?«

Sie hob ein Bein, stupste mich mit dem Fuß an. Ich beugte mich runter, packte ihr Haar. Sie griff nach oben, packte mich. Wir bewegten uns ein bisschen hin und her. Sie wissen ja, wie das läuft.

»Ich nehme an, Sie hatten seit einigen Jahren keine Frau mehr«, sagte sie.

»Vier. Sieben, wenn Sie Audrey nicht mitzählen.« Sie schob ein Bein an meinem Oberschenkel hoch.

»Es ist nicht sehr nett, so was zu sagen.«

»Ja, ich sehe, wie schockiert Sie sind.«

»Ich bin praktisch veranlagt, Mr Greenwood. Audrey ist nicht hier. Sie sind es. Außerdem hat es mich auch nicht gestört, dass sie mir *Ihre* Unzulänglichkeiten aufgezählt hat, wenn wir uns der sexuellen Ekstase näherten. Ein gewisses Maß an ähnlichem Verhalten Ihrerseits war daher jetzt wohl zu erwarten.«

»Nähern wird uns der denn?«, fragte ich. »Ich meine, der sexuellen Ekstase?«

»Immer langsam mit den jungen Pferden, Mr Greenwood. Aber eine kleine Aufwärmrunde, um die Gelenke ein bisschen zu lockern? Wieso nicht?« Sie öffnete den Reißverschluss an ihrem Rock, wand sich heraus, wartete, bis ich meine Hose runtergelassen hatte, nahm mich dann auf. »Eine Runde um den Block bitte. Schön langsam. Und passen Sie auf, dass Sie unterwegs nichts verlieren. Die Strecke kennen Sie ja wohl.«

Und los ging's, schön langsam, wie sie gesagt hatte, zunächst bis zur Ampel, aber schon ein bisschen schneller um die erste Ecke. Dann musste ich etwas schieben und drängeln, mich spürbar machen, durch die Menge zwängen, auf die Lücke zuhalten, bis ich schließlich an der zweiten Biegung durch war. Dann schaltete ich einen Gang höher, machte ordentlich Tempo, vergrößerte den Abstand zwischen uns und der Masse, bog um die dritte

Ecke und preschte schnurstracks auf das Ziel zu. Fünf Minuten. Ich war überrascht, so lange durchgehalten zu haben. Irgendwo konnte ich das Schrillen eines Feuerwehrautos hören. Sie trommelte mir mit den Fäusten auf die Ohren.

»Gib's mir, Nelson!«, rief sie. »Gib's mir!«

Ich wollte anhalten, aber die Bremsen taten's nicht.

»Was?«

»Gib's mir, du Saukerl. Gib's mir!«

Ich schloss die Augen. Gab's ihr.

Anschließend trank ich wieder einen Schluck Whisky. Ich konnte ihn brauchen.

»Wer ist Nelson?«, fragte ich.

»Nelson?« Sie zuckte nicht mit der Wimper.

»Sie haben Nelson gesagt. Vorhin, als ich's Ihnen besorgt habe.«

»Sie müssen sich verhört haben. Vielleicht hab ich Nielsen gesagt, der berühmte dänische Komponist.«

»Wieso hätten Sie Nielsen sagen sollen?«

Sie zuckte mit den Schultern. »Wieso hätte ich Nelson sagen sollen?«

Wieso hätte sie Nelson sagen sollen? Genau das war mein Gedanke. Vielleicht war ja an unserem Arrangement ein dritter Partner beteiligt, von dem ich nichts wusste. Vielleicht erzählte sie mir nicht alles. Vielleicht wäre es ratsam, das rauszufinden.

Sie glitt vom Sofa, zog sich den Rock wieder an. Ich wusste nicht, woher sie die Kraft nahm, aufzustehen.

»Sie gehen?«

»Sieht so aus, oder?«

»Ich meine ja nur, weil ich kein Auto gehört habe. Ich kann Ihnen ein Taxi rufen, wenn Sie wollen, aber ich selbst sollte wohl nicht mehr fahren.« Falls sie die Ironie mitbekam, ließ sie es sich nicht anmerken.

»Nicht nötig. Ich gehe zu Fuß.«

»Zu Fuß? Wo haben Sie sich einquartiert? Im Bindon?«

Sie zog schwungvoll den Reißverschluss hoch. Jetzt war ich es, der zu ihr aufschaute.

»Ich habe den Bungalow nebenan gemietet, Mr Greenwood. Für sechs Monate. So kann ich Sie im Auge behalten, und Sie können mich im Auge behalten. Wer weiß, vielleicht spielen wir ja sogar mal eine Partie Scrabble. Wir sollten uns morgen treffen. Um unsere Aktion zu planen.«

Und weg war sie.

Ich lehnte mich zurück, die Hose um die Füße gewickelt. Ich warf einen Blick zum Kaminsims. Torvill hatte die Lippen angewidert nach unten gebogen.

»Aber was hätte ich denn sonst machen sollen?«, sagte ich.

Sie würdigte mich keines Blickes.

SECHS

Mitten in der Nacht stand ich auf, goss mir noch einen Whisky ein, nahm ihn mit in den Garten. Es hätte ein gutes Gefühl sein müssen, das Gras unter den Füßen, die kühle Luft am Hintern, aber um ehrlich zu sein, ich fühlte mich irgendwie immer noch wie im Gefängnis, umzingelt von all diesen Frauen, Michaela, Audrey, Carol, die große Unbekannte, sogar Alice, wie sie mich alle anstarrten, mich anstupsten, bloß um festzustellen, ob ich noch am Leben war. Klar war ich noch am Leben. Ich wusste bloß nicht genau, warum.

Alice' Haus war stockdunkel, das von Kim Stokie, wo Michaela sich eingenistet hatte, ebenso. Mir kam der Gedanke, über den Zaun zu springen, durch die Hintertür ins Haus zu gehen, nachzusehen, was sie im Bett anhatte, ob sie überhaupt was anhatte. Eine einzelne Runde auf dem Sofa mit so einer Frau lässt Wünsche offen. *Um unsere Aktion zu planen.* Die Worte hallten mir durch den Kopf. Mir war gar nicht wohl dabei. Ich hatte schon einmal eine Aktion geplant, und die war gründlich schiefgegangen. Spontan handeln, das hätte ich machen sollen, die Koffer packen und für ein Jahr nach Rio abhauen, wie Miranda und ich uns das mal ausgemalt hatten, oder mich irgendwo im Peak District verstecken, Einsiedler werden, von Beeren und vorbeikommenden Rucksacktouristen leben. Doch ich war mit einem Mal näher dran, als ich es für möglich gehalten hätte. Konnte die Frau, die auf dem Weg zur Klippe gewesen war, irgendwas gesagt haben, das dabei helfen würde, ihre Identität herauszufinden? Oder wollte diese Rump mich bloß verarschen, mich kirre machen? Erst hatte sie Audrey aufs Kreuz gelegt, und jetzt legte sie mich aufs Kreuz. Kein Wunder, dass ich keinen klaren Gedanken fassen konnte. Ich meine, wie sollte ich Rumps Fisch klauen? Was ich gesagt hatte, stimmte, Kois haben es gar nicht gern, wenn sie aus dem Wasser geholt werden. Und was würde Torvill denken, wenn ich eines Nachts mit so etwas im Schlepptau nach Hause käme? Frauen mögen es nicht, wenn ihnen eine Nebenbuhlerin aufs Auge gedrückt wird. Falls ich an die Informationen über die Unbekannte von der Klippe rankäme, ohne mich auf Michaelas kleinen Plan einlassen zu müssen, schön und gut. Falls nicht, sollte ich besser anfangen, die Lage zu sondieren. So oder so kam ich um eines nicht herum: Adam Rump.

Am nächsten Morgen zog ich mich entsprechend an, schlichte Krawatte und neue braune Schuhe, nichts Protziges. Ich und ein Knacki? Ich brauchte eine gute Stunde für die Fahrt zu den Water Gardens. Ich hätte es schneller schaffen können, aber ich nahm die Küstenstraße. Ich genoss es, mich langsam an den Citroën zu gewöhnen.

Rump wartete schon auf mich, als ich ankam, stand vor diesem Klumpen aus glattem Stein, den sie draußen aufs Gras gepflanzt hatten. Er hatte denselben Hut auf wie damals, als er zu uns nach Hause gekommen war, um nach Mirandas Verschwinden Alice Blackstock zu vernehmen, die kurzfristig bei uns gewohnt hatte; allem Anschein nach auch denselben Anzug. Vier Jahre im Gefängnis, vier Jahre auf der Polizeiwache. Ich wusste, wer nach dieser Zeit besser aussah. Wir schüttelten uns die Hände. Er wirkte erfreut, mich zu sehen.

»Sehen Sie sich den Quatsch da an«, sagte er. »Nicht zu fassen, dass jemand einen Haufen Geld dafür bezahlt hat.«

»Das ist ein Henry Moore«, sagte ich. Ich kannte die Skulptur von einem Foto in dem Buch, das Miss Prosser mir geschenkt hatte. »Vielleicht war es eine Schenkung.«

»Tja, ich würde mir so was jedenfalls nicht auf den Rasen stellen. Ob er auch mal Skulpturen von Fischen gemacht hat, was meinen Sie?«

»Nur falls sie Riesenlöcher hatten.«

»Das ist das Problem mit moderner Kunst. Wo bleibt die Realität? Als ich vorhin hier rumspaziert bin, kam mir der Gedanke, dass Fische das letzte große Thema sind, mit dem sich Künstler noch nicht befasst haben. Sie haben Pferde und Hunde dargestellt, sie haben nackte Frauen dargestellt, zu oft, wenn Sie mich fragen, aber Fische hat sich noch keiner vorgenommen. Rembrandt, Gauguin, Dick Van Dyke, wo sind ihre Fischmotive? Dafür muss es einen Grund geben.« Er sah mich an, als wäre die Frage ernst gemeint.

Ich gab mein Bestes. »Nun ja, ich schätze, ein Nachteil ist, dass Fische unter Wasser leben. So sind sie sicher schwer zu malen. Und im Gegensatz zu einem Hund, den man dazu bringen kann, sich in sein Körbchen zu legen, und zu Miss April, der man sagen kann, sie soll aufhören, sich zu kratzen, halten Fische nun mal nicht still, so flink einer auch mit dem Bleistift ist.«

Wir gingen ins Café. Ich bestellte eine Tasse Tee und ein Stück Biskuittorte. Er nahm einen Kaffee und einen Brownie. Es war das erste Mal seit meiner Entlassung, dass ich wieder unter normalen Leuten saß, Leuten, die keine Bösewichte waren oder Angehörige von Bösewichten, denen sie Kippen oder Dope rüberreichten, ihnen versicherten, dass draußen alles bestens sei, während der ganze Raum vor Misstrauen und unbefriedigter Geilheit schwitzte. Alle hier sahen anders aus, verhielten sich anders, als hätten sie nicht das geringste Problem auf der Welt, als wäre alles bestens. Alle außer mir. Auf einmal fühlte ich mich ganz und gar nicht mehr so. Bei mir war nicht alles bestens. Ich hatte eine Frau von einer Klippe gestoßen. Carol war aus Australien hergekommen, um mich für das dranzukriegen, was ich Robin angetan hatte. Und jetzt musste ich diesem Schwachkopf seinen Fisch klauen. Ich hatte noch immer das Gefühl, als wäre ich im Knast, als würde jeder hier, wenn er mal von seinem Tisch aufsah, erkennen, dass ich gesessen hatte. Es stand mir quasi auf der Stirn geschrieben: wie ich saß, wie ich die Leute ansah, sogar die blöden neuen Klamotten, als wäre ich frisch ausgepackt worden. Es war kein gutes Gefühl.

Die Torte kam. Ich hatte schon immer eine Vorliebe für Biskuittorte, der luftige Teig, die Himbeermarmelade in der Mitte, der Puderzucker obendrauf, alles irgendwie traumhaft, als wäre sie von einem Regenbogen gerutscht. Meine Mum konnte eine erstklassige Biskuittorte backen, die beste der Welt. Ich hoffte noch immer, eines Tages eine zu finden, die nur halb so gut war, mir ein Stück Vergangenheit zurückbrachte, aber das war bisher noch nie passiert. Audrey hatte mal eine gebacken, als Überraschung zu meinem Geburtstag. Eine Woche später benutzte ich sie noch immer als Frisbee für Monty. Ich biss in dieses Stück hinein. Nicht schlecht, wenn man Gummi mochte. Rump griff nach dem Zuckerschälchen und schüttete sich sechs Tütchen braunen Zucker in den Kaffee.

»Wir haben hier geheiratet, wissen Sie«, sagte er beim Umrühren, »Michaela und ich, in dem Pavillon da drüben. An dem Tag ist mir die Idee für meinen Teich gekommen, ich hab mir Notizen gemacht, während alle den Reden zugehört haben.« Er testete die Temperatur seines Kaffees mit dem Finger. »Michaela. Wenn ich damals gewusst hätte, was ich heute weiß.«

Ich nickte, nutzte die Gelegenheit.

»Ich weiß«, sagte ich. »Verrückte Welt. Meine Ex und Ihre Frau. Was hatten die beiden wohl gemeinsam – abgesehen vom Offensichtlichen?«

»Meinen Sie ihren blinden Hass auf Fische?«

»Nicht direkt, eher die Rolle, die sie bei dem ganzen Schlamassel gespielt haben, in den wir reingeraten sind – nicht bloß, wie sie zueinandergefunden haben, sondern schon davor. Ich meine, man stelle sich vor, dass Michaela ausgerechnet an dem Tag aufs Kliff hoch ist, an dem Audrey Miranda getötet hat. Deshalb waren Sie ja wohl auch da oben, nicht um nach Ihrer Frau zu suchen, sondern nach Beweisen. Sie haben gedacht, ich hätte sie vielleicht da oben von der Klippe gestoßen, Miranda meine ich, nicht Ihre Frau.«

»Sie hätten Michaela von mir aus ruhig runterstoßen können, obwohl ich Sie dann natürlich hätte verhaften müssen. Wissen Sie, dass ich sie mal dabei erwischt habe, wie sie meine Kois mit Schneckenkorn füttern wollte?«

»Pervers. Sie haben doch mit Mickey Travers' Tochter gesprochen, die an dem Nachmittag damals im Kassenhäuschen vom Parkplatz saß. Hat sie nicht zur fraglichen Zeit jemanden den Pfad hochgehen sehen? Ihre Frau höchstwahrscheinlich.«

Rump schüttelte den Kopf.

»Nein, das war nicht Michaela. Mary Travers meinte, die Frau, die sie gesehen hat, sei gegangen, als wäre ein Bein kürzer als das andere, wie bei Ihrer Nymphe mit dem lädierten Knie. Michaelas Beine sind gleich lang.«

Er hatte recht. Sie hatten ein Stück über die Armlehne vom Sofa geragt, aber gleichmäßig.

»Sie war es also nicht, und Miranda auch nicht. Ihre Beine waren so gut wie perfekt.«

»Das haben wir auch zuerst gedacht. Bis wir einen von diesen Schuhen fanden, unten am Strand, die Pumps, erinnern Sie sich? Na ja, wenn sie den Pfad mit nur einem von den Dingern an den Füßen hochgehoppelt ist, dann hätte sie es gewesen sein können.«

»Oder auch Michaela. Sie hätte einen Absatz verloren haben können.«

Er schüttelte wieder den Kopf. »Michaela hat große Füße. Fragen Sie mich nicht, welche Größe, aber größer als der Schuh, den wir am Strand gefunden haben. Jedenfalls, wir haben nicht nach Michaela gesucht. Nur nach Miranda. Und Miss Travers war sicher, dass es nicht Miranda war. Sie kannte sie aus dem Fitnessstudio, Michaela vermutlich auch. Die Frau war zu klein für Miranda, hat sie gesagt. Außerdem hat sie sie sprechen hören. Sie war sicher, dass es nicht Mirandas Stimme war. Die Frau ist am Fenster vom Kassenhäuschen vorbeigehastet, hat die Kapuze der Öljacke festgehalten, gegen den Regen. Sie hatte irgendwas in der anderen Hand, ein Handy, meinte Mary, aber sicher war sie sich nicht.« Er blickte auf den Rest von seinem Brownie, brach ihn in zwei Stücke.

»Das war's?«

»Das war's.« Er schob sich ein Stück in den Mund, das andere in die Tasche.

»Mary hat die Frau doch bestimmt auch wieder runterkommen sehen.«

»Nein, sie hat fast gleich danach Feierabend gemacht. An dem Nachmittag ließen sich keine Touristen blicken, bei dem Wetter.«

»War diese Frau vielleicht mit dem Auto gekommen?«

»Mary meinte, sie wäre möglicherweise zu Fuß von der Kaserne raufgegangen.«

Das fand sie einleuchtend, Rump auch, aber ich nicht. Die Frau war nicht zurückgekehrt, doch es war niemandem aufgefallen. Das heißt, kein Auto und keine Kaserne. Sie lebte vermutlich weit weg, war mit dem Bus rauf zum Kliff gefahren. Aber warum?

»Sie haben also nie rausgefunden, wer sie war.«

Rump schüttelte den Kopf. »Nein, und das war auch nicht nötig, nachdem wir Miranda gefunden hatten. Nachdem …« Er hustete, wechselte das Thema. »Aber genug davon. Sprechen wir über etwas, das wirklich wichtig ist. Ihre Zukunft. Ihre Fische.« Er zog einen Umschlag aus seiner Innentasche. Schob ihn über den Tisch. Fehlten nur noch die Sonnenbrillen, und wir hätten ausgesehen wie zwei Spione.

»Da drin sind Ihr neuer Mitgliedsausweis und eine neue Anstecknadel, nur für den Fall, dass Sie Ihre alte verlegt haben. Falls Sie an neue Fische für Ihren Teich denken, unser neuer Kassenwart, Colonel Grace, hat ein paar wunderbare Kois zu verkaufen, sogar Asagis.«

»Ist das der, der die Schießschule leitet?«

»Ja. Er wäre Ihnen sehr gern behilflich. Er ist ein begeisterter Karpfenfreund. Kennen Sie ihn?«

Ich kannte ihn nicht. Aber ich kannte seine Frau. Hatte sie und ihre Freundin, Alicia Marmaduke, jeden Freitag vom Malkurs nach Hause kutschiert.

»Ehrlich gesagt, ich weiß nicht genau, ob ich schon wieder so weit bin, Inspector. Karpfen sind so sensible Geschöpfe, wie Sie ja selbst wissen. Audrey hat den Teich zugeschüttet, können Sie sich das vorstellen? Hat die Pumpen und Luftfilter weggeworfen. Meine Nymphe sieht jetzt nur noch Gras. Ich müsste ganz von vorn anfangen.«

»Frauen«, sagte er. »Besuchen Sie sie oft?«

»Audrey?«

»Die Nymphe. Falls Sie keinen neuen Teich anlegen, könnte ich jederzeit ein Plätzchen für sie in meiner neuen japanischen Luxusanlage finden. Ich expandiere nämlich im großen Stil, Al, ein zweiter Teich, Wasserfälle, Pagoden. Ihre Nymphe würde sich da gut machen, zum Beispiel, wenn sie aus dem Fudschijama ragen würde, den ich für mittendrin plane. Mit ein bisschen Zement könnte ich ihr Schlitzaugen verpassen. Das würde Colonel Grace fuchsen. Er ist ganz schön angesäuert, seit ich die Trophäe gewonnen habe. Erwähnte ich das schon? Mini Ha Ha und ich haben die Goldmedaille gewonnen. Gott, was für ein Koi! Sehen Sie mal!«

Er holte sein Handy hervor. Und da war sie, starrte mich vom Display an. Sie war ganz passabel, aber kein Vergleich zu Torvill. Recht hübsche Zeichnung, kuckte aber ein bisschen mürrisch, wie ich fand, als würde sie sich für besser halten als alle anderen.

»Wirklich eine wahre Augenweide von Fisch. Ich würd sie gern mal in natura sehen, wenn Sie Zeit haben. So ein Prachtexemplar bekommt man nicht jeden Tag aus der Nähe zu sehen. Das muss so ähnlich sein, als würde Sigourney Weaver splitterfasernackt in Ihrem Garten ein Sonnenbad nehmen.«

Er wackelte mit dem Bein, ganz aufgeregt.

»Wem sagen Sie das!« Er sah auf seine Uhr. »Hören Sie. Ich müsste eigentlich in einem bewaffneten Raubüberfall ermitteln, eine Zeugin vernehmen, aber die kann ruhig ein oder zwei Stunden warten. Schließlich kann sie nicht weglaufen, mit dem festgeschnallten Bein im Krankenhaus. Wie wär's, wenn wir jetzt gleich zu mir fahren und ich Ihnen Mini Ha Ha zeige? Ich hab sie heute ohnehin nur ganz kurz gesehen.«

Ich stieg in den Citroën und fuhr hinter ihm her. Es war nicht schwer, ihm zu folgen. Er hatte so einen rot gefleckten Fisch, ganz aufgebläht und stachelig, im Fenster baumeln, und einen zweiten, doppelt so groß, am Innenspiegel. Ich konnte sehen, wie dieser Fisch ihm jedes Mal, wenn wir abbogen, gegen den Kopf knallte. Wenn es möglich gewesen wäre, ein plätscherndes Aquarium auf dem Rücksitz zu haben, hätte er auch das gehabt. Aus irgendeinem Grund hatte ich gedacht, er würde in Dorchester oder Wareham wohnen. Vielleicht hatte er da auch mal gewohnt. Jetzt tat er es jedenfalls nicht mehr. Er lebte nicht weit von Weymouth, nahe am Meer, in so einer Siedlung, die wahrscheinlich mal ein richtiges Dorf gewesen war, das eine Post hatte und einen Metzger und eine Farm, wo man richtige Milch kaufen konnte, das aber inzwischen von wuchernden modernen Häusern verschlungen worden war, die alle viel zu dicht zusammenstanden, mit schnurgeraden Straßen und niedrigen Ziegelmäuerchen, die nichts fernhalten konnten, nicht mal Hundescheiße. Sein Haus stand am Ende einer Sackgasse, ein Spießrutenlauf aus je acht Häusern auf jeder Seite, die uns direkt anblickten, als wir vorbeifuhren. Genau das, was ein angehender Einbrecher sich wünscht, raschelnde Vorhänge mit Blick auf den Tatort. Sein Haus machte einen heruntergekommenen Eindruck, abblätternde Farbe am Fenster, dürres Unkraut auf dem Weg, ein Rasen wie eine ausgehungerte, räudige Katze. Ein paar braune Umschläge ragten aus dem Briefkasten, als steckten sie schon eine ganze Weile dort. Michaela hätte das keine Sekunde ausgehalten. Ich ehrlich gesagt auch nicht. Ihn dagegen schien es nicht zu stören. Er wedelte bloß mit dem Arm, als wollte er es ausblenden, und führte mich den Seitenweg hinunter, wo ein hohes Holztor mit Stacheldraht obendrauf den Weg zwischen Haus und Gartenmauer versperrte. Kein gutes Zeichen, dachte ich.

»Sie haben Ihr Grundstück gut gesichert«, sagte ich. »Freundliche Nachbarn?«

»Größtenteils Polizei«, antwortete Rump und holte einen Schlüsselbund von der Größe meiner Faust hervor. »Wir leben gern in Enklaven. Ist besser so. Wussten Sie das nicht?« Er schloss das Tor auf. Wir gingen hindurch.

Es war, als wären wir in einer Filmkulisse gelandet. Hinter dem Haus befand sich ein halbmondförmiger, mit Steinplatten gefliester Bereich, der von Palmen und Topfpflanzen umstanden war und sich zu einem Sandsteinweg hin verjüngte. Als wir ihn betraten, hörte ich Wasserplätschern und zittrige Musik, als hätte jemand seine Geige nicht richtig gestimmt.

»Japanisch …«, sagte Rump stolz. »Das setzt automatisch ein, wenn jemand durch die Lichtschranke geht.«

Er führte mich den Weg hinunter, wobei wir von riesigen Bambusrohren rechts und links gestreift wurden. Und dann auf einmal lag er vor uns, der Teich, wohl fünf Meter breit. Die Ränder waren mit Holzstäben befestigt, und übers Wasser ragte ein kleiner Steg, als wäre er die Pforte ins Paradies. Rump führte mich auf den Steg. In der Mitte war ein Glasfenster in den Boden eingelassen, durch das man direkt ins Wasser schauen konnte, wo Kois in allen Formen und Farben hin und her schwammen. Es machte mich stinksauer. Gemessen daran hatte mein alter Teich wie eine Scheißpfütze ausgesehen. Das war einfach nicht in Ordnung. Torvill und Dean hätten sich in so einem Teich pudelwohl gefühlt, nach Herzenslust schwimmen und tauchen können. Im Vergleich zu dem hier hatten sie kaum Platz gehabt, sich umzudrehen. Und Rump hockte hier, drehte Däumchen und glotzte den ganzen Tag seine Fische an, wo er doch unterwegs sein sollte, um Räuber und Lumpenpack zu fangen, um die Welt ein bisschen sicherer zu machen. Wenn ich noch irgendwelche Zweifel gehabt hatte, ob ich ihm seine blöde Fischkönigin klauen sollte, so waren sie nun mit einem Schwanzflossenschlag verflogen. Ich sah mich um, orientierte mich. Am gegenüberliegenden Ufer, neben dem Kasten mit den Pumpen und Filtern, saß ein dreckiger fetter Buddha mit gekreuzten Beinen, wie Buddhas das so machen. Dahinter Rhododendronsträucher und Weidenbäume, dahinter ein Zaun.

»Tolle Anlage«, sagte ich. »Was ist hinter dem Zaun?«

»Ein steiler Hang bis runter zum Strand. Aber was soll ich da, wenn ich hier so ein Wunder wie Mini zu bestaunen habe.« Er legte die Hand an die Augen, als würde er sie suchen.

»Muss schwer sein, sie zwischen den vielen anderen zu finden, wenn Sie sie sehen wollen.« Ich bemühte mich, nicht allzu neugierig zu klingen.

Er lächelte selbstzufrieden. »Ja, möchte man meinen.« Dann fing er an, sich mit einer Hand auf den Mund zu schlagen und ein Geheul auszustoßen wie Kinder, wenn sie Cowboy und Indianer spielen. Eine rasche Bewegung im Wasser und ein plötzliches Plätschern, und da war sie, schwamm längsseits. Sie war größer, als ich gedacht hatte, größer und schöner, lang und geschmeidig, mit einem Glanz wie auf der Haut einer Frau, wenn sie frisch aus dem Bad kommt, richtig strahlend, bereit, eingewickelt zu werden. Rump hatte recht. Sie war verdammt schön. Ich hätte nichts dagegen, so einen Fisch zu haben, wenn auch nur für ein oder zwei Wochen. Torvill müsste es ja nicht erfahren.

»So was hab ich noch nicht erlebt«, sagte ich. »Ein Fisch, der so auf einen Ruf hört.« Rump legte mir eine Hand auf die Schulter.

»Sagenhaft, was? Es sind die Schwingungen, glaube ich, nicht das eigentliche Geräusch. Manchmal denke ich, es steckt vielleicht doch mehr in ihr, als man glaubt.«

Er angelte den Rest von seinem Brownie aus der Tasche und warf ihn ins Wasser. Sie schluckte die abgebrochenen Stückchen eins nach dem anderen, blickte auf. War das ein Lächeln?

»Wie meinen Sie das?«, sagte ich.

Er sah mich an. »Na ja, Sie werden mich vielleicht für total bescheuert halten, aber …« Er senkte die Stimme, als fürchtete er, einer seiner Bullennachbarn könnte was aufschnappen. »Glauben Sie an Reinkarnation, Al?«

»Ich kann nicht behaupten, schon viel darüber nachgedacht zu haben.«

»Hatte ich auch nicht, bis Mini Ha Ha in mein Leben trat. Sie hat irgendwas an sich. Ich kann nicht recht glauben, dass sie nur ein Fisch ist. Schauen Sie genau hin. Sie ist zu perfekt, zu gut. Sie hat eine Seele, wissen Sie. Haben Sie gesehen, wie sie die Browniestückchen gefressen hat? Beinahe menschlich, nicht? Letzte Woche hab ich sie mit den anderen beobachtet. Da war sie, meine Preisträgerin, die Goldmedaillengewinnerin 2009 von Südwestengland, und doch hat sie allen anderen hier im Teich Fischpellets zugeschubst – den Kleineren, den Schwächeren, den Jungen –, hat gewartet, bis sie alle genug hatten, bevor sie selbst gefressen hat. Das war reine Herzensgüte, Al, Herzensgüte und Selbstlosigkeit und ja, vielleicht Heiligkeit in Fischform. Und auf einmal wurde mir klar, warum ich sie Mini Ha Ha getauft habe. Unterbewusst hatte ich sie wohl mit Indern in Verbindung gebracht. Sie hat so eine Aura, die mir sagte: indisch. Das heißt, eigentlich nicht *indisch,* sondern *Indien.* Ich hätte sie Mutter nennen sollen.«

»Mutter?«

»Nach Mutter Teresa. Sehen Sie sich ihre Augen an, Al. Sie hat einen Körper wie ein junges Filmsternchen, ja, aber ihre Augen sind haargenau die von Mutter Teresa. Sanftmütig, das ist der richtige Ausdruck.«

»Nun ja, ich …«

Er packte meinen Arm. »Sehen Sie! Sehen Sie, wie sie da über dem Stein hockt, nicht mal ihre weiche Farbgebung kann es verbergen, ihre Vergangenheit kommt durch. Bemerken Sie die Ähnlichkeit?«

»Na, jetzt, wo Sie's sagen. Als ich das Foto auf Ihrem Handy gesehen hab, da dachte ich, sie kuckt wirklich ein bisschen überheblich …« Ich fing seinen Blick auf. »… nicht direkt überheblich, aber anders, kompromisslos, als wäre sie was Besseres.«

»Genau, Al, ganz genau! Nicht verwunderlich, oder? Denken Sie doch nur an all die guten Werke, die Mutter Teresa getan hat, die vielen Kinder in Lagern untergebracht und von einer Schale Reis die Woche gelebt. Wie viele von uns haben ihr Leben solchen Dingen geweiht? Das hier ist

Mutter Teresas Lohn für die vielen guten Werke, Al: als preisgekrönter Karpfen zurückzukehren, gehegt und gepflegt und mit der Hand gefüttert zu werden, von mir, einem ihrer größten Bewunderer.«

»Es sind schon seltsamere Dinge geschehen, schätz ich«, sagte ich. »Haben Sie das sonst noch jemandem erzählt, Inspector? Ihren Vorgesetzten zum Beispiel?«

»Adam, Al. Adam. Die Förmlichkeiten können wir uns doch jetzt sparen. Wir sind jetzt Gleichgesinnte in Sachen Fisch. Nein, das würden sie nicht verstehen. Sie halten mich sowieso schon für leicht verrückt, dass ich Kois halte.« Er lachte, verstummte dann jäh, wurde schlagartig ernst. »Ich habe nie geglaubt, dass Sie's waren, wissen Sie, nicht eine Sekunde. Deshalb hab ich Torvill und Dean auch ausstopfen lassen und Ihnen ins Gefängnis geschickt, als eine Art Solidaritätsbekundung, von einem Fischliebhaber zum anderen.«

»Ach ja. Ich wollte das eigentlich schon früher ansprechen.« Ich schob eine Hand in die Tasche, holte ein Scheckbuch heraus. »Was bin ich Ihnen schuldig? Für das Ausstopfen.«

Er winkte ab. »Al, bitte. Das war doch wohl das Mindeste, was ich tun konnte. Er hat gute Arbeit geleistet, finden Sie nicht auch?«

»Großartig. Ich hab Torvill wieder auf den Kaminsims gestellt. Dean hatte einen kleinen Unfall. Ein Jammer, aber wenn ich mich zwischen den beiden hätte entscheiden müssen, wäre die Wahl auf Torvill gefallen.«

Er seufzte. »Ein Jammer, dass Ehefrauen nicht wie Fische sein können. Fische sehen hübsch aus, sie bewegen sich anmutig durch deine Hände hindurch, *und* sie können mit dir kommunizieren, ohne auch nur ein Wort zu sprechen.

Ich meine, wann haben Sie sich das letzte Mal mit einem Fisch gezofft?«

Darauf fiel mir keine Antwort ein.

Zurück im Bungalow ging ich in den kleinen Schuppen hinter der Garage, um den Spaten zu holen. Es war an der Zeit, den Teich zu retten, ihn wiederzubeleben. Zu meiner Überraschung hatte Audrey die Pumpen und den übrigen Kram nicht weggeworfen, wie ich gedacht hatte, sie hatte sie lediglich in ein paar alten Kisten verstaut. Mit ein bisschen Glück könnte ich, sofern die Elektrik nicht im Eimer war, alles im Nu wieder am Laufen haben. Ich musste wahrscheinlich neue Filter kaufen und so, den Wasseranschluss reparieren, aber davon abgesehen, kein Problem.

Draußen im Garten buddelte ich als Erstes die verkohlten Reste des Feuers aus. Ich stieß auf ein großes Stück Holz, das nicht ganz verbrannt war, dunkel und glatt und leicht gebogen, vorne mit einer Spalte und am hinteren Ende mit einem Teil, das ein bisschen hochstand. Heilige Scheiße, dachte ich, das Ding sieht genauso aus wie ein Hai. Man konnte förmlich sehen, wie er an Deck eines Fischkutters zappelte und darauf wartete, dass ihm einer den Gnadenstoß gab. Ich nahm es in die Hand, begutachtete es. Es war stabil, etwa einen Meter lang, ziemlich schwer. Ich lehnte es an die Mauer, die irgendwer zwischen meinem Haus und dem der Stokies gezogen hatte, genauer gesagt dem von Michaela, die jetzt da wohnte. Wenn ich an dem Spalt vorn ein bisschen rumschnitzte, dem Hai ein paar anständige Zähne verpasste, konnte ich ihn bei der Nymphe aufstellen, so, als würde er jeden Moment hochspringen und sich an ihr festbeißen. Bonsai! Es wartete noch allerhand

Arbeit auf mich, in künstlerischer Hinsicht, am Teich und in seiner Umgebung, aber es wäre ein Anfang.

Ich ging in die Küche und fand das alte Tranchiermesser, mit dem mir Audrey immer vor der Nase herumgefuchtelt hatte, wenn sie ein paar intus hatte, wie gehabt hinten in der Schublade. Sie hatte dafür gesorgt, dass es immer schön spitz war, damit sie es als Zahnstocher benutzen konnte, wenn wir Schwein gegessen hatten. Ich testete die Klinge. Perfekt, als hätte sie es eben erst geschärft. Ich ging damit in den Garten und machte mich ans Werk, schnitzte schön gezackte und spitze Zähne, stach dann zwei fies aussehende Schlitze als Augen. Nach höchstens vierzig Minuten war ich fertig. Ich trat zurück und schaute ihn mir aus einiger Entfernung an, wie Miss Prosser uns das beigebracht hatte. Es war unheimlich. Er sah glatt durch dich hindurch, als wärst du schon tot.

Dann kam mir die Erleuchtung: Falls Rump mit seiner Bemerkung recht hatte, dann bot sich hier eine echte Chance für mich. Ich konnte Fische machen. Ich wusste, wie sie aussahen, wie sie sich bewegten. Ich würde in erster Linie Karpfen machen, weil ich daran am meisten Spaß hatte, aber wenn das Ergebnis eher wie ein Hai oder ein Kabeljau ausfiel, auch gut, dann hatte ich das eben von vornherein beabsichtigt. Ich hatte keinen Bock auf Ölbilder oder Aquarelle (ich meine, welcher Mann malt schon mit tuntigen Wasserfarben herum?), aber dieses Skulpturengedöns bot da doch eine ganz andere Perspektive. Blind Lionel, Wools führender Unisex-Friseur, wohnte in einem Eisenbahnwaggon, umgeben von alten Eisenbahnschwellen. Ich könnte sie ihm abkaufen, mir Mickey Travers' Kettensäge ausborgen und loslegen. Supertolle Karpfen würde ich machen, sie in all ihren wunderbaren Farben bemalen, Blau und Grün und mit dicken roten Flecken. Ich würde mit Torvill und Dean anfangen, sozusagen zu ihrem Gedächtnis, und dann mit anderen weitermachen, eine ganze Koi-Galerie anfertigen, sie alle um den Teich herum aufstellen, als würden sie ihn bewachen, mit dem einen oder anderen Hai dazwischen, um alle schön auf Trab zu halten. Und scheiß auf Henry Moore. Er mochte ja mit Hammer und Meißel ganz geschickt gewesen sein, aber durch meine Fische würde ich keine großen Löcher schlagen, prägender Künstler des zwanzigsten Jahrhunderts hin oder her. Sie würden richtige Fische sein. Könnte man sie mit einem Zauberstab zum Leben erwecken, würden sie schwimmen. Würde man einer von Henry Moores schrillen Frauen Leben einhauchen, müsste man sie für den Rest ihrer Tage an lebenserhaltende Apparate anschließen, dicke Möpse hin oder her.

Ich hörte ein Husten und drehte mich um. Mrs Blackstock stand direkt hinter mir, mit einer braunen Schachtel in der Hand.

»Das Tor war offen. Ich hoffe, Sie sind mir nicht böse.« Sie drückte mir die Schachtel in die Hand. »Duncans Autohandschuhe«, sagte sie.

Ich packte sie aus. Sie passten wie angegossen, dünnes schwarzes Leder, wie eine zweite Haut.

»Mörderhandschuhe hat er sie genannt«, sagte sie. »Er hat sie kaum getragen.«

»Sie sind zu gut zu mir, Mrs B.« Ich beugte mich vor und gab ihr einen Kuss. Ich küsste die Alte gern. Ihr gefiel es auch. Dann sah sie den Hai. Sie stieß einen spitzen Schrei aus, als hätte er sie schon gebissen.

»Was zum Teufel ist das?«

»Hab ich es Ihnen noch nicht erzählt? Ich gehe in die

Kunstbranche. Das ist mein erstes Werk. Es ist noch nicht ganz fertig. Ich werde hauptsächlich Fische machen, Mrs B. Fische und Hummer.«

»Das ist aber ein ziemlich begrenztes Repertoire. Sie sollten es vielleicht auch mit anderen Motiven probieren, anderen Formen, Figuren. Sie haben ein Auge für Frauen, Al, das wissen wir alle.«

»Die ist inzwischen zu Tode geritten, Alice, die weibliche Form. Aber Fische. Ist Ihnen klar, dass Fische das letzte Thema sind, das uns Künstlern noch geblieben ist? Keiner hat bisher Fische gemacht. Und wir leben hier in einer Fischgegend. Deshalb kommen Leute hierher, wegen des Meeres, wegen der Fische. Ich stoße in eine Marktlücke.«

»Damien Hirst.«

»Wer?«

»Damien Hirst. Der hat Fische gemacht. Sein Hai im Glastank ist ziemlich berühmt.« Sie ging zu dem Hai. »Was soll das sein?«

»Ein Delfin.«

»Im Ernst?« Sie ging ganz nahe ran. »Delfine lächeln normalerweise. Die sehen nicht so bösartig aus wie der da.«

»Er ist wütend. Sein Kumpel wurde gerade von einem japanischen Walfänger abgemurkst.«

»Er sieht eher wie ein Hai aus, Al.« Sie starrte mich an. Ich weiß nicht, warum, aber es fiel mir schwer, sie anzulügen.

»Na schön, ehrlich gesagt, es sollte auch ein Hai werden, aber wenn dieser Hirst schon welche gemacht hat … Ich will mir nicht vorwerfen lassen, dass ich irgendwen kopiere.«

Mrs B tätschelte mir den Rücken. »Da brauchen Sie sich keine allzu großen Sorgen zu machen. Damien Hirsts Hai ist keine Darstellung von einem Hai«, klärte sie mich auf. »Es *ist* ein Hai.«

»Ein echter?«

»Ja, in Formaldehyd.«

»Dann geht es dabei also nicht um die Kunst, ihn wie einen Hai aussehen zu lassen.«

»Absolut nicht.«

»Damit wäre meiner hier etwas Neues.«

»Durchaus möglich.«

»Na, wunderbar. Ein gnadenloser Killer der Tiefe ist er. Ich wollte das Werk ›Auwei der Hai‹ nennen. Wie finden Sie das?«

»Herausragend, Al.« Ein besseres Wort hätte sie nicht wählen können.

»Es ist eben mein erstes Werk, mit dem ich an die Öffentlichkeit gehe. Wie wär's mit einem Gläschen zur Feier des Tages? Ich hab inzwischen was Anständiges zu trinken da, Bier, Wein, Hochprozentiges. Ah, ich weiß, was halten Sie von einem kleinen Sherry und einem Stück Obstkuchen?«

Sie verschränkte die Arme, legte den Kopf auf die Seite, als wäre sie amüsiert.

»Ich hätte Sie nie für einen Sherrytrinker gehalten, Al.«

»Ich? Ich mag einen anständigen Tropfen, wenn er schön gekühlt ist. Nicht das süße Zeugs, das Audrey immer mit ins Bett genommen hat, sondern richtigen spanischen Sherry, blassgelb, mit ordentlich Umdrehungen. Ehrlichen, aufrechten Sherry.«

Ich ging ins Haus, nahm den Manzanilla aus dem Kühlschrank, holte zwei anständige Gläser und den Kuchen, den ich im Supermarkt besorgt hatte, und schleifte schließlich die beiden Picknickstühle, die Audrey mal gekauft hatte, aus der Garage. Wir saßen in der Mittagsluft, mampften den Kuchen, tranken den Sherry, betrachteten den Hai. Wir sprachen kein Wort. Das war auch nicht nötig. Wir dachten beide an die Zukunft, daran, was sie bereithalten mochte. Der Himmel war klar, aber es waren Wolken im Anmarsch, das wussten wir beide. Dann hielt sie es nicht mehr aus.

»Und, was haben Sie jetzt für Pläne, Al? Wollen Sie hierbleiben?«

Sie versuchte, ungezwungen zu klingen, aber ich konnte es trotzdem raushören. Ihr graute davor, dass ich Nein sagte. Sie war gern mit mir zusammen. War das zu fassen? Nach dem, was ich ihr angetan hatte, war sie gern mit mir zusammen.

»Es spricht nichts dagegen«, sagte ich. »Ich krieg ein bisschen Bares, ich fang an, ein paar von denen da zusammenzukloppen, ich könnte in der Touristensaison vielleicht einen Fisch pro Monat verkaufen. Was, meinen Sie, könnte ich für einen in der Größe verlangen? Zweihundert?«

»Sie sollten sie lieber nicht zu groß machen, Al, falls Touristen sie mit nach Hause nehmen wollen.«

»Sehr scharfsichtig von Ihnen, Alice. Irgendwas, was sie sich auf den Dachgepäckträger schnallen können, das sollte ich anpeilen.«

»Oder auf den Kaminsims stellen. Und vielleicht einen Tick weniger bedrohlich?«

Ich zuckte die Achseln.

»Ich bin Künstler, Mrs B. Wie meine Kunstlehrerin Miss Prosser immer gesagt hat, ein Künstler sollte nicht nach Kompromissen streben. Ich kann nur das gestalten, was ich fühle. Das liegt an meinem räumlichen Vorstellungsvermögen.«

Sie nickte. »War sie gut, diese Miss Prosser?«

»Erste Sahne. Zart, wissen Sie, wie ein Rehkitz, auch hübsch wie ein Rehkitz, gesprenkelt und zierlich. Hatte noch dazu ordentlich Mumm, so ein junges Ding, und solchen Rohlingen wie uns ausgeliefert.«

»Al, ich habe den Verdacht, Sie waren ein bisschen verliebt in sie.«

»Alle waren ein bisschen verliebt in sie, Mrs B. Wir mochten sie ein bisschen zu sehr, und sie mochte uns auch ein bisschen zu sehr.«

»Wie meinen Sie das?«

»Gefährliche Männer. Ich glaub, sie fand es erregend, in ihrer Nähe zu sein. Einmal hab ich versucht, sie zu warnen. Danach fand sie es noch aufregender.«

Sie tippte mir auf die Schulter.

»Aber Sie sind nicht gefährlich, Al. Sie sind ein Schwerenöter, mehr nicht.«

Ich goss uns noch ein Glas ein. Das wievielte war das? Nummer zwei, drei? Ich hatte nicht mitgezählt. Von der Sonne im Gesicht wurde mir schwindelig. Alice hatte die Augen geschlossen. Ich schloss meine auch, ließ meinen Gedanken freien Lauf. War ich gefährlich? Wer wusste das schon? Hier saß sie, die alte Schnüffelnase, und trank gekühlten Sherry mit einem Mann, der mal versucht hatte, sie umzubringen, der sie die Treppe runtergestoßen hatte, weil sie gesehen hatte, wie er an einem unartigen Sonntagnachmittag vom Kliff zurückgekommen war. Jetzt, jetzt würde ich ihr kein Haar mehr krümmen, unter gar keinen Umständen, und würde den Mann erledigen, der das täte. Nicht für Miss Prosser empfand ich was, sondern für …

»Na, da haben es sich aber zwei gemütlich gemacht.«

Ich schlug die Augen auf, blinzelte in die Sonne. Michaela Rump schaute über die Mauer. Ich hob mein Glas.

»Alice. Sehen Sie die hübsche Erscheinung da? Das ist unsere neue Nachbarin, Mrs Adam Rump, Michaela für Sie und mich. Sie hat das Haus der Stokies für ein paar Wochen gemietet.«

»Ein paar Monate, um genau zu sein«, berichtigte Michaela mich. Sie trug eine enge rosa Jacke mit einem blauweiß gestreiften T-Shirt darunter und einen niedlichen Pillbox-Hut im selben Farbton wie die Jacke. Ganz akzeptabel für einen Tag beim Pferderennen, aber ein bisschen übertrieben für den Garten, wo Kim immer seine Hummer gekocht hatte.

Mrs B ging zu ihr, nahm ihre Hand. Es lag eine leichte Spannung in der Luft. Fragen Sie mich nicht, wieso ich das weiß, aber ich konnte es spüren. In der Hinsicht bin ich wie ein Karpfen, sensibel für meine Umgebung.

»Alice Blackstock«, sagte sie und hielt Michaelas Hand fest. »Ich war auf Ihrer Hochzeit. Sie erinnern sich wahrscheinlich nicht mehr.« Michaela lächelte, zeigte wieder diese Zähne. Ich wusste nicht, welche mich mehr beunruhigten, ihre oder die von dem Hai.

»Ich versuche, so gut ich kann, die Erinnerung an meine Hochzeit zu verdrängen, Mrs Blackstock. Vor allem die Erinnerung an meinen Ehemann und seine Gäste. Die Porzellanforelle war nicht zufällig ein Geschenk von Ihnen, oder? Die Frage hat mich immer brennend interessiert.« Alice befreite sich aus Michaelas Griff.

»Nein. Ich habe Ihnen eine Kletterrose geschenkt, für Ihren Garten.«

»Wir hatten einen Garten? Nicht mal daran erinnere ich mich. Sind Sie lange geblieben auf der Hochzeit?«

»So lange, wie man normalerweise bleibt, denke ich.«

»Dann haben Sie sicher den Unfall gesehen, als er mich

in den Teich geschubst hat, beim Fischefüttern mit unserer Hochzeitstorte.«

»Ich glaube, das haben wir alle gesehen.«

»Stand am nächsten Tag auch in der Zeitung. Nicht viele Bräute finden sich im *Dorchester Echo* wieder, in ihrem zweitausend Pfund teuren Hochzeitskleid, das in einen zweitausend Pfund teuren Spüllappen verwandelt wurde.« Sie wandte sich an mich. »Ich möchte wirklich nicht unhöflich erscheinen, Mr Greenwood, aber wir haben etwas Geschäftliches zu besprechen. Ein Uhr, sagten Sie, glaube ich. Jetzt ist es zwei.«

Alice wedelte entschuldigend mit der Hand.

»Das ist meine Schuld«, sagte sie. »Ich habe Al ein bisschen Gesellschaft leisten wollen, mit ihm den Einstieg in sein neues Metier gefeiert.«

Als sie ging, folgten ihr Mrs Rumps Blicke.

»Neues Metier?«, sagte sie, als Alice fort war.

Ich deutete auf den Hai neben ihr.

»Ich hoffe, sie hat nicht die bevorstehende Entführung und Erpressung gemeint.«

»Ich sag doch. Die Bildhauerei. Sie denkt, ich könnte tatsächlich erfolgreich damit sein, mit Fischmotiven. Ich hab allerdings Konkurrenz. Anscheinend ist da so ein Saftsack am Werk, der sich wohl zu fein dafür ist, sich die Hände schmutzig zu machen. Der legt die Viecher einfach in Formaldehyd und pappt seinen Namen dran. Was hat das noch mit Kunstfertigkeit zu tun? Bei mir dagegen?« Ich streckte die Hände von mir. »Steckt alles hier drin.« Ich kippte den letzten Rest meines Sherrys runter. »Sie hätten ruhig netter zu der alten Lady sein können.«

Michaela strich mit einer Hand über eines ihrer rosa Revers. Ihre Nägel waren auch rosa lackiert. »Hätte ich, ja. Aber ich wollte nicht. Je weniger sie in den nächsten Wochen ihre Nase in Ihre Angelegenheiten steckt, desto besser.«

»Sie müssen sich wegen Alice keine Sorgen machen«, sagte ich. »Sie ist tagsüber meistens bekifft bis zur Halskrause, das heißt, wenn sie nicht gerade auf dem Kopf steht. Überhaupt, sie ist absolut dagegen, Fische als Haustiere zu halten. Wenn wir ihr erzählen würden, wir planen eine Befreiungsaktion für diesen Karpfen, würde sie uns sehr wahrscheinlich ihre Hilfe anbieten. Wie auch immer, vergessen Sie sie. Raten Sie mal, mit wem ich mich heute Morgen getroffen habe? Mit Ihrer schlechteren Hälfte. Ich hab sein Haus gesehen, seinen Garten und seinen prämierten Fisch. Er hat übrigens nicht seine Mutter als Fliesen unten drin, sondern Mutter Teresa. Er glaubt, der Fisch ist sozusagen ihre Reinkarnation.«

Sie schnaubte verächtlich.

»Überrascht mich nicht. Er hatte mal einen, von dem er dachte, er sähe aus wie Glenn Miller. Hat ihm *In the Mood* über die Lautsprecher vorgespielt, jeden verdammten Abend. Das ist eine gute Nachricht. Dann wird er erst recht ohne Widerrede bezahlen.«

Ich sagte nichts. *In the Mood* – in Stimmung. Audrey hatte das immer gesagt, aber was ganz anderes gemeint. Und ich auch. Auf der anderen Seite der Mauer rückte Mrs Rump ihren Hut zurecht. Ich spürte, wie ich selbst ein wenig in Stimmung kam.

»Wird ein gehöriges Stück Arbeit werden, den Fisch zu kidnappen«, sagte ich. »Sie haben mir verschwiegen, dass er in einer Sackgasse in Copville-by-the-Sea wohnt. Die ganze Nachbarschaft besteht nur aus Bullen.«

»Na und?«

»Na und? Bullen halten für gewöhnlich nicht besonders viel von Leuten, die bei ihresgleichen uneingeladen auftauchen, um ein bisschen zu klauen. Das geht ihnen gegen den Strich, weil sie dann blöd dastehen, weckt in ihnen den Wunsch, deinen Langfinger-Arsch an die Wand zu nageln. Außerdem hat Ihr Göttergatte so ein Infrarotzeugs, das alles Mögliche aktiviert, sobald man einen Fuß reinsetzt, Musik, Licht, japanisches Gejammer, die ganze Palette. Wenn ich da hinfahre und mit einem Kescher unterm Arm in den Garten spaziere, fallen die Bullennachbarn über mich her, noch ehe ich die Gummistiefel nass habe. Und sie werden mich bestimmt nicht mit Nachsicht behandeln. Sie werden denken, ich hege einen Groll gegen ihn.«

»Na, tun Sie das denn nicht?« Sie war aggressiv, streitlustig, als wäre das alles meine Idee gewesen.

»Nicht so wie Sie. Hören Sie, ich halte hier meinen Kopf hin, als Teil der Abmachung, aber Sie müssen mir noch mehr über die Frau erzählen, die Sie damals gesehen haben.«

Sie blieb ungerührt. »Ich brauche einen Beweis dafür, dass es Ihnen ernst ist mit diesem Unternehmen, Mr Greenwood. Ich bin nicht eine von Ihren kleinen Eroberungen, die Sie zappeln lassen können.«

Ich nahm den Spaten in die Hand. »Was meinen Sie wohl, wofür ich den hier brauche? Um in der Nase zu bohren?«

»Ich hatte eigentlich gehofft, Sie bräuchten den, um diesen Schandfleck zu vergraben, der da an meiner Mauer lehnt«, gab sie zurück und deutete auf den Hai.

»Ich wollte gerade anfangen, den Teich auszuheben. Wenn ich den Fisch klaue, sorge ich dafür, dass ihm nichts passiert. Kapiert?«

Sie überlegte einen Moment. »Kapiert.«

»Er geht in demselben Zustand an Ihren Mann zurück, wie er ihn verlassen hat. Also, als Erstes muss ich den Teich ausheben, ihn fertig machen. Damit fang ich heute Nachmittag an. Sie könnten sich nützlich machen, wenn Sie wollen, überzuckerte Limonade besorgen oder so, mit einem kalten Glas rübergetrabt kommen, sobald mir danach ist. Das hier wird ein Weilchen dauern.«

Sie sah mich fast mitleidig an. »Ich bin eine kräftige Frau, Mr Greenwood. Wussten Sie das nicht? Ich wollte mich heute Nachmittag im Fitnessstudio anmelden, aber wenn Sie Muckis brauchen …«

Sie legte eine Hand auf die Mauer, schwang sich mir nichts, dir nichts drüber und landete auf den Füßen, als wäre sie über so ein komisches Turnpferd gesprungen. Sie klatschte in die Hände und nahm mir den Spaten weg. »Wo soll ich anfangen?«

Ich stand da und sah sie an. Unter der rosa Jacke trug sie eine hellbraune Jeans über nagelneuen Sportschuhen.

»In dem Aufzug können Sie nicht graben«, sagte ich.

»Nein?« Sie trat auf mich zu, fasste mich am Kinn. Das hatte schon lange niemand mehr gemacht.

»Ich kann graben in was ich will, Mr Greenwood«, sagte sie. »Das sind nämlich meine Klamotten. Ich kann sie anziehen, ich kann sie ausziehen. Ich kann darin reiten gehen, ich kann darin in die Oper gehen, ich kann darin sogar von einer Klippe springen. Meine Klamotten, mein Körper. Das nennt man die Entscheidungsfreiheit einer Frau.«

Sie hängte die Jacke über die Mauer und setzte der Nymphe den Hut auf. Als ich mit einem zweiten Spaten aus dem Schuppen zurückkam, pflügte sie sich bereits durch den Boden wie durch irischen Torf. Die letzte Frau mit solchen

Muskeln, die ich gesehen hatte, war eine Boxerin auf der Kirmes im Weymouth gewesen. Kein Wunder, dass Michaela ihr Steak blutig aß. Ich ging auf die andere Seite, fing von dort an zu graben. Es war eine ganz schöne Maloche, und es war warm. Nach gut vierzig Minuten zog ich mein Hemd aus, mir lief bereits der Schweiß runter, über den Rücken, die Brust, in meine Bauchfalten. Ich sah zu ihr rüber. Auch sie kam ins Schwitzen. Ich konnte es nicht sehen, aber ich konnte es erahnen, an der Art, wie ihr T-Shirt fast widerwillig den Rücken hochrutschte, wie sie sich die Stirn am nackten Arm abwischte. Schweiß bei einer Frau – meiner Meinung nach gibt es nichts Besseres.

Meine Hände wurden ganz dreckig. Ihre auch. Mein Gesicht wurde dreckig, meine Knie. Ihre auch. Ich musste mich flach auf die nasse Erde legen, die Faust tief in die Verbindungsrohre stecken, um das ganze glibberige Zeug da rauszuholen, das sich mit den Jahren angesammelt hatte. Sie tat es mir gleich. Es war eine nasse, glitschige Welt, in der wir lebten. Wir konnten hören, wie sie an uns sog, schmatzend und platschend, spüren, wie sie uns durch die Finger glitt, an der Haut klebte. Wir arbeiteten getrennt, doch mit jedem Spatenstich kamen wir einander näher, als wäre eine Bugleine zwischen uns geworfen worden, an der wir uns zueinander hinzogen, hangelnd, Muskel für Muskel, näher und näher, nicht nur physisch, auch im Kopf. Es war wie in der Szene in *Mein großer Freund Shane,* als Alan Ladd und Van Heflin den Baumstumpf umstoßen – als würde es uns etwas bedeuten, als wären wir, Gott Allmächtiger, verbunden. Die Sonne war bereits untergegangen, als wir fertig waren, aber wir hatten es geschafft. Die Nymphe stand erneut an einem leeren Teich, stolz und aufrecht. Auch sie war verdreckt, an den Schultern, den

Beinen und den Rundungen dazwischen. Michaela ging zu ihr, setzte sich ihren Hut wieder auf, schlang einen Arm um sie und drehte sich zu mir um, Triumph im Gesicht. Ihre Jeans war zerrissen, ihr roter Lippenstift übers halbe Gesicht verschmiert, die Streifen auf ihrem T-Shirt klebten an ihrem Oberkörper wie nasse Farbe. Gott, war ich in Stimmung. Sie nahm die Jacke von der Mauer, warf sie sich über die Schulter.

»Sie sehen aus wie die Tussi in *African Queen*«, sagte ich mit bemüht fester Stimme. »Katharine Hepburn, von oben bis unten mit Schlamm verschmiert.«

Ich holte den Gartenschlauch, spritzte den Teich aus, richtete ihn dann auf die Nymphe. Der Dreck glitt von ihr runter wie Sahne, als wäre er mein Inneres, das sich bewegte. Auch Michaela konnte den Blick nicht von ihr abwenden.

»Danach sind Sie an der Reihe«, sagte ich.

»Versuch's doch, Bogie.«

Ich packte sie und zog sie ins Badezimmer, stellte sie in die Dusche und spritzte sie ab, während sie sich auszog. Sie kickte ihre Klamotten in die Ecke, packte den Duschkopf und zielte damit auf mich, aber so lange konnte ich nicht warten. Ich riss ihn ihr aus der Hand, drückte sie gegen die Fliesenwand, während sich der Duschkopf wie verrückt über den Boden schlängelte und Wasserstrahlen an uns spielten wie ein achtarmiger Tintenfisch.

»Haben die das auch auf der *African Queen* gemacht?«, fragte ich. »Ich kann mich nicht genau erinnern.«

»Humph hatte keine Dusche an Bord«, sagte sie. »Und sie war Missionarin.«

Ich schob meine Hände unter sie, hob sie hoch, um mich herum.

»Keine Sorge«, sagte ich. »Dazu kommen wir später.«

Es war dunkel und zwei Zimmer später, als wir fertig waren. Sie erwähnte ihren Freund Nelson nur zweimal, einmal im Wintergarten, einmal auf dem Fußboden auf dem Weg ins Schlafzimmer. Ich machte uns zwei Whisky, und als ich mit den Gläsern zurückkam, saß sie aufrecht im Bett, das Laken über sich gezogen, und malte mit Robins kleinem Drehbleistift etwas auf die Rückseite des Scrabble-Blocks.

»Ich erinnere mich an Adams Sensordingsbums«, sagte sie. »Er wird aktiviert, wenn du auf die Terrasse gehst.«

»Genau.«

»Dann gehst du eben nicht auf die Terrasse. Hier, kuck mal.« Sie reichte mir den Block. Sie hatte eine kleine Karte gezeichnet. »Wir gehen vom Meer und vom Strand aus rein, kein Auto, keine Fahrt die Sackgasse runter, keine Polizisten und keine japanische Musik.« Aus ihrem Mund klang es fast plausibel.

»Und was benutze ich als Landungsboot?«, fragte ich. »Ich rudere jedenfalls nicht den ganzen Weg in einem von Mickeys Booten.«

»Das da ist eine sehr beliebte Badegegend«, sagte sie. »Wir mieten uns so ein Tretboot, wir zwei vorne und der Kescher und eine Kühlbox zwischen uns.«

»Am helllichten Tag? Spinnst du?«

»Na, im Dunkeln wirst du sie wohl kaum fangen können, oder?«

Sie hatte recht.

»Es ist ein Kinderspiel, Al. Wir landen mit dem Tretboot am Strand wie ganz normale Urlauber. Du verschwindest hinter die Büsche, kletterst über den Zaun, schnappst dir den Fisch und bringst ihn im Nu gesund und munter in der

Kühlbox zum Strand. Wir strampeln zurück zum Bootsverleih, steigen ins Auto, fahren hierher zurück, setzen den Fisch in den Teich und warten auf das Geld.«

Sie faltete die Hände vor sich, als wäre die Sache so gut wie gelaufen.

»Ich hab mich schon gefragt, wann wir zu dem Punkt kommen. Wie willst du ihm verklickern, was wir getan haben? Per Postkarte? Per E-Mail? Mit einer Anzeige im Polizeiblättchen?«

»Du kannst ihm einen Erpresserbrief oder wie das heißt hinlegen. Irgendwo, wo er nicht zu übersehen ist. Einhunderttausend Pfund oder Mutter Teresa ist geliefert.«

»Ich dachte, du hättest gesagt, er hat zweihunderttausend.«

»Könnte weniger sein. Du weißt ja, wie bei Gerüchten übertrieben wird. Es ist immer noch ein ordentlicher Batzen für einen Fisch. Auch wenn das Biest eine Heilige ist.«

»Und wie kommen wir an das Lösegeld? Die Übergabe ist normalerweise das schwächste Glied.«

»Genauso, nur anders. Wenn er das Geld besorgt hat, sagen wir ihm, er soll ein Tretboot mieten und mit dem Geld und seinem Handy losstrampeln. Du beobachtest ihn unauffällig vom Ufer aus. Wenn er eine bestimmte Stelle erreicht hat, sagst du ihm, er soll das beschwerte Päckchen ins Meer werfen, wo ich bereits warte, unter Wasser. Ich schwimme zur nächsten Bucht, entsorge die Taucherausrüstung, binde das Päckchen an einen der Anker in der Bucht und schwimme zu dir ans Ufer, wo wir zusammen ein kleines Sonnenbad nehmen. Wenn wir sicher sind, dass die Luft rein ist, schwimm ich raus und hol das Päckchen.«

»Du hast alles genau durchdacht.«

»Ich hab alles genau durchdacht.« Sie tätschelte sich das

Haar, das Laken rutschte ihr vorne runter. Sie wirkte, als fühlte sie sich ganz wie zu Hause. »Sollen wir noch mal von vorne anfangen?«

»Nicht nötig, ich hab alles im Kopf. Wir fahren hin, mieten das Boot ...«

»Nein, nein, nicht das, Al. Das andere. Mm?« Sie legte sich zurück, irgendwie glühend. Wir fingen noch mal von vorne an, diesmal ein bisschen langsamer, ein bisschen bedächtiger.

»Das ist angenehm«, sagte ich.

Sie hob und senkte die Hüften. »Wusstest du, dass die Waliser statistisch gesehen mehr Linoleum verbrauchen als der gesamte Rest Großbritanniens, einschließlich Irlands?«

»So genau war mir das nicht klar, nein.«

»Adams Familie stammt aus Wales. Er hatte Linoleum im Schlafzimmer, extra verlegen lassen, als ich einzog, ob du's glaubst oder nicht, türkis, wie ein Fischteich, hat er gesagt. Nach der ersten Nacht hab ich alles wieder rausreißen lassen. Sollen wir das Tempo etwas anziehen?«

»Im Schlafzimmer.«

»Auch noch teuer, das Zeug. Nicht zu hastig bitte. Der Zug soll schließlich mit allen Passagieren an Bord am Bahnhof ankommen, ja? Was schätzt du, wie teuer eine Rolle war?«

»Weißt du was, ich habe keinen Schimmer. Wie viele Meter hat eine Rolle überhaupt?«

»Rund fünfzehn. Oooh. So was beschäftigt mich, dich nicht auch?«

»Also eine ganz ordentliche Länge?«

»Eine ordentliche Länge ist stets willkommen. Sollen wir? Bis zur Ziellinie?«

»Von mir aus.«

Wir kamen zur Ziellinie. Ich setzte mich auf die Kante und verschnaufte. Sie wirkte rundum zufrieden mit sich, auch rundum zufrieden mit mir. Der Augenblick war günstig.

»Wie wär's, wenn du mir jetzt erzählst, was die große Unbekannte gesagt hat?«

»Ich erzähl dir den ersten Teil.« Sie klopfte auf die Stelle neben sich. Ich rührte mich nicht.

»Wie du willst.« Sie zog das Laken wieder hoch. »Ich ging also das Kliff runter, und sie war auf dem Weg nach oben. Als wir aneinander vorbeikamen, bin ich ausgerutscht. Im Matsch.« Sie hob die Augen und sah mich an. »Du weißt ja, wie Matsch an mir aussieht, nicht?«

»Weiter im Text, Michaela. Fürs Erste läuft da nichts mehr bei mir.«

»Sie hat meine Hand gepackt, als ich versuchte, das Gleichgewicht wiederzugewinnen, richtig fest, als wollte sie sie nicht loslassen. ›Vorsicht‹, sagte sie. ›Jeder Pfad ist tückisch.‹«

Ich wartete. »Ist das alles?«

»Vorläufig ja.«

»Was hat sie dann gesagt? Komm, Michaela, nun erzähl schon. Ich klau dir auch deinen blöden Fisch. Und nicht nur wegen dieser Frau. Jetzt spielt da noch mehr mit rein.«

Sie lehnte sich gegen das Kopfteil, schob ein Bein raus und stupste mich damit an, wie beim ersten Mal. Ich wusste, was sie bezweckte.

»Sie hat gesagt: ›Ist die Beule noch da oben?‹«

»Sie wusste also von der Beule?«

»Anscheinend. Ich hab gesagt, ich hätte eben noch da

draufgestanden, um einen letzten Blick aufs Meer zu werfen, ehe ich ins Ausland gehe.«

»Das alles hast du ihr erzählt?«

»Ich wollte irgendwem erzählen, was ich vorhatte. Sie hat gefragt, wie lange ich wegbleiben würde, und ich habe gesagt, wahrscheinlich für immer, dass ich das Meer wohl zum letzten Mal gesehen hätte. Deshalb war ich dort, bei dem Sauwetter.« Sie hielt ihr Glas ins Licht, ließ den letzten Schluck darin kreisen.

»Und?«

»Sie hat gesagt, keine Sorge, sie würde es für mich sehen. Sie wäre in Zukunft regelmäßig dort oben.«

Ich schluckte schwer. Also doch keine Selbstmordabsicht. »Hast du sie nicht gefragt, was sie da wollte?«

»Ich hab ihr bloß geraten, vorsichtig zu sein. Der Wind da oben war gefährlich. Aber das weißt du ja selbst, nicht?«

»Und das war alles?«

»Nicht ganz. Sie hat mir eine sichere Reise gewünscht, ich hab ihr einen sicheren Aufstieg gewünscht. Dann hat sie was Seltsames gemacht. Sie hat gesagt: ›Würden Sie mir wohl Ihren Namen verraten? Sie werden nämlich die letzte Person sein, die vor ihm da war.‹«

»Ihm? Wer ist ihm?«

»Woher zum Teufel soll ich das wissen? Ich hab sie für eine religiöse Spinnerin gehalten. Und ich hatte recht, denn als sie ihre Tasche aufhob …«

»Tasche?«

»Die Tasche, die sie fallen gelassen hatte, als sie nach meiner Hand griff, so eine Hippietasche aus Leinen, ziemlich ungeeignet für das Gelände oder Wetter. Als sie sie aufhob, meinte ich, eine Bibel obenauf zu sehen. Eine Bibel und eine Thermosflasche.«

Herrgott, ich hatte eine Christin in die Tiefe gestoßen.

»Und das war alles?«

»Das war alles. Ich hab ihr gesagt, wie ich heiße, sie hat sich bedankt, gesagt, sie würde nun jedes Mal an mich denken, wenn sie da hochgehen würde, mir eine kurze Botschaft über den Äther schicken, so hat sie es formuliert, und weg war sie. Nach oben, wo du dich in dem Ginsterbusch versteckt hattest.« Sie hielt mir ihr Glas hin. »Noch einen Whisky bitte, und wenn du so lieb wärst, mir auch noch meine Jacke von draußen zu holen, bin ich dann weg.«

»Wie hat sie ausgesehen, diese Frau?«

»Schwer zu sagen, bei dem strömenden Regen. Sie hatte ein rundes Gesicht. Ihr Haar könnte leicht rötlich gewesen sein.«

»Wie hat sie gesprochen? Mit schottischem Einschlag, kam sie aus London, aus dem Norden?«

»Ich weiß nicht. Ich kann eure regionalen Akzente hier kaum auseinanderhalten. Sie sprach irgendwie mit einem Singsang, glaub ich. Es ist lange her.«

»So lange nun auch wieder nicht. Wie alt war sie?«

»Fünfzig? Fünfundfünfzig? Wirkte ein bisschen verhärmt, fand ich. Hätte wahrscheinlich noch erheblich verhärmter gewirkt, wenn sie geahnt hätte, was ihr da oben blüht.«

»Ja, schon gut, wir wissen, was du glaubst. Ich habe nichts zugegeben.«

»Musst du auch nicht. Deine Fragen sagen alles.« Sie wackelte wieder mit ihrem Glas. »Whisky? Die Jacke?«

Ich brachte ihr den Whisky, holte auch die Jacke aus dem Garten herein. Wir gingen ein paar Sachen durch: die Fahrt zum Strand, um die Umgebung auszukundschaften, wie lange es dauern würde, bis ich den Teich fertig hatte, wie wir rausfinden würden, wann Rump nicht zu Hause wäre. Das sei kein Problem, meinte sie. Sie kannte jemanden bei der Polizei. Sie würde in Erfahrung bringen, wann er Dienst hatte. Sie stieg aus dem Bett, knöpfte sich ganz langsam und bedächtig die Jacke zu, als wäre ich gar nicht im Raum.

»Beim nächsten Mal«, sagte sie, wobei sie sich bei jedem Wort Zeit ließ, »könnten wir die Partie Scrabble spielen. Nach offiziellen Regeln natürlich.«

»Natürlich.«

Ich hätte nichts dagegen gehabt, sofort zu spielen, ich hätte nichts dagegen gehabt, wenn sie über Nacht geblieben wäre, aber ich sagte es nicht. Ich folgte ihr, als sie ihre nassen Klamotten einsammelte, fragte mich, warum zum Teufel ich das alles machte. Ich wollte Rumps Geld nicht. Ich wollte auch seinen Fisch nicht. Ich wusste nicht mal, wie stark mein Wunsch war, herauszufinden, wen ich von der Klippe gestoßen hatte. Das Ganze würde sicher alles andere als leicht werden. Aber ich wollte das alles. Ich wollte Michaela, wollte das, was sie mitbrachte. Ich mochte die Art, wie sie mich benutzte, die Art, wie sie mich nicht besonders leiden konnte, die Art, wie wir uns aneinander rieben. Ich mochte es sogar, wie sie mich Nelson nannte, wenn sie nicht klar denken konnte. Das bedeutete, dass ich eine Wirkung auf sie hatte, die sie erregte, genau wie sie auf mich. Ich war schon lange nicht mehr erregt worden.

Ich ging zurück ins Wohnzimmer, öffnete Robins Scrabble-Set, schüttelte die Buchstaben raus, legte Wörter aufs Brett: Michaela, Mini Ha Ha, Adam Rump, Eumel. Vielleicht war ich der Eumel, weil ich das hier machte. Ich war mir nicht sicher, ob das mit der Kühlbox eine gute Idee war.

Sie wäre ziemlich unhandlich und mit dem Fisch drin und voll warmem Wasser auch sehr schwer. Ich könnte mir einen Bruch heben, wenn ich so was über einen drei Meter hohen Zaun wuchtete. Ich bräuchte einen länglichen Behälter, gerade groß genug, um den Karpfen darin rauszubringen. Sobald ich auf der anderen Seite war, konnte ich ihn ja in eine richtige Box umladen.

Ich räumte die Buchstaben vom Brett, fischte zwei blind heraus, bloß um zu sehen, was ich damit anfangen könnte. Ein S und ein A. Südafrika. Wieder Michaela. Und dann dachte ich, nein, nicht Michaela. S für Schwanzflosse vom Hai, S für Skulptur, S für Säge, Ketten-Säge. Und A? Für mich gab es nur ein einziges A, und sie war mir den ganzen Abend nicht aus dem Kopf gegangen, Audrey auf dem Teppich mit Michaela, Audrey auf dem Teppich mit mir, Audrey in meinem alten Vanden Plas, wie sie Miranda den Kopf mit einem Stein zertrümmerte. Ich wusste, was sie im Augenblick machte. Sie lag in ihrer Zelle auf der Pritsche und dachte, was ich dachte, dachte an Miranda, dachte an Michaela, dachte an mich, fragte sich, was wir wohl machten, mit wem wir es machten, ohne sich auch nur für eine Sekunde vorstellen zu können … oder vielleicht doch. Das Gefängnis macht das mit dir. Es bringt dich auf alle möglichen scheußlichen Gedanken. Ja, eines Tages würde es in ihrem Kopf klick machen, ohne Vorwarnung, und der Gedanke an Michaela und mich wäre da, und wenn er einmal da wäre, würde er nie mehr verschwinden. Es wäre für sie völlig einleuchtend, ich meine, dass ich so etwas gern machen würde, einfach so. Michaela auch. Al und Michaela. Michaela und Al. Sie könnte es sich ausmalen, hätte es genau vor Augen. Sie könnte es im Kopf hallen hören. Allein in der Nacht würde sie es sogar spüren, wie es sich ihr auf die Knochen legte. Es würde sie stundenlang wach halten, Nacht für Nacht, sie in den Wahnsinn treiben. Und sie würde nichts dagegen tun können.

Manchmal ist das Leben einfach wunderbar.

SIEBEN

Ich brauchte fast den ganzen nächsten Tag für den Teich, musste nach Poole, ein paar wichtige Ersatzteile besorgen und ein paar Koi-Handbücher, um auch ja alles richtig zu machen, aber dann hatte ich es geschafft: der Wasserfall, die Pumpen, die elektrische Wasserheizung, die UV-Filter, alles lief wie am Schnürchen. Es würde ein, zwei Tage dauern, bis der Teich die richtige Temperatur hatte, aber er war wieder ganz da, als wäre er nie weg gewesen. Das Problem war nur, er war schrecklich leer, tot wie eine Strandkirmes, die den Winter über geschlossen hat, ohne jedes Leben, ohne Spaß, erloschen. Es war sentimental von mir, ich weiß, aber ich ging ins Haus und holte Torvill, stellte sie an den Rand, damit sie ihn noch einmal sehen konnte, wie damals, als ich ihn für sie angelegt hatte. Sie blickte über das Wasser, ganz allein, ohne einen Muskel zu bewegen, ohne mit der Wimper zu zucken. Brach mir fast das Herz. Alice, die mich den ganzen Tag über von ihrem Fenster im ersten Stock aus beobachtet hatte, kam in einem ihrer Gandhi-Gewänder raus, um sich mein Werk anzusehen.

»Ich sollte mit Ihnen schimpfen, aber ich tu's nicht. Wieder mit den Fischen anzufangen ist gut, Al. Es bedeutet, Sie lassen sich neu auf das Leben ein.« Sie blickte mich forschend an. »Was ist los? Sind Sie wegen irgendwas traurig?«

»Nein, nein.« Ich wischte mir übers Gesicht. »Hab mir ins Auge gestochen, als ich den Scheißfilter eingebaut hab, entschuldigen Sie meine Ausdrucksweise. Ich werde keine Fische mehr als Gefangene halten, Mrs B. Damit ist endgültig Schluss. Die Jahre hinter Gittern haben mir klargemacht, wie recht Sie damit hatten, was Sie mal gesagt haben, dass alle Geschöpfe Gottes das Recht haben, frei zu leben. Aber ich dachte, wenn ich ernsthaft mit der Bildhauerei anfange, wäre es gut, den Teich anzulegen, na ja, um die richtige Atmosphäre für meine Kreationen zu schaffen. Und, wie finden Sie ihn?«

Ich nahm den Hai, der an der Mauer lehnte, und stellte ihn neben der Nymphe auf, sodass er mit dem Kopf knapp vor ihrem Bein war, als wollte er es ihr abbeißen. Alice fing an zu lachen. Dann sah sie, dass Torvill da ganz allein rumstand. Sie wirkte so klein, so verloren. Schwer zu glauben, dass sie hier mal wie eine Königin geherrscht hatte.

»Soll sie auch hier draußen bleiben?«

Ich schüttelte den Kopf. »Sie kommt wieder auf den Kaminsims. Ich hab sie bloß mal rausgeholt, damit … Sie wissen schon.«

»Ich weiß, ja.« Ihre Stimme war ganz sanft geworden. »Was Audrey gemacht hat, war grausam«, sagte sie und fügte dann, um das Thema zu wechseln, hinzu: »Sie verstehen sich offenbar ganz gut mit unserer neuen Nachbarin.« Sie musste sich ein Schmunzeln verkneifen.

»So ab und an, ja, durchaus«, pflichtete ich ihr bei. »Obwohl ich sagen muss, dass sie nicht Ihre künstlerische Ader hat, Mrs B. Sie erkennt einfach nicht, was ich fischmäßig zum Ausdruck bringen will. Die eine hat's, die andere nicht. Ich will später zu Mickey Travers rüber, ich überlege nämlich, ob ich ihm seine Kettensäge abkaufe. Blind Lionel verkauft mir sechs von seinen Eisenbahnschwellen, obwohl sie ihm gar nicht gehören. Zweieinhalb Meter lange Brocken sind das. Die säg ich in der Mitte durch, das macht schon mal zwölf Karpfen. Sie können beim Bemalen helfen, wenn Sie Lust haben. Im Grunde müssen die bloß farblich ausgemalt werden. Dieser Eumel Hirst arbeitet nämlich auch so, mit einem Haufen Handlangern, die für ihn die Drecksarbeit machen. Nicht, dass ich Sie für eine Handlangerin halte, Mrs B. Ganz und gar nicht.«

»Es macht mir nichts aus, Ihre Handlangerin zu sein, Al«, sagte Alice, wieder mit einem Lächeln im Gesicht. »Nicht, wenn ich Ihnen damit helfen kann, Meister Hirst zu zeigen, wo er hingehört.«

Ich hatte mir am Morgen in der Bücherei von Poole ein bisschen was zu Hirst angelesen. In einem Buch fand ich ein Foto von ihm, mit Grinsvisage und Brille. Er erinnerte mich an Robin. Kein Wunder, dass er Sachen einlegte. Wer so aussah, hatte bestimmt ständig einen widerlichen Geschmack im Mund.

Alice ging wieder rein. Sie hatte den Teich gesehen. Torvill hatte den Teich gesehen, aber das reichte noch nicht. Michaela sollte ihn auch sehen, sollte sehen, wie gut ich ihn hingekriegt hatte, wie flink. Wir waren schließlich Partner. Teilten sozusagen vorübergehend Teich und Bett.

Ich stellte Torvill zurück auf den Kaminsims und ging nach nebenan, klopfte bei Michaela an die Tür. Sie ließ sich nicht blicken. Sie hatte sich den ganzen Tag noch nicht blicken lassen. Das Letzte, was ich von ihr gesehen hatte, war ihr nackter Hintern im Mondlicht, als sie über die Mauer sprang. Ich hätte eigentlich erwartet, dass sie mal vorbeigekommen wäre, um zu sehen, wie ich klarkam, zumal sie sich ja selbst in jeder Hinsicht ganz schön ins Zeug gelegt hatte. Ich ging ums Haus herum, versuchte, durch die Jalousien zu linsen, aber sie war offensichtlich nicht da. Vielleicht fragte sie ihre Bekanntschaft aus, wann Rump Dienst hatte. Vielleicht war sie im Fitnessstudio. Vielleicht besuchte sie den geheimnisvollen Nelson, um sein Teleskop auszufahren. Und dann, mit einem Mal, wusste ich, was ich tun konnte.

Das Komische war nämlich, dass Kim Stokie, als er noch hier wohnte, mir einen Schlüssel für die Hintertür gegeben hatte. Seine werte Gattin Gaynor weigerte sich strikt, das Haus zu verlassen; sie verriegelte Türen und Fenster und ging nie auch nur einen Schritt nach draußen, unter keinen Umständen. Und aus Angst, es könnte irgendwas passieren, wenn er mal nicht da war, zum Beispiel ein Brand ausbrechen, und sie dann so enden wie eine zu lange getoastete Scheibe Weißbrot, hatte Kim Audrey und mir diesen Schlüssel gegeben, sicherheitshalber. Wir hatten ihn in der Lady-Diana-Hochzeit-Gedenktasse aufbewahrt, auf dem obersten Regalbrett in der Küche, und die Tasse stand noch immer dort. Warum also sollte der Schlüssel nicht mehr drin sein?

Ich eilte zurück ins Haus, angelte Lady Di vom Regal. Sie sah so jung aus auf der Tasse, eher wie ein Schulmädchen als wie eine Prinzessin. Und dann hatte unser zukünftiger König seinen majestätischen Zauberstab geschwungen, und schwups war sie die schönste Frau auf der Welt. Ich hab sie einmal gesehen, in London, als sie aus irgendeinem Laden für Kinderklamotten kam. Zwei Zivilbullen bewachten die Tür. Ich weiß, es gehört sich nicht, Leute anzustarren, aber ich konnte nicht anders. Sie sah besser aus als auf den Fotos, und das kommt nicht häufig vor. Der Schlüssel lag noch immer auf dem Tassenboden, völlig verstaubt.

Ich eilte zurück nach nebenan, steckte ihn ins Schloss und drehte ihn. Die Haustür öffnete sich wie von selbst.

Ich trat ein, drückte die Tür leise hinter mir zu, blieb reglos stehen, während ich alles auf mich wirken ließ und versuchte, ein Gefühl für den Bungalow zu bekommen. Meistens haben Häuser einen Geruch, eine typische Signatur vom Lebensstil ihrer Bewohner. Bei Audrey waren es angebrannte Töpfe gewesen und, ehe ich ihn über den Haufen gefahren hatte, diese blöde Töle, Monty. Selbst als er längst tot gewesen war, hatte es noch im ganzen Haus nach ihm gerochen. Hier stank es nach Putzmitteln, nach Zeug, das man auf Duschscheiben sprüht, in Kloschüsseln kippt. Es war seit Monaten niemand hier gewesen, bis auf die Putzkolonne. Zeit, mich mal umzuschauen.

Ich war nicht oft in Kim Stokies Haus gewesen. Er und seine werte Gattin konnten Besuch nicht ab, schon gar nicht von Nachbarn, aber ich sah auf den ersten Blick, dass hier gründlich renoviert worden war, von oben bis unten: funkelnagelneue Küche, ganz auf Ami-mäßig getrimmt, mit Frühstückshockern und einer schnuckeligen Esstheke und einem von diesen Chevrolet-Chromkühlschränken, die aussehen, als könntest du einsteigen, den Schnellgang einlegen, die Route 66 runterdüsen und dir unterwegs ein paar kleine Schweinereien schmecken lassen. Gegenüber der Küche war eine Art Wirtschaftsraum, Gefriertruhe und Waschmaschine und Trockner, und in der hinteren Ecke stand ein Heimtrainer, über dessen Lenker Michaelas Schlammschlacht-Outfit zum Trocknen hing. Die Haupträume gingen wie bei mir nach vorne raus, doch hier war ein einziger Raum daraus gemacht worden, mit einem gläsernen Esstisch an einem Ende und einem von diesen gigantischen, Schwarzes-Loch-artigen, Leben aussaugenden

Fernsehern am anderen. Die reinste Edelhütte, abstrakte Bilder an den Wänden, Glascouchtische, Getränkevitrine, zwei cremefarbene Sofas, die ungefähr so breit waren wie die Standspur einer normalen Autobahn, und das alles auf so einem flauschigen cremefarbenen Teppichboden, der aussah, als wollte er einem Golden Retriever Konkurrenz machen. Ideal für eine spontane schnelle Nummer, wenn du auf einen Sprung nach Hause kamst, aber absolut zum Kotzen, wenn du deinen Toast mit Marmelade drauffallen ließest. Von Michaela war allerdings nicht viel zu sehen; eine Radsportzeitschrift, eine halb leere Packung Trockenpflaumen und eine Detailkarte von der Küstenregion, auf der Rumps Sackgasse mit rotem Lippenstift umkringelt war. Sie hatte ihre Hausaufgaben gemacht.

Im Bad machte ich dann meine erste Entdeckung, dem Bad mit der ebenerdigen Dusche und den Bambussesseln und dem eingelassenen Whirlpool mit der Fangopackung und dem Damenrasierer auf dem Rand. Die Ablage über dem Waschbecken war voll mit Selbstbräuner, für tiefe Bräune, für leichte Bräune, für Bondi-Beach-Girl-Bräune, Selbstbräuner zum Auftragen, Selbstbräuner zum Einsprühen, Selbstbräuner zum Drin-Herumrollen wie eine läufige Hündin. Michaelas Bräune war also überhaupt nicht natürlich. Sie musste begossen werden wie ein Hähnchen am Spieß. Am Abend zuvor war mir ein paarmal aufgefallen, dass sie diese Farbe auch an den unwahrscheinlichsten Stellen hatte, allerdings war das Licht schon ziemlich schwach gewesen und ich hatte anderes im Kopf gehabt. Beim nächsten Mal würde ich genauer hinschauen, es vielleicht ins Gespräch einflechten, wenn wir so richtig in Fahrt kamen. Mal sehen, was Nelson dazu zu sagen hatte.

Die zwei Schlafzimmer lagen nach hinten raus, Gästezimmer und Hauptschlafzimmer, beide mit einem Doppelbett drin, das eine normal, das andere in Übergröße. Das Gästezimmer war voll mit Michaelas Gepäck, dunkelgrüne Koffer übersät mit Aufklebern, Sydney, San Francisco, Buenos Aires. Ich hasse das, wenn Leute sich das Gepäck mit so Angeberaufklebern vollpappen, sich mit diesen Schickimicki-Urlaubsorten wichtigtun, die sie schon bereist haben, als würden sie von uns erwarten, dass wir ihnen anerkennend auf die Schulter klopfen oder ihnen einen Orden verpassen oder so, als ob uns das nicht am Arsch vorbeiginge. Ich meine, wieso denken die, wir würden das wissen wollen? Wollen wir nicht. Wir wollen nicht nur nicht wissen, wo sie überall gewesen sind, es wäre uns sogar lieber, sie wären nie wiedergekommen. Bleibt doch in Buenos Aires, wenn's euch da so toll gefällt. Macht euch noch eine Dose Corned Beef auf. Holt euch eine anständige Lebensmittelvergiftung. Andererseits, der richtige Aufkleber klug eingesetzt kann kolossal hilfreich sein. Exknackis in einem überfüllten Zug zum Beispiel, wenn die auf ihrem Gepäck ein paar Aufkleber hätten von den Gefängnissen, in denen sie die letzten Jahre verbracht haben, Wormwood Scrubs, Pentonville, Broadmoor. Wenn du so einen auf deinen Koffer pappst, hast du das Abteil nach knapp drei Minuten für dich allein.

Zwei weitere Koffer lagen geöffnet und leer auf dem Bett, zwei Golftaschen lehnten dagegen. Eine davon erkannte ich auf Anhieb wieder, Audreys, mit den kleinen gelben Handschuhen, die aus einer Seitentasche lugten, und den orange-grünen Schlägerschutzhüllen, die sie extra passend zu ihrer Lieblingsgolfjacke gestrickt hatte. Die Jacke hatte sie auch am letzten Abend im Wohnmobil angehabt. Klar, nachdem Audrey einkassiert worden war, hatte Michaela ihren Kram mit zu sich nehmen müssen, wenn sie ihn nicht verschenken wollte. Die Golfjacke war jetzt vermutlich in einem der Koffer verstaut, zusammen mit allen möglichen anderen Sachen von Audrey, von denen ich bestimmt einige wiedererkennen würde. Das Zeug war um die ganze Welt gereist, und jetzt war es wieder hier, keine zwanzig Meter von dem Ort, wo alles angefangen hatte, Klamotten, die ich angefasst hatte, ihr ausgezogen hatte, Klamotten, die, Gott im Himmel, noch immer nach ihr rochen. Ich verschwand so schnell ich konnte aus dem Raum. Schon der Gedanke war unerträglich.

Das Hauptschlafzimmer war wie alles Übrige proper und steril, als hätte da drin seit Jahren keiner mehr auch nur einen ordentlichen Furz gelassen. Das Bett war gemacht, darüber eine helle Tagesdecke mit einem lang gezogenen grünen Y in der Mitte, Spiegel vom Boden bis zur Decke an dem begehbaren Schrank, eine der Schiebetüren halb geöffnet, Kostüme und Jacken und gebügelte Hosen allesamt angeordnet wie die Farben des Regenbogens. Sie war ein Jacke-und-Rock-, Jacke-und-Hose-Typ, Michaela, keine Frage. Da hingen bestimmt an die dreißig Stück. Kein Wunder, dass sie in so schicken Klamotten im Garten arbeitete. Anscheinend hatte sie gar nichts anderes. Ein moderner Frisiertisch nahm fast die ganze andere Wand in Beschlag, Marmorplatte mit der üblichen Armee an weiblichen Utensilien in Reih und Glied wie Rekruten beim Morgenappell: Parfüms, Puder, Cremes, Sprays, Zeugs zum Betupfen, Zeugs zum Abwischen, ein mordsmäßiger Schwenkspiegel, in dem man sich dabei zusehen konnte. Er wurde schräg gehalten von einem altmodischen Schmuckkästchen, das aussah, als hätte es mal jemandes Großmutter gehört. Ich zog es zu mir, öffnete es und knallte den Deckel sofort wieder zu. Es war eine von diesen Spieldosen, und eine klimperige Melodie hatte mich angesprungen. Es war bescheuert, ich weiß. Ich wusste, dass außer mir niemand im Haus war, trotzdem pochte mein Herz wie verrückt. Erst Audreys Klamotten und jetzt das. Es war, als würde ich ganz sicher ertappt werden, wenn ich die Melodie dudeln ließe, als wäre sie noch da und klebte an den Wänden, wenn Michaela zurückkam. Aber ich wollte wissen, was die Dose spielte, was für Kinkerlitzchen sie enthielt. Ich hob den Deckel erneut, langsam, knallte ihn aber genauso rasch wieder zu wie zuvor. Sie legte sofort los, die Melodie, und sie kam mir noch lauter vor als beim ersten Mal. Dann fiel mein Blick auf etwas anderes. Der Spiegel war jetzt nach unten geneigt und zeigte das Bett und den Nachttisch, und auf dem Nachttisch lag unter der Lampe eine Postkarte, mit dem Bild nach unten, auf der Rückseite beschrieben, ein Stift quer darüber. Ich ging hin und nahm sie in die Hand.

Mein Grübchenhase,
Fisch an der Angel. Al hat bei der großen Unbekannten angebissen. Noch abstoßender, als Du beschrieben hast. Werde wohl oder übel

Sie hatte nicht zu Ende geschrieben, aber ich hatte mehr als genug gelesen. Noch abstoßender, als Du beschrieben hast? Wieso denn das? Ich meine, was war an mir so abstoßend? Ich schnitt mir regelmäßig die Zehennägel, konnte ganz witzig sein, hatte auch im Bett ordentlich was vorzuweisen, wenn es drauf ankam, und das war der Dank dafür. Abstoßender, als Du beschrieben hast? Dachte sie das wirklich oder sagte sie das bloß, um Audrey bei Laune zu halten? Vielleicht beides. Vielleicht fand sie mich wirklich abstoßend, aber falls ja, warum dann die Ausziehcouch, warum die Dusche und warum der Wintergarten, ihre Zähne tief im Kissen mit dem Jesuskindmotiv, das Audrey aus Lourdes mitgebracht hatte?

Und dann wurde mir klar, was es mit dieser Postkarte wirklich auf sich hatte. Audrey hatte die Sache von Anfang an geplant, mit Michaela, und das wahrscheinlich schon, bevor ich entlassen und sie eingelocht worden war. Fisch an der Angel? Michaela war gar nicht die Drahtzieherin in der ganzen Sache. Michaela war der Köder. Ich meine, wer sollte denn den Fisch stehlen, das ganze Risiko auf sich nehmen? Meine Wenigkeit. Und weswegen? Wegen dem, was Michaela mir versprochen hatte. Aber vielleicht hatte Michaela die Frau ja gar nicht auf dem Kliff getroffen. Vielleicht hatte sie sich das alles bloß ausgedacht, damit ich ihr half, Rumps Fisch zu klauen. Das war ganz klar Audreys Handschrift. Ich sah förmlich vor mir, wie es abgelaufen war.

Michaela erzählt Audrey, sie hätte nicht übel Lust, Rump seinen heiß geliebten Fisch zu klauen, um an das Geld zu kommen, das rechtmäßig ihr gehören müsste, in Anbetracht all der Jahre, die sie es mit ihm ausgehalten hat. Zweihunderttausend Mäuse für seinen blöden Fisch! So ticken diese Frauen doch, oder? Bonsai-Idee, sagt Audrey, aber wie willst du den kleinen Scheißer klauen? Keine Ahnung, sagt Michaela, mit einem großen Netz? So einfach ist das nicht, erwidert Audrey, denn sie weiß schließlich Bescheid. Das sind temperamentvolle Biester, diese Fische. Ah, ich weiß, wir bringen Al dazu, dir zu helfen. Der kennt sich mit Fischen aus. Und wieso zum Teufel sollte dein Exmann mir helfen?, sagt Michaela, die nicht richtig einschätzt, wie tief Audreys perverser Verstand sinken kann. Du bietest ihm was an, dem er nicht widerstehen kann, sagt Audrey, die jetzt unter den Armen schwitzt, wie immer, wenn sie unnatürlich erregt ist. Michaela läuft es kalt den Rücken runter. Du willst doch wohl nicht, dass ich … Audrey lacht. Nein, obwohl du dich schon ein bisschen aufbrezeln solltest, damit er Stielaugen kriegt, abgelenkt ist. Nein, du sagst ihm, du weißt über die Frau auf der Klippe Bescheid, die, die er in Wirklichkeit runtergestoßen hat. Sag ihm, du hast sie gesehen, sag ihm, du hast mit ihr gesprochen. Mach ein Geschäft mit ihm. Wenn er Rumps Fisch stiehlt, erzählst du ihm alles. Er wird es wissen wollen. Er weiß, er sollte besser die Finger davon lassen, aber er wird nicht anders können. So ist er nun mal.

Und dann haben die zwei sich totgelacht, hundertpro, sind vor lauter Freude zusammen ins Bett, haben sich in den Kissen gewälzt, ein vierbrüstiges Sandwich, mit dem guten alten Al Greenwood als Füllung dazwischen. Ich hatte gedacht, jetzt, wo sie im Knast war, wäre ich sicher vor ihr, aber nein, sie hockte in ihrer Zelle, während ihre Klamotten hier im Zimmer nebenan lagen, und wartete darauf, von Michaela zu hören, wie die Sache lief, mit Rump, dem Fisch und mir.

Ich brauchte einen Drink, aber keinen Whisky, den ich allein trank, oder einen Sherry mit Mrs B. Diese ganzen irren Frauen gingen mit gehörig auf den Senkel. Ich musste in den Pub, mir ein paar Gläser Testosteron genehmigen, mich richtig besaufen, rumflachsen, mich ein bisschen zoffen, wieder ein Mann sein. Das Spread Eagle rief mich.

Doc war nicht da, aber dafür Mickey Travers. Mickey war ein kleiner Kerl mit einem Gesicht wie eine zerdrückte Banane, dünn, Säuferbeine, piepsige Stimme, wie eine von diesen alten 33er-Langspielplatten, wenn sie mit 45 Umdrehungen abgespielt werden. Er trug einen Pork-Pie-Hut, den er nie abnahm, wenigstens hatte ich ihn nie ohne gesehen. Die Travers und die Stokies waren Todfeinde, weshalb er in der Vergangenheit nie viel mit mir gesprochen hatte, weil Kim Stokie mein direkter Nachbar gewesen war, aber jetzt, wo Kim nicht mehr da war, hatte sich das Blatt gewendet. Er streckte mir die Hand hin. Ich drückte sie fest. Er war selbst mal im Gefängnis gewesen. Weil er ein Fischerboot von den Stokies abgefackelt hatte.

»Doc war vorhin hier. Hat mir erzählt, du suchst eine Kettensäge«, kam er gleich zur Sache. »Ich hab genau das Richtige. Mavis sagt, entweder sie geht oder die Säge, und für Mavis würde ich jetzt wohl nicht mehr viel kriegen, nach dem, was passiert ist. Mavis, zeig ihm deine Hand.«

Wir drehten uns zu zwei Frauen um, die in der Ecke saßen, Mavis, seine bessere Hälfte, mit seiner ältesten Tochter Mary. Carol und Mary waren als Teenager richtig dick befreundet gewesen, hatten andauernd beieinander übernachtet. Mary war Pferdenärrin. Wir dachten alle, sie würde nach der Schule in einem Reitstall arbeiten oder so, Tierärztin werden, aber da saß sie, zwölf Jahre später, mit ihrem traurigen Hängegesicht, ohne Mann in ihrem Leben, ohne Kinder, ohne ordentlichen Job, wohnhaft noch immer bei den Eltern. Sie wirkte irgendwie gescheitert. Carol und sie hatten sich nicht mehr oft gesehen, nachdem Carol an der Sekretärinnenschule angefangen hatte, aber sie waren über die Jahre in Kontakt geblieben, Briefe und Weihnachtskarten, sogar Telefonate. Herrje, Mary hatte sogar früher als wir gewusst, dass Carol ein Bein verloren hatte.

Mavis hob ihre Hand. An der Stelle, wo ihr Daumen hätte sein müssen, war ein dicker Verband.

»Ein Schnitt wie durch Butter«, sagte Mickey und

schnippte dabei stolz mit den Fingern, als hätte er es mit Absicht gemacht. »Ist durch den ganzen Raum geflogen. War nix zu machen. Ausgerechnet der rechte Daumen. Kriegt jetzt beim besten Willen keinen anständigen Pfannkuchenteig mehr hin.« Ich schüttelte mitfühlend den Kopf.

»Ich dachte, die könnten Daumen heutzutage wieder annähen, Mickey.«

»Der Hund hat ihn sich geschnappt. Was trinkst du?«

Ich nahm einen doppelten Gin Tonic, mit wenig Tonic. Nach fünfzehn Minuten Hin und Her kaufte ich seine Kettensäge für sechzig Pfund, gab ihm und Mavis und Mary einen aus, um das Geschäft zu besiegeln. Ich brachte ihnen die Getränke an den Tisch, setzte mich zu ihnen, öffnete eine Tüte Chips mit Krabbengeschmack.

»Lange nicht gesehen, Mary«, sagte ich und reichte die Tüte rum. »Arbeitest du immer noch auf dem Parkplatz an der Bucht?«

Sie schüttelte den Kopf. »Schon seit Jahren nicht mehr. Hab jetzt einen Job in der Kaserne. Putzen.«

Ich nickte. »In der Kaserne gibt's immer Arbeit. Und wer weiß. Vielleicht lernst du ja einen Soldaten kennen, der dein Herz im Sturm erobert.«

»Das sag ich ihr auch immer«, warf ihre Mutter ein. »Aber sie will nichts davon wissen. Als wäre sie in einem Obstgarten, ohne sich mal einen Apfel zu pflücken. Stur nenn ich so was.«

»Mum!«

Ich warf Mary einen solidarischen Blick zu. »Tja, Liebe lässt sich nicht erzwingen, wie es so schön heißt, was, Mary? Reitest du noch? Dieses Pferd von dir, das schwarzweiße, wie hieß das noch mal?«

»Bamber. Er war braun-weiß.«

»Braun-weiß, ja genau. Du warst verrückt nach ihm, bist mit ihm immer zum Kliff hochgeritten und dann da oben lang.«

Sie schniefte bei der Erinnerung.

»Er war ein Goldschatz, Bamber, ein richtiger Gentleman.« Jetzt leuchteten ihre Augen, als wäre sie gerade lebendig geworden. Sie sah mich an, dankbar, dass ich mit dem Thema angefangen hatte. »Es hat mir so schrecklich leidgetan, was passiert ist, Mr Greenwood, mit Ihnen und Miranda. Wir waren nie enger befreundet, sie und ich, aber trotzdem ...« Sie wusste nicht weiter, lief rot an.

»Sehr nett, dass du das sagst, Mary. Ich danke dir. Es waren keine glücklichen Zeiten, wirklich nicht, nicht nur ich oder Miranda, das ganze Dorf hat gelitten, schätz ich. Du bist doch auch noch in die Sache reingezogen worden, wenn ich mich recht entsinne, weil du diese Frau auf dem Parkplatz gesehen hast, an dem Tag, als Miranda ...«

»Hab ich? Ach ja. Aber das war nicht so wichtig. Ich wusste ja, dass es nicht Miranda gewesen war.«

»Trotzdem, sie muss dir doch im Gedächtnis haften geblieben sein, eine Frau, die bei so einem Wetter zum Kliff raufgeht.«

»Zuerst hab ich gedacht, es wäre eine Wanderin. Die lassen sich ja von keinem Wetter abschrecken. Aber sie hat gehinkt. Schön, auch jemand, der hinkt, kann wandern, aber da war noch irgendwas mit ihr. Sie hatte so eine komische Tasche um den Hals gehängt, leuchtend orange, also keinen Wanderrucksack.«

»Hast du sie genauer sehen können?«

»Nein, sie hatte die Kapuze auf, aber ich hab sie gehört. Sie hat mit dem Handy telefoniert oder so.«

Ich nahm einen bedächtigen Schluck.

»Ach ja? Hast du was verstehen können?«

»Das war's ja gerade. Bloß ein Wort, aber ich musste darüber lachen.« Sie legte eine Hand an den Mund. »Sie hat ›Eumel‹ gesagt.«

Es war, als hätte sie mir einen Schlag unter die Gürtellinie versetzt. Ich verschluckte mich an meinem Gin, und der Drink tropfte mir am Kinn runter.

»Eumel. Nein, so was. Kein Wort, das man häufig hört. Sonst nichts? Kein Name dazu?« Ich tauchte die Finger in die Chipstüte, fischte eine Handvoll heraus. Ich zeigte zu viel Interesse, aber was sollte ich machen?

»Sonst nichts. Bloß Eumel.«

»Klang sie wütend?«

»Nicht wütend. Eher so, als hätte sie gelacht oder geweint, war schwer zu sagen bei dem Wind.«

Da hatten wir's wieder. Ich hätte es auch nicht sagen können. Aber sie war auf jeden Fall aufgewühlt gewesen.

»Ist schon komisch, ein Wort wie Eumel einfach so zu sagen, oder?«

»Find ich nicht. Sie kriegt eine SMS von irgendeinem Idioten, ärgert sich drüber, nennt ihn einen Eumel.«

»Nicht zwangsläufig ein Er, oder?«

Sie rümpfte die Nase. »Seien Sie nicht albern, Mr Greenwood. Alle Typen sind Eumel, irgendwie, wenn man an der Oberfläche kratzt, wussten Sie das nicht?« Sie saß jetzt kerzengerade, hatte wieder dieses Funkeln.

»Und der Polizei hast du nichts davon erzählt.«

»Wieso auch? Die haben nach Miranda gesucht. Ich wusste, dass es nicht Miranda gewesen war.«

»Und du hast sie nicht zurückkommen sehen.«

»Nein. Ich bin kurz danach nach Hause. Aber wieso interessieren Sie sich eigentlich so dafür?«

Ich zuckte die Achseln, blickte auf den Tisch. Zeit, den Rückzug anzutreten und die Mitleidsnummer abzuziehen.

»Ich weiß, es ist blöd, aber manchmal versuch ich, mir was in die eigene Tasche zu lügen, dass Miranda in Wirklichkeit gar nicht tot ist, dass sie vielleicht doch die Frau war, die du gesehen hast, dass Audrey sie gar nicht getötet hat, dass sie irgendwie in ein besseres Leben geflüchtet ist. Schließlich wurde ihre Leiche nie gefunden. Und es passieren nun mal Fehler.« Meine Stimme erstickte. Es war nur zum Teil gespielt. Im Gefängnis hatte ich mir öfter genau das zurechtgedacht. Mary legte ihre Hand auf meine. Sie mochte ja im Laufe der Jahre verblüht sein, aber ich konnte ihre verlorenen Jahre trotzdem noch unter ihrer Haut spüren. Vielleicht würde doch noch ein Soldat auftauchen. Vielleicht auf einem Pferd. Vielleicht auf einem Panzer. Vielleicht wäre es auch gar kein Mann.

»Na, das alles ist ja nun lange her«, sagte sie, um mich aufzuheitern, und rieb mir über die Fingerknöchel. »Sie sind bestimmt ganz aufgeregt.«

»Aufgeregt?«

»Sie nach all den Jahren wiederzusehen.« Sie sah auf ihre Uhr. »Sie sind ein bisschen spät dran, nicht, um rechtzeitig am Bahnhof zu sein, wenn der Sieben-Uhr-Vierziger kommt. Es ist schon halb acht durch.«

»Ich fahr nicht mehr Taxi, Mary.«

»Das weiß ich doch, aber ist das nicht der Zug, mit dem Carol kommt? Sie fragt sich bestimmt, was …« Sie sah meinen Gesichtsausdruck. Ihre Hand flog hoch vor ihren Mund. »Ach du Schande. Es sollte eine Überraschung sein. Sie hat gesagt, ich soll Ihnen nichts sagen, und jetzt hab ich alles verpatzt. Bitte, verraten Sie mich nicht, Mr Greenwood. Sie bringt mich um. Bitte …«

Aber den Rest hörte ich nicht mehr. Ich war schon halb zur Tür raus. Carol war auf dem Weg von London hierher. Und Robins Scrabble-Set lag aufgeklappt auf dem Tisch.

Ich rannte zurück zum Bungalow. Marys Uhr ging falsch, aber leider nach. Es war schon zehn vor acht. Carol würde jeden Moment zur Haustür hereinspaziert kommen. Ich packte das Scrabble-Set zusammen und stopfte es unter die Matratze in meinem Schlafzimmer. Später, wenn die Luft rein war, würde ich es wieder in der Garage verstecken. Ich ging zurück ins Wohnzimmer, schlug ein paar Kissen auf, versuchte, nicht dran zu denken, konnte aber nicht aufhören. Vielleicht würde ich es doch für immer verschwinden lassen, mir ein Boot mieten, das Set über Bord werfen, wie ich es schon vor Jahren hätte tun sollen. Hatte ich es bis dahin auch gut versteckt? Ich ging noch mal ins Schlafzimmer, um nachzusehen, ob es auch nicht hervorlugte. Ich war sicher, an der Stelle, wo es lag, eine kleine Beule zu sehen. Was, wenn sie aus irgendeinem Grund hier reinkam und sich genau da aufs Bett setzte, würde sie es dann spüren? Ich setzte mich. Und ob sie es spüren würde, und dann würde sie die Matratze anheben und …

Ich merkte, wie mir der Schweiß ausbrach. Ich musste ein besseres Versteck finden, und zwar schnell. Doch das war leichter gesagt als getan. Wohnzimmer, Gästezimmer, Badezimmer, nichts kam infrage. In der Wäschekammer lagen nur ein paar Laken, der Bücherschrank war fast leer, und um es in der Jumbo-Packung Cornflakes zu verstecken, hätte ich wirklich einen an der Waffel haben müssen. Zwei Minuten nach. Sie müsste längst da sein. Ich sprang im Bungalow von einer Ecke zur anderen wie eine Flipperkugel, bis ich schließlich im Wintergarten landete, das verflixte Set noch immer in der Hand. Wir hatten einen Holzbrennofen dort stehen, Audrey hatte ihn gekauft, nachdem sie einen Film über die Rettung des Regenwaldes am Amazonas gesehen hatte. Sie musste da was missverstanden haben, denn das brutale Scheißding mit zwei Klapptüren vorne und einer langen Auffangschublade für die Asche verschlang Holz wie ein australisches Buschfeuer. Ich riss die Schublade auf, stopfte das Set hinein und rammte sie wieder zu, dann lief ich in die Küche und holte aus dem Schrank unter der Spüle das Kehrblech, fegte die verräterische Asche auf, die herausgefallen war, verstaute das Kehrblech wieder unter der Spüle und nahm mir ein Bier aus dem Kühlschrank. Ich konnte es kaum richtig eingießen, so zitterten mir die Hände.

Ich ging zurück in den Wintergarten, setzte mich und starrte auf den verdammten Ofen. Er hockte da, gedrungen und schwarz, und starrte zurück, als würde jeden Moment eine seiner Türen auffliegen wie bei einer Kuckucksuhr, und das Geheimnis würde herausgesprungen kommen. Es war ein ziemlich bescheuertes Versteck, oder? Was stimmte denn mit der Matratze nicht? Ich meine, Carol würde sich wohl kaum auf mein Bett legen, wohingegen der Wintergarten ... Was, wenn es plötzlich kalt wurde? Ich zündete mir eine Kippe an, versuchte, mich zu beruhigen. Durchs Fenster sah ich, dass in Kim Stokies Haus Licht brannte. Michaela war zurück. Zog sich wahrscheinlich um, ehe sie die Karte an Audrey fertig schrieb. Abstoßend, der würd ich's zeigen. Natürlich war die Karte nicht ausdrücklich an Audrey gerichtet. Da stand nur Grübchenhase als Anrede. Hatte Audrey Grübchen? Sie hatte Pickel. Aber Grübchen? Ich konnte mich nicht erinnern. Vielleicht war die Karte ja gar nicht für Audrey. Vielleicht war sie für diesen Vogel Nelson. Vielleicht kriegte er Grübchen, wenn er es ihr besorgte. Daran hatte ich noch gar nicht gedacht.

Ein Schatten fiel auf mein Glas. Carol stand vor der Terrassentür und schaute herein. Ich setzte mich mit einem Ruck auf, ließ die Kippe ins Bierglas fallen. Sie trug so eine große dunkle Brille und hatte in jeder Hand eine lange, gruselig aussehende Schachtel. Sie hatte es geschafft, obwohl Mary sich verplappert hatte: Sie hatte mich überrascht.

»Carol!« Ich sprang auf, öffnete die Tür, umarmte sie. Sie wich nicht zurück, erwiderte die Umarmung aber auch nicht. Sie stand einfach da, hielt sich an ihrem Gepäck fest. Ich erkannte sofort, was es war, weil Audrey mal etwas Ähnliches von der Costa del Sonnenbrand mitgebracht hatte. Gigantische Stangen Toblerone. Genau das, wonach sich jede heimwehkranke Magenschleimhaut sehnt.

Ich selbst habe diese Sucht von Urlaubern nach überdimensionalen Stangen Toblerone nie verstanden. Die normal großen, meinetwegen. Du fährst in Urlaub, du ruinierst deine Geschmacksknospen, auf der Rückreise kaufst du dir eine Stange Toblerone. Aber anscheinend reicht das nicht, weil du auf Flughäfen diese Monsterexemplare kaufen kannst, einen knappen Meter lang, anderthalb Kilo schwer, mit Zacken wie diese Betonhöcker, mit denen die Deutschen die Strände in der Normandie gepflastert hatten, um unsere Panzer an der Landung zu hindern. Obendrein verpassen sie ihr eine Pappschachtel im Al-Capone-Stil mit einem passenden Pappgriff. Wenn du so ein Ding durch die Passkontrolle trägst, mit einer Sonnenbrille auf und einem Hawaiihemd an, siehst du haargenau so aus wie der, der du bist, ein Volltrottel, der aus dem Urlaub kommt. Aber Carol hatte zwei. Sie sah ein bisschen anders aus. Sie sah ein bisschen irre aus, ein bisschen gefährlich, ein bisschen schoko-gangstermäßig. Ich weiß selbst nicht, warum, schließlich hielt sie nicht gerade große Stücke auf mich, aber irgendwie freute ich mich richtig, sie zu sehen. Mein eigen Fleisch und Blut eben.

»Was willst du denn damit?«, fragte ich und deutete auf das tragbare Blutbad.

»Die hab ich am Flughafen gekauft. Eine ist für Mary Travers. Du erinnerst dich bestimmt nicht mehr an sie.«

»Aber klar doch. Sie hatte doch dieses Pferd, Bamber. Braun-weiß.«

Carol wirkte baff, dass ich mich erinnern konnte.

»Und die andere? Schätzchen, das wäre doch nicht nötig gewesen.«

Sie schüttelte den Kopf. »Die ist für Robin«, sagte sie und schwenkte sie auf und ab. »Wenn ich dich hinter Gitter gebracht hab, gehe ich rauf aufs Kliff und esse sie in Gedenken an ihn. Toblerone war seine Lieblingsschokolade. Wir haben uns oft eine Stange geteilt, wenn wir da oben auf der Beule gesessen haben. Hast du noch die Gefriertruhe? Sie sind ein bisschen warm geworden auf der Fahrt.«

Sie trug sie in den Wirtschaftsraum, und ich ging ihr nach. Mehr hatte sie mit ihm auf der Beule also nicht erlebt, Ginsterbusch hin oder her, blutleerer Klugscheißer.

»Dann bleibst du also?«

»Wieso nicht? Das hier ist schließlich immer noch mein Zuhause, oder? Mein übriges Gepäck ist draußen im Mietwagen, wenn du so nett wärst, es reinzuholen. Ich muss mich umschauen. Komische Vorstellung, dass ich hier aufgewachsen bin.«

Ich ging nach draußen, trug ihr Gepäck in ihr früheres Zimmer. Das Bett war zerwühlt. Diese bescheuerten Mieter hatten nicht mal den Anstand besessen, richtig aufzuräumen, als sie auszogen. Carol wirkte ein wenig entgeistert. Mir erging es ähnlich. Sie hatte recht. Das hier war ihr Zuhause, war es jedenfalls gewesen.

»Entschuldige die Unordnung«, sagte ich. »Ich hab nicht mit dir gerechnet. Aber hier müsstest du es eigentlich ganz gemütlich haben.«

Sie sog die Luft ein, legte die Hand auf die Matratze, testete sie. »Sie ist feucht.«

»Feucht?« Ich testete sie ebenfalls. Michaela und ich mussten hier gleich nach der Dusche einen Quickie hingelegt haben. Ich konnte mich überhaupt nicht daran erinnern. »Ich bring das in Ordnung, keine Sorge.« Ich zog das Laken ab. »Also, was hast du vor?«

Sie richtete sich auf, blickte mich direkt an. »Das hab ich doch schon gesagt. Ich bin hier, um dir das Handwerk zu legen. Robin war ein guter Mensch. Schön, er war auch ein Muttersöhnchen – und wennschon. Ich mochte ihn. Mum auch. Wir hatten einiges gemeinsam. Er war ein Einzelkind, wie ich.« Sie stockte und blickte mich eindringlich an. »Wie ich zumindest dachte.«

»Du warst ein Einzelkind«, sagte ich, so aufrichtig ich konnte. »Selbst wenn ich Mirandas Vater war, Carol, war sie doch nie meine Tochter. Wir sind nicht zusammen Krabben fischen gegangen. Ich hab sie nicht jeden Samstagmorgen zum Stepptanzunterricht gebracht oder sie auf meine Knie gesetzt und den Vanden Plas bis nach Wool steuern lassen, als sie erst zehn war. Das warst du. Die beste Fahrt meines Lebens.« Herrje, ich spürte, dass mir tatsächlich die Tränen kamen. »Wie auch immer, lassen wir das doch zunächst mal beiseite. Wie geht es dir? Wie ist das Leben Down Under?«

»Absolut zum Brüllen«, sagte sie. »Bruno droht damit, uns zu verlassen. Er fühlt sich nicht mehr sicher bei mir und den Kindern. Wir hätten zu viele Killergene in uns, sagt er. Der Apfel fällt eben nicht weit vom Stamm, was?«

Ich ging nicht darauf ein. »Und die Kleinen?« Ich konnte mich ums Verrecken nicht an ihre Namen erinnern.

»Denen geht's gut. In der Schule legt sich keiner mit ihnen an. Kein Wunder, bei den Schlagzeilen, die ihre Großeltern gemacht haben.« Sie sah sich um. Es musste ein komisches Gefühl für sie sein, wieder in dem Zimmer zu stehen, in dem sie aufgewachsen war, und nichts von sich darin wiederzufinden, nicht mal ihre selbst gemalten Bilder. »Vielleicht sollte ich lieber doch nicht hier wohnen. Vermieten die im Bindon noch Zimmer?«

»Soweit ich weiß, ja. Ich könnte verstehen, wenn du dich lieber da einquartieren möchtest. Ich würde natürlich die Kosten übernehmen.«

»Tatsächlich?«

»Logo. Wie gesagt, du bist meine Tochter.«

»Das bin ich.« Sie stand trotzig da. »Das war ich immer. Hast du's deshalb getan? War das so eine Vater-Tochter-Kiste?« Sie starrte mich wieder an, als erwartete sie ein Geständnis.

»Komm schon, Carol, beruhige dich. Trink was.«

»Was trinken. Das ist deine Antwort auf alles, was?«

Ich führte sie ins Wohnzimmer, schleppte Wein an, goss ihr ein Glas Roten ein. Sie setzte sich, nahm einen gierigen Schluck, dann noch einen und noch einen, wie ein Hund an einem Napf. Ich schenkte ihr nach, trank selbst einen Schluck. Heute Abend würden zwei Flaschen draufgehen, mindestens.

»Carol, Carol. Was ist bloß los mit dir? Du hast all die

Jahre auf der anderen Seite der Erde gelebt, gut gelebt, Bruno, die Kinder, dauernd Lichtschutzfaktor-achtzehn-Sonne. Wieso das alles jetzt zerstören?«

»Ich sag dir, warum. Ich hab den Artikel über deine Freilassung gelesen, deine lächerlichen Behauptungen, du hättest eine Frau von einer Klippe gestoßen, sie mit Mum verwechselt. Und dann fiel es mir wie Schuppen von den Augen. Du hast zum Teil die Wahrheit gesagt, wie das gute Lügner immer tun. Du hattest wirklich jemanden von einer Klippe gestoßen, aber es war gar keine Klippe und es war auch nicht die große Unbekannte. Es war Robin oben im Lake District.«

Sie saß da, die Arme verschränkt, und sah genauso aus wie ihre Mutter. Es kam mir so vor, als wäre sie im Grunde gar nicht richtig aufgebracht. Es war bloß ein Vorwand, mit mir abzurechnen, für alles Unrecht, was ich ihr im Laufe der Jahre angetan hatte. Manche Dinge ändern sich nie.

»Hör mal, Carol. Ich weiß, du hast es nicht leicht gehabt. Du hast Robin verloren, dein linkes Bein, deine Mum sitzt im Knast wegen Mordes an deiner Halbschwester, aber glaub mir …«

»Mein rechtes Bein.«

»Was?«

»Mir ist das rechte Bein abgenommen worden. Gott, nicht mal das weißt du.«

»Hab ich doch gesagt, oder?«

»Nein. Du hast linkes gesagt.«

»Ja. Von mir aus gesehen. Ich weiß, es ist kein großer Trost, aber in ästhetischer Hinsicht fand ich, dass dein linkes Bein schon immer besser ausgesehen hat als dein rechtes.«

»Dad!«

»Aber das stimmt, Schätzchen. Das rechte war prima, versteh mich nicht falsch, aber dein linkes, dein linkes ist der Hammer. Das fand Robin auch. Ich mein, kuck's dir doch an.«

Wir kuckten es uns an. Es hätte ein paar Pfund weniger vertragen.

»Fand er das wirklich?«

»Na, er hat sie beide gemocht, aber jedes Mal, wenn ich gesehen hab, wie er sie ankuckte, hatte ich den Eindruck, dass sein Blick beim linken länger hängen blieb.«

»Bruno mag mein rechtes lieber. Das heißt, mochte.«

»Tatsächlich?«

»Er ist immer mit der Hand dran hochgefahren. Er mochte das Gelenk, wo der weiche Teil auf den harten trifft.«

»Das tut er wahrscheinlich immer noch, in seiner Fantasie. Du solltest zu ihm zurückgehen, dich mit ihm versöhnen. Vergiss Robin und was geschehen ist. Es war ein Unfall, Kleines. Mag ja sein, dass ich Robin nicht besonders mochte, aber ich schubse doch niemanden von einer Klippe, nur weil ich nicht mit ihm klarkomme oder weil er beim Scrabble schummelt.«

Sie knallte ihr Glas auf den Tisch. »Er hat nie beim Scrabble geschummelt, niemals. Das hatte er gar nicht nötig.«

»Entschuldige mal! Das Wort in dem Turnier? Ich rede wirklich nicht gern schlecht über Tote, Carol, erst recht nicht über einen toten Verlobten, aber die Fakten sprechen für sich. Als er mit meinem überlegenen Spiel und meinem besseren Bestandsmanagement konfrontiert wurde, hat Robin geschummelt.«

»Was für ein Turnier?«

Was für ein Turnier!

»Als wir eingeregnet waren! Mit dem kleinen silbernen Pokal, den Mum gefunden hat, für den Sieger. Ich hatte Robin praktisch schon geschlagen, und dann hat er Einwände angemeldet.«

»Echt? Das weiß ich gar nicht mehr.«

»Das weißt du nicht mehr! Das war der unvergesslichste Moment des ganzen Urlaubs.«

»Dad. Der unvergesslichste Moment des Urlaubs war, als wir Robins Sarg ins Wohnmobil verfrachtet haben.«

Das stimmte. Nachdem die Polizei die Leiche freigegeben hatte, nahmen wir den Sarg mit nach Hause, festgezurrt auf dem Doppelbett. Na ja, das war das Mindeste, was ich tun konnte. Es hätte ein Vermögen gekostet, ihn zum Bestatter in Bristol transportieren zu lassen. Carol und Audrey blieben zur Beerdigung dort, während ich und Monty das Wohnmobil zurück nach Weymouth brachten. War auch gut so. Außer seiner Mum und einem Vertreter von Mensa waren Audrey und Carol die einzigen Trauergäste. Er war nicht sonderlich beliebt, dieser Robin. Wodurch ich mich so ziemlich bestätigt sah.

»Also schön. In dem Punkt geb ich dir recht. Aber davor. Das Turnier, das ich gewonnen hätte mit dem Wort Eumel, weißt du nicht mehr? Robin hat behauptet, es wäre Umgangssprache und stände nicht im Wörterbuch und wäre deshalb nicht erlaubt. Er ließ sich nicht davon abbringen, und weil er ja so ein Schlaukopf war, hab ich ihm geglaubt. Aber ich hab später ins Wörterbuch gekuckt, und es stand drin. Es ist ein gebräuchliches Wort, Eumel. Ich hätte gewonnen, und das wusste er.«

Sie fuhr sich mit der Hand durchs Haar. Ihre Ansätze waren zu sehen. »Dad. Dass es im Wörterbuch steht, muss nicht heißen, dass es keine Umgangssprache ist. Hab ich hier nicht irgendwo ein Wörterbuch gesehen?«

Sie ging zum Regal, fischte es zwischen den Katalogen über die Frühjahrskreuzfahrten und dem Handbuch über Koi-Haltung hervor. Erst als sie es schon in der Hand hatte, merkte ich, was für ein Wörterbuch das war. Robins Taschenwörterbuch. Ich hatte vergessen, es mit seinem anderen Kram zu verstecken. Sie musste nur die erste Seite aufschlagen, und seine akkurate kleine Handschrift würde ihr ins Auge springen. Das wäre wie ein Ruf von den Toten. Sie fing an zu blättern, auf der Suche nach dem Wort, wie ich es zehn Jahre zuvor im Wohnmobil getan hatte. Ich konnte ihr kaum dabei zusehen, wie ihre Finger die Seiten berührten, vielleicht genau dieselben Seiten, die ich damals berührt hatte. Erkannte sie es wirklich nicht wieder? Dann, mit einem Aufschrei, knallte sie das Buch vor mich hin und stieß mit dem Finger auf die Seite. Ihre Hände waren ganz schrumpelig, als hätte sie sie eine Woche lang in einen Waschzuber gesteckt. Plötzlich fiel mir wieder ein, wie klein und rosa sie gewesen waren, als sie das Lenkrad umklammerten.

»Siehst du?«, sagte sie, so selbstzufrieden, als hätte sie soeben in einer Quizshow gewonnen. »Da steht's. Eumel.«

»Ich weiß nicht, was es da so hämisch zu frohlocken gibt. Das ist doch genau meine Rede, Carol. Es steht in dem blöden Wörterbuch. Es ist ein gebräuchliches Wort. Ich hatte gewonnen, und er wusste es. Dein Verlobter hat geschummelt. Wohl kaum eine gesunde Basis für ein Vater-Schwiegersohn-in-spe-Verhältnis, oder?«

Sie schüttelte den Kopf, sprach dann mit ganz leiser Stimme. »Dad. Siehst du die Klammern hinter dem Wort? Siehst du, was dazwischen steht?«

Ich sah hin. »Da steht nichts. Bloß ein paar Buchstaben.«

»*Ugs.*, steht da. Das ist die Abkürzung von umgangssprachlich. Robin hat nicht geschummelt, Dad. Er hat einfach streng nach den Regeln gespielt.«

Ich starrte darauf. *Ugs.?* »Bist du sicher, dass es das heißt?«

»Ganz sicher.«

»Dann ist es also doch umgangssprachlich, Eumel.«

»Klar. Das weiß doch jeder.«

»Und deshalb nach strengen Scrabble-Regeln nicht erlaubt.«

»Exakt. Es sei denn …« Sie verstummte.

»Es sei denn, was?«

Sie schüttelte den Kopf.

»Es sei denn, was?«

Sie sah mich trotzig an. »Es sei denn, man spielt Schmuddel-Scrabble.« Sie lief rot an.

»Schmuddel-Scrabble? Ich versteh nicht ganz.«

Sie nahm einen großen Schluck. »Wir haben manchmal Schmuddel-Scrabble gespielt, weißt du, mit Schimpfwörtern und Kraftausdrücken und kuriosen Flüchen und so. Du brauchst gar nicht so zu kucken. Es ist wirklich bloß ein harmloser Spaß. Da wäre Eumel wohl akzeptabel gewesen.«

»Also, ich weiß nicht. Schmuddel-Scrabble. Haben wir dir dafür die teure Ausbildung bezahlt?« Ich zog das Wörterbuch näher heran, legte die Hand darauf.

»Ich will nicht darüber reden. Ihr habt es damals nicht gespielt, und Robin hat nicht geschummelt.« Sie legte die Hand an den Mund, die Augen weit aufgerissen. »Hast du ihn deshalb in die Tiefe gestoßen? Weil du gedacht hast …

Es hatte gar nichts mit mir zu tun, nicht? Du hast es getan, weil du dachtest, er hätte geschummelt.«

»Carol, wie oft muss ich das noch sagen. Es war ein Unfall. Genau wie das mit deinem Bein ein Unfall war.«

»Ja, und du warst der Hai. Wann bist du je vorher auf einen Berg gestiegen? Nie! Und kaum stapfst du das erste Mal los, stürzt mein Verlobter in eine Schlucht?«

»Es hatte geregnet, den ganzen Tag und die ganze Nacht, wie du selbst weißt. Die Wege waren rutschig. Ich hätte am liebsten kehrtgemacht, aber du weißt ja, wie er war. Er war nicht zu bremsen. Ich hatte Mühe, mit ihm Schritt zu halten, und eins muss ich ihm lassen: Er war ein echter Bergwanderer, dein Robin, mit Kartenlesen, Energieriegel, richtigen Wandersocken. Er hatte es im Blut.«

Ihr Gesicht wurde ganz weich bei der Erinnerung.

»Er liebte die Natur.« Ich setzte noch einen drauf. »Und was er alles wusste. Er kannte jeden Berg mit Namen. Hätte gut einen Wanderführer schreiben können, bei dem Grips, den er im Kopf hatte. Er wollte dich anrufen, als wir oben waren, für dich ein Foto machen. Er hat nach seinem Handy gesucht, als er ausrutschte. Vielleicht ist es kein großer Trost für dich, Carol, aber bei seinem Sturz in die Tiefe galten seine letzten Gedanken ganz sicher dir.« Ich schob das Wörterbuch beiseite, öffnete die zweite Flasche. Sie schniefte laut. Ich goss ihr noch ein Glas ein, nahm das Wörterbuch vom Tisch und legte es neben mich.

»Ich hab noch immer seine Schottenpantoffeln«, sagte sie. »Seine Mum hat sie mir gegeben. Sie spielen nicht mehr die Melodie, aber ich könnte sie niemals wegwerfen. Sie sind das Einzige, was mir von ihm geblieben ist. Ich hab seiner Mum noch länger geschrieben, aber als dann die Kinder da waren, fand ich es irgendwie nicht mehr in Ordnung, mein neues Leben so herauszustellen, während Robin in einer Urne auf dem Kaminsims steckte.«

Ich schaute zu Torvill rüber. Ich wusste, wie sie sich fühlte. »Es mag komisch klingen, Carol, aber das ist vielleicht der beste Platz für ihn, wo seine Mum ihn jeden Tag sehen kann.«

Sie putzte sich die Nase. »Komisch, dass sein Scrabble-Set nie gefunden wurde. Ich hätte es gern als Andenken behalten.«

Ich beugte mich vor, schob das Wörterbuch zwischen die Polster. Aus den Augen, aus dem Sinn. »Ja, seltsam, nicht? Es muss ihm aus der Tasche gefallen sein. Er ist auf dem Weg nach unten ja doch ganz schön rumgepurzelt.«

Sie fing an zu weinen.

»Na, na, Kleines. Ich bin sicher, er hat nichts gespürt, zumindest nach dem ersten Aufprall mit dem Kopf.«

»Deshalb wein ich nicht, sondern wegen dem Haus hier. Hier ist rein gar nichts mehr von mir, Dad. Ich hab die ersten sechzehn Jahre meines Lebens hier verbracht, und es ist so, als hätte ich nie existiert, nichts, nicht mal ein Foto.«

Sie hatte recht. Ich hatte das Gleiche empfunden, als ich zurückkam. Wir hatten also doch einen Draht zueinander, ein Gefühl für dieses Haus. Ich war fast froh, dass sie da war.

»Weißt du, mir ist es genauso ergangen, als ich nach vier Jahren Gefängnis zurückkam und unser Haus so vorfand. Deine Mum hat alles ausgemistet, als sie abgehauen ist, um mit dieser Frau neu anzufangen. Deine Sachen, meine, alles. Aber es sind zum Glück noch jede Menge Kisten und Zeug in der Garage. Dein alter Schlitten, den Kim und ich für dich gebaut haben, die Blechtrommel, mit der du uns allen immer den letzten Nerv geraubt hast, alles Mögliche.

Ich wette, da ist auch noch irgendwo das Foto von dir mit meiner Chauffeursmütze auf dem Kopf. Weißt du noch? Ich wollte das alles an diesem Wochenende mal durchgehen, nachsehen, was noch da ist, das eine oder andere runterholen, an die Wand hängen, auf den Kaminsims stellen, was weiß ich, wie ... wie eine Art Ausstellung von Dingen aus unserer Vergangenheit, sozusagen eingelegt in Erinnerung.« Gott, wie kam ich bloß auf so was? Manchmal läuft es einfach besser, als du für möglich gehalten hättest. Carols Unterlippe bebte.

»Das wäre schön«, sagte sie und wischte sich die Augen. »Weißt du, wenn ich wirklich geglaubt hätte, dass du es nicht warst ... ich meine, was meinst du, warum ich so Knall auf Fall mit Bruno abgehauen bin?«

Ich tätschelte ihr Knie. »Schon gut. Ich muss dich wohl einfach vom Gegenteil überzeugen, was? Ich weiß nur nicht, wie, außer vielleicht, ich gehe ins Jenseits und hole Robin zurück. Wenn ich das könnte, würde ich es tun.«

»Ehrlich?« Ihre Augen waren ganz groß und feucht.

»Natürlich. Im Moment bin ich etwas durch den Wind, Kleines. Ich versuche, wieder ins Lot zu kommen, mit dir, mit den Leuten im Dorf, sogar mit den Fischen. Erinnerst du dich an Torvill?« Ich deutete auf den Kaminsims. Ihrer Miene nach zu urteilen freute sie sich wirklich, dass Carol zurück war. »Schon gut. Komm, wir drehen eine Runde durch den Garten, machen eine kleine Nachtwanderung. Ich bin dabei, den Teich neu anzulegen, mit Fischen, einem Wasserfall und allem, was dazugehört. Er wird noch besser als der alte. Komm und schau ihn dir an.«

Wir gingen hinaus in den abendlichen Garten. Es war wesentlich besser gelaufen, als ich es für möglich gehalten hatte. Herrje, sie hatte sogar eine Hand auf meinem

Arm. Was dachte sie wirklich? Dass ich den guten alten Robin um die Ecke gebracht hatte, aber es vielleicht keine Rolle mehr spielte? Der Mond war aufgegangen, beschien die Nymphe. Sie mochte ja aus Stein sein, aber mein lieber Scholli, was für eine Figur.

»Schön, nicht?«, sagte ich. »Warte mal, bis ich erst Karpfen drin habe.«

Carol blickte einen Moment lang wie gebannt. »Was ist das da?«

»Das ist die Nymphe. An die musst du dich doch erinnern. Mum hat sie immer zugehängt, wenn sie morgens ihren Kaffee trank.«

»Nicht die, Dad. Das da.«

»Ach das. Das ist mein Hai. Meine erste Skulptur. Wie findest du ihn? Ich spiele mit dem Gedanken, so was profimäßig zu machen.«

»Was macht der da?«

»Was meinst du?«

»Er greift ihr Bein an, Dad! Ich fass es nicht, du hast einen Hai gemacht, der ihr das rechte Bein abbeißt. Hast du denn überhaupt kein Gefühl?«

Sie gab mir einen Stoß und stapfte davon.

Ich ging zu der Nymphe, tätschelte ihr den Kopf.

»Also wirklich«, sagte ich. »Manchen Leuten kann man's einfach nicht recht machen.«

Ich wartete, bis bei ihr das Licht ausging, und schlich mich dann aus dem Haus, klopfte an Alice' Tür. Schnüffelnase öffnete fast augenblicklich.

»Al. Die Nachteule wieder auf Patrouille.«

»'n Abend, Mrs B. Carol ist nach Hause gekommen, wussten Sie das?«

»Nein. Das ist schön.«

»Ja, nicht? Kommt extra den weiten Weg aus Australien, um ihrem alten Herrn zu helfen, wieder auf die Beine zu kommen.«

»Sie muss todmüde sein. So ein Flug ist anstrengend.«

»Da sagen Sie was. Aber ob Sie's glauben oder nicht, sie hat Lust auf eine Partie Scrabble. Kommt wahrscheinlich von der Zeitverschiebung. Sie weiß noch nicht, ob wir Morgen oder Abend haben.«

»Ach, Al, mir steht eigentlich nicht der Sinn nach einem späten Spieleabend. Ich bin nicht mehr die Jüngste.«

»Doch nicht Sie, Mrs B. Nur Carol und ich. Das Problem ist, wir haben kein Wörterbuch, und sie will streng nach den Regeln spielen. Hätten Sie vielleicht eins? So ein Taschenwörterbuch würde reichen.«

Sie ging nach oben, kam gut drei Minuten später wieder runter. Es war ein anderes als das von Robin, aber besser als nichts.

»Ich räume Ihnen noch das ganze Haus aus, Alice«, sagte ich. »Wenn das so weitergeht, haben Sie bald nichts mehr.«

»Es sind bloß materielle Dinge, Al. Der Mond bleibt der Mond, egal, was man besitzt.«

Ich ging zurück, versteckte Alice Blackstocks Wörterbuch da, wo Robins gewesen war, legte Robins zu dem Scrabble-Set in den Holzofen, schenkte mir drei Finger breit Whisky ein, saß dann im Dunkeln und schaute nach draußen. Die Sterne funkelten hell. Ich hatte im Gefängnis über sie nachgedacht, die Sterne, hatte mir eine Nacht wie diese vorgestellt, mit dem Mond hoch am Himmel und der warmen Sommerdunkelheit und mit mir irgendwo in der Mitte, wie ich versuchte, mir auf alles einen Reim zu machen. Bei Michaela brannte noch Licht. Wäre Carol nicht da gewesen, wäre ich über die Mauer gesprungen, hätte es probiert, mir alles von ihr geholt, was ich hätte kriegen können, Informationen, Sex, vielleicht sogar einen Bissen blutiges Steak. Ich kam langsam wieder auf den Geschmack, Postkarte hin oder her.

Das Licht bei ihr ging aus. All die Muskelkraft und Hinterlist waren ins Bett gegangen, bereit, ihre Träume zu träumen. Irgendwo da draußen lag auch Audrey in ihrem Bett, träumte ihre Träume. Carol, Alice, die kleine Mary Travers, da waren sie alle, im Dunkeln wirbelnde Köpfe. Nur die Nymphe und ich waren wach, die Nymphe und ich und Mini Ha Ha, die sich ruhelos in ihrem Teich bewegte. Wenn die Sache über die Bühne gehen sollte, dann bald. Ein solcher Plan ging schnell an den Nähten auseinander, wenn man zu lange wartete, vor allem, wenn er mit der ein oder anderen Lüge zusammengenäht worden war. Das war in Ordnung. Mit Lügen kam ich klar, selbst mit solchen, bei denen Audrey ihre holde Hand im Spiel hatte. Ich fand es sogar beruhigend, ihre Handschrift zu erkennen. Genau wie in alten Zeiten.

Eine Eule rief. Eine andere antwortete. Bei Michaela ging das Licht wieder an, dann eine Minute später wieder aus. Hatte sie auf die Uhr gesehen, nach einem Glas Wasser gegriffen, eine SMS von Nelson gelesen? Demnächst würde ich es sein, der ihren Schönheitsschlaf störte. Ich trank mein Glas leer und ging ins Bett.

Ich wurde wach, weil jemand an mir rüttelte. Einen Moment lang dachte ich, es wäre mein Zellengenosse Victor, der sich diesmal an der armen Torvill vergreifen wollte.

»Wo ist es?«, rief er, »wo ist es?«

Ich schlug um mich, schlang eine Hand um seinen Kopf,

aber es stimmte alles nicht, der Geruch und das volle Haar. Ich stieß ihn weg, und dann gewöhnten meine Augen sich an das Licht, das durch die Tür hereinfiel.

»Carol?«

Sie stand vor mir, das Haar völlig zerzaust, und alles hing halb aus ihrem Nachthemd. Ich blickte nach unten. Ihr rechtes Bein steckte in einem gestreiften Strumpf.

»Wo ist es?« Ihre Augen waren aus den Höhlen getreten, ihr Gesicht eine Fratze.

»Wo ist was, Schätzchen? Hier ist alles beim Alten.«

»Das kleine Wörterbuch!«

»Wovon redest du?« Menschenskind, lange hatte sie nicht gebraucht.

»Komm mir bloß nicht so! Ich hab eben davon geträumt. Wir wollten eine Partie spielen, und wir haben uns gestritten, welcher Buchstabe zuerst kommt, O oder S, und du hast das Wörterbuch hervorgeholt. Du hast es in den Händen gehalten, mit einem breiten Lächeln im Gesicht. Ich konnte es sehen, klar und deutlich, und ich hab begriffen, dass es Robins war. Robins. Du hattest Robins Wörterbuch, das er zusammen mit dem Scrabble-Set verloren hat, und ich bin aufgewacht und wusste, dass es nicht bloß ein Traum war. Das Wörterbuch, das ich gestern Abend gesehen habe, hat Robin gehört. Robin. Wo ist es, Dad? Zeig's mir! Zeig's mir!« Sie packte wieder meinen Arm, versuchte, mich aus dem Bett zu zerren. Ich musste das Laken festhalten. Für die Daunendecke war es zu warm gewesen.

»Carol. Um Himmels willen. Ich hab nichts an.«

»Ist mir egal! Steh auf! Steh auf!«

Ich wickelte das Laken um mich, folgte ihr ins Wohnzimmer. Sie schwirrte umher wie eine Fliege, die mit Killerspray angesprüht worden ist, fahrig und verrückt.

»Wo hast du's versteckt?«, schrie sie, mit Speicheltröpfchen auf den Lippen. »Es hat hier auf dem Tisch gelegen! Was hast du damit gemacht? Los, zeig's mir.«

»Carol. Carol. Ich hab nichts versteckt.«

»Hast du's verschwinden lassen, weggeschmissen? Wenn ja, dann wäre mir alles klar. Aus dem Weg. Weißt du eigentlich, dass der Tag, an dem Mum Miranda getötet hat, auch Robins Todestag war? Anderes Jahr, gleicher Tag. Das bringt einen ins Grübeln, oder? In dieser Familie ist irgendwas faul.«

Sie wollte an mir vorbeistürmen, Wut und Angst in den Augen. Ich packte sie fest mit einer Hand, behielt die andere am Laken.

»Carol. Jetzt wollen wir uns mal wieder abregen. Ich habe nichts weggeworfen. Es muss noch hier sein. Wenn ich es nicht weggetan habe und du es nicht weggetan hast, dann muss es hier noch irgendwo sein. Es hat auf dem Tisch gelegen, nicht, und ich weiß noch, dass ich es beiseitegeräumt hab, für den Wein. Unter einem von den Kissen? Nein. Vielleicht ist es tiefer gerutscht. So was passiert leicht.« Ich schob eine Hand in die Polsterritze auf einer Seite des Sofas, dann auf der anderen. Carol beobachtete mich, schwer hechelnd, wie ein Hund nach einem Kampf. »Na bitte«, sagte ich. »Was haben wir denn da?« Und ich förderte das Wörterbuch von der guten alten Alice zutage. Mannomann, was bin ich doch manchmal für ein cleverer Mistkerl.

Sie riss es mir aus der Hand, blätterte die Seiten durch. »Das ist nicht Robins.« Sie fuchtelte damit vor meiner Nase herum, wie ein Chinese mit seinem kleinen roten Buch.

»Das hab ich auch nie gedacht.«

»Ich meine, das ist nicht das von gestern.«

»Natürlich ist es das von gestern. Was denkst du denn, wie viele Wörterbücher ich habe?«

»Aber das, das ich gestern gesehen habe, war Robins.«

»Gestern hast du's nicht für Robins gehalten. Da hast du's bloß für ein Wörterbuch gehalten.«

»Es war Robins! Das weiß ich genau!« Halb schrie, halb weinte sie. »Es war blau-grün, mit einem wasserdichten Umschlag, der an der Ecke etwas geknickt war, weil ich mich mal draufgesetzt hab.«

»Carol, Schätzchen. Du hast es geträumt, hast du gesagt. Wahrscheinlich war es Robins, das in deinem Traum. Aber das hier ist das, in das wir gestern geschaut haben. Diese Sache mit Robin hat dich ganz durcheinandergebracht. Du siehst, was du sehen willst. Das hier hat auch einen Knick in der Ecke, siehst du?« Ich nahm ihren Arm, setzte sie aufs Sofa. Sie ließ das Wörterbuch aus den Fingern gleiten, und aller Zorn wich aus ihr heraus. Sie war allein und verwirrt und hilflos. Es behagte mir nicht, was ich getan hatte.

Wir saßen da, wir zwei, und ich hielt sie im Arm, wie ich sie seit Jahren nicht im Arm gehalten hatte, wie ich seit Jahren niemanden mehr im Arm gehalten hatte, als bräuchte mich jemand, meine Gegenwart. Ich weiß nicht, wie lange ich sie so hielt. Ich weiß nur, dass mir irgendwann der Arm wehtat, weil sie mit Kopf und Schulter darauf ruhte, zunächst war es nur ein schwacher Schmerz, der aber zunehmend in meinen ganzen Körper sickerte. Er wurde immer schlimmer und schlimmer, und ich hätte furchtbar gern ihr Gewicht verlagert, wagte aber nicht, mich zu bewegen, damit das Gefühl nicht verschwand. Ich hatte wieder eine Tochter. Ich wollte das nicht aufgeben. War sie eingeschlafen, war sie wach? Es war schwer zu sagen. Irgendwas dazwischen, denke ich, als ob sie zwischen zwei Gefühlen schwebte und selbst nicht wagte, sich zu bewegen, aus Angst, das kleine bisschen Frieden zu stören, das sie gefunden hatte. *Songs of Love and Hate,* was? Leonard wusste, wovon er sprach.

ACHT

Blind Lionels Eisenbahnschwellen wurden früh am nächsten Morgen geliefert. Ich schleppte sie hinters Haus und auf die Terrasse. Tiefer in den Garten ging nicht, weil dann Sägemehl in den Teich geraten würde, wenn ich sie zerteilte, und das würde weder meinen Wasserfiltern noch Mini Ha Ha gut bekommen. Mickey wollte am Nachmittag die Kettensäge vorbeibringen, ich sollte also bald zu unserem kleinen Supermarkt und dort am Geldautomaten die sechzig Pfund abheben. Mir schwebte eine Karpfen-Allee vor, bestehend aus allen möglichen Sachen, die ich finden konnte. An der Abfallgrube stand noch der alte gläserne Frühbeetkasten, den Audrey mal in einer ihrer gärtnerischen Anwandlungen gekauft hatte, die sie regelmäßig am ersten Mai überfielen und am zweiten wieder verließen. Ich könnte einen der Karpfen in das Ding stecken, den Deckel zumachen, den lieben kleinen Damien mit seinen eigenen Waffen schlagen. Dann waren da noch die alten Viehtröge, an denen ich auf dem Weg hoch zur Beule vorbeigekommen war. Zwei, drei Karpfen, die raus- oder reinragten, würden denen ordentlich Pep verleihen. Montys alte Hundehütte bot sich ebenfalls an. Einer könnte den Kopf rausstecken, eine verdreckte fette Kette um den Hals gewickelt, als visueller Kommentar zu unserer Umwelt und dem Platz des Menschen darin, etwas, worüber Miss Prosser sich immer lang und breit ausgelassen hatte.

Anscheinend hatten Henry Moores Skulpturen da jede Menge von, obwohl ich nie verstanden habe, was für ein Kommentar das sein sollte, wenn man Löcher in klobige Steinfrauen machte, es sei denn natürlich, er stand einfach auf Löcher, was einiges über ihn aussagte, fand ich, und zwar nichts Schmeichelhaftes. Wir hatten auch mal eine Hängematte gehabt, in die Audrey sich früher ab und an reinquälte. Das sah immer aus, als würde eine blutige Anfängerin versuchen, auf ein Pferd zu steigen, das nicht stillhalten will und jedes Mal zurückscheut, wenn sie das Bein hebt. Carol und ich hatten uns kaputtgelacht, auch Kim, wenn er zufällig in seinem Garten war. Wie ich ihm erklärte, hätte Audrey es sich auch sparen können, sich in das Ding zu legen, denn jedes Mal, wenn sie nach ihrem Gin-Orange griff, kippte sie wieder raus. Jedenfalls, wenn wir diese Hängematte noch hatten, könnte sich ein Koi drin fläzen, wie eine rundliche junge Nixe mit schillernder Schuppenhaut, die darauf wartet, dass ein Seemann des Weges kommt und ihr in den Schwanz kneift. Ich bekam richtig Spaß an all den verschiedenen Möglichkeiten. Wenn du erst mal angefangen hast, findest du mit diesem Künstlergetue kein Ende mehr. Carol hatte sich noch nicht blicken lassen, daher nutzte ich die Gelegenheit, um das rechte Bein der Nymphe von dem Hai zu befreien. Seltsamerweise war das ganz schön anstrengend. Er wollte einfach nicht loslassen, hatte sich richtig fest in einen schön fleischigen Teil weiter oben verbissen. Ich konnte es ihm nicht verdenken. Ich hätte selbst auch nichts gegen einen Happen gehabt. Ich brachte den Hai in den Wintergarten. Hinter der Sonnenliege standen zwei Pflanzenständer, schon lange pflanzenlos. Ich zog die Liege ein bisschen vor und knallte den Hai auf die Ständer, den Kopf nach rechts, mit Blick zum Haus der Stokies. Er hatte bei dem Kampf draußen einen Zahn verloren, und er lag eher auf dem Rücken als auf dem Bauch, wodurch er wirkte, als läge er gemütlich im Bett, was ganz und gar nicht meiner Absicht entsprach. Ich ging in die Hocke, um seine Position zu korrigieren, als ich Michaelas rosa Hut über ihn hinweglugen sah.

»Falls du auf eine Partie Scrabble aus bist oder auf eine anrüchige Teichnummer«, sagte ich, »musst du warten. Es hat Komplikationen gegeben. Aber uns fällt bestimmt was ein, wie wir die Zeit rumkriegen, hm?« Ich griff unter dem Hai durch, fuhr mit der Hand an ihrer Wade hoch und drückte einmal beherzt zu. Sie war steinhart. Diese Radsportler sind ganz schön fit.

»Scrabble?«, sagte sie. »Teichnummer? Wovon redest du, Dad?«

Ich fuhr hoch, stieß mir dabei den Kopf an den Haizähnen. Carol funkelte mich an, Michaelas Hut keck auf dem Kopf.

»Carol, Kleines! Hast du gut geschlafen?«

»Was glaubst du wohl? Scrabble?« Ihr Lachen klang bitter. Sie wollte einfach nicht lockerlassen.

»Ich dachte, das würde vielleicht ein bisschen helfen. Ich dachte, ich könnte nach Wareham fahren, ein Set besorgen. Wir könnten eine Partie zum Andenken an Robin spielen, unten am Teich. Siehst du, ich hab den Hai weggeschafft. Was sagst du? Wir waren einander doch immer ziemlich ebenbürtig.« Ich klopfte mir die Hände ab.

»Du blutest.«

»Echt?« Ich befühlte meine Stirn. Sie war warm und klebrig. Mir war leicht schwindelig.

»Ich hätte den Hut aufhaben sollen.«

Es war ein Witz, aber sie lächelte nicht.

»Den hab ich unterm Bett gefunden. Irgendeine Ahnung, wem er gehört?« Sie hatte Audreys Na-los-lass-hören-Gesichtsausdruck. Ich wischte mir das Blut aus dem Auge. Etwas Dunkles überkam mich. Ich musste blinzeln, um wieder klar sehen zu können.

»Der muss von den letzten Mietern sein«, sagte ich. »Die sind ziemlich überstürzt ausgezogen.« Ich packte die Rückenlehne der Liege, um mich abzustützen.

»Also nicht von einer deiner billigen Eroberungen.«

»Carol, bitte! Ich bin erst zwei Tage hier. Meinst du, das muss genäht werden?«

»Eine Zuckerstange und einmal Autoscooter, wie Mum immer sagte, schon hattest du eine rumgekriegt. Setz dich. Ich tupf es sauber.«

Ich setzte mich auf die Liege, wartete, während Carol ins Badezimmer ging. Ich konnte noch nie gut mein eigenes Blut sehen. Ein kleiner Ritzer beim Rasieren, und schon wird mir ganz schummerig. Sie kam mit etwas Watte und einer Tube Desinfektionscreme zurück.

»Ich wusste gar nicht, dass ich so was im Haus hab.«

»Hast du auch nicht. Ich bin Reisen gewohnt. Bruno und ich fahren mit den Kindern überallhin zum Campen.«

»Das muss schön sein.«

»Ja. Er ist noch kein einziges Mal von einer Klippe gefallen.«

»Carol.«

»Schon gut. Halt still.«

Ich hielt still. Sie fingerte an mir herum, mit behutsamen, zarten Händen, so wie sie sicher auch mit ihren Kindern umging, meinen Enkelkindern. Und ich konnte mich nicht mal an ihre Namen erinnern.

»Also nicht zu viele böse Träume gehabt.«

»Es ging.«

»Das muss schwer für dich sein, was jetzt passiert ist.«

»Leicht ist es jedenfalls nicht.«

»Und seien wir ehrlich, du standest deiner Mutter näher.«

»Ich hab's mir nicht ausgesucht, Dad. Du warst meistens woanders. Selbst wenn du hier warst.«

»Im Ernst? Nein, sag nichts. Das ist lange her, Carol. Ich bin nicht mehr der Mann, der ich deiner Meinung nach war. Wie wär's, wenn ich für uns Frühstück mache, den Tag so anfange, wie ich gern hätte, dass es mit uns weitergeht. Ich hol schnell ein paar Brötchen bei Harry. Ich hab mich noch gar nicht bei ihm blicken lassen. Der wundert sich bestimmt schon, wo ich bleibe.«

Ich war froh, aus dem Haus zu kommen, obwohl mir der Kopf wehtat. Du liebe Zeit, wenn ich ihr anderes Bein gepackt hätte, wäre ich ziemlich in Erklärungsnot geraten. Derlei Beinahe-Unfälle sind nicht gut. Es sind Warnungen, dass die Dinge allmählich aus dem Ruder laufen. Fünf Minuten später ereilte mich ein weiterer Schock. Harrys Bäckerei war nicht mehr da, die Fenster vernagelt, an der Tür ein rostiges Vorhängeschloss. Vier Jahre, und der Laden hatte dichtgemacht. Gab mir zu denken. War ich schuld? Weil ich nicht mehr jeden Morgen zwei Brötchen gekauft hatte? Hatte ihn das am Ende in den Ruin getrieben? Es war immer schön gewesen, jeden Tag da reinzugehen, zu sehen, wie sein Glatzkopf hochfuhr, die Luft warm von dem vielen frisch Gebackenen, das auf den Holzbrettern auskühlte. Er backte alle Sorten, alle Formen, alle Größen, aber seine Brötchen waren ein Gedicht. Du musstest sie bloß aufbrechen, und schon schwebte der Morgen heraus, süß und duftend, als wären all deine Sorgen einfach weggeweht. Es war die beste Art, den Tag zu beginnen, hatte jahrelang funktioniert. Und dann? Machte der kleine Supermarkt unten an der Straße auf. Ich habe noch Harrys Gesicht vor Augen, eine Woche nach der Eröffnung. Er sagte nichts, aber er wusste, es standen harte Zeiten bevor, er würde sich zur Decke strecken müssen. Jeder wusste es. Keine Sorge, sagten wir alle. Wir lassen dich nicht im Stich. Und jetzt war er nicht mehr da.

Ich ging zum Geldautomaten, hob die sechzig Mäuse für die Kettensäge ab, ging dann in den Supermarkt, kaufte vier Croissants und eine Zeitung und kam wieder nach Hause mit zwei Packungen durchwachsenem Speck, irgendwelchen neumodischen Rasierklingen und einem halben Kilo Biowürstchen, alles in der Hosentasche geschmuggelt. Die konnten mich mal mit ihrem Scheißladen. In der Küche machte ich für uns Rührei mit Speck und eine Kanne starken Kaffee. Wir setzten uns einander gegenüber, den rosa Hut seitlich neben uns.

»Was sind denn so deine Pläne, außer dass du deinen alten Herrn wieder in den Knast bringen willst? Und machen wir uns nichts vor, Liebes, das wird nicht passieren.«

Carol schob sich eine Gabel Rührei in den Mund. »Ach nein?« Sie sprach sachlich, fast heiter.

»Das weißt du genau. Hör mal. Ich will ehrlich zu dir sein. Vielleicht hätte die Bergwanderung damals besser laufen können. Vielleicht war er ein bisschen nervös mir gegenüber. Vielleicht war ich ein bisschen launisch ihm gegenüber. Ich meine, ich und wandern? Mit Robin? Es lag eine gewisse Spannung in der Luft. Das will ich nicht bestreiten. Er hat ihn mir unter die Nase gerieben, weißt du, seinen Sieg, hat den ganzen Weg nach oben damit angegeben. Das hat nicht gerade zur Vertiefung unserer Beziehung beigetragen, Carol, was, seien wir ehrlich, ja überhaupt erst der Grund war, weshalb ich mit ihm da raufgekraxelt bin. Ich meine, wenn ich ihn von einer Klippe oder so hätte stoßen wollen, hätte ich mir wohl kaum die Mühe machen müssen, ihn bis rauf zum Lake District zu kutschieren, oder? Ich hätte das damals praktisch jeden Tag machen können, so oft, wie er sich oben auf dem Kliff an unserer Beule zu schaffen gemacht hat. Ich meine, ich hätte mich bloß über den hinteren Weg hochschleichen, mich im Ginsterbusch verstecken und ihm einen Schubs geben müssen, wenn er gerade woanders hinschaute. Kein Mensch hätte Verdacht geschöpft.«

»Außer Mum und mir.«

»Na ja, ihr wärt ja gar nicht da gewesen. Ich hätte mir natürlich einen Zeitpunkt ausgesucht, wenn ihr zwei shoppen gewesen wärt, wenn ihr gedacht hättet, ich hätte eine Fuhre oder so, wenn es geregnet hätte, wenn die Wege total rutschig gewesen wären.«

»Dann hattest du dir also alles schon genau überlegt.«

»Alles genau überlegt, so ein Blödsinn, Carol. Ich will damit bloß sagen …«

»Und hast du nicht behauptet, diese Frau genau so in die Tiefe gestoßen zu haben, du weißt schon, Mums … Ich hab nie verstanden, was du damit bezwecken wolltest.«

»Ich wollte Rump aufhorchen lassen, mehr nicht. Und was hab ich erreicht? Ich hab deine Mum und sie zusammengebracht. Als wäre ich eine Partneragentur. Ich meine, ist das nicht absurd? Aber wir kommen vom Thema ab. Ja, oben auf dem Berg, da waren Robin und ich – wie soll ich sagen – ein bisschen nervös. Viel Platz war da oben ja nun nicht gerade. Na, wie eigentlich immer, wenn man ganz oben ist. Jedenfalls, er fängt an, nach seinem Handy zu suchen, tastet alle Taschen ab, und es könnte sein, aber falls ja, dann kann ich mich nicht daran erinnern, dass ich eine Bewegung gemacht habe, vielleicht als Warnung, dass er aufpassen soll, und er hat das falsch verstanden, hat einen Schritt zurück gemacht, und das war's. Ich hab nichts getan, Carol, aber ich war da oben bei ihm, das kann ich nicht bestreiten. Und deshalb, ja, bin ich schuldig, wenn du so willst. Ich weiß das, ich hab's immer gewusst. Das macht es nicht leichter.« Ich nahm meine Tasse, trank sie aus. Es war eine lange Rede gewesen, und irgendwie glaubte ich sie mir. Ich wollte, dass Carol sie auch glaubte, nicht mir zuliebe, ihr zuliebe. Sie tunkte ihr Croissant in den Kaffee.

»Das hast du mir noch nie erzählt.«

»Was hätte das denn gebracht? Du dachtest doch so schon schlecht genug von mir. Carol, es ist kein gutes Gefühl für einen Vater, sich eingestehen zu müssen, dass er seiner Tochter vielleicht das Lebensglück vermasselt hat.« Ich schmierte etwas Butter auf mein erstes Croissant. Kein Vergleich zu denen von Harry. »Also, was nun, falls du nicht vorhast, mich mit Vorwürfen zu überhäufen?«

Sie schüttelte den Kopf, lächelte fast.

»Ich fahre mit Mary Travers nach Dorchester. Wir treffen uns mit den Mädels. Ich übernachte vielleicht auch dort. Bei Nicky Marsden. Erinnerst du dich an sie?«

Ich nickte. Keinen blassen Schimmer.

»Mach ruhig, wozu du Lust hast. Entschuldige die Frage, aber kannst du überhaupt fahren mit dem …« Ich deutete mit einem Nicken nach unten. »Ich meine, woran merkst du, dass du bremst?«

»Mal überlegen.« Sie legte einen Finger an die Lippen. »Der Wagen wird langsamer, daran merkst du's irgendwie.«

»Aber das Mietwagenformular. Wird so was nicht abgefragt?«

»Vielleicht schon. Muss ich übersehen haben.« Sie stand auf, stülpte sich den Hut auf den Kopf.

»Winkst du mich raus? Ich bin eine Niete im Zurücksetzen.« Sie nahm eine kleine Tasche und ging damit nach draußen zum Wagen, einem von diesen scheußlichen winzigen Flitzern, die für zurückgebliebene Achtjährige gebaut werden, mit rosa-blauen Armaturen, als wärst du ohne ersichtlichen Grund in einem mobilen Kindergarten angeschnallt worden. Michaela Rump stand am Tor zu unserem Vorgarten, marineblaue Bluse und passende Jacke, weiße Bordüre um die Revers, Ohrringe von der Größe eines Ein-Mann-Kanus. Sie lehnte gerade irgendwas gegen die andere Seite der Hecke, als sie Carol erspähte. Sie erstarrte, die Augen gebannt auf den Hut auf Carols Kopf gerichtet. Carol tat es ihr gleich, und ihre Augen pendelten von einem Kanu zum anderen, als würde sie bei einem Tennismatch zuschauen. Sie warfen mir beide einen Blick zu, machten dann weiter im Text, und jede fragte sich, was los war. Mein Kopf fing wieder an zu pochen. Ich fragte mich auch, was los war.

»Carol. Ich möchte dich meiner neuen Nachbarin vorstellen, Michaela Rump.«

»Wir sind uns schon begegnet«, sagte Carol, fast ohne die Lippen zu öffnen. Keine von beiden rührte sich.

»Das gibt's doch nicht, tatsächlich? Die Welt ist wirklich ein Dorf, was?«

»Australien, Dad. Ich wohne da, falls du's vergessen hast. Wir hatten Brunos Eltern an einem Sonntag zum Essen zu uns eingeladen, um ihre Silberhochzeit zu feiern. Mum erschien unangekündigt, auf einem Tandem, Mrs Rump saß hinten. Sie hatten beide T-Shirts an, mit so Sprüchen vorne drauf.« Sie starrte noch immer. Michaela rümpfte die Nase, schnaufte.

»Ach ja? Was denn für Sprüche?«

»Auf ihrem stand: Olympische Radler tun's einmal alle vier Jahre. Auf Mums stand: Bungee-Springer kriegen nie genug.«

»Ich wette, das hat den Grill zum Brutzeln gebracht«, warf ich ein. »Und jetzt sind wir hier, alle drei, verbunden durch die Elastizität einer einzigen Frau.«

Carol verlagerte das Gewicht auf ihr Holzbein.

»Sind Sie hergekommen, um Ihren Vater zu beglückwünschen oder um Ihre Mutter zu bemitleiden?«, fragte Michaela.

»Weder noch. Ich bin hier, um einem Mann, der mir einmal sehr viel bedeutet hat, Gerechtigkeit widerfahren zu lassen. Er hieß Robin. Er war mein Verlobter. Er ist von einem Berg gestürzt.«

Michaelas Gesicht nahm einen richtig mitfühlenden Ausdruck an. Ich kaufte ihn ihr keine Sekunde lang ab.

»Ja, ich glaube, ich erinnere mich, dass Audrey mir davon erzählt hat, als wir an dem Nachmittag mit dem Tandem gekommen sind, und dass sie mir eingeschärft hat, die Sache nicht anzusprechen, damit der werte Gatte nicht eifersüchtig wird und so. Männer möchten nicht unbedingt en détail wissen, wer vor ihnen da war, nicht? Vor allem Ausländer nicht. Er wurde schwer verletzt, Ihr Robin, stimmt's? Hat ein Bein verloren oder so, im Urlaub.«

»Nicht ein Bein. Das Leben. Ich bin die, die das Bein verloren hat.«

»Im selben Urlaub? Von da hätte ich keine Postkarte haben wollen.«

»Nein, in einem anderen Urlaub. Ich wurde von einem Hai gebissen.«

Michaela versuchte, nicht nach unten zu schauen. Ich schätze, jeder versucht das, aber vergeblich. Ich meine, wo soll man sonst hinschauen?

»Und, was hat zum Ableben Ihres Verlobten geführt?«, fragte sie. »Unachtsamkeit oder irgendwas Schlimmeres? Ich frage aus beruflichem Interesse. Ich nehme an, der Leichnam wurde gefunden.«

»Der Leichnam wurde gefunden, ganz recht. Nicht gefunden wurde jedoch Robins Scrabble-Set, nicht wahr, Dad?«

»Sie waren dabei?« Michaela stürzte sich blitzschnell darauf.

Ich nickte. Was sollte ich sonst tun? »Es war ein Familienurlaub.«

»Er war bei ihm, als es passierte«, klärte Carol sie auf. Sie mit ihrer großen Klappe.

»Er hat das Gleichgewicht verloren«, ergänzte ich, »stand zu nahe am Rand.«

»Zu nahe am Rand!« Michaela ließ sich die Worte im Mund zergehen wie ein zartes Stück Steak, die Augen weit aufgerissen und auf mich gerichtet. »Und Sie hätten nicht mehr ...?« Sie riss den Arm hoch, griff in die Luft. Es war klar, was sie meinte.

»Dafür war es zu spät. Wer fällt, fällt. Da strampelt keiner noch ein oder zwei Sekunden in der Luft, wie im Zeichentrickfilm.«

»Keiner?«

Ich überging die Frage. Wie dumm von mir, es so auszudrücken.

»Er war Mitglied bei Mensa«, sagte Carol. »Er war hierhergekommen, um den Grabhügel oben auf dem Kliff zu erforschen, und er starb in dem Urlaub, den wir anlässlich unserer Verlobung machten. Es war ein furchtbarer Verlust.«

Schweigen trat ein. Gedanken flogen zwischen uns dreien hin und her. Ich konnte sie alle hören, Michaelas, Carols, meine, alles, was in unseren Köpfen vor sich ging. Michaela konnte nicht aufhören, mich anzustarren. Genau wie Carol. Dann riss sie den Blick von mir los.

»Ich muss sagen, ich bin ein wenig überrascht, Sie hier zu sehen, Mrs Rump, unter den gegebenen Umständen. Sie sind doch noch Mrs Rump, oder?«

Michaela klopfte auf die kleine Umhängetasche, die sie trug. »Es gibt noch einige Dinge bezüglich des Bungalows zu klären«, sagte sie, ohne auf die Frage einzugehen, »der im Grundbuch noch immer auf den Namen Ihrer Mutter eingetragen ist. Die Makleragentur, die ihn vermietet hatte, gibt an, dass Ihr Vater die rechtmäßigen Mieter, Mr und Mrs Bowles, kaum zwanzig Minuten nach seinem Eintreffen vertrieben hat, um sich an ihrer Stelle im Haus niederzulassen. Wir haben bereits ein Schreiben vom Anwalt der Bowles erhalten, die eine saftige Entschädigung fordern. Als Audreys Bevollmächtigte bin ich beauftragt, den Auszug Ihres Vaters schnellstmöglich zu erwirken und das Haus zum Verkauf anzubieten.« Sie holte einen Pfosten hinter der Hecke hervor, eins achtzig hoch, an den oben ein Schild genagelt war.

ZU VERKAUFEN

JUDES-IMMOBILIEN

Der Garant für ein glückliches Heim

Das war ein schwerer Schlag: Nach allem, was wir gemeinsam durchgestanden hatten, setzte Audrey mich vor die Tür. Bedeuteten Erinnerungen ihr denn gar nichts? Schön, ich hatte sie abmurksen wollen, aber das hatte sie ja gar nicht mitgekriegt. Sie war nicht mal auf der Klippe gewesen. Was von Anfang an das Problem gewesen war. Seien wir ehrlich, wäre alles nach Plan gelaufen, dann wäre nichts von alldem hier passiert. Audrey läge auf dem Grunde des Meeres und ich wäre der Besitzer des Bungalows, der mir ohnehin gehören müsste. Zugegeben, sie hatte den restlichen Kredit abbezahlt und die laufenden Kosten bestritten, als das Taxiunternehmen eine Flaute hatte, aber das jetzt? Moralisch gesehen hatte sie kein Recht dazu, und ob Sie's glauben oder nicht, ich bin ein Mann mit Moral. Ich weiß, was richtig und was falsch ist. Wie jeder andere kenne ich den Unterschied zwischen den Dingen, die ich nicht tun sollte, und den Dingen, die ich tun sollte. Es hält einen nicht immer davon ab, Dinge zu tun, die guten ebenso wie die schlechten, aber entscheidend ist, dass man weiß, wo die Grenze verläuft. Ich hab im Leben manche Dinge getan, die sich weder entschuldigen noch verbergen lassen – sie sind da, deutlich sichtbar, mit verdammt großen Löchern drin, und das schonungslose Tageslicht scheint mitten hindurch. Vielleicht ging's Henry Moore ja genau darum – so gut etwas auch ist, so gut es auch sein könnte, wir können es immer noch total verbocken. Es ging ihm nicht um die Frauen mit den Löchern drin, es ging ihm um die Männer, die sie da reingemacht haben. Ich wette, auf die Idee ist Miss Prosser nie gekommen.

»Verzeihen Sie die Frage«, sagte ich und blinzelte in die Sonne, »aber der Name Judes, hat der was mit dem Fitnessstudio Judes zu tun, das von Pat Fowler betrieben wurde, wo Audrey mit Power Cycling angefangen hat und ein paar anderen Sachen, die nicht zum Angebot der zwölfmonatigen Mitgliedschaft gehörten, die ich ihr spendiert hatte?«

Michaela schwenkte das Schild hin und her, als wäre sie auf einer Demo. »Pat hat inzwischen Filialen überall im Südwesten. Voll auf der Erfolgsschiene. Also, wo soll ich's aufstellen?«

Carol schnaubte.

Ich hob eine Hand. »Entschuldigung, dass ich lebe, aber das kommt nirgendwohin. Das hier ist mein Bungalow. Ein bescheidenes Argument, ich weiß. Denken Sie etwa, meine Mum hat sich ihr Leben lang krummgelegt, um uns dieses Haus zu kaufen, bloß damit dieser Wichser Pat Fowler seine drei Prozent kassieren kann?« Ich hätte genauso gut mit mir selbst reden können.

»Tut mir leid, aber der Bungalow gehört Audrey. So steht es eindeutig im Grundbuch. Audrey möchte ihr Kapital flüssigmachen und in eine Blumenplantage in Südafrika investieren, wo sie sich niederlassen will, wenn sie rauskommt.« Michaela drehte den Pfosten um und rammte ihn in die Hecke.

Ich machte mir keinen Kopf. Am Abend würde das Ding Feuerholz sein. »Wenn sie rauskommt! Sie ist doch eben erst reingekommen. Außerdem hasst sie Blumen.«

»Wir gehen davon aus, dass ihre Haftstraße im Berufungsverfahren deutlich verringert wird, sobald klar ist, wie stark die Folgen der psychischen Grausamkeit sind, der sie ausgesetzt war. Somit ist eine möglichst zügige Abwicklung unerlässlich. Zum Glück konnte ich mich nebenan einquartieren, weil das Haus zufällig frei war. So kann ich Audreys Interessen vertreten und mich zugleich wieder mit der Küstenlandschaft vertraut machen, die mir und Audrey so viel bedeutet hat in …« Sie legte die Hände zusammen. »… ich wollte sagen, in glücklicheren Zeiten, aber das wäre nicht ganz zutreffend, oder?« Sie nagte an ihrer Lippe, und damit war die Erklärung beendet. Sie sah verdammt toll aus. »Und keine Frau hasst Blumen, Mr Greenwood. Bloß die Männer und die Gründe, warum sie uns welche schenken.«

»Aber was wird aus Dad?«

Ich konnte es nicht glauben. Carol machte sich für mich stark. Ich hätte dankbar sein sollen, aber ich wollte sie aus dem Weg haben. Ich legte eine Hand auf ihren Arm.

»Keine Sorge, Schätzchen. So leicht wird man mich nicht los. Fahr du nur und amüsier dich, wie du's geplant hast. Ich erzähl dir dann alles später.«

Wir sahen zu, wie Carol ins Auto stieg. Sie hatte recht. Sie war eine Niete im Zurücksetzen. Michaela winkte ihr kurz, als sie davonfuhr. Sie hatte wieder die Handschuhe an. Noch besser. Carol winkte nicht zurück. Michaela verzog angewidert den Mund, als wäre sie in irgendwas reingetreten.

»Wie lange bleibt sie? Du hättest mir sagen müssen, dass sie kommt.« Sie drehte sich um und ging in meinen Bungalow.

»Wenn du gestern da gewesen wärst, hätte ich es dir sagen können. Wo warst du? Ich hab den Teich fertig gemacht. Obwohl wir nicht viel unternehmen können, solange Carol da ist. Und was soll der Quatsch von wegen Audrey verkauft meinen Bungalow?«

»Sie hat sich ganz schön aufgeregt, als sie hörte, dass du das Haus übernommen hast.« Sie warf einen Blick auf den Frühstückstisch, der noch nicht abgeräumt war. Sie griff nach meinem halb gegessenen Croissant, biss hinein.

»Du hast sie besucht, nicht? Wenn ich das gewusst hätte, hätte ich einen Kuchen gebacken.«

»Ich besuche sie dieses Wochenende.« Sie klopfte auf die Tasche. »Ich muss ein Foto von dem Bungalow mit dem Schild davor machen.«

»Kommt überhaupt nicht in die Tüte.«

»Sei nicht albern, Al. Wir machen das Foto, wir nehmen das Schild wieder weg. Audrey ist glücklich, du bist glücklich, und dann klauen wir Adams Fisch. Der Einzige, der nicht glücklich sein wird, ist Pat Fowler. Du glaubst ja nicht, wie der mich gestern begrapscht hat, als wäre ich von den Toten auferstanden.« Sie tippte mir auf die Nase. »Genau wie du gedacht hast, dass ich von da zurückgekommen wäre, als wäre ich an einem Bungeeseil wieder hochgewippt. Also, komm. Ab nach draußen. Audrey hat gesagt, sie hätte mich gern mit auf dem Bild, wie ich das Schild halte. Sie will es sich an die Zellenwand hängen.«

Sie reichte mir die Kamera. Es war eines von diesen modernen Digitaldingern, die ausländische Touristen immer auf Armeslänge von sich weghalten, um auch ja jedem in die Quere zu kommen und alles aufs Bild zu kriegen, was sie draufhaben wollen, sodass man sich beispielsweise in Covent Garden nichts sehnlicher wünscht als einen Weidenkorb und ein schön scharf geschliffenes Hackebeilchen. Michaela stellte sich auf den kleinen Rasen vor dem Haus, hielt mit einer Hand das Zu-verkaufen-Schild hoch, stemmte die andere in die Hüfte und lächelte, als wäre sie Doris Day, als glaubte sie alles, was das Foto aussagte, obwohl sie doch wusste, dass es eine Lüge war. Aber das sind Fotos nun mal. Lügen. Ich hatte mal ein Foto von Mum besessen, wie sie am Strand saß und eine Zigarette rauchte. Das machte sie einmal im Jahr, eine Zigarette am Strand rauchen, als würde sie sich richtig was gönnen, ein bisschen von der Unabhängigkeit erlauben, die sie sich wünschte, aber nie bekam. Das Foto hatte ich selbst gemacht, mit einer dieser Boxkameras, die Kinder wie ich anno dazumal hatten. Ganz unscharf war es, weder schwarz noch weiß, Mum in diesem potthässlichen Badeanzug, ein bisschen dick und faltig, aber hübsch, mit einem strahlenden Lächeln, das sie für mich aufgesetzt hatte, als wollte sie so tun, als wäre sie glücklich, wo wir es doch beide besser wussten. Es war in Ordnung, als sie noch lebte, aber jedes Mal, wenn ich es nach ihrem Tod hervorholte, heulte ich mir die Augen aus, egal wo, im Bus, im Pub, einmal sogar, als ich drauf und dran war, diese heiße kleine Zahnarzthelferin flachzulegen, die ich in Weymouth abgeschleppt hatte. Wir waren beide ordentlich abgefüllt, nackt und einsatzbereit, und aus irgendeinem Grund, keine Ahnung, vielleicht weil ich nach den Gummis suchte, jedenfalls kramte ich Mums Foto hervor und zeigte es ihr, saß dann auf der Bettkante und flennte an ihren zweiundzwanzig Jahre alten Möpsen. Sie reagierte einigermaßen nett, aber Himmelherrgott, deshalb war sie nun wirklich nicht zurück in ihre Pension gegangen, und ich auch nicht. Danach hab ich mich von dem Bild getrennt, es zerrissen, im Klo runtergespült. Bei allem Respekt vor Mum, aber ich hatte genug Kummer im Leben, auch ohne Fotos davon aufzubewahren. Vielleicht ist es ja das, was Künstler machen. Bilder von Kummer, von Dingen in ihrem Leben, deren Anblick sie nicht ertragen.

Ich machte das Foto. Michaela warf das Schild ins hohe Gras an der Hecke. »Jetzt mach ich eins von dir«, sagte sie. »Am Teich. Mal sehen, wie er geworden ist.«

Wir gingen hin. Die Nymphe wartete. Sie stand da, als

wollte sie auch fotografiert werden. Ich legte einen Arm um ihre Schultern, während Michaela auf der anderen Seite des Teichs herumtänzelte und aufs Display kuckte. Ich versuchte, mich zu bremsen, aber ich spürte, wie meine Hand nach unten glitt. Sie war zwar nur aus Stein, aber sie hatte eine ordentliche Handvoll.

»Ich hab mich gestern mit meiner Freundin von der Polizei getroffen«, sagte Michaela und ging halb in die Hocke. »Was sie mir erzählt hat, ist einfach perfekt. Adam fährt nächste Woche zu einem dreitägigen Lehrgang. Montag, Dienstag, Mittwoch. Am Tag vor seiner Rückkehr klauen wir den Fisch und legen den Erpresserbrief hin. Was hast du mit deinem Kopf angestellt?«

Ich erzählte ihr von dem Hut.

»Ich will ihn wiederhaben. Carol steht Rosa nicht. Auch Hüte stehen ihr nicht besonders. Aber Audrey, Audrey sah richtig toll aus mit Hut, als wäre sie auf Großwildjagd.«

Sie schoss noch zwei weitere Fotos, eins von der Nymphe ganz allein, dann eins über den Zaun, in Richtung des Stokie-Bungalows. Sie hatte recht, ich selbst hatte nie darüber nachgedacht, aber Audrey sah gut aus mit Hut, als wäre sie bewaffnet, zu allem bereit. Ich erinnerte mich an den Hut mit Schleier, den ich ihr in Salisbury gekauft hatte, auf unserer letzten gemeinsamen Fahrt, fragte mich, ob sie den noch hatte, ob sie ihn je getragen hatte. Ich hätte sie gern mal damit gesehen. Hätte auch nichts dagegen gehabt, Michaela damit zu sehen.

»Sag mal, wie sieht's eigentlich inzwischen in Kims Haus aus?«, fragte ich leichthin. »War ziemlich runtergekommen, als er noch da wohnte.«

Sie steckte die Kamera zurück in ihre Umhängetasche. »Wieso? Bist du auf einen Besuch aus?«

»Lädst du mich ein?«

»Wohl kaum, Al. Was würden die Nachbarn sagen?« Sie war dicht an mich herangetreten. »Du hast mir nie von Robin erzählt. Dass er von einem Berg gestürzt ist.«

»Wie gesagt, es war rutschig.«

»Wie praktisch. Dann ist das also dein Modus Operandi: Leute bei schlechtem Wetter von Klippen stoßen?«

So hatte ich das noch gar nicht gesehen. Robin, die große Unbekannte, da bestanden durchaus Ähnlichkeiten. Konvergenzpunkte hätte Miss Prosser das genannt. Selbst der Treppensturz der alten Schnüffelnase fiel in diese Kategorie. Sie war zwar nicht von einer Klippe oder einem Berg gefallen, aber gefallen war sie, bis ganz nach unten.

»Sehr witzig. Hör mal, ich bin froh, dass du hergekommen bist. Ich hab was für dich.«

Michaela klimperte mit den Wimpern, versuchte, nicht erfreut auszusehen. »Ich hoffe, es ist nicht eine Art Belohnung für sexuelle Gefälligkeiten, Mr Greenwood. Was ist es denn? Ein Schmuckstück?«

Ich nahm sie mit in den Wintergarten, holte es unter der Liege hervor.

»Das ist Audreys alte Öljacke«, sagte ich. »Ich hab sie in der Garage gefunden. Ich dachte, du könntest sie vielleicht anziehen, oben auf der Klippe, die Szene für mich nachstellen, vielleicht kommt meine Erinnerung dann zurück.«

»Ist das dein Ernst? Nach dem, was ich vorhin gehört habe? Willst du noch mal versuchen, mich in die Tiefe zu stoßen?«

»Ich habe nie versucht, dich in die Tiefe zu stoßen.«

»Aber du hast geglaubt, du hättest mich runtergestoßen. Vielleicht denkst du ja, du könntest es diesmal wirklich tun. Vielleicht bist du ja süchtig danach, Leute von Klippen zu stoßen. Wie war er so, Carols Verlobter?«

»Robin? Er hatte einen Bart. Einen sehr markanten. Du hättest ihn wiedererkannt, wenn du ihn gesehen hättest.«

»Den Bart wiedererkannt? Ich kapier kein Wort.«

»Jetzt vergiss das mit Robin mal kurz. Ich meine es ernst. Ich habe gestern mit einer von Carols Freundinnen gesprochen. Sie hat gesagt, die Frau, die hoch zur Beule gegangen ist, hat was gesagt. Ein einziges Wort.«

Ich sah mich um. Ich hatte so ein entsetzliches Gefühl, dass Carol sich in einem anderen Zimmer versteckte und jedes Wort mithörte, darauf wartete, dass ich mich verriet.

Michaela wippte mit dem Fuß. »Also?«

Ich holte tief Luft. »Sie hat ›Eumel‹ gesagt.«

»Eumel?«

»Ja, so was wie Trottel. Sie hat es gesagt, als sie am Kassenhäuschen vom Parkplatz vorbeiging, kurz bevor du ihr begegnet bist. Mary Travers meint, dass sie mit dem Handy telefoniert hat. Sie hat nicht irgendwas in dieser Richtung zu dir gesagt, oder, weil du bei dem Wetter unterwegs warst?«

»Du weißt, was sie zu mir gesagt hat. Ich hab's dir erzählt.«

»Und sie hat nicht telefoniert.«

»Nicht, als ich ihr begegnet bin.«

»Und es war auch sonst niemand in der Nähe, da oben?«

»Nur du in deinem Versteck im Ginsterbusch. Obwohl ich davon zu dem Zeitpunkt natürlich keine Ahnung hatte.«

Sie starrte mich an. Ich wusste nicht, was ich machen sollte, es zugeben oder es umschiffen, wie wir es in den letzten beiden Tagen getan hatten. Es kam immer näher, alles.

»Weißt du, sie hat irgendwas da oben gesagt, da bin ich ganz sicher. Und ich hab gedacht, wenn ich mich zu dem Nachmittag damals zurückversetzen könnte, noch einmal an die Stelle gehen würde, wo der Ginsterbusch war, und du würdest hochgestapft kommen, genauso gekleidet, genauso aufgewühlt wie sie, dann fällt mir vielleicht wieder alles ein.«

»Und ich stürze vielleicht von einer Klippe.«

»Von mir hast du nichts zu befürchten, das weißt du.«

»Weiß ich das? Wie auch immer, eine Öljacke bei diesem Wetter? Hast du eine Ahnung, was das mit meiner Haut anstellen würde?«

»Du bist doch immer für ein bisschen Pep zu haben, hast du selbst gesagt. Könnte doch richtig peppig werden, da oben auf der Klippe, schön heiß und verschwitzt, ohne zu wissen, was als Nächstes passieren wird. Anschließend können wir machen, was wir wollen. Ohne den Ginsterbusch.«

»Wofür bräuchten wir einen Ginsterbusch?« Sie strich sich übers Revers. Langsam erkannte ich das Zeichen.

»Das seh ich ganz genauso. Wer braucht einen Ginsterbusch, wenn genügend Gras da ist, um sich drin zu wälzen?«

»Dann bin ich also unten, ja?«

»Sooft du willst und immer näher am Rand. Daran würdest du dich erinnern.«

»Ich erinnere mich an jedes Mal. In der Hinsicht bin ich wie Bobby Fischer. Weißt du, dass er sich an jede Schachpartie erinnern konnte, die er je gespielt hat?«

»Ich wette aber, er konnte sich nicht an jede Scrabble-Partie erinnern. Wir könnten eine Partie spielen, wenn du willst, anschließend.«

»Da oben, auf der Beule?«

»Wieso nicht? Dafür ist so ein Reiseset schließlich gedacht. Dass du es überall machen kannst, wo du Lust hast.«

»Und das gefällt dir, was? Es überall zu machen, wo du Lust hast.« Sie stand da, wippte wieder mit dem Fuß. Sie griff nach der Öljacke, schob sie sich unter den Arm. »Vielleicht mach ich mit. Vielleicht auch nicht. Bei einer Frau weiß man nie, in was für einer Stimmung sie ist. Halt die Augen auf, das ist mein Tipp. Aber ich hab auch was für dich.« Sie kramte in ihrer Tasche, holte zwei Handys hervor. »Eins für mich, eins für dich. Nur für den Fall, dass wir miteinander reden müssen, wenn wir die Sache durchziehen. Wenn alles erledigt ist, werfen wir sie einfach weg. Lass es ab jetzt eingeschaltet.«

Ich steckte es in die Tasche, dann fiel mir etwas ein. »Moment mal. Adam Rump hat mir mal erzählt, du hättest nie ein Handy haben wollen. Weil du gedacht hast, dass man davon Krebs bekommt.«

Sie gab wieder ihr typisches Ziegenschnauben von sich. »Das hab ich ihm bloß erzählt. Erstens, damit er mir nicht hinterhertelefonieren konnte, wenn ich unterwegs war, zweitens, weil ich eins haben wollte, von dem er nichts wusste. Ich hatte immer ein Handy.«

»Hat es denn nicht irgendwann mal geklingelt, wenn er dabei war?«

Sie bedachte mich mit einem mitleidigen Blick.

»Okay. Aber hat er denn nie mal in deine Tasche gekuckt?«

»Er ist Polizist. Was man denen nicht vor die Nase hält, sehen sie nicht. Und außerdem hat er mir vertraut. So, ich schick das Foto besser gleich an Audrey. Dann ist sie beruhigt.«

»Das wäre das erste Mal. Schickst du's mit der Post, mit einem Brief oder so?«

»Nein, hiermit.« Sie fischte die Postkarte aus ihrer Tasche und hielt sie hoch. Sie schwenkte sie hin und her, sodass ich die Schrift nicht lesen konnte, aber ich schaute ohnehin nicht auf die Rückseite. Meine Augen waren wie gebannt auf das Foto vorne drauf gerichtet.

Das Sydney-Opernhaus.

Mick Travers brachte mir seine Kettensäge, zwei Ersatzketten, eine Dose Kettenöl und ein kleines Beil, das er mir nach gutem Zureden gratis dazugab. Ich schleifte die erste Eisenbahnschwelle zur Mauer am Rand der Terrasse, holte die Markierstifte, die ich auf der Post gekauft hatte, und fing an, auf einer Seite die Umrisse eines Kois aufzumalen. Karpfen, egal welcher Sorte, haben alle mehr oder weniger dieselbe Form, können aber unterschiedlich groß ausfallen. Den größten Unterschied macht die Zeichnung aus, die Farben, die Muster, das Schuppenkleid. Darin liegt die eigentliche Schönheit. Das war auch das Besondere an Torvill gewesen, ihre blauen Wirbel, als würde sie auch dann tanzen, wenn sie im Wasser auf der Stelle schwebte. Meine erste Skulptur sollte ein Andenken an sie werden, keine eigentliche Nachbildung, ich hatte sie ja schon ausgestopft auf dem Kaminsims stehen, aber irgendwas, das ihre Seele zum Ausdruck brachte, die Art, wie sie auf- und abtauchte, wie sie mir das Herz brach. Ich holte Torvill nach draußen und stellte sie für ein Weilchen auf den Terrassentisch, um ihre Linien auf das Holz zu übertragen, aber es brachte nichts. Sie war einfach nicht mehr am Leben.

»Tut mir leid, mein Prachtmädchen«, sagte ich und brachte sie wieder rein, nahm einen neuen Anlauf. Das

Holz war nicht so glatt, wie ich gedacht hatte, und der Stift rutschte andauernd überallhin, wo er nicht hinsollte. Vierzig Minuten später sah mein Werk eher aus wie Pinocchio mit einem Bruchband, nicht wie ein Koi, der durchs Wasser gleitet.

»Probleme?«

Alice schaute über den Zaun, einen Fes auf dem Kopf und einen Riesenjoint zwischen den Fingern. Ich hatte schon Daunendecken gesehen, die dünner waren.

»Dieses blöde Holz, Alice. Es will einfach nicht stillhalten. Kein Wunder, dass Damien, diese Pfeife, einen richtigen lebendigen toten Hai in seinen bescheuerten Tank gepackt hat. Diese Zeichnerei hier ist eine Scheißarbeit.«

»Das liegt daran, dass Ihr Ansatz völlig falsch ist«, sagte sie und reichte mir den Joint rüber. »Sie müssen der Fisch *sein,* seine Essenz spüren. Schließen Sie die Augen, Al, denken Sie an Hendrix, *float in liquid gardens.* Wissen Sie noch?«

In fließenden Gärten schwimmen – und ob ich noch wusste. Ich hatte früher Mums Originalalbum mit den vielen nackten Frauen auf dem Cover gehabt, das der gute alte Jimi nicht ausstehen konnte. Ich nahm einen tiefen Zug. Scheiße, war das stark.

Ich griff nach der Kettensäge. Sie hatte eine gute Größe, nicht zu schwer, nicht zu leicht, ließ sich locker drehen und wenden, ohne dass man vorher einen Monat lang Anabolika einwerfen musste. Die Kette war geölt, die Zähne sahen böse und glänzend aus, sogar ein bisschen wie Haifischzähne. Auch ein bisschen wie Toblerone. Das wäre doch was. Eine Kettensäge aus Schokolade. Allerdings nicht aus Toblerone. Aus irgendeiner dunklen Sorte, ohne Honig oder Nussstückchen, die einem zwischen den Zähnen hängen bleiben. Noch einmal kräftig inhalieren, und ich zog den Anlasser. Das erste Mal. Tucker-tucker-tucker, ein kleiner Zweitakter knatterte los. Das ist trügerisch, weil eine stinknormale Kettensäge eben genau so klingt, gewöhnlich, durchschnittlich. Nicht die Spur von irgendwas Blindwütigem, Blutbadmäßigem. Bis du den Abzug drückst.

Die Säge zerrte an meiner Hand, wie Monty früher, wenn er beim Gassigehen einen Kinderwagen sah. Die Kette raste, schrie förmlich nach einem Arm oder Bein zum Absägen. Ich trat entschlossen auf die Eisenbahnschwelle zu, stellte mich rittlings darüber. Pinocchio ahnte nicht, was ihm bevorstand. Ich warf einen Blick zu Mrs B. Sie drehte sich noch einen Joint.

»Fließende Gärten«, sagte sie. »Schwimmen Sie drin.«

Ich hielt das Sägeblatt ans Holz, in der Mitte an der rechten Ecke, wo der Kopf sein würde, dann senkte ich die Kette hinein, versuchte, sie wie eine Welle über den Rücken zu führen. Es war komisch, aber sobald die Kette packte, konnte ich die Kraft spüren, die hindurchpumpte, an meinen Armen hoch in den Rest von mir hinein. Ich war da, ich wusste nicht, wie, aber ich war da, bereit, die Späne fliegen zu lassen. Damals im Knast, im Kurs von Miss Prosser, als Bernie der Schließer mit ein paar Kollegen als Bürger von Calais posierte, war das etwas völlig anderes gewesen. Da hatte keine Freiheit dringesteckt, alles nur streng nach Lehrbuch. Hier war nichts außer mir und dem Fisch und dem Sägeblatt dazwischen. Ich hob die Säge wieder nach vorn, schnitt noch etwas mehr oben vom Kopf ab, sprang dann nach links und machte mich über die andere Seite her. Es war grob und kantig, aber soll ich Ihnen was sagen, es sah schon ein bisschen nach einem Kopf aus, irgendwie dünn und flach vorne, ging dann fließend in den Körper über. Als Nächstes attackierte ich die Flanken, sodass dicke Scheiben Holz runterfielen, als würde ich ein Schaf scheren, ließ aber Stücke dran, die wie abstehende Flossen aussahen. Dann machte ich hinten den ersten Senkrechtschnitt für die Schwanzflosse. Ich sprang hin und her, tanzte herum, schnitzte und formte, als wenn es kein Morgen gäbe. Dieser Eumel Hirst wusste nicht, was ihm entging, wenn er die ganze Schufterei von seinen vielen Assistenten erledigen ließ. Ich meine, so was kann doch keinen Spaß machen, oder? Das hier dagegen war fantastisch. Kein Wunder, dass Miss Prosser jedes Mal rot anlief, wenn sie über den künstlerischen Prozess und die synchrone Verbindung zwischen psychischer und physischer Intensität redete. Das brachte einen richtig in Fahrt.

Mittendrin reichte Mrs B mir noch eine von ihren selbst gedrehten Handgranaten und eine Tasse extrastarken Tee mit drei Stückchen Zucker. Wie sie reingekommen war, keine Ahnung. Vielleicht war sie über den Zaun geklettert, vielleicht geflogen. Durchaus möglich, denn genau das tat ich jetzt. So ist das nämlich, wenn du erst mal richtig in Schwung bist, du hebst ab, aber komplett. Öl nachfüllen, die Kette wechseln, pinkeln gehen, alles egal, du schwebst ununterbrochen auf Wolke sechs, sieben, acht und neun. Schon eigenartig. Irgendwann öffnete Michaela die Hintertür, um nachzuschauen, was los war, aber sie sah nicht aus, als wäre sie in Stimmung, weshalb ich nicht weiter auf sie achtete, und selbst wenn, weiß ich nicht, ob es mich interessiert hätte. Ich war ganz woanders. Meine Arme bebten wie Mums Limo-Wackelpudding, die Sonne brannte mir die Haut vom Rücken, egal, ich rückte meinem Holzfisch gnadenlos, unbeirrbar zu Leibe.

Und dann war ich fertig. Ich wischte mir das Sägemehl aus den Augen, trat einen Schritt zurück.

»Und?«, sagte ich zu Mrs B. »Was, glauben Sie, würde Damien davon halten?«

Sie schwieg einen Moment. Es sah nicht aus wie Torvill, es sah nicht aus wie Dean. Ich war nicht mal sicher, ob es wie ein Fisch aussah. Eher wie ein schlecht rasierter Biber mit Größenproblemen. Aber es hatte was, als würde es jeden Moment ausbrechen und sich auf irgendwas stürzen.

»Meinen Sie, ich sollte ein paar Löcher reinmachen? Damit er ein bisschen weicher rüberkommt?«

Sie schüttelte den Kopf.

»Es ist Ihrer, Al. Nicht Henrys. Nicht Damiens. Ihrer ganz allein.« Sie reichte mir ihren jüngsten Räucherstab.

»Wir müssen ihn noch bemalen«, sagte ich. »Dann sieht er ein bisschen mehr wie ein Koi aus, ein Koi mit Format. Aber vorher nehm ich mir das Maul noch mal schnell mit dem Beil vor. Die Lippen könnten ein bisschen mehr Botox gebrauchen.«

»Erst kümmern Sie sich aber bitte hier drum.« Sie tätschelte sich den Bauch. »Ich hab Kohldampf.«

Ich verstand, wie sie sich fühlte. Ich hatte auch Heißhunger auf irgendwas Leckeres.

»Ich hab genau das Richtige.«

Ich stand auf, ging ins Haus. Meine Beine fühlten sich ganz komisch an, als würde ich auf einem Ruderboot bergauf gehen. Das kam wohl vom Kettensägen. Ich wusste, dass ich das nicht tun sollte, aber ich tat es trotzdem, steuerte schnurstracks auf den Gefrierschrank zu, zog eine von Carols gigantischen Toblerone-Stangen raus, riss die Verpackung auf. Sie lag richtig schwer in der Hand, wie ein großer Schraubenschlüssel. Mit so einem Schokoriegel konnte man erheblichen Schaden anrichten.

Ich ging wieder nach draußen, legte die Toblerone auf

den Tisch, stellte eine Flasche Wodka und zwei Schnapsgläser daneben. Mrs B legte die Finger an den Mund. Damit hatte sie wahrhaftig nicht gerechnet.

»Ist es das, wofür ich es halte?«

»Hundertpro.«

Sie leckte sich die Lippen. »So ein großes Ding hab ich echt noch nie gesehen. Wie heißt es?«

»Toblerone.«

»Ich meine mit Kosenamen. So ein Ding sollte einen eigenen Namen haben.«

Ich nickte. Überraschenderweise war das irgendwie plausibel.

»Tonto«, sagte ich. »Er heißt Tonto, und ich hab ihn extra für Sie aufbewahrt.«

»Al!« Sie knuffte mich.

»Ehrlich. Wem soll ich ihn sonst geben? Mrs Rump? Sie würde ihn wahrscheinlich verhaften lassen. Na los, knabbern Sie Tonto an.«

Sie nahm ihn, eine knochige Hand an dem gezackten Schaft, die andere um das Ende gelegt. Ich konnte sehen, wie die Spitze sich in ihre Handfläche grub.

»Er ist ganz kalt«, beklagte sie sich.

»Na, dann wärmen Sie ihn doch ein bisschen auf.«

Sie schloss die Augen, versuchte, ein Stück abzubrechen. Es würde nicht so einfach sein.

»Ich schaff es nicht, Al. Er ist steinhart gefroren.« Sie schlug ihn ein paarmal auf den Tisch. Nichts geschah.

»Da«, sagte ich. »Damit kriegen Sie ihn kürzer.«

Ich reichte ihr das Beil. Sie testete die Schneide mit dem Finger, vollführte dann ein paar Übungshiebe, wie eine Golferin, die sich auf einen Schlag vorbereitet. Dann, urplötzlich, riss sie den Arm über den Kopf nach hinten und stieß dabei einen Schrei aus, als hätte ich ihr fest in den Bauch gepikst. Ich weiß nicht, was der Grund war. Vielleicht war der Griff ein bisschen glitschig, vielleicht hatte sie bei dem Versuch, Tonto durchzubrechen, etwas Kraft in der Hand verloren, jedenfalls, das Beil rutschte ihr weg und flog in hohem Bogen mit etlichen Purzelbäumen, wie Häuptling Hiawathas Partytrick, durch die Luft, durch die Scheibe des Wintergartens hinter uns, direktemang in meinen Hai hinein und erwischte ihn zwischen den Augen. Ich meine, es war sagenhaft. Eben noch hatte er ungefähr so grimmig ausgesehen wie ein Teddybär, der auf seinen Schlummerkakao wartet, und schwups war er wieder der Killer, als den man ihn fürchtet, schielte mit seinen bösen kleinen Augen auf den Griff, der über seinem mörderischen Maul aufragte. Apropos räumliches Vorstellungsvermögen: Dem Scheißkerl war sein Vorstellungsvermögen soeben geradewegs ins Hirn gehackt worden.

Alice wollte das Beil wiederholen, doch ich hielt sie zurück. Nicht, dass sie mir das ruinierte.

»Jetzt hilft nur noch eins. Darf ich?«

Ich nahm ihr den kleinen Fes vom Kopf, legte ihn umgedreht auf den Boden, unter die Tischkante. Ich schmiss die Kettensäge an und trat näher. Tonto zitterte.

»Halten Sie ihn still, Alice, und passen Sie auf Ihre Finger auf. Jetzt wird gemetzelt.«

Alice kippte sich einen Wodka auf ex rein und schob das erste Stück über die Kante. Ich drückte den Abzug, senkte das Sägeblatt, sah zu, wie Tonto Stück für Stück in Mrs Bs Hut fiel. Kein Wunder, dass früher die Frauen an der Guillotine saßen, strickend und schwatzend. Es war total befriedigend, ihn so zurechtzustutzen, mit solcher Bestimmtheit. Nach fünfzig Sekunden waren wir mit ihm fertig. Der würde dem Lone Ranger keine pampigen Antworten mehr geben.

Ich stellte den Hut auf den Tisch. Wir mampften ein paar Stücke. Sie schmolzen rasch. Nach einer Weile holte ich die Pinsel und die Dosen mit roter und weißer Farbe. Alice zeichnete die Muster, und ich malte sie aus. Nach anderthalb Stunden waren wir fertig. Mein erstes richtiges Werk. Er sah jetzt nicht mehr wie ein Biber aus, eher wie ein Fisch mit Gewichtsproblemen, aber das kommt bei Kois schon mal vor, wenn sie zu viel fressen und nicht genug Platz im Teich zum Herumschwimmen haben, und seien wir ehrlich, der hier war überhaupt noch nie geschwommen.

»Was meinen Sie, für wie viel der weggeht?«, fragte ich Mrs B. Sie legte den Kopf schief.

»Die ersten sollten Sie nicht verkaufen, Al, nicht sofort, nicht, solange Sie noch Techniken ausprobieren, die Grenzen der Wahrnehmung erkunden. Behalten Sie sie lieber noch, denn später, wenn Ihr Werk bekannter geworden ist, werden sie Sammlerstücke und steigen deutlich im Wert.«

Sie lehnte sich zurück. Wir schauten zu, wie die Sonne unterging.

Toblerone-Stücke, ein paar Gläschen Stolichnaya, der eine oder andere Joint.

Gar nicht so schlecht, das Künstlerleben.

NEUN

Ich besorgte Brötchen für Carol, auch was zum Mittagessen, aber sie kam nicht. Ein bisschen rücksichtslos, dachte ich, alles in allem. Ich konnte ja verstehen, dass sie sich mit ihren Freundinnen amüsieren wollte, nachdem sie sie zwölf Jahre nicht gesehen hatte, aber es wäre doch wirklich nicht zu viel verlangt gewesen, kurz zum Telefon zu greifen und Bescheid zu sagen. Als sie noch hier lebte, hatte sie so was nie gemacht, aber genau das meinte ich. Sie hätte ruhig ein bisschen Verständnis zeigen können, wie ich versuchen können, Wunden zu heilen, die Vergangenheit hinter uns zu lassen. In unseren Adern floss nun mal das gleiche Blut, ob es ihr passte oder nicht.

Auch Michaela machte sich rar. Vielleicht wartete sie auf einen Wetterumschwung, aber ich hatte irgendwie doch damit gerechnet, sie in der gelben Öljacke den Weg zum Kliff hochlatschen zu sehen, bereit zum Gefecht. Sie wollte es genauso sehr wie ich, da war ich mir sicher, und dennoch ließ sie mich hier im Regen stehen. Aber so sind Frauen nun mal, alle außer der alten Schnüffelnase. Die ließ einen nicht hängen. Sie musste echt eine Wucht gewesen sein, als sie jung war. Sie war auch heute noch eine Wucht.

Andererseits hatte ich alle Hände voll zu tun. Als Erstes ging ich in die Garage und holte zwei alte Kühlboxen vom Dachboden. Audrey hatte sie für unseren Urlaub mit

Robin und Carol im Lake District gekauft, damit wir mal ein Picknick machen könnten, aber wir hatten kein einziges Picknick gemacht und sie deshalb auch nie benutzt, nicht in dem Urlaub, nicht danach. Wir waren wirklich kein Picknickpärchen gewesen, Audrey und ich. Sie waren beide gleich groß, beide weiß, die eine mit einem roten Deckel, die andere mit einem blauen. Ich fand die mit dem roten Deckel passender, um Rumps Mini Ha Ha von seinem Teich hierher zu bringen, passte besser zu ihrer Farbgebung. Außerdem erinnerte mich der blaue Deckel an Torvill, und die hätte ganz und gar nicht gutgeheißen, was ich vorhatte. Ich wusch die Box gründlich aus, füllte sie dann mit Wasser und warf die Entkeimungstabletten hinein. Wenn ich Rump schon seinen Fisch klaute, sollte das Prachtexemplar wenigstens nicht leiden müssen, dafür würde ich sorgen.

Anschließend musste ich nach Dorchester, zu meinem Anwalt Mr Pritchard. Anscheinend hatte der Entschädigungsausschuss sich das mit meinem Geld anders überlegt. Und zwar wegen der Sache mit Mr Singhs superscharfer Currypaste, dem Zeug, das ich dem armen alten Jacko ins Gesicht geschmiert hatte, weil ich dachte, nicht Audrey, sondern er hätte Torvill und Dean umgebracht. Ein damals naheliegender Irrtum, der dem armen alten Jacko leider sämtliche Geschmacksknospen und die Sehkraft auf dem linken Auge gekostet hatte. Jedenfalls, auch dafür war ich verknackt worden, zusammen mit der Mordsache. Drei Jahre hatte man mir allein dafür aufgebrummt, was bedeutete, dass ich bloß ein Jahr unschuldig gesessen hatte. Jetzt boten sie mir nur zehn Riesen an, diese Geizhälse. Zehn, bei allem, was ich durchgemacht hatte! Zehn würden nicht mal den Scheck für Alice Blackstocks Citroën abdecken. Ich sagte Pritchard, fünfundzwanzig, keinen Penny weniger, und fuhr dann nicht gerade in Bestlaune wieder nach Hause.

Ich hatte fest mit dem Geld gerechnet. Es hätte mir ein bisschen Zeit verschafft, mich wieder zurechtzufinden. Zuerst riss sich Audrey den Bungalow meiner Mum unter den Nagel, und jetzt das. So nach und nach zerrann mir einfach alles zwischen den Fingern. Was Michaelas Gaunerei ein bisschen verlockender machte und meine Fischskulpturen noch wichtiger.

Ich hatte Bammel gehabt, mein neustes Werk würde am helllichten Tag nicht mehr so gut aussehen wie gleich nach der Fertigstellung, als wir dagesessen, es in Ruhe betrachtet und dabei in Wodka getunkte Toblerone gefuttert hatten, aber ob Sie's glauben oder nicht, als ich zurückkam und nach draußen ging, sah der Fisch noch besser aus. Als wäre er über Nacht erst so richtig er selbst geworden, wie in einem von den Märchen, die meine Mum mir immer vorlas, als ich klein war, wo alles zum Leben erwacht, wenn das Haus schläft. So als wäre mein Holz-Koi aufgewacht, eine Runde im Teich schwimmen gewesen, als gerade keiner kuckte, um sich dann wieder hier hinzuhocken, glücklich und zufrieden, vollauf damit beschäftigt, ein Fisch zu sein.

Alice hatte mir geraten, ihn nicht zum Verkauf anzubieten, aber, ehrlich gesagt, wollte mir das nicht einleuchten. Wieso die ganze Mühe, irgendwas zu bildhauern und anzupinseln, wenn du es nicht für möglichst viel Kohle verscherbelst? Den Markt ausloten, mal reinschnuppern und so. Ich meine, Damien hielt sich auch nicht gerade zurück, oder? Außerdem war es ein guter Fisch, ein Gesprächsthema, wenn du ihn auf die Terrasse oder ins Esszimmer stelltest, das heißt, falls du einen Tisch hattest, der groß genug dafür war. Ich holte den alten rollbaren Grill, knallte den Fisch obendrauf und karrte beides nach vorne, sodass sie gleich innen links am Gartentor standen. Dann kam mir eine geniale Idee. Ich hob Pat Fowlers Immobilienschild auf, überstrich den Glückliches-Heim-Quatsch mit einem Rest weißer Farbe, beschriftete es neu und rammte es hinter dem Koi ins Gras. Jetzt stand auf dem Schild:

ZU VERKAUFEN
1 preisgünstiger Fisch
£ 250

Ich stellte mich auf die Straße und begutachtete mein Werk. Ich fand, der Fisch sah echt gut aus, richtig sexy, trotz Bauch, aber irgendwas fehlte noch.

Unter den Preis fügte ich in Großbuchstaben EIGENHÄNDIGE ARBEIT DES KÜNSTLERS hinzu, nur um auf die Tatsache aufmerksam zu machen, dass ich im Unterschied zu EH (Eumel Hirst) die Arbeit nicht anderen überlassen hatte. Ich weiß, ich weiß, die gute Alice hatte mir bei den Mustern und so geholfen, aber Sie verstehen, was ich meine. Ich stand gerade wieder auf der Straße, um die Rechtschreibung zu überprüfen, als ein Pärchen auf mich zukam. Urlauber, zwei Tage, ihrer fleckigen Hautfarbe nach zu urteilen. Sie hatte ausgebeulte Kakishorts an und ein grünes Top mit Spaghettiträgern über sommersprossigen Schultern. Er trug eins von diesen tuntigen rosa Jachthemden, eine affige weiße Hose, hatte die Hände in den Taschen, als täte er uns allen einen Riesengefallen, dass er da war. Unter den Arm hatte er eine aufgerollte Zeitung geklemmt. Sie trug ein Buch. Ich habe das nie kapiert, das

Bedürfnis, am Strand zu lesen. Erstens einmal sind Strände nicht dafür geschaffen. Entweder du liegst auf dem Rücken, hältst das Buch über den Kopf und musst in die Sonne blinzeln, oder du bist gezwungen, auf dem Bauch zu liegen und dich auf die Ellbogen zu stützen. Beide Positionen sind denkbar unbequem für die Arme. Du könntest dir eine Liege mieten und in einer geraden Linie zwischen all den anderen Deppen sitzen, die aussehen wie entkleidete Golfer auf einer Krankenhausstation, aber dann könntest du genauso gut dem Leben endgültig Adieu sagen, nach Hause gehen, dir die Kugel geben und so die Welt für uns Übrige erträglicher machen. Außerdem vernachlässigst du die drei Hauptgründe, warum du überhaupt am Strand bist, nämlich: 1. Rausch ausschlafen, 2. braun werden und 3. die Bräute im Angebot begutachten, die genau wie du kräftig mit Nummer 1 und 2 zugange sind. Vollzeitbeschäftigungen, da werden Sie mir zustimmen.

Der Typ trat neben mich, betrachtete den Fisch. Er fing an, mit dem Kopf zu nicken. Der Koi sprach zu ihm. Auch ich konnte ihn hören.

»Das ist sehr wahr«, sagte er nach einer Weile.

»Was?«

Er deutete auf das Schild. »Dass Kunst Arbeit ist, eigenhändige Arbeit des Künstlers. Getränkt von Blut, Schweiß und Tränen. Geprägt von seiner Handschrift. Sind Sie in diesem Fall der fragliche Künstler?«

Ich hätte beinahe Ja gesagt, aber ich sah aus dem Augenwinkel, wie er mich musterte, mich taxierte. Er glaubte nicht, dass ich das Zeug zum Künstler hatte, das merkte ich ihm an. Was ich machte, konnte nichts taugen. Er würde mir ein ordentliches Trinkgeld geben, wenn ich ihn jeden Donnerstagnachmittag auf eine flotte Nummer zu seiner

Geliebten kutschieren würde, aber für so was hier würde er kein anständiges Geld hinblättern. Jedenfalls nicht mir. Ich passte nicht ins Künstlerbild, nicht in seins.

»Was, ich? Aber nein, nicht doch. Ich bin bloß sein Händler. Der Künstler heißt Blind Lionel, früher mal Wools führender Unisex-Friseur. Bemerkenswert, nicht?«

Die Frau murmelte zustimmend.

»Ist er völlig blind?«

»Kommt drauf an. Wenn er Haare bearbeitet oder Holzstücke wie das da vor Ihnen, hat er den sechsten Sinn, ein räumliches Vorstellungsvermögen, das ihn lenkt. Er kann die Form des Fisches *sehen,* die Form des Kopfes, obwohl er gar nichts sieht. Seine Hände folgen einfach, wie ein Laserstrahl. Kettensäge, Schere, spielt keine Rolle. Ansonsten ist er so blind, wie sein Stock weiß ist.«

»Faszinierend. Und ist das das einzige Stück, das er ausstellt?«

»Im Augenblick ja. Die Nachfrage ist diese Saison so groß, er kommt kaum nach. Aber Ende der Woche hat er sicher wieder zwei fertig. Er hat sich auf Kois und Haie spezialisiert, aber er macht mit Vergnügen auch andere Fische, wenn Sie eine bestimmte Vorliebe haben. Seebarben, Gründlinge, er hat sie alle drauf. Wenn Sie zwei kaufen, gibt's obendrein noch einen Gratishaarschnitt.«

Ich entfernte mich. Sie tuschelten, dann dankten sie mir und gingen. Scheißspießer. Trotzdem, Blind Lionel zu überreden, als mein Strohmann zu fungieren, war gar keine so schlechte Idee. Er würde mitmachen, wenn dabei Kohle für ihn raussprang. Er freute sich über jede sich bietende Gelegenheit, andere mit seinem Leiden übers Ohr zu hauen. Außerdem, auch wenn ich den Fisch nicht verkauft hatte, in einem Punkt hatte der Typ von vorhin recht.

Ich sollte nicht nur diesen einen anbieten, sondern eine Sammlung. Einen ganzen Schwarm, wenn Sie so wollen.

Alice war nicht da, aber diesmal brauchte ich sie auch nicht. Ich brauchte niemanden. Ich lehnte den nächsten Holzblock an die Mauer und machte mich ans Werk, achtete darauf, dass diese Koi-Frau dünner, länger ausfiel, kurviger. Ich schmirgelte sie auch ab, verpasste ihr eine Oberfläche, die sich geschmeidiger anfühlte, nur für den Fall, dass einer von den Kunden sie begrapschen wollte. So was machen sie gern, wenn sie können, diese Kunstliebhaber, ein bisschen rumfummeln. Wölbungen, Ständer, Henry Moores Löcher, sie können die Hände nicht bei sich behalten. Die Funktion des taktilen Imperativs hatte Miss Prosser das genannt, obwohl ich glaube, wir wissen alle, worum's ihnen eigentlich geht. Egal, wenn sie es so haben wollen, dachte ich, dann kann ich es ihnen auch so pläsierlich wie möglich machen. Wenn ich mit den Händen über den ersten Fisch fuhr, fühlte es sich ein bisschen so an wie damals, wenn ich Audrey die Beine streichelte, ohne meine Autohandschuhe an. Ich brauchte einen ganzen Nachmittag dafür, aber na wennschon. Am Ende hatte ich Kunst im Wert von gut fünfhundert Pfund auf Lager. Und das war erst der Anfang. Zwei von den Dingern am Tag à zweihundertfünfzig Pfund das Stück würden mir dreieinhalb Riesen pro Woche einbringen, vierzehntausend pro Monat, Gott weiß wie viel pro Jahr. Der Entschädigungsausschuss konnte mich mal. Bei der Gewinnspanne würde ich ihnen eine Skulptur gratis machen. Jetzt kapierte ich, wieso Hirst sie von einem ganzen Trupp Handlanger am Fließband produzieren ließ. Ich meine, wenn die Nachfrage hoch ist, könnte einer allein die ganze Arbeit kaum bewältigen, und er wäre ja verrückt, wenn er nicht versuchen würde, ordentlich abzusahnen. Vielleicht war er ja gar kein solcher Eumel.

Als ich dabei war, die Sägespäne zusammenzufegen, sah ich den Mietwagen vorfahren, mit Carol am Steuer, die in ihr Handy quasselte. Ich ging ins Haus, wusch mich rasch und zog mir ein frisches Hemd an. Als Carol hereinkam, wartete ich bereits im Wohnzimmer auf sie, eine Flasche Weißwein und eine Jumbopackung Chips mit Currygeschmack auf dem Couchtisch. Ich war fest entschlossen, das mit uns hinzukriegen.

»Carol, Liebes. Ich hab mich schon gefragt, wann du wohl kommst. Wie war der Abend?«

»Nicht besonders.«

»Wie schade. Was ist denn mit dem Hut passiert?« Michaelas rosa Pillbox-Hut hatte vorne einen dicken grünen Fleck.

»Der ist in die Suppe gefallen.«

»Ach du Schande, sie wird nicht begeistert sein.«

»Wer wird nicht begeistert sein?« Sie funkelte mich an.

Ich musste aufpassen, was ich sagte. »Mrs Bowles, die letzte Mieterin. Sie hat mich angerufen. Ob ich einen Hut gefunden hätte? Hab ihr nicht erzählt, dass du ihn mit zu deinem Mädelabend genommen hast. Na, dann war Dorchester wohl ein ziemlicher Reinfall.«

»Ich war nicht in Dorchester, Dad. Ich bin in den Norden gefahren, um mit Neville Forster zu sprechen. Erinnerst du dich an ihn?«

Nicht zu fassen, gerade mal ein paar Tage weg von Bruno dem Beuteltier, und schon grub sie Exfreunde aus. Ich meine, wäre es nicht besser, sich jemand Frisches zu suchen? Neville Forster? Der Name kam mir irgendwie bekannt vor.

»War das der Kiwi mit Glatze und den zwölf Zehen, die ihm aus den Sandalen ragten?«

»Nein, Dad. Das war der Detective Sergeant, der dich wegen Robins Tod verhört hat. Erinnerst du dich jetzt an ihn? Er erinnert sich jedenfalls an dich. Sehr gut sogar.«

Jetzt erinnerte ich mich an ihn. Lärmiger, kurzhaariger kleiner Scheißer, hatte was von einem Jack Russell, kleinwüchsig, bissig und aufgeblasen.

»Anscheinend hat er sich damals sehr für einen Bluterguss interessiert, der an Robins Hals festgestellt worden war«, sagte Carol. »Er hat dich richtig ausgequetscht, fast einen ganzen Tag lang. Uns hast du erzählt, der ganze Papierkram hätte so lange gedauert.«

»Papierkram, Fragen, es ist lange her, Carol.«

Er war ein hartnäckiger kleiner Köter gewesen, wie er im Verhörraum um mich herumschlich, mich von allen Seiten befragte, mich beschnüffelte, mir ins Ohr kläffte, als würde ich irgendwann auf den Stuhl springen und alles gestehen. Der Bluterguss war nicht das Einzige. Offenbar hatten die drei Wandersleute, die uns an dem Nachmittag überholt hatten, auf Anhieb »gewisse Spannungen« zwischen Robin und mir gespürt. Die einzige Frau unter ihnen, klaro, hatte ihm erzählt, sie hätte uns, als die drei uns auf einem der steilsten Abschnitte überholten, sozusagen als scherzhafte Aufmunterung, wie sie behauptete, »Hals- und Beinbruch« zugerufen, woraufhin ich »Der Hals würde genügen« gemurmelt hätte. Wie ich denn das gemeint hätte, hatte Forster mich immer wieder gefragt. Ich hatte die Achseln gezuckt. Das sollte ich gesagt haben? Ich konnte mich jedenfalls nicht erinnern. Vielleicht hatte ich es gedacht, aber ich hätte es ja wohl kaum laut ausgesprochen, oder?

Carol war noch nicht fertig. »Dieser Bluterguss, hat er gesagt, sah nicht aus wie einer, der von einem Aufprall herrührt, sondern verlief als Streifen geplatzter Blutgefäße von rechts hinten im Nacken bis nach vorn zum Adamsapfel. Er konnte es nicht mit Sicherheit sagen, aber er fand, es sah so aus, als wäre Robin in eine Art Schwitzkasten genommen worden.«

Ich nickte. Hörte sich für mich einleuchtend an. »Na ja, vielleicht war es ja so.«

»Was, ist das noch etwas, das du vergessen hast, mir zu erzählen? Dass ihr zwei eures Weges spaziert seid, heiter und fröhlich, und dann beschlossen habt, wenn ihr oben seid, einen kleinen freundschaftlichen Ringkampf zu veranstalten?«

»Ich meine, Schwitzkasten ist nicht gleich Schwitzkasten, es gibt solche und solche, Carol. Ihr wart in der Nacht davor ganz schön munter, entschuldige, wenn ich das so sage. Wir konnten euch am anderen Ende hören, wie in Dolby Stereo, dich lauter als ihn, wie ich leider sagen muss. Frag deine Mutter, wenn du sie das erste Mal im Gefängnis besuchst, falls du mir nicht glaubst.«

»Du bist widerlich.«

»Gar nicht. Was du auf der anderen Seite des Vorhangs gemacht hast, ist allein deine Sache. Ich will damit bloß sagen, ich bin nicht der Einzige, der in den vierundzwanzig Stunden davor vielleicht eine intime Begegnung mit Robins Hals hatte.«

»Dann könnte es also sein.«

»Was?«

»Dass du ihn in den Schwitzkasten genommen hast.«

»Wieso sollte ich Robin in den Schwitzkasten genommen haben?«

»Weil du ihn über den Rand befördern wolltest.«

»Jetzt geht das schon wieder los. Wie oft muss ich dir das noch sagen? Ich habe ihn nicht angerührt. Ist das alles, was dieser Bursche Forster zu sagen hatte? Wenn ja, war die lange Fahrt nämlich reine Zeitverschwendung, Liebes.«

»Das ist nicht alles, nein. Er hat mir was erzählt, das keiner von uns wusste, etwas, das sie zurückgehalten haben. Das machen sie anscheinend routinemäßig, um zu sehen, ob irgendwer was weiß, was er eigentlich nicht wissen kann.« Sie hatte so einen Ausdruck im Gesicht, richtig triumphierend, genau wie Audrey einmal, als sie den Meilenstand im Vanden Plas kontrollierte und rausfand, dass ich an dem betreffenden Abend nicht nach Bristol und zurück gefahren war.

»Und was bitte schön?«

»Genauer gesagt, hat er mir nicht bloß was erzählt, Dad. Er hat mir was gezeigt, etwas, das Robin bei sich hatte. Du errätst nie im Leben, was.«

»Carol. Es reicht mir langsam.«

»Na los, versuch's mal.«

»Ich weiß es nicht. Was? Sein Handy? Noch einen blöden Brief an seine Mutter?«

Carol öffnete die Hand. Ein kleines Elfenbeinquadrat mit einem Metallstift kam zum Vorschein, nicht größer als mein Daumennagel. Ich erkannte es auf Anhieb.

»Sie haben das hier in seiner Hand gefunden. Du weißt doch, was das ist, nicht?«

Ich spähte darauf, und mein Herz pochte so laut, dass ich sicher war, sie würde es hören. »Ich? Wieso?«

»Natürlich weißt du's. Es ist ein Scrabble-Steinchen, eines aus Robins Scrabble-Set. Rat mal, welcher Buchstabe?«

»Carol. Es reicht mir wirklich.«

»A. Der Buchstabe A.«

Sie drehte das Steinchen um. Ich konnte es nicht fassen. Die ganze Zeit, die ich mit seinem blöden Set gespielt hatte, war ein Buchstabe zu wenig im Säckchen gewesen. Es klingt vielleicht nicht dramatisch, aber so etwas ist für uns Scrabble-Spieler enorm wichtig. Ein Scrabble-Säckchen enthält von jedem Buchstaben die für das Spiel erforderliche Menge. Es gibt fünf As, und zwar aus dem Grund, weil du, um eine anständige, ausgeglichene Partie spielen zu können, die das eigentümliche Hin und Her unserer Sprache widerspiegelt, fünf As brauchst und nicht vier. Fünf As, neun Ns, vier Ds, ein W und so weiter und so fort. Den meisten Leuten ist das wahrscheinlich nicht klar, aber die Buchstabenaufteilung beim Scrabble ist von Land zu Land verschieden. Italien zum Beispiel hat fünfzehn Os, was nicht verwunderlich ist, wenn man bedenkt, wie die Italiener den ganzen Tag drauflosplappern, während Wales kein K, Q, V, X oder Z hat. Gott hat uns ein Alphabet mit sechsundzwanzig Buchstaben geschenkt, um damit herumzuspielen, und die Waliser sind noch nicht richtig auf den Trichter gekommen, wie sie die alle benutzen sollen. Linoleum 10 Punkte, Sprache 0. Beweisführung abgeschlossen.

»Wieso hast du das Steinchen jetzt?«

»Sie haben es letztes Jahr auf DNA getestet, aber nichts gefunden. Deshalb hat Inspector Forster es mir mitgegeben. Der Fall ist inzwischen ad acta gelegt.« Sie schob es von einer Hand in die andere, hin und her. »Was meinst du, wieso Robin so was machen sollte, ein A in seiner Hand verstecken?«

Na, das war doch wohl offensichtlich, oder? Um mich übers Ohr zu hauen. Wer als Erster anfängt, hat einen Punktevorteil, das weiß jeder, und um zu entscheiden, wer anfangen darf, greift jeder Spieler in das Säckchen und zieht einen Buchstaben. Derjenige, dessen Buchstabe am weitesten vorne im Alphabet ist, hat gewonnen. Ich hatte die ganze Zeit recht gehabt. Er hatte nicht ehrlich mit mir gespielt. Das sagte ich aber nicht laut.

»Vielleicht war das ein Ersatz-A, falls mal eins verloren ging«, schlug ich vor.

Sie schüttelte den Kopf. »Netter Versuch, Dad, aber wie wär's damit: A ist der Anfangsbuchstabe deines Namens. A steht für Al. Robin war zwar schon tot, aber er hat noch mit dem Finger auf dich gezeigt.« Und dann erschoss sie mich mit den Fingern, wie mit einer Pistole. Es war lächerlich, aber ich musste mir was einfallen lassen.

»Carol. Weißt du noch, was ich dir erzählt habe – dass er eine Hand in der Tasche hatte, um nach seinem Handy zu suchen, als er diesen Schritt nach hinten machte? Vielleicht hat er da das Scrabble-Steinchen gefunden. Vielleicht war er überrascht, das Ding einfach lose in der Tasche zu finden. Oben auf einem Berg genügt es, nur für einen Sekundenbruchteil zu vergessen, wo du bist, und schwups ist es aus und vorbei, du bist hinüber. Ich meine, ich hab doch gesagt, dass er einen überraschten Ausdruck im Gesicht hatte, oder? Bis jetzt hatte ich immer in Erinnerung, dass er das überraschte Gesicht *nach* dem Rückwärtsschritt gemacht hat, aber es könnte auch direkt *davor* gewesen sein, als er das Buchstabensteinchen entdeckte, oder gleichzeitig. Ich meine, es ist verflucht schwer, sich bei solchen Sachen an die genaue Reihenfolge zu erinnern. Aber überleg mal, wenn er es in dem Moment gefunden hat, was das für ihn bedeutet haben muss, was ihm da alles durch den Kopf geschossen sein könnte. Wie lange war es schon in seiner Tasche? Eine Stunde? Einen Tag? Eine Woche? Ich meine, er nahm das Set überall mit hin, nicht? Das hätte bedeutet, dass das Turnier, das wir gespielt hatten, ohne die korrekte Anzahl Buchstaben null und nichtig gewesen war, dass er unrechtmäßig gewonnen hatte. Überleg mal, was das für einen Mann von Robins Charakter bedeutet hätte. Das muss für ihn wie ein Schlag ins Gesicht gewesen sein, ein Schlag mit einem nassen Fisch.«

»Er hat Scrabble tatsächlich sehr ernst genommen. Manchmal fand ich, zu ernst.«

»Er war ein ernster Mann, Carol. Mensa, die Buddelei oben auf unserer Beule, Scrabble, das war alles vom selben Kaliber, findest du nicht? Es muss ihn hart getroffen haben, das A in seiner Tasche zu finden – was man ihm deshalb alles hätte unterstellen können. Ich meine, er war die Integrität in Person. Stimmt's oder hab ich recht?«

Sie nickte, blickte nach unten auf den Buchstaben. Vier As, dieser falsche bärtige Schwachkopf.

»Du glaubst doch nicht …?«

»Was denn, Schätzchen?«

»Dass er, wenn er dachte, *wir* würden denken, er hätte die vielen Partien, das Turnier, durch Betrug gewonnen, dass er vielleicht …« Sie konnte den Satz nicht beenden.

Das war fabelhaft. Einfach fabelhaft.

»Nein. Er hat es nicht mit Absicht getan, Carol. Dafür kann ich mich verbürgen. Aber er war sicher ein bisschen fahrig. Was mich quasi entlastet, wenn ich das so sagen darf. Ich habe den kleinen Tanz, den wir zwei da oben veranstaltet haben, über zehn Jahre mit mir rumgeschleppt, mir die Schuld gegeben an dem, was passiert ist, wo ich doch wusste, wie schmerzhaft es für dich war, für seine Familie. Es ist eine Erleichterung zu wissen, dass es womöglich doch nicht meine Schuld war. Wer hätte das gedacht,

Detective Sergeant Neville Forster hat mir einen Gefallen getan.«

»Ach, Dad. Wenn ich dir doch nur glauben könnte.«

Sie hatte Tränen in den Augen. Meine Tochter, Tränen in den Augen. Meinetwegen, wegen Robin? Es war schwer zu sagen. Vielleicht von beidem ein bisschen.

»Ich weiß. Ich hab dir in der Vergangenheit nicht viel Grund dazu geliefert. Aber jetzt, wo wir wissen, was wir wissen, denke ich, wir können diese Sache vielleicht endlich begraben, meinst du nicht auch?«

Sie nickte wieder, legte das Steinchen auf den Tisch zwischen uns, mit der Vorderseite nach unten. Ein gutes Zeichen, fand ich.

Sie ging aus dem Zimmer. Ich konnte hören, wie im Gästezimmer Schubladen aufgezogen wurden. Ich hatte eine gute Geschichte erzählt, aber ich glaubte sie selbst nicht ganz. Wie war das A wirklich in seine Hand gekommen? Hatte er die Hände in den Taschen gehabt, als ich auf ihn losgegangen war? Ich glaubte nicht. Und als ich ihn im Schwitzkasten gehabt hatte, da hatte er doch wie wild mit Armen und Fäusten um sich geschlagen. Und als ich ihn umgedreht und ihm einen Schubs gegeben hatte, wedelten seine Arme da nicht in der Luft wie zwei gebrochene Flügel, während seine Hände ins Leere griffen? Oder hatte ich mich bloß falsch erinnert, mir vorgestellt, wie es gewesen sein *müsste,* nicht, wie es gewesen war? Aber wie hätte es sonst gewesen sein können? Er hätte auf dem Weg nach unten keine Zeit für das alles gehabt, die Schachtel aus der Tasche fischen, den richtigen Buchstaben finden, die Schachtel schließen, sie zurück in die Tasche schieben und das Buchstabensteinchen in der Hand verstecken, bevor er mit dem Kopf auf den Felsen knallte, und als er dann dalag, mit eingedelltem Schädel, konnte er vor lauter Kopfschmerzen wohl kaum noch klar denken, oder? Es hatte zwar gut zwanzig Minuten gedauert, ehe ich bei ihm war, aber trotzdem, so hinterhältig konnte er doch wohl nicht gewesen sein, tot dazuliegen, während ich mich über ihn beugte, mit dem Anfangsbuchstaben meines Namens fest in seiner durchtriebenen kleinen Faust. Er hätte es gern gemacht, davon war ich überzeugt, aber nein, das war völlig abwegig. Nein. Er musste das Steinchen immer griffbereit gehabt haben, vielleicht im Ärmel versteckt oder so, um es sich in die Hand fallen zu lassen, wenn er mal wieder eine Partie vorschlug. Er wollte schummeln, schlicht und einfach. Ich hatte die ganze Zeit recht gehabt.

Carol kam mit einer kleinen Reisetasche, die sie sich über die Schulter gehängt hatte. »Ich hab Mary versprochen, heute bei ihr zu übernachten. Ihre Eltern sind nicht da. Ich hol nur noch rasch ihr Geschenk.«

Ah. Sie verschwand Richtung Wirtschaftsraum. Als sie zurückkam, war ihr Gesicht schon wieder finster und wütend. Aus diesem Schlamassel würde ich weniger leicht rauskommen.

»Okay, Dad. Wo sind sie?«

Sie? Damit hatte ich nicht gerechnet. »Wo sind was, Kleines?«

»Die Toblerone-Stangen. Ich hab sie in die Gefriertruhe gelegt, als ich hier ankam, zwei Stück. Du hast sie gesehen. Du hast sie doch wohl nicht beide gegessen. Nicht mal du …«

»Natürlich hab ich sie nicht gegessen. *Beide* weg, sagst du?«

»Wieso? Wenn nur eine verschwunden wäre, wäre das dann weniger schlimm?«

»Nein, natürlich nicht. Du hast sie nicht vielleicht mit in den Norden genommen, damit du auf der Fahrt Gesellschaft hast?«

»Natürlich nicht!« Sie schrie jetzt, als gäbe es nichts Wichtigeres auf der Welt.

»Beruhige dich, Carol. Da fällt mir ein, Alice Blackstock war gestern hier.«

»Du willst ihr doch wohl nicht die Schuld in die Schuhe schieben, oder?«

»Unter normalen Umständen würde mir das nicht im Traum einfallen. Allerdings, du weißt das vermutlich nicht, aber vor einigen Jahren hat sie einen ordentlichen Schlag auf die Birne gekriegt. Seitdem ist sie nicht mehr die Alte. Als sie bei uns gewohnt hat, sind uns die Nebenwirkungen zwangsläufig aufgefallen …«

»Sie hat bei euch gewohnt? Die alte Schnüffelnase hat bei euch gewohnt?«

»Habt ihr in Australien keine Nachbarn, Carol? Brauchen die nicht auch mal Hilfe? Die leistet man, wenn sie die Treppe runterfallen.«

»Sie ist die Treppe runtergefallen?«

Ups. Ich versuchte, keine Miene zu verziehen. »Sie war beim Zahnarzt gewesen, Schätzchen, vollgepumpt mit Betäubungsmittel, ganz zu schweigen von dem Wodka, den sie auf der Hinfahrt förmlich in sich reingeschüttet hatte.«

»Du warst bei ihr?« Es war wie eine Neuauflage von Michaela.

»Ich war Taxifahrer, falls du's vergessen hast. Ich habe sie hingefahren, ich habe sie zurückgefahren. Ich habe sie an ihrer Haustür abgeholt, ich habe sie vor ihrer Haustür wieder abgesetzt. Ich hätte mit ihr reingehen sollen, sie nach oben bringen, eine Tasse Tee kochen, aber das hab ich nicht getan. Damals hab ich noch nicht an andere Menschen gedacht. Tja, kurz danach fällt sie die Treppe runter, liegt die ganze Nacht da. Wieder meine Schuld. Jedenfalls, was ich sagen wollte, als sie anschließend bei uns gewohnt hat, ist uns besonders eine Nebenwirkung von ihrem Unfall aufgefallen, und zwar ist sie plötzlich ein bisschen langfingrig geworden – Modeschmuck, Ringe und so, immer wieder waren Sachen verschwunden, sogar Essen. Wir standen morgens auf, und der Kühlschrank war leer geräumt, ein gebratenes Hähnchen fanden wir unter ihrem Bett im Gästezimmer versteckt, im Schrank vom Gästebad Audreys umfangreiche Joghurtsammlung. Wir haben natürlich kein Wort gesagt, weil wir wussten, dass sie eigentlich nichts dafür konnte. Wie gesagt, sie war gestern den ganzen Tag hier, hat laufend Tee gekocht, während ich mit dem Fisch zugange war – der, den du sicher am Tor gesehen hast. Da hat sie sie wahrscheinlich mitgehen lassen. Die sind jetzt bestimmt in ihrer Handtasche, oder sie hat sie oben bei sich unter einem Sofapolster versteckt. Ich schau später mal bei ihr vorbei, mal sehen, ob ich sie ihr wieder abluchsen kann. Falls nicht, besorg ich neue. Übrigens, wie findest du ihn eigentlich, meinen Fisch?«

»Da ist kein Fisch, Dad. Nur so ein blödes Schild.«

»Wie meinst du das, kein Fisch?«

Ich schob sie beiseite und rannte nach draußen. Mein erstes Kunstwerk war verschwunden. Auf dem Tisch hatte jemand £ 2,50 hinterlassen.

Carol ging. Ich goss mir ein Glas Wein ein, aß von den Chips. Meine Hand zitterte. Ein Fisch war schon schlimm genug, aber zwei Stangen Toblerone? Das war mir schleierhaft. Wir hatten doch an dem Abend nicht beide verputzt, oder? Ich weiß, vom guten alten Gras kriegst du schon mal Heißhunger auf die gute alte Kakaobohne, aber selbst Audrey hätte Mühe gehabt, beide Oschis zu vertilgen.

Zwei Sachen verschwunden. Eine Sache aufgetaucht. Robins Scrabble-Steinchen lag auf dem Tisch. Ich drehte es um, sodass ich das A sehen konnte. Ich starrte es an. Es starrte mich an. Ich ging zum Holzofen, holte Robins ganzen Stolz hervor, schüttete alle Buchstaben auf den Tisch. Das A stammte aus demselben Set, eindeutig. Ich drehte alle Steinchen mit der Buchstabenseite nach oben, suchte die As heraus, legte sie separat nebeneinander hin. Vier. Meine Fresse, Leute gibt's.

Ich zählte alle anderen Buchstaben durch, um festzustellen, ob er noch mehr von den wichtigen hatte verschwinden lassen, aber nein, die zwei Blankosteine, die sieben S, alles so, wie es sein sollte. Es fehlte lediglich dieses eine A. Ich betrachtete es, wie es da abseits von den anderen lag, ganz allein. Ich nahm es, tat es zu den übrigen As, mischte sie gut durch, damit es mal richtig Kontakt zu ihnen bekam, so, wie es all die Jahre hätte sein sollen. Ich hätte es am liebsten dort gelassen, aber ich wusste, dass das nicht ging. Falls Carol es nicht hierließ, wenn sie wieder nach Australien abhaute, würde es immer allein sein, und im Set wäre immer ein Buchstabe zu wenig. Hatte Robin das schon immer gemacht, oder hatte er das A bloß für die Partie aussortiert, die er mit mir oben auf dem Berg spielen wollte? Ich würde es nie erfahren, aber dank dem A, wie es da so auf dem Tisch lag, haftete Robin plötzlich ein Geheimnis an, ein Geheimnis, durch das er lebendig blieb, und das gefiel mir nicht. Ich wollte nicht, dass es sich zu einem ständigen Juckreiz auswuchs, der einen in den Wahnsinn trieb. Je eher Carol die Sache vergaß, desto besser. Aus den Augen, aus dem Sinn, das war der erste Schritt.

Ich mischte alle Buchstaben wieder zusammen und schaufelte sie zurück ins Säckchen. Dann packte ich alles weg, ging mit dem einsamen Steinchen in die Küche, nahm die Lady-Diana-Hochzeit-Gedenktasse vom Regal und warf das A zu dem Schlüssel von Kims Bungalow. Ich schaute zum Fenster hinaus. Noch immer keine Spur von Michaela. Ich nahm den Schlüssel. Er war wie ein Magnet, der mich zu der Tür lenkte.

Ich trat ein. Derselbe Geruch, dieselbe Leere, derselbe rosa Fetzen, der am Heimtrainer hing. Als wäre sie zwischendurch gar nicht hier gewesen. Diesmal fing ich mit den Schlafzimmern an. Im Gästezimmer war ein weiterer Koffer geöffnet worden, der Deckel aufgeklappt, Sprays und Lotionen lose innen im Netzfach. Im Hauptschlafzimmer hatte sie zwei Outfits aus dem Schrank genommen und an die Türgriffe gehängt. Diesmal lag auf dem Nachttischchen keine Postkarte, aber einer von Audreys Golfschlägern lehnte dagegen, die kleine Schottenmustersocke noch über den Kopf gestülpt. Vielleicht sollte ich doch besser nicht unangekündigt hereinschauen. Ein Badeanzug hing über dem Frisierkommodenspiegel, weiß, in Nierenhöhe ausgeschnitten, auf dem Tisch darunter ein zusammengedrückter, mit Selbstbräuner beschmierter Wattebausch. Ich kapierte. Sie hatte sich den Badeanzug angezogen, sich aufgehübscht.

Das Wohnzimmer sah genauso aus wie zuvor, bis auf eins: Die Karte von Rumps Haus, die auf dem Glastisch in der Mitte gelegen hatte, war verschwunden, und stattdessen lagen ein paar Urlaubsprospekte darauf ausgebreitet, genauer gesagt, Kreuzfahrtbroschüren. Einige Reiseziele hatte sie mit dem Kuli unterstrichen, der danebenlag, Karibik, Rio. Manche Deckblätter waren resolut durchgestrichen worden, die griechischen Inseln, die norwegischen Fjorde. Auf der Broschüre für die Fahrt nach Durban waren rote Kringel um sämtliche Fahrttermine für die nächsten sechs Monate. Sie bekam langsam Heimweh.

Ich ging in die Küche. Alle Tassen an den Haken, alle Teller sauber und ordentlich gestapelt, die Töpfe ineinandergestellt, sämtliche Griffe in dieselbe Richtung gedreht. Falls sie hier gegessen oder sich Tee gekocht hatte, dann hatte sie die Spuren gut verwischt. Sogar die Frühstückshocker sahen aus, als hätte noch nie jemand darauf gesessen. Ich öffnete die Spülmaschine. Blitzblank. Keine Milch im Kühlschrank, keine Krümel im Toaster. Das hier war kein Zuhause, nicht mal auf Zeit. Es war ein Museum.

Ich weiß nicht, was der Auslöser war, vielleicht das rosa Teil, das da so völlig leer am Heimtrainer hing und auf einen Körper wartete, der nicht kam, vielleicht die Stille des Hauses, die nackte Leere, vielleicht die weiße Gefriertruhe, die da so ganz allein und glänzend stand, so leise, so voller Geheimnisse, jedenfalls wusste ich auf einmal, dass sich in diesem Bungalow irgendwas befand, das hier nicht sein sollte. Ich konnte es spüren. Ich ging zur Gefriertruhe, hob den Deckel, hob ihn langsam, wie bei einem Sarg. Ich wusste nicht, was ich erwartete, Torvill, Dean, vielleicht sogar meine Miranda, kalt und perfekt wie eine Eisprinzessin, doch ich war nicht sonderlich überrascht, als ich die Pappschachtel mit dem hochstehenden Pappgriff ganz unten drin liegen sah. Die fehlende Toblerone Nr. 2. Michaela hatte sie anscheinend an dem Tag, als sie vorbeigekommen war, irgendwie unauffällig mitgehen lassen, obwohl mir schleierhaft war, wie sie davon gewusst haben konnte.

Sie war kaum im Haus gewesen. Und genauso schleierhaft war mir, wie sie das hingekriegt hatte. Wie konnte sie eine fast einen Meter lange Toblerone-Stange unauffällig mitgehen lassen? Bei ihrem Outfit? Außerdem war ich ganz sicher, dass noch alle beide in meiner Gefriertruhe gelegen hatten, als ich die eine später an dem Abend für Alice rausgeholt hatte. Was bedeutete … ja, was? Ich kam nicht dahinter.

Und dann fiel es mir wie Schuppen von den Augen. Nein, natürlich hatte sie die Toblerone nicht unter ihren Klamotten rausgeschmuggelt. Das war gar nicht erforderlich gewesen. Sie hatte sie geklaut, als ich nicht da war, als alle Türen abgeschlossen waren, höchstwahrscheinlich heute Morgen. Wie? Ganz einfach. *Sie hatte Audreys Schlüssel.* Bei der ersten sich bietenden Gelegenheit hatte sie den Bungalow durchsucht, genau wie ich ihren durchsucht hatte, mit dem einzigen Unterschied, dass ich nichts mitgenommen hatte. Schon komisch, so etwas zu tun, förmlich die Aufmerksamkeit darauf zu lenken, dass ein ungebetener Gast im Haus gewesen war. Aber vielleicht sollte ich es ja wissen. Vielleicht hatte sie eine Spur gelegt, die ich übersehen hatte. Vielleicht war sie schokoladensüchtig. Vielleicht war sie klausüchtig. Vielleicht ein bisschen von allem.

Ein leiser Gedanke schlich sich in meinen Kopf, wie die besten es immer tun, geräuschlos, aber der hier schien den Raum zu füllen, wie ein heimlicher Furz. Die Stange war noch nicht angebrochen. Ich hatte noch die Verpackung von der, die Alice und ich verputzt hatten, versteckt in der Küche. Ich brauchte also bloß diese Schokolade hier aus der Verpackung zu nehmen, sie in die leere zu Hause zu schieben, und die Sache wäre geritzt. Carol würde ich erzählen, Alice hätte aufgrund ihrer anhaltenden gesundheitlichen Probleme eine der beiden Stangen verdrückt, ehe ich es verhindern konnte, aber die andere hätte ich unversehrt zurückgeholt. Carol wäre zufrieden, wenn nicht sogar glücklich, und ich wäre aus dem Schneider. Michaela hätte zwar keine Schokolade mehr in der Kühltruhe, aber sie konnte ja wohl kaum rüberkommen und sich beschweren, oder? Noch wichtiger war, dass die leere Packung sie verunsichern würde, und die Verunsicherung von Michaela Rump stand ganz oben auf meiner Tagesordnung, kam gleich nach Carols Seelenfrieden und der Bildhauerarbeit an meinen Fischen. Michaela sollte sich den Kopf darüber zerbrechen, ob ihre Erinnerung ihr einen Streich spielte und sie mir eine leere Toblerone-Schachtel geklaut hatte.

Ich bückte mich hinein, holte die Packung heraus und öffnete sie an einem Ende, ganz vorsichtig, um nichts einzureißen. Das Monsterding rutschte heraus, das Licht fiel auf den Schriftzug, und es sah aus, als würden die Buchstaben blinken. Ich legte die leere Verpackung wieder in die Kühltruhe und machte den Deckel zu. Die Sache war so gut wie erledigt.

In dem Moment klingelte das Handy, das Michaela mir gegeben hatte.

»Mr Greenwood?«

»Nein, Humphrey Bogart. Lust auf eine Paddeltour?«

»Sehr lustig. Wo bist du?«

»Das wüsstest du wohl gern.«

»Nicht unbedingt, aber du würdest vielleicht gern wissen, wo ich bin.«

Die Verbindung wurde unterbrochen. Durchs Fenster konnte ich sehen, wie sich unten am Pfad zum Kliff hoch ein gelber Fleck in Bewegung setzte. Ich war nervös – und scharf wie Nachbars Lumpi. Ich stürzte nach draußen und flitzte über das Feld, sprang über den Zaun auf der anderen Seite und machte mich an den Aufstieg, kämpfte mich durch das wuchernde Gestrüpp, zwang mich an den Rand der Erschöpfung.

Ich war schon halb den Hügel hinauf, als mir einfiel, dass ich Michaelas Hintertür nicht abgeschlossen und sogar den Schlüssel stecken gelassen hatte. Der Gedanke muss mich aus dem Gleichgewicht gebracht haben – und dann ging mir zu allem Überfluss auf, dass ich immer noch die einen Meter lange tiefgefrorene Toblerone-Stange in der Hand hielt. Ich rutschte aus – nicht bloß ein kleiner Ausrutscher, sondern so einer, bei dem alles wie bei einem Autounfall schnell und langsam zugleich abläuft, bei dem die Welt sich auf den Kopf stellt und Gras und Himmel und alles, was dazwischenliegt, hochkommen und dir einen Kuss geben. Ich purzelte kopfüber gut und gern zwanzig Meter tief, bis ich von einem dieser dreckigen Viehtröge, die ich mir für meine Fische vorgemerkt hatte, gebremst wurde. Ich rappelte mich hoch. Ich war im Großen und Ganzen unversehrt, im Gegensatz zu Carols Toblerone. Bei dem Sturz war die Stange zerbrochen, und ich sah nur noch ein gut zwanzig Zentimeter langes Endstück in dem Silberpapier zu meinen Füßen liegen. Von dem restlichen Teil war nichts zu sehen, und mir blieb auch keine Zeit zum Suchen. Ich stopfte den kümmerlichen Rest in die Tasche und hastete zurück zum Bungalow, knallte die Tür zu, drehte den Schlüssel um und zog ihn ab. Michaela musste jetzt einen ganz schönen Vorsprung haben, und ich wollte nicht, dass sie vor mir oben war. Es brachte mich fast um, aber dieses Rennen wollte ich gewinnen. Ich rannte wieder über das Feld und prügelte mich dann den Pfad hinauf, mit rasendem Herzen und trockenem Mund, die Hände auf die Oberschenkel gestützt, um irgendwie voranzukommen. Ich litt, und wie. Und so quälen sich diese französischen Radler, für nichts weiter als ein lausiges gelbes Trikot.

Wieso sie nicht vor mir da war, keine Ahnung, aber sie war nirgends zu sehen. Nur ich war da, keuchend und völlig fertig, und das Gras, weich und grün wie eine Startbahn, die klar ist zum Abheben, mit nichts am Ende, rein gar nichts. Und davon jede Menge.

Ich lehnte mich gegen die Erhöhung der Beule, und meine Lunge schnappte nach Luft wie ein gestrandeter Fisch auf einer Sandbank. Ich hatte ihr gesagt, ich würde oben auf dem Grasbüschel warten, aber scheiß drauf. Sie sollte mich nicht sehen, genau wie die große Unbekannte mich damals nicht gesehen hatte, als wäre ich der Einzige, der wusste, was passieren würde.

Ich wartete. Und wartete. Und dann wartete ich noch länger. Keine Spur von ihr. Der Nachmittag war schon weit fortgeschritten, aber das hatte die Sonne offenbar noch nicht mitbekommen. Sie brannte vom Himmel. Mein Herz klopfte langsamer, mein Körper regulierte sich wieder. Ich lechzte nach irgendwas, einem Schluck Wasser, einem feuchten Kuss, dem Gefühl von Haut und Schweiß. Noch immer war sie nicht da. Was zum Teufel sollte das? Dann fiel der Groschen. Sie spielte mit mir, wollte mich kirre machen. Ich lachte, so ein Lachen, das du ausstößt, wenn du merkst, dass du fast besiegt worden wärst. Laut? Keine Ahnung. Vielleicht, denn in diesem Moment tauchte sie auf, wie auf Stichwort, blickte dahin, wo ich eigentlich sein müsste, drehte sich dann um, zum Meer hin. Sie hatte erwartet, dass ich da sein würde. Aber wissen Sie was? So ein Wartespielchen können auch zwei spielen.

Ich beobachtete sie, wie sie am Klippenrand stand, Michaela Rump, die Frau, die wusste, was vier Jahre zuvor hier passiert war, die Frau, die wollte, dass ich den Fisch ihres Mannes stahl, die Frau, die mich durch meinen Bungalow geführt hatte wie einen Hund an der Kette und die Audrey ihren Grübchenhasen nannte. Sie stand mit dem Rücken zu mir, in Audreys gelber Öljacke, die nur knapp ihren Hintern bedeckte, die Füße in kleinen Stiefeletten, die Beine nackt und geschmeidig, voller Kraft, als wüssten sie, dass dort auch eine Startbahn war, als warteten sie darauf, dass der Pilot an Bord kam, Vollgas gab.

Ich trat aus meinem Versteck, direkt hinter sie, lautlos. Sie legte den Kopf in den Nacken.

»Na, da wären wir also. Haben sich die Greenwood-Erinnerungen geregt?« Ihre Stimme war sanft, weit weg.

Ich hätte sie am liebsten gepackt, mir in den Mund gestopft. »Bei den Erinnerungen bin ich mir nicht so sicher. Aber etwas anderes auf jeden Fall.« Ich legte eine Hand auf ihre Schulter. Ich konnte spüren, wie ihre Muskeln zuckten. »Du glühst ja.«

»Echt?«

»Es ist sehr schlecht, wenn sie überhitzt. Das kann zu unschönen Verfärbungen führen. Ich halt es kaum aus, sie anzufassen.«

»Meine Haut?«

»Die Jacke. Sie ist ein bisschen wie das Linoleum, das du im Schlafzimmer hattest. Sie muss vollständig entfernt werden.«

»Und du bist dafür genau der richtige Mann, nehme ich an.«

»Der richtige Mann mit den richtigen Händen, dem richtigen Blick. Ich meine, was drunter ist, darauf kommt es schließlich an, oder?«

Ich griff um sie herum, öffnete einen Knopf nach dem anderen, zog ihr die Jacke nach hinten über die Schultern. Sie stand da wie die Nymphe, starrte hinaus ins Nichts. Ich berührte sie, dort, wo ich die Nymphe berührt hatte. Sie war kalt und hart und reglos wie die Nymphe, aber gleichzeitig warm und weich und innerlich bebend. Ich beugte mich über ihren Hals. Sie drückte sich gegen mich, die Augen geradeaus gerichtet.

»Mein Gott, Al.« Sie presste sich fester an mich. »Mich wundert, wie du überhaupt noch aufrecht gehen kannst. Du stößt mich noch von der Klippe mit dem Ding.«

Ach du Schande! Die Toblerone! Die hatte ich völlig vergessen. Ich wich zurück. Zum Glück hatte Michaela die Öljacke noch an, sonst hätte sie es gleich geschnallt. Sie drehte sich ahnungslos um, legte die Arme um meinen Hals. Das würde verzwickt werden.

»Stell dir vor, all die Jahre hast du gedacht, ich wäre es gewesen, die hier gestanden hat, Al. All die Jahre hast du an mich gedacht, dabei waren wir uns nie begegnet. Und jetzt sind wir hier, zusammen, mit praktisch nichts zwischen uns.«

Sie öffnete ihre Jacke, wickelte sie um mich. Ich versuchte, die Hände still zu halten. Weiter unten versuchte etwas, die Toblerone beiseitezuschieben.

»Hast du schon mal eine Kreuzfahrt gemacht, Al, das Mittelmeer, die Karibik, Südamerika?«

»Nicht, dass ich wüsste. Vielleicht machst du die Jacke besser wieder zu. Hier oben kommen gern Familien hin, um zu picknicken.«

»Demnächst läuft ein Schiff nach Rio aus, von Southampton, wusstest du das? Da könnten wir doch mitfahren, wenn das alles über die Bühne ist?«

Sie schlang eine Hand um meine Taille, zog mich wieder an sich. Ich versuchte, nicht zusammenzuzucken. Irgendwas war soeben von der Nordwand der Toblerone gefallen.

»Das kommt ein bisschen plötzlich, findest du nicht? Ich dachte, du kannst Männer nicht leiden.«

»Ich kann auch Fitnessstudios nicht leiden, aber seien wir ehrlich, der Körper braucht alle möglichen Formen von Ertüchtigung. Eine halbe Stunde auf der Rudermaschine, eine halbe Stunde auf einem Mann, beides erfüllt seinen Zweck. Außerdem, mein Körper hat es sich anders überlegt, dank dir. Er ist jetzt durchaus empfänglich für die Bedürfnisse eines Mannes, meinst du nicht?«

Sie erwischte die Toblerone unvorbereitet. Das Endstück bewegte sich in meiner Tasche auf und ab, als hätte es einen eigenen Willen. Ich hatte keine Ahnung, was mit dem anderen Burschen passiert war.

»Der Plan hat sich geändert«, sagte Michaela. »Meine Informantin hat sich mit den Daten vertan. Adams Lehrgang hat schon angefangen. Er kommt morgen am späten Abend wieder. Wir müssen Mini Ha Ha morgen Nachmittag stehlen.« Sie knabberte an meiner Lippe.

»Ich dachte, erst nächste Woche.«

»Ist das nicht egal? Du hast den Teich fertig, das ist die Hauptsache. Wir können unsere Kreuzfahrt planen, solange wir auf das Geld warten, die Tickets im Voraus besorgen, wenn wir wollen. Sieh doch nur, Al, wie sich das Meer bewegt, so tief, so langsam. Würdest du nicht gern mal spüren, wie sein Rhythmus unter dir pulsiert?« Sie bewegte wieder die Hüften, wie eine von diesen Teigknetmaschinen, die Harry in seiner Bäckerei hatte. »Spürst du es nicht, Al …?«

Sie nahm meine Hand, zog mich nach unten. Ich wollte widerstehen, aber gegen den Willen einer Frau, die auf der wichtigsten Beule von ganz Dorset nichts anderes am Leib trägt als eine aufgeknöpfte Öljacke, bist du praktisch machtlos. Wir wälzten uns hin und her und her und hin. Ich hätte drauf achten sollen, wohin wir rollten, aber ich versuchte die ganze Zeit zu verhindern, dass sie die Toblerone bemerkte. Jedes Mal, wenn ich nach unten greifen wollte, packte sie meine Hand und bugsierte sie woandershin. Es war wie bei einem Partyspiel à la Die Reise nach Jerusalem, wenn alle jede Menge Energie verschwenden, ohne voranzukommen. Dann saß sie plötzlich auf mir drauf, die Öljacke hing über mir wie ein Zelt, der ganze Inhalt purzelte mir ins Gesicht, keine Luft zum Atmen, kein Platz, um mich zu rühren, meine Schultern nach unten gedrückt, und mein Kopf, oh Gott, mein Kopf hing über den Klippenrand, mit nichts unter ihm. Eine falsche Bewegung, und es wäre um uns geschehen.

Ich blickte hilflos hoch.

»Um Himmels willen, Michaela! Du bringst uns noch beide um!«

»Beide? Ich war südafrikanische Juniorenmeisterin im Turmspringen, wusstest du das nicht?« Sie lehnte sich zurück, zeigte alles. »Hab mich aber in Form gehalten, findest du nicht auch? Wie steht's mit dir?« Sie legte eine Hand vorn auf meine Hose, die Finger gespreizt.

Plötzlicher Druck ist nun nicht gerade das, was eine Stange Schokolade nach dreißig Minuten in der Sonne gebrauchen kann.

»Oh, Al. Was ist denn los mit dir? Du bist ja ganz weich geworden. Ein bisschen überfordert, was?«

Sie stand auf. Es war alles zum Greifen nahe, und ich

konnte nur an die Reinigungskosten denken. Die Hose war nagelneu.

»Morgen«, sagte sie und knöpfte sich die Jacke zu. »Zwölf Uhr.«

Und dann ließ sie mich liegen, am Rande des Abgrunds.

ZEHN

Am nächsten Morgen packte ich die Kühlbox mit dem blauen Deckel in den Kofferraum, fuhr mit dem Citroën nach Poole, kaufte zwei neue Schlösser für die Vorder- und Hintertür und jagte dann runter zum Hafen mit den Geschenkeläden, die sie am Kai extra für die Ausflügler auf dem Weg nach Cherbourg aufgereiht haben. Ich dachte mir, wenn es irgendwo in der Gegend diese Riesen-Toblerone-Stangen zu kaufen gäbe, dann am ehesten dort, damit die jämmerlichen Trottel auch was haben, was sie sich um den Hals binden können, falls sie auf der Fähre Lust kriegen, sich doch lieber zu ersäufen. Und es gab tatsächlich welche. Drei, um genau zu sein. Ich kaufte sie alle, zwei für Carol und die dritte für Alice, als kleines Dankeschön für alles, was sie für mich getan hatte. Ich verstaute sie in der Kühlbox, mit den Eispacks drunter, damit sie schön kühl blieben, und fuhr schleunigst wieder nach Hause. Ich nahm die Kühlbox aus dem Auto, um die Toblerone-Stangen sofort in die Gefriertruhe umzubetten, doch als ich die Türschlösser sah, fiel mir ein, dass mir nicht mehr viel Zeit blieb, bis Michaela aufkreuzte. Die Schokolade konnte warten. Wichtiger war, zu verhindern, dass Michaela je wieder einfach in meinen Bungalow spazieren konnte.

Es dauerte länger, als ich dachte. Das Schloss an der Hintertür wollte ums Verrecken nicht raus, und ich musste ein größeres Loch für das Teil meißeln, das einrastet, wenn du den Schlüssel umdrehst. Das Teil hat natürlich einen Namen, aber ich weiß beim besten Willen nicht, wie es heißt, und will es auch gar nicht wissen. Ich war nie besonders geschickt in diesem ganzen Heimwerkerkram. Das einzige Werkzeug in der Heimwerkersammlung, für das ich ein gewisses Gespür habe, ist der Hammer. Rums, rums, rums. Das ist meine Methode und erklärt wahrscheinlich, was Miss Prosser mit »meinem angeborenen Hang zur monolithischen Form« meinte, denn genau den brauchst du ja wohl, wenn du ein träges Stück Holz vor dir hast. Aber Fenster streichen, die Diele tapezieren, ohne mich. Wenn es nach mir ginge, würde ich Baumärkte verbieten, sämtliche Amateurhandwerkeleien für illegal erklären, sodass du, wenn deine bessere Hälfte dich bittet, ein paar Gardinenstangen anzubringen, sagen könntest: »Tut mir leid, Schatz, würde ich wirklich gern, aber das verstößt gegen das Gesetz.« Audrey hat mal versucht, mich dazu zu überreden, im Gästebad ein Bidet einzubauen, nur für den Fall, dass ausländische Gäste bei uns übernachteten, aber ich erwiderte bloß, bei uns hätten noch nie irgendwelche Gäste übernachtet, weder ausländische noch sonst welche, und ich könnte auch gut auf ausländische Gäste verzichten, falls die so was machten, wenn sie unbeobachtet waren (obwohl Bidets, was ich allerdings nicht zugab, durchaus nützlich sind, wenn du dir die Füße waschen willst und sonst nichts. Ansonsten musst du den Fuß ins Waschbecken schwingen oder in die Spüle, was selbst unter günstigsten Umständen ein kniffliges Manöver ist. Doc Holiday hat mir mal gesagt, dass beim Füßewaschen im Waschbecken genauso viele häusliche Unfälle passieren wie beim erstmaligen Anlassen des Rasenmähers oder beim Einbau einer Wärmedämmung im Dachboden. Was meinen Standpunkt ja wohl bestätigt). Doch wie ich Audrey sagte, wenn du wirklich eins eingebaut haben willst, bestell einen Handwerker. Das Problem war, jetzt hatte ich es eilig. Ich hatte keine Zeit, einen Handwerker zu bestellen. Folglich lief es nicht nach Plan. Ich tat mich schwer mit dem Meißel und dem Elektroschrauber, den Audrey mir mal zu Weihnachten geschenkt hatte, als wir Funkstille hatten. Ich hatte in dem Jahr für sie eine Luxusgarnitur Geschirrtücher gekauft, wenn ich mich recht entsinne, und entsprechend frostig fiel das Fest aus.

Ich werkelte noch so vor mich hin, als Alice den Kopf über den Zaun schob.

»Sie haben Ihren ersten Fisch verkauft, wie ich sehe.«

»Er wurde geklaut, Mrs B. Ist das zu fassen, in dieser Nachbarschaft, dass sogenannte Kunstliebhaber einem Künstler förmlich das Brot zum Leben klauen? Deshalb dieses ganze Tamtam. Ich bewahre sie von nun an hinter Schloss und Riegel auf.«

Sie zog ein langes Gesicht. »Bei dem Krach hab ich gedacht, Sie hätten einen neuen angefangen«, sagte sie mit blitzenden Augen. Sie hob eine Hand. »Hab meine eigenen Pinsel mitgebracht, sehen Sie? Bahn frei, Alice kommt.«

Sie hatte wieder geraucht. Dennoch, es waren Profipinsel, alle unterschiedlich dick, mit ganz langen Holzgriffen, damit du beim Malen nicht zu dicht vor deinem Werk stehen musst. Eine konstante Perspektive herstellen, darauf kommt es an, wie Miss Prosser immer sagte. Mit solchen Pinseln könnte ich richtig komplizierte Koi-Muster hinkriegen.

»Heute leider nicht. Ich hab Wichtigeres zu tun. Aber wenn Sie sich zur Garage begeben und einen Blick in die

Kühlbox da werfen, dann finden Sie ein Geschenk von mir. Noch so einen Monster-Tonto, Mrs B. Da sind drei drin, aber nur einer ist für Sie. Die anderen beiden sind für Carol.«

Sie drohte mir mit den Pinseln. »Das ist krasse Bevorzugung, Al Greenwood.«

»Geht nicht anders, Mrs B. Was taugt ein Vater, wenn er nicht auf jede Marotte seiner heimgekehrten Tochter eingeht? Also los. Bedienen Sie sich, bevor ich ihr noch alle drei schenke. Mit unseren Fischfreunden machen wir morgen weiter. Leeren den Stolichnaya. Spielen endlich die Partie Scrabble.«

Michaela kam gegen zwanzig vor zwölf. Ich war seit einer halben Stunde fertig, weißes T-Shirt, marineblaue Shorts, ein Paar alte Badelatschen, die ich in der Garage gefunden hatte. Ich hatte mir sogar die Zehennägel geschnitten. Sie hatte so einen großen Strohhut auf, wie Audrey Hepburn ihn immer trug, in der vergeblichen Hoffnung, verführerisch auszusehen, und eine Sonnenbrille mit tellergroßen Gläsern. Über die Schulter hatte sie sich eine voluminöse Segeltuchtasche gehängt und um den Körper so eine Art Strandtuchkimono gewickelt.

»Bist du startklar?«

Ich deutete mit einem Nicken auf die Kühlbox in der Diele. »Es wird ihr nicht besonders gefallen, aber eine Stunde oder so müsste sie's aushalten. Ich hab auch eine Packung Fischmehl dabei. Ich streu was davon ins Wasser, sobald ich sie drinhabe, das wird sie während des Transports bei Laune halten. Aber wir müssen sie auf alle Fälle so schnell wie möglich herbringen, klar?«

Sie nickte. »Verstanden. Ein toter Fisch nützt keinem was. Gummihandschuhe?«

Ich klopfte auf meine Tasche. »Gummihandschuhe, Handy, alles hier drin.«

»Ich hab dir was mitgebracht«, sagte sie. Sie griff in ihre Tasche und holte ein T-Shirt heraus, faltete es auseinander. Vorne drauf saß ein Typ in Badehose und Sonnenbrille rittlings auf einem Hai. Der Hai durchpflügte die Wellen, mit einem Bikini-Mädchen zwischen den Zähnen. Er lächelte.

»Soll ich das jetzt anziehen?«

»Wenn du willst.«

»Heben wir es auf, bis die Sache über die Bühne ist.« Ich gab es ihr zurück und nahm die Schlüssel von Carols Mietwagen.

Michaela folgte mir nach draußen, sah enttäuscht aus. »Wir fahren also nicht mit dem Citroën.« Sie klang auch enttäuscht.

»Der hat die letzten dreihundert Jahre in einer Garage gestanden. Wir wissen nicht, wie zuverlässig er ist, oder? Außerdem war er 1987 zuletzt beim TÜV. Auto ohne TÜV, unsicherer Motor, Mutter Teresa auf der Rückbank. Könnte Probleme geben. Deshalb die Nuckelpinne.«

Die Hinfahrt zog sich, war angespannt. Während der ersten zwanzig Minuten sagten wir beide kein Wort. Das ist am besten so, vor einem Coup. Dann fuhr sie mit der Hand an meinem Bein hoch.

»Ein Jammer, das gestern. Du warst so … kraftvoll, und auf einmal ist alles einfach zusammengesackt. Hast du Probleme in der Hinsicht?«

Na toll. Eine vertrauensbildende Gesprächseröffnung wie aus dem Lehrbuch.

»Nur wenn ich mit dem Kopf über einem hundert Meter tiefen Abgrund hänge«, erwiderte ich. »Audrey muss es so ähnlich ergangen sein, als sie über dem Fluss baumelte. Da vergeht einem die Lust auf Gefummel in all seinen vielfältigen Formen. Wie auch immer, Schluss mit dem Kummerkastengequatsche. Hast du den Erpresserbrief?«

Sie klopfte auf ihre Umhängetasche.

»Was steht drin?«

Sie faltete die Hände. »›Falls Sie Ihren Fisch wiedersehen wollen, heben Sie bis Freitag £ 100 000 ab und warten Sie am Telefon auf Anweisungen. Ein Anruf bei der Polizei, und er verwandelt sich in Fischstäbchen.‹ Hier, nimm du ihn«, sagte sie und zog den Brief aus der Tasche. »Du musst ihn irgendwo hinlegen, wo er deutlich zu sehen ist.«

Ich nahm ihn, legte ihn mir auf den Schoß. »Prima. Und was kriege ich von den hundert Riesen?«

Sie tätschelte mir das Knie. »Du kriegst mich, Al, auf einer Kreuzfahrt nach Rio. Wenn du willst, erfährst du auch, was die Frau auf dem Weg zum Kliff hoch als Letztes zu mir gesagt hat.«

Ich hätte fast eine Vollbremsung gemacht. »Was sie als Letztes gesagt hat? Davon war nie die Rede. Du hast gesagt, du hättest mir schon alles erzählt.«

»Hab ich doch auch, oder etwa nicht? Aber wie hätte ich mir sicher sein können, dass du die Sache hier auch wirklich durchziehst? Anreize, ohne Anreize läuft nichts auf der Welt, eine kleine Karotte, ein kleines Stöckchen ...« Sie beugte sich zu mir, knabberte an meinem Ohr. »Ganz schön aufregend, nicht?«

Als wir die Küste erreichten, wurde die Straße schmaler, und es wimmelte von Urlaubern, die einen Ausflug ans Meer machten. Der Parkplatz lag rund eine halbe Meile vom eigentlichen Strand entfernt. Michaela löste ihren Sicherheitsgurt.

»Du parkst den Wagen«, sagte sie. »Ich gehe schon mal

und miete das Tretboot. Spart Zeit.« Sie pflanzte sich den Hut auf den Kopf und marschierte los.

Ich zahlte meine drei Pfund fünfzig und kurvte herum, bis ich eine Lücke in der Nähe vom Ausgang fand, in die ich rückwärts einparkte. Ein altes Paar saß vorn in seinem Fünftürer, das Radio eingeschaltet. Sie hielten Händchen und aßen Sandwiches, dem Geruch nach mit Krabben. Ich weiß, es hört sich dämlich an, aber genau so war's: Er mampfte mit der rechten Hand, sie mampfte mit der linken. Auf einmal fühlte ich mich traurig und leer, als ich die beiden da so sitzen sah. Sie beobachteten, wie ich die Kühlbox aus dem Kofferraum holte. Die alte Oma hinterm Steuer stupste ihren Mann an.

»Solo-Picknick«, sagte sie. »Dabei sieht er so nett aus.«

»Ich tippe eher auf Flüssig-Lunch«, sagte er, sah mich an und machte eine Handbewegung, als würde er sich einen zur Brust nehmen. Ich grinste, versuchte, meine Zähne nicht zu zeigen. Scheiß-Oldies. Denen entgeht auch nichts.

Ich spazierte über den Bohlenweg zum Bootsverleih. An seinem Anlegesteg, der ins Meer ragte, lagen alle möglichen Ruder- und Tretboote vertäut. Das Meer war ruhig und blau, kleine Wellen kitzelten den Sand, genau wie es sein sollte. Wie geschaffen für Kinder, diese Strände, Eimerchen und Schäufelchen und Drachen, die flatternd vom Sand aufsteigen. Damals, als Mum und ich wenn möglich jeden Tag zum Strand gingen, hatte ich immer so eine kleine grüne Gießkanne dabei, baute mir einen kleinen Garten aus Muscheln und Seetang und goss ihn genau wie Mum ihren Garten zu Hause. Wenn es richtig heiß war und alle in der Sonne dösten, füllte ich die Kanne und suchte mir irgendwelche Opfer, schlich mich ganz leise ran und goss ihnen Wasser auf den Bauch. Sie fuhren hoch wie von der Tarantel gestochen. Das ging höchstens zwei-, dreimal am Tag, sonst hätte Mum sich haufenweise Beschwerden eingehandelt, aber Mensch, was mussten wir lachen.

Michaela stand mit einer Hand am Hut am Ende des Anlegestegs, ihr Strandmantel flatterte in der Brise und offenbarte den weißen Einteiler, den ich über dem Schlafzimmerspiegel hatte hängen sehen. Sie winkte mich zu sich. Ich ging den Steg entlang, vorbei an zwei Klassefrauen, die gerade in einen kleinen Zweisitzer einstiegen. Früher hätte ich meinen ganzen Charme spielen lassen, sie zu einem Törn um die Bucht eingeladen, wo immer ihr hinwollt, ihr Süßen, aber heute achtete ich kaum auf sie. Außerdem hatten sie nur Augen für Sonnyboy, den Bootsverleiher, gebräunte Haut, gegelte Haare und Goldring im Ohr. Ich liebe solche windigen Typen mit Ring im Ohr. Wenn du mit denen Krach kriegst, ist das die erste Maßnahme. Den Ring rausreißen, schön fest. Bei dem ganzen Blut, das dann fließt, denken sie, du hast ihnen die Gurgel durchgeschnitten. Können nicht mehr klar denken. Aus und vorbei. Michaela wippte mit dem Fuß.

»Alles geregelt?«, fragte ich.

»Fünfzehn Pfund«, sagte sie. »Für den ganzen Tag. Schönes Schnäppchen, findest du nicht?«

Ihre Hand lag auf einem Tretboot, als wäre sie Kleopatra und das Strampelding die Familienbarke. Einfach unfassbar.

»Sehr hübsch. Hättest du nicht was Unauffälligeres ausleihen können?«

»Wieso, was ist daran auszusetzen?«

»Es hat vornedran einen zweieinhalb Meter großen Schwan, das ist daran auszusetzen. Von allen Tretbooten im Angebot hast du dir ausgerechnet das einzige ausgesucht, das förmlich die Blicke anlockt. Wir könnten uns ruhig auch noch ausziehen und splitternackt herumstrampeln, wo wir sowieso schon angestarrt werden.«

»Es war das einzige, das frei war«, sagte sie. Sie schlüpfte aus ihrem Strandmantel und kletterte an Bord. »Legen wir ab?«

Das einzige, das frei war. Ich glaubte ihr kein Wort. Ich war an einem halben Dutzend unbesetzten Booten vorbeigekommen. Und dann begriff ich. Natürlich hatte sie so eins gemietet. Natürlich wollte sie im Schwan-Mobil ankommen. Sie wollte, dass man uns bemerkte. Besser gesagt, sie wollte, dass man mich bemerkte. Ich meine, wer würde sie schon identifizieren können, mit so einem Hut und so einer Sonnenbrille? Ich dagegen war glasklar im Bild. Klick, klick, klick. Deshalb sollte ich auch noch das knallige Kitsch-T-Shirt tragen. Deshalb trieb sie es bei jeder Gelegenheit wie wild mit mir, machte mir systematisch das Hirn weich. Die ganze Sache war eine Falle. Ich würde den Fisch stehlen, und ich würde geschnappt werden. Das hier war Audreys Rache, und Michaela tat ihr einen letzten Gefallen, bevor sie wieder nach Südafrika abhaute. Die Kreuzfahrt! Es würde ganz sicher eine Kreuzfahrt geben, aber ganz sicher nicht nach Rio und ganz sicher nicht mit mir. Sondern nach Durban, vielleicht mit Gib's-mir-Nelson an Bord, mit ausgefahrenem Teleskop.

Ich stellte die Kühlbox in die Lücke zwischen uns und setzte mich auf die rechte Seite. Rudolph Valentino kam in seinen Schaftstiefeln angeschlendert, eine Hand lässig auf der Hüfte. Er zwinkerte Michaela zu, stieß uns dann an.

»Gute Fahrt über den Schwanensee«, sagte er zu mir. Ich hätte ihm auf der Stelle den Ring rausreißen sollen.

Ich weiß ja nicht, wie viele von Ihnen schon mal Tretboot gefahren sind, aber die Dinger sind nicht fürs offene Meer gebaut. Genau genommen sind sie für gar kein Meer gebaut, bloß für Wasser, aus dem Bewegung jedweder Art entfernt wurde, kastriertes Wasser, wenn man so will, zum Beispiel ein stinkender Teich oder ein anämischer See. Wenn man da in ein Tretboot steigt, hey, dann flitzt es so mühelos dahin wie die *Cutty Sark* mit einer Ladung Tee. Aber setz ein Tretboot auf Wasser mit ordentlich Wellengang, ach du liebe Güte, das mag es gar nicht. Ups. Auf und ab geht's. Ups. Auch zur Seite. Eigentlich in jede Richtung, außer nach vorn. Wasser schwappt rein. Wasser schwappt raus. Du strampelst wie ein Wilder, aber du kommst trotzdem kaum von der Stelle. Liegt es an einem steifen Südwestwind, der plötzlich aufgekommen ist und dich bremst, oder an einer tückischen Unterwasserströmung, die dich hinaustreibt in den Fahrweg des zweimal täglich verkehrenden Raddampfers aus Weymouth? Nein, es liegt an dem hochverdichteten abriebfesten Polyethylen-Tretboot, das genau das macht, was es immer macht, dich blamieren. Leute am Ufer zeigen auf dich, lachen sich scheckig. Ich meine, welcher Mann mit einem Funken Selbstachtung im Leib besteigt so ein Ding, ohne einen offensichtlichen, lebensbejahenden Grund, wie zum Beispiel die beiden Schönheiten, an denen ich vorhin vorbeigekommen war, flachzulegen. Ich frage Sie!

So ist das bei einem normalen Tretboot. Aber wir saßen nicht in einem normalen Tretboot. Wir saßen in einem, an dem vorne so eine bemalte Amphibie klebte, mit einem gut zwei Meter langen Hals, der es mir unmöglich machte, zu sehen, wo wir hinfuhren. Obendrein war es auch noch ein Viersitzer, gebaut für vier Beinpaare statt zwei, und es wog eine Tonne. Michaela störte das nicht. Sie war nach Sydney und zurück geradelt, hatte Wadenmuskeln wie Schiffstaue, ich dagegen war so etwas nicht gewohnt. Meine Beine waren noch ganz mitgenommen von der Bergaufrennerei am Nachmittag zuvor. Das hier war nicht abgemacht gewesen.

Wir strampelten eine ganze Weile raus aufs Meer und dann Richtung Osten, um die breite Bucht zu durchqueren und zu dem Strand zu gelangen, an den Rumps Grundstück grenzte. Die Wellen rollten heran, kippten den Schwan in Schräglage, als wollte das Biest uns aus seinem Nest werfen. Dann und wann klatschte eine gegen meine Seite und spritzte mich patschnass. Michaela, die auf der anderen Seite saß, bekam kaum einen Tropfen ab.

»Alles in Ordnung?«, fragte sie.

»Mir geht's spitzenmäßig«, erwiderte ich.

»Ich hab bloß gedacht, du wirst vielleicht langsam müde, wo du doch solche Anstrengungen nicht gewohnt bist.« Sie beugte sich zu mir, nahm eine von meinen Bauchrollen zwischen ihre Finger. »Durch regelmäßigen Sport könntest du das alles loswerden.«

»Was, meinst du etwa, ich setz mich jeden Morgen auf so einen Heimtrainer und strampel mich ab wie ein Hamster? Da ess ich lieber jeden Tag Salat.«

»Nicht alles muss im Haus stattfinden, Al. Audrey ist an den meisten Tagen fünfzehn Meilen querfeldein geradelt, bei Wind und Wetter. Sie hatte Beine wie ein texanischer Ölbohrer. Einmal in Fahrt, war sie nicht mehr zu bremsen.«

»Also genau wie bei ihrer Trinkerei. Sag mal, was, glaubst du, würde sie von der ganzen Sache hier halten, du und ich und Adams Fisch? Was würde sie denken, wenn du ihr eine Postkarte schreiben würdest: ›Liebster Schatz Audrey, ich habe festgestellt, dass mir so ein stumpfes Teil ab und zu doch ganz guttut, und Dein Göttergatte ist so stumpf, stumpfer geht's nicht, und jetzt strampeln er und ich mit einem Tretboot auf dem Meer bei Poole und sind drauf und dran, Adams Fisch zu stehlen. Hoffe, die Gefängnisstrafe verläuft gut, alles Liebe, Michaela.‹ Oder hat sie dich Micky genannt?«

Das verschlug ihr die Sprache. Sie strampelte weiter, ohne mich anzusehen.

»Falls du vorhast, es ihr zu stecken – sie würde es dir nicht glauben«, sagte sie schließlich.

Ich erwiderte nichts. Ich konnte es ja selbst kaum glauben. Noch vor zwei Monaten hatte ich in meiner Gefängniszelle gelegen und mir alles Mögliche überlegt, wie ich die alte Schabracke fertigmachen könnte. Letzte Woche hatte ich meine erste Südafrikanerin gevögelt und mit der Kettensäge meinen ersten Fisch kreiert. Ich konnte mit zehntausend Pfund rechnen und war mit Mord davongekommen. Was zum Teufel machte ich bloß hier?

Vierzig Minuten später näherten wir uns dem Strand, der fast menschenleer war; ein Liebespärchen, das bei den Felsen ganz links knutschte, etwa zwanzig Schritt in dieselbe Richtung eine vierköpfige Familie mit einem Hund von der Monty-Sorte, der an den Sonnenschirm gebunden war, und fast direkt vor uns ausgestreckt auf dem Strand eine Braut in einem gepunkteten Bikini und mit einer Zeitung über dem Kopf. Abgesehen von dem offensichtlichen Verweis auf Damien Hirst sah sie gar nicht schlecht aus.

»Bleib bei der Sache, Al«, sagte Michaela. »Sobald wir das Boot am Strand haben, tu ich so, als würde ich mich sonnen, während du losziehst und ...« Sie schnappte nach Luft wie ein gestrandeter Fisch. Unnötig respektlos, dachte ich. Es ging hier schließlich um einen preisgekrönten Koi.

»Man kann nicht so tun, als würde man sich sonnen«, sagte ich. »Entweder man sonnt sich oder man sonnt sich nicht. Aber ehe du damit anfängst, lass uns das Scheißding hier umdrehen, damit wir später schnell wieder losstrampeln können.«

Wir drehten das Boot um, schoben es auf den Sand. Ich streifte die Handschuhe über, hob die Kühlbox heraus und stapfte zu der Böschung am Ende. Ich fand Rumps Grundstück im Handumdrehen. Als ich durch das Gestrüpp spähte, konnte ich Buddha sehen, der mit dem Rücken zu mir saß. Ich zog mich am Zaun hoch, ließ die Kühltasche auf der anderen Seite zu Boden fallen, hievte mich dann selbst rüber. Ich hatte Beine wie Pudding nach der ganzen Strampelei, aber ich schaffte es. Kein Schwein achtete auf mich. Das trifft auf die meisten Verbrechen zu. Sie sind so einfach. Keiner schaut hin. Keiner will hinschauen.

Ich zwängte mich durch die Büsche. Rump hatte das toll hingekriegt, das musste ich ihm lassen. Das Haus war von hier nicht zu sehen, bloß die Bambusrohre am Ende, hoch und fedrig, der Plattenweg rings um den Teich, das Wasser, das über eine Reihe von kleinen Stufen lief, statt eines Wasserfalls. Wirklich hübsch. Friedlich. Ich trat auf den Steg. Bei meinem letzten Besuch hatte ich hier eine lange Holzkiste bemerkt, in der er sein Teichzubehör aufbewahrte, Kescher und so. Die Kiste hatte nicht mal ein Schloss. Ich öffnete sie. Ersatzfilter, Ersatzpumpe und an den Seiten verstaut zwei große Kescher, deren Griffe sich anschrauben ließen wie bei einem Billardstock. Ich musste bloß die Kühlbox mit Wasser füllen, das Rufsignal geben und mir den Fisch schnappen.

Ich kniete mich hin, öffnete die Kühlbox. Einen Moment lang konnte ich es nicht glauben, aber es bestand kein Zweifel. Ich starrte auf zwei riesige Toblerone-Stangen, die, die ich am Morgen in Poole gekauft hatte. An der Seite lugte sogar der Kassenzettel hervor. Eine Minute lang war ich wie gelähmt. Ich starrte einfach darauf, fragte mich, wie sie da reingekommen waren. Es war, als wäre ich das Opfer eines albtraumhaften Zaubertricks. Wohin ich auch ging, verfolgten mich riesige Toblerone-Stangen. Oder hatte mich jemand hypnotisiert, sodass ich mir einbildete, Toblerone-Stangen zu sehen, so wie Alkoholiker rosa Elefanten vorbeifliegen oder Ratten die Wand hochklettern sehen? Hatte Michaela vielleicht oben auf der Klippe oder in der Nacht, die wir zusammen verbracht hatten, mit irgendwas vor mir gependelt, mich hypnotisiert, ohne mein Wissen, mich konfus gemacht?

Ich nahm sie heraus, wog sie in den Händen. Sie waren real, keine Frage. Es half nichts. Ich legte die Stangen zurück in die Box, sah auf den Deckel. Er war wirklich rot, glaubte ich zumindest, und der rote Deckel war auf der Box mit dem Fischmehl drin gewesen. Aber wie zum Teufel konnte …? Dann fiel es mir ein. Ich hatte die alte Alice B Wodkaglas in die Garage geschickt, damit sie sich die dritte Toblerone-Stange selbst herausholte. Sie musste zuerst die falsche Box geöffnet und dann die Deckel vertauscht haben, ohne es zu merken.

Mir blieb keine Wahl. Ich kippte die Toblerone erst mal zusammen mit den Eispacks heraus, tauchte die Box ins Wasser und füllte sie bis zum Rand. Es war jetzt kühl in der Box, zu kühl. Ich musste die Temperatur erhöhen, ehe ich Mutter Teresa, Mini Ha Ha, hineintat. Ein solcher Kälteschock konnte sie auf der Stelle töten. Ich wartete fünf

Minuten, schüttete das Wasser in die Büsche und füllte die Box wieder auf. Noch mal zehn Minuten, dann wäre die Temperatur ungefährlich, schätzte ich. Es waren allerdings lange zehn Minuten. Ich wusste schließlich nicht, wann Rump nach Hause kam. Als die Zeit um war, leerte ich die Box erneut und füllte sie wieder auf, ließ das Wasser einen Moment ruhen und testete es mit den Fingern. Es war in Ordnung. Ich nahm den Kescher, senkte ihn in den Teich und machte das Rufsignal. Im Nu war sie da, mit großen, intelligenten Augen. Sie war ein wunderbarer Fisch, wie immer sie auch hieß, jung und schön und wunderbar. Auch Torvill war jung und schön gewesen, aber nicht so wie sie. Mini Ha Ha hatte irgendwas Ernstes an sich, eine Gelassenheit, als könnte sie glatt durch dich hindurchsehen, als wüsste sie, was du dachtest, was du vorhattest. Ich hob den Kescher an die Oberfläche und hievte sie aus dem Teich. Sie wehrte sich nicht mal. Sie akzeptierte ihr Schicksal, nahm es an, genau wie diese Christen, als sie den Löwen zum Fraß vorgeworfen wurden, genau wie die Nonnen in *The Sound of Music,* weil sie glaubte. Rump hatte recht. Sie hatte etwas Besonderes an sich, etwas, das nicht von dieser Welt war. Ich hielt den Kescher über die Box und ließ sie hineingleiten. Ich schwöre, als sie ins Wasser tauchte, hob sie den Kopf und blickte mich an, nicht wütend oder ängstlich, sondern so, als würde sie mir verzeihen. Beinahe hätte ich sie prompt zurück in den Teich geworfen, aber Michaelas Versprechen ging mir einfach nicht aus dem Kopf. Ich schloss den Deckel, verriegelte ihn.

»Es dauert nicht lange«, sagte ich zu ihr. »Ich schwöre beim Grab meiner Mutter. Es dauert nicht lange.« Ich holte das Handy hervor, wählte die Nummer.

»Wo bleibst du denn?«, sagte Michaela.

Ich ging nicht darauf ein. »Mach das Tretboot seeklar. Die Sache läuft.«

Ich hatte noch eine Kleinigkeit zu erledigen. Ich zog den in Plastikfolie eingepackten Erpresserbrief aus der Gesäßtasche. Ich riss die Folie weg, stellte den Brief aufrecht auf den Schoß des guten alten Buddha und zwängte mich durchs Gebüsch zurück zum Zaun. Der Rückweg war schwieriger. Ich musste die Box auf dem Zaun mit einer Hand balancieren, mich mit der anderen hochziehen, ganz vorsichtig, damit ich nicht die Box fallen ließ und der Fisch im Gestrüpp landete, aber ich schaffte es, schaffte es, mich über den Zaun zu hängen und die Box sicher auf die Erde zu setzen, schaffte es, weil der Fisch ein Koi war, wie Torvill einst ein Koi gewesen war, anmutig und lebendig schwimmend, mitten hinein in das Herz eines Mannes.

Ich nahm die Box, ging zum Strand. Michaela saß im Tretboot, das im Wasser dümpelte, und blickte aufs Meer, wieder so, dass ihr Gesicht nicht zu sehen war. Wir hatten es durchgezogen. Ich hatte den Sack zugemacht.

»Al?« Jemand rief meinen Namen.

Ich drehte mich um. Die Frau im gepunkteten Bikini hatte sich halb aufgesetzt, blinzelte mich an, eine Hand über den Augen.

»Wie bitte?«

»Al? Al Greenwood? Erinnern Sie sich nicht an mich?«

Ich sah ihr ins Gesicht. Au Backe, Miss Prosser. Was hatte die denn hier zu suchen?

»Grundgütiger«, sagte ich. »Miss Prosser. Was machen Sie denn hier?«

»Ich mache Urlaub, sieht man das nicht? Sie auch?«

»Nein. Ich lebe hier. Nicht direkt hier, aber in der Nähe.«

»Sie Glückspilz.« Sie stand auf, klopfte sich den Sand von

den Händen. »Na, das ist aber eine nette Überraschung.« Sie gab mir einen Kuss, völlig ungeniert und freundschaftlich. Ich war so grob zu ihr gewesen, als wir uns das letzte Mal gesehen hatten, und sie hatte mir verziehen, genauso wie Mutter Teresa mir verziehen hatte, wie Carol mir verzeihen wollte.

Ich wechselte die Box in die andere Hand. »Bleiben Sie lange?«

»Zwei Wochen. Heute ist mein zweiter Tag. Daher die schreckliche Blässe.«

»Das ändert sich im Handumdrehen. In ein paar Tagen sind Sie eine Strandschönheit. Wer hätte das gedacht. Miss Prosser beim Sonnenbad am Strand ganz in meiner Nähe. Wo ist denn Ihr Freund? Die Sonnencreme holen?« Mir graute vor der Antwort. Was war nur los mit mir? Ein Mann in meinem Alter, und dann solche Hoffnungen!

»Al! Wieso denken Sie, dass ich einen Freund haben muss? Ich bin allein gekommen. Aber vielleicht finde ich hier ja jemanden, zumindest für ein paar Wochen, was meinen Sie?«

Ihre Augen wurden ganz glitzrig. Ich spürte, wie ich rot anlief.

»Wieso nicht? Dafür ist Urlaub ja schließlich da.« Ich blickte auf ihre Füße. Ein Fuß rieb den anderen.

»Und was macht die Malerei?«, fragte sie. »Ich hoffe, Sie haben's nicht aufgegeben.«

»Ehrlich gesagt, ich hab auf Bildhauerei umgesattelt, im großen Stil, Miss Prosser. Hauptsächlich Fische.«

»Nennen Sie mich doch Emily. Hab ich mir gleich gedacht, dass Sie es sind, als ich Sie durch das Gestrüpp da kommen sah. Das ist doch Al Greenwood, hab ich mir gesagt. Ob es ihm wohl gut ergangen ist?«

Ich lächelte. Das war nett.

Sie deutete auf die Kühlbox. »Was haben Sie denn da drin?«

Gute Frage. Was hatte ich da drin? Einen gestohlenen Koi, der einem Polizisten von Dorsetshire gehörte? Besser nicht. Eine Ladung gekühltes Bier? Nein, ich würde ihr eins anbieten müssen. Was dann? Ich sagte das Erste, was mir einfiel.

»Toblerone.«

»Toblerone!« Sie hob eine Hand vor den Mund, lachte.

Ich presste einen Moment die Augen zu. Jetzt hast du den Salat. Lass dir was einfallen, Alter. »Ja. Wir verteilen sie an Familien und Kinder, wenn sie wieder nach Hause fahren. Das ist so eine Werbeaktion. Im Rahmen der Tourismusinitiative von Dorsetshire.«

»Wir?« Sie warf einen Blick auf das Tretboot und Michaelas Hut und ihren langen braunen Rücken, der auf dem Wasser auf und ab tanzte.

»Zusammen mit meiner Tochter Carol«, sagte ich. »Ist extra den weiten Weg aus Sydney, Australien, angereist, um ihrem alten Herrn zu helfen, wieder auf die Beine zu kommen.«

»Ihre Tochter. Das muss wunderbar für Sie sein.« In ihrer Stimme lag Erleichterung. Wir standen da, wussten nicht, was wir sagen sollten. »Na, ich will Sie beide nicht weiter aufhalten. Sonst schmilzt noch alles.«

»Das wird es nicht. Das ist eine Kühlbox. Ich könnte die Schokolade den ganzen Tag hier draußen lassen, wenn ich Grund dazu hätte.«

»Ja, natürlich.« Es entstand wieder eine Pause. Keiner von uns beiden wollte gehen.

»Wo wohnen Sie, wenn ich fragen darf?«

Sie antwortete wie aus der Pistole geschossen. »Auf der Albion Road, Pension Strangeways, genau wie das Gefängnis von Manchester.«

Jetzt musste ich lächeln.

»Ich weiß«, sagte sie, »aber wie hätte ich bei dem Namen widerstehen können?« Sie beugte sich ein wenig vor, als wollte sie mir etwas anvertrauen. »Ist nicht besonders schön da.«

»Wundert mich nicht. Vielleicht kann ich Sie ja für einen Abend loseisen. Sie mal richtig feudal zum Essen ausführen. Ihnen meine Skulpturen zeigen.«

»Das würde mir den Urlaub versüßen, Al.«

»Also abgemacht. Noch vor Ende der Woche. Haben Sie ein Handy?«

»Ja. Haben Sie was zu schreiben dabei? Ah, ich hab eine Idee.« Sie bückte sich, kramte in ihrer Umhängetasche, holte einen Lippenstift hervor. »Hier. Ich schreib Ihnen die Nummer auf den Arm.«

Sie nahm mein Handgelenk, hielt es ruhig, schrieb ihre Nummer auf die blasse Unterseite. Abgesehen von dem flüchtigen Kuss eben hatte sie mich vorher nie berührt. Das dürfen Lehrer im Gefängnis nicht. Manchmal, wenn sie im Unterricht dicht bei mir stand, mir über die Schulter schaute, mit dem Finger über das fuhr, was ich gezeichnet hatte, ihr Hals ganz nahe und nach Parfüm duftend, hätte ich sie gern, na ja, berührt, meine Hand auf ihre gelegt, aber ich verkniff es mir jedes Mal. Das hätte für mich das Ende des Kunstkurses bedeutet, und der Kunstkurs war das Beste am Knast. Jetzt war sie wieder ganz nahe, noch dazu in einem gepunkteten Bikini, nicht in einem von diesen schlabbrigen Pullovern, die sie immer trug, damit wir nicht sehen konnten, was sie zu bieten hatte, was uns allen durch den Kopf ging, was wir alle sehen wollten. Jetzt hatte ich alles direkt vor Augen, als wäre sie extra an diesen kleinen Strand gekommen, als hätte sie auf mich gewartet, die ganze Zeit schon. Ich konnte spüren, wie mein Herz pochte, wie das ein Herz so macht, wenn es einen richtig erwischt hat. Liebe. Großer Gott. Wenn sie wüsste. Wüsste, wie ich wirklich war.

Ich starrte auf die verschmierten roten Ziffern.

»Ich melde mich«, sagte ich. »Es sei denn, ich fall ins Wasser und Ihre Nummer wird abgewaschen.«

Ich berührte ihre Schulter, gab ihr einen Kuss auf die Wange, nicht weit oben, wo er nicht zählt, sondern dicht neben die Lippen. Ich konnte spüren, dass ihr Gesicht sich drehen wollte, dass ihr Mund sich öffnen, mich aufnehmen wollte. Meine Hand drückte ihre Schulter fester, als wir uns voneinander lösten.

»Das ist Lippenstift, Al«, sagte sie. »Der wird andauernd nass.«

Zurück am Tretboot verstaute ich Mutter Teresa auf dem einen Rücksitz und sprang an Bord.

»Wer war das?«, fragte Michaela.

»Bloß irgendeine einsame Tussi, die ein Auge auf mich geworfen hat. Passiert alle naselang, hier in der Gegend.«

Wir strampelten los. Michaela holte das haiverseuchte T-Shirt hervor und warf es ins Meer.

»Audrey hatte recht«, sagte sie. »Du bist widerlich.«

ELF

Als wir zum Bootsverleih zurückkamen, war ich ziemlich verstimmt. Zwar hatte ich noch die zweite Skulptur im Bungalow, aber wenn meine erste nicht geklaut worden wäre, hätte ich richtig was zum Vorzeigen gehabt für Miss Prosser, etwas, was sie beeindruckt hätte, was ihr bewiesen hätte, dass das nicht nur eine vorübergehende Laune war, sondern dass ich es ernst meinte, dass ich mir zu Herzen genommen und in die Tat umgesetzt hatte, was sie mir im Gefängnis geraten hatte. Es ging mir nicht bloß darum, sie für eine schnelle Nummer in den Bungalow zu locken. Ich spürte Gefühle für sie in mir aufwallen, Gefühle, die ich noch nie für irgendwen empfunden hatte. Klar, ich hatte schon Freundinnen gehabt, hatte sogar geheiratet, aber die Geschichte mit Audrey war mehr eine Herausforderung gewesen als sonst was, wie den Annapurna während einer Schlechtwetterphase besteigen oder falsch herum die Welt umsegeln. Der Kick war die Eroberung gewesen, der unermüdliche Kampf gegen die Elemente, aber als ich mit Mutter Teresa, die in der Kühlbox hörbar mit der Schwanzflosse schlug, zurückstrampelte, wusste ich, dass es mit Miss Prosser etwas anderes wäre, mit Emily, wie ich sie jetzt nennen durfte. Zwischen uns würde es Herzenswärme und Verständnis geben und, ja, kritisches Hinterfragen. Dank ihr sah ich die Welt mit anderen Augen. Plötzlich kam mir das ganz offensichtlich vor. Je mehr ich mit ihr zusammen wäre, desto mehr würde ich sehen, genau wie es John Lennon mit Yoko Ono ergangen war. Auch sie war Künstlerin, genau wie Emily. Ich fühlte mich ihr schon ganz nahe, sogar näher, als ich mich Miranda gefühlt hatte. Miranda war mein eigen Fleisch und Blut gewesen, aber es hatte zwischen uns immer so eine Distanz bestanden, weil ich wusste, was ich wusste, was ich ihr aber nie sagen durfte, so toll, so wunderschön sie auch war – und auch solche Gefühle durfte ich nicht für sie haben. Miss Prosser, Emily, sah dagegen nicht halb so gut aus wie Miranda und war wahrscheinlich nicht halb so gescheit, trotzdem war da was, eine Art strahlende Güte und ehrliche Erotik, etwas, was mir den Magen nach außen stülpte. Emily Prosser. Was für eine Fügung. Was für eine Wahnsinnsfügung. Eine solche Chance würde ich im Leben nicht noch einmal kriegen. Sie war vielleicht bloß auf einen Urlaubsflirt aus, ohne jede Verpflichtung, ohne mehr zu erwarten, aber ich nahm die Sache auf jeden Fall ernst. Hätte ich ihr meinen ersten Fisch zeigen können, hätte ich sie vielleicht schon so gut wie im Sack gehabt.

Wir gaben das Tretboot ab, gingen den Anlegesteg hoch, mischten uns unauffällig unter die Leute. Die Hälfte der Männer um mich herum hatte etwas Ähnliches in der Hand wie ich, und unzählige Frauen trugen Hüte, manche noch größere als Michaelas. Auf dem Parkplatz war das alte Pärchen neben mir verschwunden. Umso besser. Ihnen wäre aufgefallen, wenn ich mit einer Frau wie Michaela im Schlepptau zurückgekommen wäre, und sie hätten auf der Fahrt nach Hause darüber gewitzelt.

Wir fuhren los, mit geöffneten Fenstern. Im Auto war es heiß wie in einem Backofen, aber das konnte Rumps Fisch nichts anhaben. Ihm würde es gut gehen, sicher verstaut hinter dem Beifahrersitz. An der Ausfahrt hatte sich eine Warteschlange gebildet, die Leute wollten nur noch nach Hause, sich den Sand aus den Haaren spülen. Ich schaute gar nicht richtig hin, achtete kaum auf die anderen, wollte selbst auch nur nach Hause, diesen Schlamassel so gut ich konnte zu Ende bringen, den Fisch und die Frau auf der Klippe und Robin hinter mir lassen. Einen Neuanfang machen mit Emily, reinen Tisch. Hatte denn nicht auch ein Mann wie ich eine anständige Chance auf ein gutes Leben verdient?

Wir krochen im Schneckentempo dahin. Ich spielte schon mit dem Gedanken, einfach aus dem Wagen zu springen, Michaela zu sagen, sie könne mir gestohlen bleiben, die Straße runter zurückzuflitzen, Rumps Fisch wieder in den Teich zu setzen, wo er hingehörte, und dem Schicksal seinen Lauf zu lassen. Vielleicht hätte ich es auch getan, wenn sich nicht so ein dämlicher Volvo vor mich gedrängelt hätte, um sich nicht hinten einfädeln zu müssen. Wie einige von Ihnen wissen, bin ich kein großer Volvo-Fan. Autos für Untote nenn ich sie gern, gesteuert von selbstgefälligen Schnöseln, die man wieder auf den Teppich holen muss. Nicht dass ich voreingenommen wäre oder so. Es ist einfach ein Erfahrungswert, der auf zahllosen Stunden im Straßenverkehr und an Autowaschanlagen basiert. Der hier hatte, was für eine Überraschung, die Scheinwerfer an. Drei Uhr am Nachmittag, und er hatte die Scheinwerfer an. Sagt einem doch schon alles, oder? Der Fahrer kam mir bekannt vor, welliges Haar, kariertes Hemd, irgendwie so ein billiger Cowboy-Look, und auch die Frau, Stirnband, sommersprossige Haut, Statur wie eine Wikingerin, aber locker. Ich machte die entsprechende Auf-und-ab-Bewegung mit der Hand, die für solche Wichser vorbehalten ist. Sie wollten so tun, als sähen sie mich nicht, aber sie erkannten mich im selben Moment, in dem ich sie erkannte. Die Bowles, genau, die ich am ersten Tag mit ihren verkümmerten Tannenzapfen und schmuddeligen Fischernetzen aus dem Bungalow geekelt hatte. Klar, dass die Schwedens Antwort auf Sterbehilfe fuhren. Und dann sah ich ihn, auf dem Rücksitz, wie er durchs Fenster zu mir hochschaute, wie ein ausgesetzter Hund. Mein Fisch! Der Fisch, für den ich mich abgerackert hatte, der Fisch, für den Alice und ich einen ganzen Abend geopfert hatten, um ihm Leben einzuhauchen. Meine erste Fischskulptur, die ich Miss Prosser unbedingt, unbedingt zeigen wollte.

Ich sprang aus dem Wagen, riss die Fahrertür vom Volvo auf und zerrte Bowles am Schlafittchen nach draußen. Er stolperte übers Gras, ehe er wusste, wie ihm geschah.

»Ihr habt meinen Fisch gestohlen, du Schwachkopf.«

»Was?«

»Bist du blind? Das Ding da auf dem Rücksitz, das ihr aus meinem Garten geklaut habt.«

»Ich schwöre, ich …«

»Zweihundertfünfzig Mäuse war der Preis, und ihr habt zwei Pfund fünfzig hingelegt. Sollte wohl ein Witz sein, was?«

»Sie schulden uns Geld, Mr Greenwood. Zahlen Sie uns, was Sie uns schulden, dann kriegen Sie Ihren Fisch zurück. Ich wollte Ihnen schreiben.«

»Was? Ihr verlangt Lösegeld? Ihr klaut meinen Fisch und …«

»Wir haben den Fisch nicht geklaut. Wir haben eine Kaution hinterlassen.«

»Aha, eine Kaution also, ja? Hier hast du eine von mir.«

Er stieß einen spitzen Schrei aus, hielt sich die Nase. Ich

riss die hintere Tür auf, zog den Fisch von der Rückbank. Mrs Bowles sprang um ihren Mann herum, versuchte, das Blut abzuwischen, das ihm durch die Finger quoll. Er konnte froh sein, dass er keinen Ohrring trug.

Ich ging ganz langsam zu Carols Wagen zurück, schnallte den Fisch auf dem Rücksitz an, setzte mich wieder ans Steuer und trat das Gaspedal durch. Schlingernd jagten wir an ihnen vorbei und auf die Straße. Das Ganze hatte keine zwei Minuten gedauert. Michaela saß entspannt auf ihrem Sitz.

»Ich schätze, das nennt man eine denkwürdige Flucht«, sagte sie. Irgendwie sah sie ziemlich erfreut aus.

Es ist ein seltsames Gefühl, wenn du an den Punkt kommst, wo dir einfach alles egal ist, wo du denkst, du wirst mit allem fertig, was man dir zuwirft. So ein Gefühl hatte ich ein bisschen, als wir zurück zum Bungalow kamen. Auf den ersten Blick standen die Dinge schlecht. Ich hatte Bowles die Nase gebrochen, unmittelbar nach dem Diebstahl von Rumps Fisch, aber es bestand kein Grund, warum irgendwer beides miteinander in Verbindung bringen sollte. Tagtäglich rasteten Leute wegen irgendwelcher Parkplatzstreitigkeiten aus. Außerdem würde ich Rumps Koi ja nicht lange behalten. Ich hatte Besseres zu tun. Ich war verliebt. Ich war zwar erst seit etwas über einer Stunde verliebt, aber es zehrte bereits an mir wie Fieber. Mir war heiß und kalt, ich schwitzte und bibberte, alles auf einmal. Wenn ich nicht aufpasste, würde ich noch daran sterben.

Als Erstes setzte ich Mutter Teresa in den Teich. Ich tauchte die Kühlbox ins Wasser, kippte sie auf die Seite, nahm dann langsam den Deckel ab. Mutter Teresa blieb einen Moment drin liegen, leicht zusammengerollt, als könnte sie sich nicht bewegen, streckte schließlich die Nase raus. Sie blickte durch das Wasser geradewegs zur Nymphe hoch. Und ich schwöre, sie drehte den Kopf weg, schüttelte ihn, als wäre sie angewidert, wedelte dann mit der Schwanzflosse und verschwand unter den Steinen am Wasserfall. Hätte ich es nicht mit eigenen Augen gesehen, ich hätte es nicht geglaubt, aber vielleicht war ja doch was dran an dem, was Rump gesagt hatte. Ich meine, Mutter Teresa wäre ganz bestimmt entsetzt gewesen, wenn irgend so eine sexy Tusse aus dem Westen splitternackt direkt vor ihrer Hütte rumgehüpft wäre, als würde es ihr Spaß machen. Mit den Päpsten ist es das Gleiche. Wenn du als Frau im Vatikan auftauchst und auch nur einen Fußknöchel sehen lässt, zack, das war's, du fliegst raus. Päpste können den Anblick von nackter Haut nicht leiden, zumindest nicht leibhaftig, sozusagen. Deshalb haben sie sich von all ihren Künstlerfreunden mit den Jahren die vielen Nackedeis malen lassen, damit sie und ihre Kardinäle mal einen Blick darauf werfen können, ohne gleich in heilige Schwulitäten zu kommen. Nymphen, Engel, fromme Ladys von früher, wer oder was auch immer, wenn sie auf Leinwand gebannt wurden, dann immer nur mit nackten Möpsen. Angemessenes Verhalten mit Rücksicht auf die aktuelle Situation spielte dabei nie eine Rolle.

Ich ging zurück ins Haus, um Mutter Teresa eine Orange zu holen, damit sie sich ein bisschen mehr wie zu Hause fühlte. Michaela lag zurückgelehnt auf dem Sofa, die Füße und ihr weißer Hut auf dem Zeitschriftentisch. Ganz schön dreist, wenn Sie mich fragen. Ein Zeitschriftentisch ist schließlich für Zeitschriften da.

»Hast du's bequem?«

»Ich versuche nur, wieder durchzuatmen. Du hast da

eine ganz schöne Show abgezogen.« Sie legte die Arme auf die Rückenlehne. Sie amüsierte sich und wollte, dass ich es wusste.

»Ging nicht anders. Die hatten meinen Fisch geklaut, ist das zu fassen, reißen ihn sich am helllichten Tag unter den Nagel. Wie auch immer, was jetzt?«

»Was jetzt?« Sie nagte ein bisschen an ihrer Lippe. »Wir lassen ihn einen Tag lang schwitzen, und morgen rufst du ihn an.« Ich fixierte sie und versuchte, cool auszusehen. Wofür hielt sie mich, für einen Vollidioten?

»*Ich* rufe ihn an?«

»Mich würde er erkennen, Al. Ich war mit ihm verheiratet, schon vergessen?«

»Ja, aber hast du je mit ihm geredet?«

Sie zuckte die Achseln.

»Mir kommt das alles einfach ein bisschen stümperhaft vor, Michaela, nicht wie das raffiniert geplante Ding, von dem ursprünglich die Rede war. Ich frage mich, wo das alles hinführt, die Kreuzfahrt und so.«

»Ah. Ich habe darüber nachgedacht. Nach deiner Leistung heute auf dem Tretboot frage ich mich doch, ob du dich überhaupt für eine Kreuzfahrt eignest. Vielleicht sollten wir einfach getrennte Wege gehen.«

»Du meinst, jetzt, wo ich für dich die Drecksarbeit erledigt hab. Noch ist das Geld nicht da.«

Ihr Bein glitt aus ihrem Strandmantel. Sie stupste mich mit dem nackten Fuß an, genau wie beim ersten Mal. »Aber bei dem Geld brauch ich deine Hilfe nicht, Al. Ich könnte es einfach unter Wasser aufsammeln und damit wegschwimmen. Dich mit dem Schlamassel allein zurücklassen, oder, genauer gesagt, mit dem Fisch.« Sie lachte, kitzelte mich mit ihren Zehen. Sie wusste, wohin das führte.

Gestern um diese Zeit hätte ich mich mitreißen lassen. Gestern um diese Zeit war ich Emily noch nicht begegnet. Doch das wusste sie nicht. Ich packte ihren Fuß. Ich spürte den Puls am Knöchel.

»Das würde dir gefallen, was, mich zum Affen zu machen?«

»Natürlich. Dir würde es doch auch gefallen, oder jedenfalls, dass ich es versuche. Wir gleichen uns wie ein Ei dem anderen, du und ich. Leute verarschen und ab und an ein Nümmerchen schieben, das allein zählt für solche wie uns.«

»Wie wär's mit einem Nümmerchen heute Nachmittag? Obwohl du mich abstoßend findest.«

»Al! Ich habe nie gesagt, dass ich dich abstoßend finde. Ich habe gesagt, ich finde dich widerlich. Das sind zwei verschiedene Paar Schuhe.« Sie tat, als würde ein kleiner Schauer durch ihren Körper laufen. Sie glaubte, es wäre so einfach für sie. Ich trat näher, fuhr mit der Hand an ihrer Wade hoch.

»Gut, wie wär's mit einem Nümmerchen *und* der ganzen Wahrheit? Sag mir, was sie gesagt hat.«

»Jetzt?«

»Wieso nicht? Lass alles raus, öffne dich ungeniert.« Ich griff nach unten, zog die Kordel ihres Strandmantels auf.

»Ungeniert?«

»Klar. Du willst keine Kreuzfahrt mit mir machen, stimmt's?«

»Es sei denn, du bist der Ober. Es sei denn, ich könnte dich herbestellen, dich Haltung annehmen lassen, angetan mit einer adrett gefalteten kleinen Serviette. Das ist das Wunderbare an Kreuzfahrten. Es gibt keinerlei Moral an Bord.«

»Also ein bisschen so wie hier, in diesem Bungalow. Auch hier gibt's nicht viel Moral. Ich meine, du willst mich einfach auf dem Trockenen sitzen lassen.«

»Wenn ich das bloß könnte.«

»Sag mir, was sie gesagt hat. Dann kannst du machen, was du willst.«

»Wirklich?«

»Ich komm auch alleine klar, weißt du. Du spielst dein Spiel, ich spiel meins.«

»Aber vorher machen wir eine kleine Aufwärmübung.«

»Ah. Du bist Tennisspielerin.«

»Bloß eine Spielerin.«

Sie bewegte den Fuß, fand, wonach sie suchte.

Ich öffnete langsam ihren Mantel. Diesmal stand ich an einem anderen Klippenrand, Absturz ausgeschlossen, Kernschmelze ausgeschlossen. »Also?«

»Errätst du's nicht?«

»Ich hab genug von der Raterei, Michaela. Harte kleine Gewissheiten, darauf bin ich aus, voller Blut, einsatzbereit.«

Ich griff nach unten, schob die Finger oben in ihren Einteiler. Ich würde ihn runterziehen. Sie wusste, ich würde ihn runterziehen. Sie wollte, dass ich ihn runterzog. Das war Teil des Geschäfts. Sie atmete tief ein.

»Jemand fragt dich nach deinem Namen. Du nennst ihn. Was ist dann die natürliche Reaktion?« Sie spielte mit dem Saum ihres Strandmantels, genoss jede Sekunde. Ich kapierte nicht. Dann klappte mir der Unterkiefer runter.

»Herrgott. Du meinst ...«

»Genau. Der andere nennt dir seinen.« Sie lächelte, selbstsicher, genüsslich. Sie hatte den Namen der Frau die ganze Zeit gewusst und mir verschwiegen. »Sie hat mir nicht ihren Nachnamen genannt, weil ich ihr auch meinen nicht genannt hab. So etwas nennt man wechselseitiges Vertrauen. Ich hab gesagt: ›Ich heiße Michaela.‹ Sie hat mir ihre Hand hingehalten. Sie hat gesagt: ›Nett, Sie kennenzulernen, Michaela, ich heiße …‹« Sie schnellte abrupt vor, riss meine Hand weg. »Carol!«

»Carol?«

»Kommt die Straße hoch. Sie ist jeden Moment an der Tür.« Sie schnappte ihre Schuhe, sprang auf. »Es ist besser, sie sieht uns nicht zusammen.«

»Aber …«

»Später. Komm später vorbei. Ich lass die Hintertür unverschlossen.«

Sie huschte durch den Wintergarten davon. Ist doch nicht nötig, hätte ich ihr beinahe nachgerufen, tat es aber nicht. Ich eilte in die Diele, wartete, dass Carol die Tür öffnete, um sie notfalls aufzuhalten, damit sie nicht sah, wie Michaela hinten über die Mauer sprang. Meine Hände waren klamm. Sie hätte mir den Namen sagen sollen. Ich wäre trotzdem am Abend rübergegangen, bloß um ihn noch einmal aus ihrem Mund zu hören, hätte sie flachgelegt, mit dem Namen auf ihren Lippen. Carol trug ein leichtes geblümtes Kleid und eine Sonnenbrille, die Michaelas nicht unähnlich war. Was das Bein anging, so war ihr nichts davon anzumerken, wenn Sie verstehen, was ich meine. Sie sahen beide genau gleich aus. Kein Wunder, dass ich durcheinandergekommen war.

»Carol! Hab mir schon gedacht, das kannst nur du sein. War es schön bei den Travers?«

»Konnte es gar nicht erwarten, wegzukommen. Die leben wie die Schweine, die Travers, wusstest du das?«

»Eigentlich ja. Doc Holiday hat im Laufe der Jahre etliche Hausbesuche bei ihnen gemacht. Wenn er kann, bleibt er draußen, lässt sich die Symptome durch den Briefschlitz zurufen.«

»Wundert mich nicht. Du kennst doch diese Polo-Pfefferminzbonbons, die mit dem Loch in der Mitte. Also, wenn er Fernsehen kuckt, stopft Mickey Travers das Loch mit einem Nasenpopel zu und steckt sich das Ganze in den Mund. Und keiner sagt ein Wort. Ich geh duschen. Ich hab das Gefühl, ich brauch eine Grundreinigung. Was ist das?«

Sie deutete auf den weißen Hut auf dem Tisch. Das war schon die zweite Kopfbedeckung, die Michaela liegen gelassen hatte. Da war offensichtlich ein Muster erkennbar.

»Ich war heute unterwegs und hab dir ein Geschenk mitgebracht, Kleines. Ich hoffe, er passt.«

Sie setzte ihn auf, drehte ihn, bis er richtig saß, und stellte sich dann vor den Spiegel in der Diele.

»Oh, Dad«, rief sie, »der ist toll. So Audrey-Hepburnmäßig.«

Sie kam zu mir gehüpft und drückte mir einen Kuss auf die Wange, der erste richtige Kuss, den sie mir seit ihrer Ankunft gegeben hatte. Es ging aufwärts.

»Lass uns was trinken«, sagte sie. »Schenk mir ein Glas Wein ein, während ich rasch unter die Dusche gehe. Oder Sekt, wenn du welchen dahast.«

Ich hatte tatsächlich welchen da, dieses Asti-Spumante-Zeugs, das ich extra für einen Sommerpunsch besorgt hatte, damit Alice und ich was hatten, um uns einen zu zwitschern, während wir den nächsten Schwung Fische raushauten. Ich fand keine passenden Gläser, aber egal. Die Bläschen sprudelten trotzdem, kitzelten in der Nase. Ich goss uns beiden ein Glas ein. Sie nahm ihres mit nach draußen, schlenderte zum Teich. Ich folgte ihr auf den Fersen. Ich wollte nicht, dass sie da zu viel rumschnüffelte, aber ich konnte sie wohl kaum davon fernhalten. Außerdem wollte ich sehen, wie Mutter Teresa sich machte. Ich hatte fast vergessen, dass sie da war.

Der Teich war totenstill, als wäre er leer, von Mutter Teresa keine Spur. Ich machte mir ein bisschen Sorgen, um ehrlich zu sein. Karpfen erkunden normalerweise ihre neue Umgebung, machen sich mit dem Revier vertraut, schauen sich um, aber sie war abgetaucht. Ungewöhnlich. Wenigstens war sie nicht gestorben oder so. Wenn sie gestorben wäre, hätte ich sie mit dem Bauch nach oben im Wasser treiben sehen und mich nie wieder im Spiegel anschauen können, weil ich ein solches Geschöpf ohne guten Grund getötet hätte. Aber irgendwas stimmte nicht. Ich machte das Rufsignal, schützte ein Gähnen vor, tat Carol gegenüber so, als wäre es ein kleiner Scherz, aber nichts rührte sich. Konnte es wirklich sein, dass sie wegen der oberen Hälfte der Nymphe nicht in der Lage war, herumzuschwimmen? Es klingt an den Haaren herbeigezogen, aber ich hatte schließlich eine gewisse Verantwortung.

»Carol, Schatz, du könntest mir nicht zufällig einen BH ausleihen?«

»Wie bitte?«

»Ich dachte bloß. Die Nymphe da. Du musst zugeben, sie ist unnötig aufreizend obenrum. Wenn hier demnächst Leute rumlatschen, die sich meine Skulpturen ankucken wollen, dachte ich, ich sollte vielleicht ihre Blöße ein wenig bedecken, damit niemand vom Angebot abgelenkt wird.«

»Sie ist eine Nymphe, Dad. Die tragen keine BHs. Dazu bestand in Arkadien kein Anlass.«

»Das weiß ich, aber ich möchte nicht, dass irgendwelche potenziellen Kunden einen falschen Eindruck bekommen.«

»Sie würden erst recht einen falschen Eindruck bekommen, wenn du ihr meine Unterwäsche anziehst. Stell dir bloß mal die Venus von Milo mit BH vor.«

»Wen?«

»Schon gut. Ehrlich, Dad, manchmal bist du mir einfach ein Rätsel. Ich dachte, du magst die Nymphe. Du hast sie dir früher jedenfalls ganz schön oft angekuckt.«

»Na schön. Kein BH. Wie wär's mit einem T-Shirt? Du kannst doch bestimmt eins entbehren, oder? Na los, tu deinem alten Dad den Gefallen. Aber keines, das zu freizügig ist. Schön schlicht. So eins, das eine Nonne anziehen würde.«

Sie stellte ihr Glas ab, ging ins Haus. Ich machte wieder das Rufsignal, aber noch immer vergeblich. Carol kam eine Minute später zurück, ein weißes T-Shirt über dem Arm.

»Geht das?«

Das T-Shirt überzuziehen, gestaltete sich erheblich schwieriger, als ich gedacht hatte, weil die Nymphe im Unterschied zu den meisten Frauen, wenn du ihnen in die Klamotten rein- oder aus ihnen raushilfst, nicht die Arme bewegte. Trotzdem schaffte ich es. Das T-Shirt ging ihr bis knapp übers Knie, aber wegen ihrer unteren Hälfte machte ich mir ohnehin keine Gedanken, da sie in dieser Körpergegend durch die übergroße Muschel geschützt wurde, die sie in der Hand hielt, obwohl sie so einen Oschi wohl kaum an einem unserer Strände gefunden hätte. Carol trat zurück, kippte ihren Sekt runter.

»Das sieht lächerlich aus«, sagte sie. Sie nahm ihren Hut ab, setzte ihn der Nymphe auf. »So ist es schon besser.« Sie schüttelte den Kopf. »So was bringst auch nur du, Dad.«

Sie sagte das so, dass ich spürte, wie Tränen in mir hochstiegen. Sie war den weiten Weg gekommen, um mich hinter Gitter zu bringen, und jetzt lächelte sie und sagte so etwas. So was bringst auch nur du, Dad. Weil ich nämlich ihr Dad war. Sie würde sich daran erinnern, an den Tag, an dem ihr Dad einer Nymphe ein T-Shirt übergezogen hatte, würde den Tag vielleicht als den Beginn von etwas in Erinnerung behalten, von etwas Gutem, etwas, das sie mit nach Hause nehmen konnte, um ihren Kindern zu erzählen, was ihr Grandpa doch Lustiges gemacht hatte. Vielleicht würde ich ja doch mit ihr nach Australien gehen, Miss Prosser mitnehmen, ein neues Leben anfangen. Gott, wenn ich nicht verliebt gewesen wäre, hätte ich dann je solche Gedanken gehabt? Wer weiß? Aber ich war verliebt, und alles war anders, möglich. Ich lachte mit ihr. Es sah wirklich lächerlich aus. Ich wollte der Nymphe das T-Shirt schon wieder ausziehen, als Mutter Teresa mit dem Kopf unter dem Felsüberhang am anderen Ende hervorlugte und dann über die gesamte Länge des Teichs angeschossen kam, mit blitzenden Farben wendete, das Wasser in einem Tanz durchstieß, auf den Torvill stolz gewesen wäre. Menschenskind, es hatte geklappt. Carol stieß einen kleinen Schrei aus.

»Du hast ja Fische drin, Dad!«

»Ich spiele mit dem Gedanken – vielleicht. Ist alles noch nicht spruchreif, Carol. Die Sache ist die …« Ich goss ihr noch Sekt nach. Der Augenblick war gekommen. Ich musste es ihr sagen, offen und ehrlich zu ihr sein, sie auf meine Seite lotsen. Sie sogar um Rat fragen. »Die Sache ist die, ich habe jemanden kennengelernt.«

»Dad! Du meinst doch nicht …« Sie legte die Hand an den Mund, blickte rüber zu Kims altem Bungalow.

»Du machst wohl Witze. Nein, im Gefängnis.«

»Nicht du auch noch! Kann denn nicht wenigstens ein Elternteil ...«

»Das auch nicht. Meine Kunstlehrerin dort, Miss Prosser. Emily. Sie hat mich zur Bildhauerei gebracht. Ich hätte ein ausgeprägtes räumliches Vorstellungsvermögen, hat sie gesagt, und damals dachte ich, was für ein dämlicher Schwachsinn, entschuldige meine Ausdrucksweise, aber jetzt ist mir klar, was sie damit andeuten wollte. Sie hat mich ermuntert, Dinge anders zu sehen, Carol, sie hat irgendwie einen Weg in mich hineingefunden, ohne dass ich was gemerkt hab. Ich wusste, dass ich sie gern mochte, aber erst vor ein paar Stunden hab ich gemerkt, wie sehr. Ich hab sie heute getroffen, per Zufall, und da war er, direkt neben ihr, und hat zu mir hochgegrinst.«

»Wer?«

»Amor. Amor mit Bogen und jeder Menge Pfeilen. Direkt ins Herz hat er sie mir geschossen, einen nach dem anderen. Robin Hood hätte es nicht besser hingekriegt. Ich weiß, das kommt etwas plötzlich, aber so ist es nun mal.«

»Amor, so ein Quatsch. Wie alt ist sie?«

»Was hat das denn damit zu tun?«

»Alles. Wie alt?«

»Ich weiß nicht genau, Liebes. Aber so ist das nicht. Ich meine, wir haben nicht ...«

»Noch nicht vielleicht, aber du hast es vor, nicht wahr? Verdammt, Dad, änderst du dich denn nie?«

»Carol, Carol. Hör zu. Was glaubst du wohl, warum ich dir das erzähle? Ich hätte schließlich nichts zu sagen brauchen, oder? Ich hätte es für mich behalten können, mich heimlich mit ihr treffen, meinen Spaß mit ihr haben, und keiner hätte was gemerkt. Aber das will ich nicht, Carol. Ja, ich empfinde etwas für sie, wie jeder Mann, der verliebt ist, aber es sind anständige Gefühle, Carol, Gefühle, wie ich sie nie zuvor empfunden habe, nicht mal bei deiner Mutter. Ich weiß, ich weiß, aber so ist es nun mal. Die Sache ist die, ich hab überlegt, sie einzuladen, zu uns, damit sie dich kennenlernt. Ich hätte gern dein Einverständnis, Carol. Kannst du das nicht verstehen?«

»Wolltest du deshalb, dass die Nymphe was anhat?«

»Wie du gesagt hast, lächerlich, nicht? Ich möchte bloß nicht, dass sie schlecht von mir denkt. Mir wird schon genug Schlechtes unterstellt, von früher, auch ohne dass ich Öl ins Feuer gieße.«

»Dad, sie ist Kunstlehrerin. Deine Nymphe wird sie schon nicht irritieren. Wahrscheinlich hat sie früher selbst so posiert, auf der Kunsthochschule und so.«

»Meinst du?« Die Vorstellung gefiel mir gar nicht, meine Emily als pudelnacktes Modell für irgendwelche Kunststudenten, die sie lüstern begafften.

»Dad, das machen viele, um sich was dazuzuverdienen. Das hat nichts zu bedeuten. Ich bin sicher, sie ist … genau das, wofür du sie hältst.« Sie blickte wieder ganz sanft, wissend, nachsichtig, als würde sie mit mir mitfühlen.

»Würdest du sie kennenlernen wollen? Wenn ich sie anrufe? Sieh mal. Sie hat mir ihre Nummer auf den Arm geschrieben, mit Lippenstift, großartig, was? Hat ihn praktisch ganz aufgebraucht, damit er nicht abgewaschen wird. Ich meine, das ist nicht nur einseitig, Liebes.«

»Das hoffst du. Sie macht hier Urlaub, vermute ich.«

Ich nickte.

»Na, dann ist es für sie vielleicht nicht unbedingt was fürs Leben, Dad. Hast du das in Erwägung gezogen?«

»Klar hab ich das. Na und? Trotzdem kann ich es ja versuchen. Trotzdem kann sie ja auch interessiert sein. Es hat von Anfang an zwischen uns geknistert, schon im Gefängnis, aber da ist es nicht unbedingt ratsam, seine Gefühle zu zeigen. Sie mag mich, Carol, das weiß ich. Also, was meinst du? Soll ich sie hierher einladen?«

»Es ist dein Bungalow, Dad.«

Mein Bungalow. Meine Tochter. Meine Emily.

»Ich besorg richtigen Champagner, nicht diese keimfreie Mundspülplörre. Und ich lade auch Alice ein. Wir machen 'ne richtige Party.«

Ich flitzte ins Haus, griff nach dem Telefon. Meine Hand zitterte, mein Bein schlotterte, und ich musste mich auf die Sofalehne stützen. Vor lauter Nervosität konnte ich förmlich spüren, wie sich meine Blase füllte, wie eine Wärmflasche.

»Hallo?« Da war sie, ihre Stimme, klang genau so, wie ich gewusst hatte, dass sie klingen würde, ganz hell und funkelnd, wie Sonnenlicht, das auf Wellen tanzt. Plötzlich sah ich unsere Zukunft klar vor mir, sie und ich, ich das raue Holz, sie das Schleifpapier, wie sie mich glätten würde, wie wir dann zueinanderpassen würden, ineinander verschlungen, wie eins von Henry Moores Paaren, unzertrennlich. Wir würden reden und lachen, voneinander lernen, einander lieben. Ich würde ihr alles von meiner Mum erzählen, dass sie für mich das Wichtigste auf der Welt war, genau wie sie es sein würde. Ich würde ihr ein kleines Atelier bauen, gleich hier neben dem Teich, wo sie immerzu malen könnte, während ich auf der Terrasse meine Fische machte. Ich würde nicht zulassen, dass sie weiter im Gefängnis unterrichtete, nicht, wo ich wusste, was die Jungs machten, wenn sie gegangen war, oft einfach auf die Skizzen, die sie daließ. Ich würde sie von alldem wegholen. Wir wären ein Künstlerpaar, ganz unserer Kunst verschrieben, würden erkunden, was wir sahen, was wir dachten. Wer weiß, vielleicht würden wir berühmt werden, vielleicht sogar Damien Hirst auf eine Tasse Tee einladen, damit er mal sehen konnte, wie eine anständige Fischskulptur aussah. Und ich würde gut zu ihr sein. Wahrhaftig, ich würde gut sein.

»Ich bin's. Al Greenwood. Der Exknacki vom Strand.«

»Ich weiß, wer Sie sind, Al.«

»Ich rufe an wie versprochen.«

»Was anderes hab ich auch nicht erwartet.«

»Ich wollte fragen, ob Sie nicht Lust hätten, morgen vorbeizukommen, mal zu sehen, wo ich wohne. Meine Tochter ist ja zu Besuch …«

»Oh. Ich will nicht stören.«

»Das würden Sie nicht. Wir würden uns freuen. Sie wäre ohnehin nicht die ganze Zeit da. Sie trifft sich noch mit Freundinnen. Wir hätten reichlich Zeit … für uns zwei.«

»Schön. Dann ja, gern.«

»Wunderbar. Ich hol Sie ab. Gegen sechs?«

»Das ist nicht nötig.« Sie sagte das hastig. »Ich komme selbst mit dem Auto. Wie ist die Adresse?«

Ich gab sie ihr. Das leuchtete mir ein. So konnte sie sich vom Acker machen, wenn es nicht gut lief.

»Gegen sechs dann«, wiederholte ich. »Ich besorg ein paar Hummer zum Grillen. Ich mache eine scharfe Soße dazu.«

»Darauf möchte ich wetten. Ich wette, sie wird so richtig schön scharf, wie ich Sie kenne.« Schweigen trat ein. Ich konnte spüren, wie sie wünschte, sie hätte das nicht gesagt.

»Ich wollte damit nicht sagen …« Sie verstummte.

»Selbst wenn, ist doch egal. Ich war schließlich im Gefängnis.«

»Aber das sind Sie nicht mehr. Sie sind frei, wie ich. Endlich frei.«

»Sie sind die Zweite, die mir das sagt. Das heißt, die andere hat es indirekt gesagt, hat mir die Platte vorgespielt, *Free at Last*.«

»Und wer, wenn ich fragen darf?«

»Meine Nachbarin, Alice Blackstock. Sie ist weit über hundert, falls Sie das interessiert.«

Sie fing an zu lachen.

»Schon besser. So, und jetzt sonnen Sie sich schön weiter. Aber verbrennen Sie sich nicht zu sehr und lassen Sie sich nicht …«

»Was?«

»Lassen Sie sich nicht von irgendeinem hergelaufenen Strandburschen mit einem Tretboot entführen. Dafür bin ich zuständig.«

»Ach ja?«

»Ja. Nur Sie und ich und das Meer.«

Sie sagte nichts. Ich konnte ihren Atem hören, ganz leise. Konnte ihn beinahe auf der Wange spüren, wie früher, wenn sie sich im Kunstkurs nah zu mir beugte, mir etwas von Perspektive und Symmetrie erzählte. Dreiecke, das war immer wieder ein Thema von ihr, dass haufenweise Bilder aus Dreiecken bestehen, dass Dreiecke einen wesentlichen Bestandteil in der Struktur der Welt ausmachen. Und sie hatte recht. Ich und Audrey und Carol, das war ein Dreieck. Ich und Audrey und Michaela Rump, auch das war eins. Ja, alles, was mir passiert war, bestand aus Dreiecken; ich und Audrey und Mirandas Tod, ich, der ich die unbekannte Frau statt Audrey von der Klippe gestoßen hatte, Robin und Carol und Audrey, die sich beim Scrabble-Turnier gegen mich verbündet hatten. Sogar Toblerone bestand aus Dreiecken, oder? Mit meinen nächsten Fischen würde ich es genauso machen. Ich würde sie als Dreieck anlegen, drei an der Zahl, und sie würden sich alle zusammenfügen, wie sie das manchmal im Wasser machen, wenn sie dicht an dicht, aber trotzdem getrennt durcheinandergleiten. Sehen Sie, was Emily bei mir auslöste? Ich hatte all diese Gedanken, und dabei war sie nicht mal bei mir.

»Dann also bis morgen«, sagte ich.

»Ich freu mich drauf.«

»Schön. Also, dann gute Nacht.«

»Es ist nicht Nacht, Al. Aber irgendwie wünschte ich, es wäre schon so weit. Gute Nacht.«

Sie legte auf. Ich konnte es nicht fassen. Ich hatte es getan. Ich hatte mit ihr ein Date ausgemacht, nicht im besoffenen Kopf irgendeine beschickerte Tussi angebaggert, die ich flachlegen wollte, sondern ein richtiges Date, mit einer Frau, die ich respektvoll behandelte, ohne Hintergedanken. Ich hätte ihr gern Blumen geschickt oder Pralinen, irgendwas total Romantisches, um die richtige Stimmung zu erzeugen. Wenn mir die Riesen-Toblerone nicht zerbrochen wäre, als ich hoch zur Beule gestürmt war, hätte ich ihr die geschenkt – obwohl sie mich nach der Geschichte, die ich ihr am Strand erzählt hatte, vielleicht für einen kleinen Geizhals halten würde, weil ich bei dem Job natürlich gratis drankommen würde. Und ein Geizhals bin ich wirklich nicht, nie gewesen, nicht mal bei Audrey. Erst recht nicht bei Carol. Reitstunden, Kickboxen, Kleinkalibergewehrschießen, das kleine Mädchen hatte alles, was sein Herz begehrte. Vielleicht würde ich doch ein paar Pralinen besorgen, ein paar Blumen ins Gästezimmer stellen, nur für den Fall, dass sie über Nacht bleiben, aber nicht beim ersten Date schon bis zum Letzten gehen wollte. Manche Frauen sind nämlich so. Und wenn sie eine von denen war, na und? Ich konnte warten. Sie würde herkommen. Das war die Hauptsache. Das war der Anfang. Ich wusste es. Wusste es einfach.

Gute Nacht hatte ich gesagt, und ich konnte es wirklich kaum erwarten, dass der Tag zu Ende ging und der neue begann. Ich war erschöpft und beschwingt zugleich. Carol und ich gingen auf ein frühes Abendessen ins Spread, aber als wir zurückkamen, hatte ich das Gefühl, es wäre halb zwei in der Nacht statt Viertel vor neun, so müde war ich. Ich sah noch kurz am Teich nach dem Rechten und legte mich dann schlafen. Bei Michaela brannte Licht, sie hatte die Hintertür höchstwahrscheinlich nicht abgeschlossen, aber ich würde jetzt nicht rübergehen, nicht in meinem Zustand. Am nächsten Abend um sechs würde Emily kommen. Am Morgen wartete Arbeit auf mich.

In der Nacht hatte ich einen Traum, der mich bis heute verfolgt. Wir sitzen in dem Schwanentretboot, Emily und ich. Ich habe einen von meinen Holzfischen hinten verstaut, und sie zeichnet Torvill und Dean, die wie zwei Delfine über den Bug springen. Das Meer ist absolut still, und warm, aber von Zeit zu Zeit kommt Michaela oder Audrey oder der Mann vom Entschädigungsausschuss vorbeigestrampelt, alle splitterfasernackt, und sie umschwirren uns wie Mücken, stören unser Gleichgewicht, bis der Schwan den Kopf neigt und ihnen die Augen auspickt. Kurz darauf treibt Alice B auf einer Luftmatratze aus Toblerone vorbei, und wir springen alle ins Wasser und knabbern an der Matratze, bis sie sinkt. Und dann klettern wir drei zurück an Bord und strampeln in den Sonnenuntergang hinein, winken diesen Gestaden Adieu.

Schön wär's.

Um sieben Uhr war ich auf den Beinen, sah mich im Wohnzimmer um, fragte mich, was ich noch machen konnte. Es sah alles ein bisschen karg aus. Ich hatte den Teich und jetzt die zwei Fischskulpturen für draußen, aber abgesehen von dem Hai im Wintergarten fehlte es im Haus an Charakter und Gesprächsthemen. Ich könnte ein paar Bücher von Blind Lionel ausleihen, der dank seinem weißen Stock eine Megasammlung mit Wildwestromanen, Krimis und Krankenhausromanzen hatte. Das Problem war nur, es waren alles Großdruckausgaben, und auf der Titelseite prangte ein Stempel von der Stadtbücherei Wool. Auch Musik fehlte. Audrey hatte meine Plattensammlung weggeschmissen, mir sogar ein Polaroidfoto ins Gefängnis geschickt, das alle meine LPs in einem Müllcontainer zeigte; die von Leonard C ragte oben raus, sein Foto völlig verunstaltet mit Hörnern am Kopf. Alice würde mir bestimmt welche leihen, wenn ich sie fragte, nur ist es immer ein bisschen kniff lig, den Musikgeschmack einer Frau zu erraten. Sehr häufig ist der so mies, dass er dich völlig abtörnt. Ich hatte mal eine so gut wie in der Kiste, Tochter von einem Stammkunden, zweiundzwanzig, hübsch, weiße Stiefel und einen Berg Haare über einem Hals, der zum Anbeißen war; sie nahm mich mit in die kleine Wohnung, die ihre Mummy für sie gemietet hatte, und als es langsam zur Sache ging, legte sie Joni Mitchell auf. Sie hätte genauso gut mit den Fingernägeln über eine Schiefertafel kratzen können. Ich war im Nu da weg. Sorry, Süße, aber ich muss den Abflug machen. Nicht, dass ich Emily unbedingt zur

Joni-Mitchell-Fraktion zählte, aber es ist schon erstaunlich, wie viele Frauen auf dieses arrogante, versnobte Geträller reinfallen. *Big Yellow Taxi?* Warum nicht gleich Big Yellow Volvo? Mir kam eine gute Idee. Ich nahm den Henry-Moore-Band vom Regal, den Miss Prosser mir geschenkt hatte, und legte ihn auf den Zeitschriftentisch, schlug ihn ein Viertel weit auf, als würde ich drin lesen.

In dem Moment kam Carol herein und fing an, durch den Raum zu schleichen wie ein Löwe auf der Suche nach dem nächsten Brocken Fleisch. Ich würde sie irgendwie aus dem Haus kriegen müssen, nachdem ich sie und Emily einander vorgestellt hatte. Sie würde sich ja wohl ohnehin wie das fünfte Rad am Wagen fühlen und nicht bleiben wollen, oder?

»Was ist los, Schätzchen? Hast du deine Stimme verloren?«

»Robins Buchstabensteinchen, Dad, das der Polizist mir gegeben hat? Ich hab's hier auf dem Tisch liegen lassen.«

Ja, und ich hab es vom Tisch genommen und versteckt, in der Hoffnung, dass du's vergessen hättest, wenn du wieder nach Hause fährst, und ich es dahin zurücktun könnte, wo es hingehört, in das Säckchen zusammen mit all den anderen. Es gehört zu einem *Set,* Carol. Wie das Wörterbuch und der kleine Drehbleistift. Sie hatte ihre Tasche abgestellt und suchte jetzt in den Ritzen der Ausziehcouch.

»Du hast doch nichts damit gemacht, oder?«, sagte sie und warf die Polster auf den Boden. »Es weggeschmissen oder so?«

»Natürlich nicht. Ich weiß doch, wie viel es dir bedeutet.«

»Wir müssen es finden. Ich wollte daraus einen Anhänger machen lassen.«

Was für eine wahrlich schauderhafte Vorstellung. Ein Stück von Robin um ihren Hals.

»Bist du sicher, dass Bruno nichts dagegen hat?«, fragte ich. »Wenn ein Buchstabensteinchen vom früheren Verlobten um den Hals seiner Frau hängt, ihn jedes Mal anstarrt, wenn er einen liebevollen Blick in deine Richtung wirft? Entschuldige, wenn ich das sage, Schatz, aber so was hätte sich auch deine Mutter ausdenken können. Aus Mangel an etwas, was wir Menschen Sensibilität nennen. Ich meine, dann kannst du dir auch gleich seinen Namen irgendwo hintätowieren lassen, wo er ihn jedes Mal sieht, wenn du ins Bett hüpfst.«

Sie senkte den Kopf.

»Du hast doch nicht etwa …?«

»Nur ein ganz kleines nach seinem Tod. Ich hab's mir von Blind Lionel machen lassen.«

»Wo?«

»In seinem Wohnwagen. Mit einer Lupe war das kein Problem.«

»Das meine ich nicht. Wo an *dir*, an deinem Körper? Oder sag's mir lieber nicht.«

»An keiner pikanten Stelle. Bloß an meinem linken Fußknöchel. Ein Glück, dass der Hai nicht *das* Bein abgebissen hat.«

»Meinst du? Weißt du noch, was du mir erzählt hast? Dass Bruno immer lieber das rechte gestreichelt hat? Jetzt wissen wir, warum.«

»Ach, Bruno kann das wegstecken. Das bleibt dran.«

Ich sagte nichts, aber die Art, wie sie dastand, und ihr Tonfall waren genau wie bei Audrey, wenn sie ihr Keuschheitsnachthemd angezogen hatte. Vielleicht würde ich doch nicht mit ihr nach Australien gehen. Andererseits, es ist ein Riesenland. Sie bückte sich, um die Polster aufzuheben.

»Da liegt es, Dad. Unter dem Tisch. Genau in der Mitte. Kommst du dran?«

Was? Ich sah hin und traute meinen Augen nicht. Eins von Robins Buchstabensteinchen lag mit der Vorderseite nach unten auf dem Zottelteppich, wie ein Hundehaufen auf einem Kissen. Heilige Scheiße! Das konnte nicht das Steinchen sein, das sie von der Polizei in Dorchester mitgebracht hatte. Das hatte ich in die Lady-Diana-Hochzeit-Gedenktasse geworfen, zu dem Schlüssel von Kims Hintertür, weg aus der Gefahrenzone. Was bedeutete … dies hier war ein anderes Steinchen, eins, das runtergefallen sein musste, als ich die Buchstaben zurück ins Säckchen tat, nachdem ich sie alle ausgeschüttet hatte. Verdammt. Ein Steinchen *mit einem anderen Buchstaben!* Egal was für einer, sobald sie ihn sah, würde sie schnallen, dass ich Robins Set von Anfang an gehabt haben musste, dass ich sie die ganze Zeit angelogen hatte. Sie würde auf der Stelle Neville Forster anrufen, sobald sie den Buchstaben sah. Sie würde hierbleiben, mich mit Adleraugen beobachten, bis die Polizei kam. Die würde den Bungalow durchsuchen, das Set finden. Den Fall wieder aufrollen, noch einmal die Wanderer vernehmen. Vielleicht würden die Klamotten, die Robin angehabt hatte, noch einmal auf DNA-Spuren untersucht. Weiß der Teufel, was die alles finden würden bei den neuen Methoden, die sie heute haben. Irgendwann würde sich vielleicht auch Michaela bemüßigt fühlen, über die Frau auf der Klippe zu reden. Ihrem Grübchenhasen würde das gefallen.

Ich stand da und starrte darauf.

»Könnte auch ein Stückchen Toblerone sein«, sagte ich.

»Vielleicht hat Alice sie hier gegessen. Das hat sie nämlich gerne gemacht, weißt du. Sie war ganz schön unverschämt.«

»Blödsinn. Nun heb's endlich auf.«

Ich nickte, außerstande, mich zu bewegen.

Carol schnaubte, machte einen Schritt nach vorn.

»Herrgott noch mal, Dad. Dann mach ich es eben.«

»Nein!« Ich schubste sie aufs Sofa, ging auf die Knie, schob den Kopf unter den Tisch. Das Steinchen war tatsächlich von Robin. Ich erkannte es an dem winzigen Magneten. Carol setzte sich wieder auf.

»Das war wirklich nicht nötig, Dad. Ich bin nämlich durchaus beweglich.«

»Das weiß ich doch, Liebes, aber ein Vater darf sein Herzblatt doch auch mal verwöhnen, oder? Und es ist gar nicht so leicht, hier drunterzukommen, selbst mit zwei Beinen.«

Ich streckte den Arm aus, umschloss das Steinchen mit der Faust, stand auf. Könnte ich in die Küche laufen, es austauschen, ohne dass sie Verdacht schöpfte? Wie schnell könnte ich das schaffen? Würde sie hören, wie ich die Tasse herunternahm? Mir fiel ein, dass ich alles gehört hatte, als die Bowles-Tussi mir das Glas Plörre geholt hatte. Außerdem würde der Schlüssel in der Tasse klimpern. Das würde sie auf jeden Fall hören, wissen, dass ich irgendwas im Schilde führte. Und je mehr ich machte, desto schlimmer wäre es, wenn ich erwischt wurde. Carol starrte mich an. Starrte ich sie an? Ich schätze, ja. Ich hatte ein Klingeln im Kopf, das weiß ich.

»Was ist los, Dad?« Carols Stimme war ganz leise geworden.

»Nichts. Ich hab bloß gedacht, wie hübsch du aussiehst,

hübscher, versteh mich bitte nicht falsch, Schätzchen, aber hübscher, als ich dich je gesehen habe.«

Sie strich sich das Haar nach hinten. Sie sah tatsächlich gut aus, weniger verkniffen.

»Ich fühl mich besser, deshalb.«

»Ja?«

»Ja. Ich bin froh, dass ich hergekommen bin, wenn auch aus dem falschen Grund. Ich hab das Gefühl, ich seh dich zum ersten Mal seit, ach, keine Ahnung, wann.«

Keiner von uns bewegte sich. Der Scrabble-Buchstabe brannte mir ein Loch in die Hand. Jeden Augenblick würde sie mich bitten, ihn ihr zu geben. Ein Blick darauf, und alles wäre aus und vorbei. Ich fragte mich, was es wohl für ein Buchstabe war. M für Mörder vielleicht, L für Lügner? Vielleicht D für Dad, für den Dad, der sie gewaltig enttäuscht hatte. Mir war, als wäre ich am Fußboden festgeklebt. Ich dachte, wenn ich einfach gar nichts tat, würde vielleicht alles verschwinden. Ich könnte die ganze Nacht so stehen bleiben, wenn nötig. Ich musste sie bloß von dem Steinchen fernhalten. Alles, meine Freiheit, meine Beziehung zu ihr, sogar meine Chancen bei Emily Prosser, hing davon ab. Wenn es doch nur irgendeine Möglichkeit gäbe, aus der Sache rauszukommen. Ich musste mich natürlich verhalten, das war der Schlüssel. Mich natürlich verhalten, wo mein ganzes weiteres Leben von einem Scrabble-Buchstaben abhing. Ein kühner Schachzug war jetzt erforderlich.

Ich schwenkte die Faust.

»Ich verwahr's irgendwo, wo es sicher ist, ja?« Klang meine Stimme zu unbeschwert?

»Nein. Gib's mir einfach. Ich fahr gleich nach Dorchester, tagsüber shoppen, am Abend ausgehen, aber diesmal richtig. Die Mädels liegen mir schon die ganze Zeit damit in den Ohren. Du bist doch nicht böse, oder, wenn ich deine Emily jetzt noch nicht kennenlerne? Ich dachte, ich übernachte da und gehe morgen früh mit dem Buchstaben zum Juwelier, lass den Anhänger machen. Echt schade, dass es kein R ist. Dann hätte es wirklich was bedeutet.« Sie kramte in ihrer Handtasche.

Ich versuchte es mit einer anderen Taktik. »Wieso lässt du dir nicht genauso ein Steinchen neu machen, mit einem R? Dann wäre es passender, genau wie du gesagt hast. Es wäre so, als wäre er nie fortgegangen, als wäre er immer da. Hartnäckig war er ja.«

»Das hat seine Mum Eileen auch über ihn gesagt. Er ließ nie locker. Nein, nein, Dad. Ich will das da, das ihm gehört hat, das er in seiner Hand gehalten hat, nicht irgendeine blöde Kopie. Da!« Sie warf mir ihr Portemonnaie zu. »Da ist ein Innentäschchen drin. Tu's da rein.«

Ich öffnete den Verschluss. Ein paar Pfundmünzen, ein Zehner im hinteren Geldscheinfach. Da war das Innentäschchen. Sollte ich den Buchstaben reinstecken, oder konnte ich so tun, als ob? Als ich noch ein Kind war, hatte meine Mum mir mal einen Zauberkasten geschenkt. Alakazam! hieß er, mit einem schwarzen Umhang, einem Zauberstab und einem Handbuch, in dem alle möglichen Tricks erklärt wurden. Ich war begeistert, und wenn es regnete, übte ich stundenlang hier in meinem Zimmer und gab für Mum kleine Vorstellungen, zog Taschentücher aus einem Hut, holte Pennys hinter ihrem Ohr hervor, verwandelte den Zauberstab in einen Blumenstrauß. Besonders die letzte Nummer gefiel ihr, und sie hielt sich den Strauß an die Nase, schnupperte daran, als wären es echte Rosen, obwohl wir beide wussten, dass sie aus Papier waren. Ich lernte unter anderem, Sachen in der Hand zu verstecken, indem ich sie in die Hautfalte zwischen Daumen und Zeigefinger presste. Wenn du dann den Handrücken zum Publikum hältst, merkt kein Schwein was. Falls mir das jetzt gelänge, könnte ich so tun, als würde ich den Buchstaben ins Portemonnaie stecken, und den richtigen Buchstaben später reintun. Die andere Möglichkeit wäre, einen günstigen Augenblick abzuwarten, die Buchstaben auszutauschen, ehe sie das Haus verließ, während sie sich umzog oder die Haare wusch.

»Wann wolltest du los?«, fragte ich.

»Jetzt gleich. Ich dachte, ich geh vorher noch ins Fitnessstudio. Es braucht regelmäßig Bewegung, dieses Bein. Ich geh ins Fitnessstudio, dusche, zieh mich um, fahr dann weiter. Und du bist auch wirklich nicht böse?«

Ich schüttelte den Kopf, schloss das Portemonnaie, legte es auf den Tisch. Es würde nicht hinhauen.

»Ich sag dir was, Schätzchen. Wie wär's, wenn du mich das machen lässt, als Geschenk?«

»Was machen?«

»Den Anhänger.« Ich schwenkte wieder die Hand. »Ich geh für dich zum Juwelier. Übernehm die Rechnung. Was meinst du?«

Sie verzog das Gesicht. »Was verstehst du denn schon von Anhängern, Dad? Du suchst die falsche Kette aus oder die falsche Fassung. Die Idee ist nett, aber ich mach das lieber selbst. Ich will das Ding ja schließlich tragen.«

»Ich such bestimmt was Passendes aus, versprochen. Gold, Silber, was du willst. Ich würde es wirklich gern machen. Sozusagen als Entschuldigung.«

»Du hast dich doch schon entschuldigt. Das ist für mich etwas sehr Persönliches, Dad. Er war mein Verlobter. Ich musste bei seinem Leichnam hinten im Wohnmobil sitzen, den weiten Weg nach Bristol, mir anhören, wie er hin und her gerutscht ist. Und dann musste ich mit ansehen, wie er in Asche verwandelt wurde, die seine Mutter unbedingt behalten wollte. Dieser Buchstabe ist alles, was mir von ihm geblieben ist.«

»Und die Pantoffeln. Du hast die Pantoffeln bekommen.«

»Die Pantoffeln kann ich nicht jeden Tag um den Hals tragen. Aber den Buchstaben. Und das werde ich auch.«

Ich gab nicht auf. Ich hatte keine andere Wahl.

»Lass mich doch diese eine Sache machen«, flehte ich. »Ich lass auch was Ausgefallenes machen, seinen Namen druntersetzen, als würde er ihn auf dich draufschreiben. Würde dir das nicht gefallen? Würde ihm das nicht gerecht?«

»Ich weiß nicht, Dad. Nichts Ausgefallenes, nein. Ich möchte was Schlichtes.«

»Das meinte ich ja. Schlicht, aber mit Tiefgang. Er war schließlich Mitglied bei Mensa. Ich weiß was, den Buchstaben auf einer Seite und ein kleines Foto von ihm und seinem Bart auf der anderen, wie ein Amulett. Wenn es dir nicht gefällt, kannst du es wieder ändern lassen.«

»Ich will es nicht wieder ändern lassen, Dad. Ich will nicht, dass du damit zum Juwelier gehst. Ich muss es selbst machen. Bitte.«

Sie war aufgestanden und hatte einen Schritt auf mich zu gemacht. Ich war einen Schritt zurückgetreten, unwillkürlich. Das tust du automatisch, wenn du angegriffen wirst. Entweder du schlägst zurück, oder du weichst zurück, gehst in Deckung. Sie hatte das auch bemerkt.

»Was ist los mit dir, Dad? Wieso willst du mir den Buchstaben nicht geben? Was ist los?«

Wir starrten einander an. Jetzt war es wieder wie früher, wenn wir Dinge übereinander erfuhren, die Väter und Töchter nicht voneinander wissen sollten. Und dann dämmerte es ihr. Du konntest förmlich sehen, wie es ihr durchs Hirn jagte, wie ein Fisch, der im Wasser herumschnellt, konntest das Kräuseln der Wellen sehen, das Begreifen, das in ihren Augen aufleuchtete.

Sie kam einen Schritt näher. »Gib ihn her, Dad. Gib ihn mir. Sofort.«

Sie packte mit einer Hand mein Handgelenk. Das war's. Hatte nicht lange gedauert, unser Neuanfang, meine Freiheit. Das mit Emily hatte nicht einmal begonnen.

Ich öffnete meine Finger. Da war es, Robins Buchstabensteinchen, lag mit der Vorderseite nach oben auf meiner flachen Hand, schien wie ein Leuchtturm hinaus aufs düstere Meer. Ich blinzelte. Ich hatte noch nie etwas so Helles gesehen, etwas so Blendendes, so verdammt Unglaubliches. Es war ein A, ein verdammtes A. Nur vier As waren übrig gewesen, und eins war vom Himmel gefallen und hatte meine Seele gerettet. Es war ein Signal, ein Zeichen, wie der brennende Busch oder das Meer, das sich teilt. Ich war frei, frei, alles zu tun, was ich wollte, egal was. Alles würde gut werden, das mit Carol, mit mir, mit Emily, alles. Was könnte es sonst bedeuten?

Ich zog Carol hoch in meine Arme, drehte mich mit ihr im Kreis. Sie hatte Tränen in den Augen. Sie würde nicht sagen, was sie gedacht hatte. Sie schämte sich. Meine Carol.

»Nicht weinen, Schätzchen. Natürlich nimmst du ihn. Mach damit, was du willst. Aber ich bezahle, ja? Moment.« Ich stellte sie wieder auf die Füße, griff in meine Gesäßtasche. »Hier hast du einen Hunderter. Kauf das Beste, was du kriegen kannst. Du hast recht. Scheiß auf Bruno. Es ist schließlich dein Hals, oder?«

Sie nickte, lächelte unter Tränen.

»Und ob es deiner ist, und ich dreh ihm seinen um, wenn er deshalb Theater macht. Klar?«

Sie nickte wieder, traute sich kaum zu sprechen.

»Na denn, ab mit dir. Mach die Stadt unsicher, hau auf den Putz, aber ordentlich. Versprochen?«

»Versprochen.«

Sie gab mir einen Kuss und drückte mich an sich, drückte mich richtig fest. Wie lange war es her, seit ich so etwas das letzte Mal von ihr bekommen hatte? Zehn Jahre? Eher zwanzig.

Ich winkte ihr durchs Fenster nach, als sie losfuhr. Ihr Gesicht leuchtete wie von Kerzen beschienen. Ich ging in die Küche, schnitt zwei Orangen auf und nahm sie mit zum Teich. Es war, als hätte Mini Ha Ha schon auf mich gewartet. Sie fing an, die Orangenstücke mit der Nase durchs Wasser zu stupsen, ein denkwürdiges Frühstück. Sie war richtig verspielt. Ich blieb etwa zehn Minuten bei ihr, fuhr mit der Hand durchs Wasser, ließ sie nahe herankommen. Sie mochte ja Mutter Teresa sein, aber sie war auch jung, genoss das Gefühl der Jugend, wie die Jugend das nun mal macht.

Als ich zurück ins Haus kam, klingelte es an der Tür. Ich lief in die Diele und öffnete mit Schwung, ohne nachzudenken.

»Tut mir leid, ich war im Garten …«

Die Worte erstarben auf meinen Lippen. Vor mir stand Rump, einen Hut auf dem Kopf, eine kleine Aktentasche in der Hand. Sein Anzug war ganz zerknittert, als hätte er darin geschlafen. Auch seine Augen waren trüb.

»Adam!«, sagte ich, die Freundlichkeit in Person. »Was für eine Überraschung. Was führt Sie zu mir um diese Zeit?«

Er zog die Nase hoch. »Ich fürchte, Mr Greenwood, heute Morgen bin ich für Sie Detective Inspector. Darf ich reinkommen?«

ZWÖLF

Warum nicht?« Es war klar, warum nicht. Sein preisgekrönter Karpfen schwamm munter in meinem Teich herum. Ich führte ihn ins Wohnzimmer.

Er nahm seinen Hut ab, schaute sich um. »Hat sich nicht sehr verändert, seit ich zuletzt hier war, Mr Greenwood, trotz der bedauerlichen Explosion. Erstaunlich, wie wenig von Police Constable Stone gefunden wurde, nicht?«

»Keine Ahnung. Ich war nicht dabei.«

»Stimmt.« Er drehte den Hut in seinen Händen hin und her. »Torvill ist noch heil, wie ich sehe, obwohl es traurig sein muss, sie tot auf dem Kaminsims stehen zu sehen, wo sie sich doch quicklebendig im Teich tummeln könnte.«

Ich schaute hinüber. Torvill blickte uns beide an. In den letzten Tagen hatte ich kaum an sie gedacht, und doch kam es mir so vor, als wäre sie bei mir gewesen, irgendwie, ein ganzes Leben lang. Ich hatte ein schlechtes Gewissen, weil ich sie vernachlässigte, und auch weil ich einen gestohlenen Fisch in ihren Teich gesetzt hatte. Das war nicht in Ordnung.

»Dafür sind Fische wie sie nun mal gemacht«, sagte Rump jetzt, »dafür, dass sie in ihrer natürlichen Umgebung schwimmen, wo immer das auch sein mag. Nehmen Sie einen Fisch aus seinem Lebensraum, was haben Sie dann? Eine galoppierende Depression, Mr Greenwood.

Fressprobleme. Verkümmerte Flossen. Fische mögen keine Ortswechsel. Aber das wissen Sie ja, nicht wahr?«

Er drehte sich um. Durchs Fenster konnte er die Nymphe in ihrem T-Shirt sehen, auf ihrem Kopf Michaelas Hut, der im Wind wackelte. Der Hut saß so schräg, dass es aussah, als würde sie nach unten in den Teich schauen, auf das, was darin los war. Rump wirkte plötzlich ganz aufgeregt.

»Sie haben Besuch, wie ich sehe.«

»Nein, das ist bloß die Nymphe, Sie wissen schon, die mit der fehlenden Kniescheibe? Seit Carol ihr Bein verloren hat, zieht sie ihr gern was über. Körperliche Befindlichkeiten.«

Er blickte perplex.

»Meine Tochter«, erklärte ich, »ist zu Besuch aus Australien, hilft mir, wieder auf die Beine zu kommen. Familie, was? Also, sind Sie privat hier oder …«

Er hob eine Hand, als täte er, was er eigentlich tun sollte: den Verkehr regeln.

»Wir haben zwei ernste Angelegenheiten zu besprechen, Mr Greenwood. Und beide haben leider mit Fischen zu tun.«

»Mit Fischen?«

»Ganz genau.« Er setzte sich, öffnete seine Aktentasche und nahm ein zerknittertes Blatt Papier heraus. Der Geruch von muffigem Fischmehl stieg aus der Tasche. Er zog das Blatt unter seiner Nase vorbei, als wäre es Lavendel. »Es wurde Anzeige gegen Sie erstattet, Mr Greenwood. Ein Mr Bowles und seine Frau behaupten, Sie hätten Mr Bowles gestern Nachmittag auf einem öffentlichen Parkplatz tätlich angegriffen.«

»Tatsächlich?«

»Tatsächlich. Sollte sich der Vorwurf erhärten, wäre das leider ein Verstoß gegen Ihre Bewährungsauflagen.«

»Aber ich bin nicht auf Bewährung draußen. Ich bin begnadigt worden, schon vergessen?«

»Sie wurden auch wegen schwerer Körperverletzung verurteilt, und zwar weil Sie diesem bedauernswerten Soldaten Currypaste ins Auge gerieben haben, obwohl ich Ihnen mildernde Umstände zugestehen muss, da Sie irrtümlicherweise glaubten, er wäre verantwortlich für den Mord an Ihren beiden Karpf...« Er ließ den Satz unvollendet. »Tut mir leid, dass ich das ansprechen musste. Wie dem auch sei, Mr und Mrs Bowles beteuern, sie seien von Ihnen völlig grundlos angegriffen worden. Offenbar haben Sie obendrein den Rücksitz ihres 1998er-Volvos beschädigt.«

»Grundlos! Er hatte mir meinen Fisch gestohlen!«

Rump fuhr ruckartig nach vorn, als hätte er einen Schlag in die Magengrube bekommen. »Ihren Fisch? Sie meinen, Sie haben wieder Fische im Teich?« Er blickte erneut zum Fenster hinaus.

»Nein, ich hab den Teich bloß ein bisschen auf Vordermann gebracht.« Mist. Das hätte ich nicht sagen sollen. »Nein, die Fischskulptur, die ich gemacht hatte. Wissen Sie noch, was Sie über Künstler gesagt haben? Dass sich noch keiner mit Fischen befasst hat? Tja, ich bin jetzt Fischbildhauer, schließe die Lücke, verschaffe Fischen ihren rechtmäßigen Platz am künstlerischen Firmament. Kaum hab ich den ersten fertig, hüpft dieser Bowles über den Zaun und klaut ihn.«

»Hüpft über den Zaun und klaut ihn. Das ist eine interessante Wortwahl, Mr Greenwood.« Er holte ein kleines Notizbuch hervor, schrieb das auf.

»Wie meinen Sie das?«

»Nun, mir ist aufgefallen, dass dieser angebliche tätliche Angriff ganz in der Nähe meines Hauses stattgefunden hat. Irgendwann gestern Nachmittag ist irgendjemand über *meinen* Zaun gehüpft und hat *meinen* Fisch geklaut. Sie erinnern sich an Mutter Teresa, Mr Greenwood, meinen prämierten Kohaku, früher bekannt als Mini Ha Ha?«

»Dann haben Sie ihren Namen geändert?«

»Und ob ich ihren Namen geändert habe. Eine Fischdame von ihrem hohen moralischen Rang hat wohl kaum einen Namen verdient, der gleichbedeutend ist mit einem der Hauptsymbole für die Dekadenz des zwanzigsten Jahrhunderts, oder? Wenn ich ihn früher geändert hätte, wäre ihr diese Strapaze vielleicht erspart geblieben. Wobei, sie ist ja Leiden gewohnt. Jedenfalls ist gestern Nachmittag jemand ›über den Zaun gehüpft‹, wie Sie es formuliert haben, und hat sie verschwinden lassen, obwohl verschwinden lassen vielleicht nicht ganz der richtige Ausdruck ist, da er einen Zaubertrick suggeriert.« Er legte sich das Notizbuch aufs Knie. »Die Sache ist die, ich habe das Ganze auf Band.«

Es wurde ganz still. Auf Band.

»Ja, ich sehe, Sie sind überrascht. Hinter den Augen des Buddhas ist nämlich eine Kamera installiert. So ein Infrarotdingsbums. Genau genommen war es die Idee meiner Frau Michaela, so ziemlich die einzige gute Idee, die sie je hatte, abgesehen von der, mich vor vier Jahren zu verlassen, mit dem Versprechen, nie wiederzukommen. Sie hat das mit der Kamera aus rein finanziellen Erwägungen vorgeschlagen, habgierige und hartherzige Kreatur, die sie ist, wohingegen es mir natürlich in erster Linie darum ging, meine Fische vor Dieben und Erpressern zu schützen, von denen es in dieser Gegend des ländlichen Dorset anscheinend nur so wimmelt.«

Er spielte mit mir, der Sauhund. Polizisten machen das, ihre Opfer mit solchen Katz-und-Maus-Spielen triezen. So leicht würde ich mich nicht ergeben.

»Komisch, dass Sie das erwähnen. Ich habe auch schon an Sicherheitsvorkehrungen für die Skulpturen gedacht. Vielleicht können Sie mir jemand Geeigneten empfehlen.«

Er ging nicht darauf ein. »Es wurde alles aufgenommen, in Schwarz-Weiß. Na, nicht gerade schwarz-weiß. Eher verschwommen grün. Um ehrlich zu sein, ich kann Gesichter nicht besonders gut auseinanderhalten. Die Menschen sehen sich doch im Grunde alle irgendwie ähnlich, finden Sie nicht, im Gegensatz zu unseren Fischfreunden. Ich meine, ich würde Mutter Teresa selbst in einem Teich mit hundert anderen auf der Stelle ausmachen, der fromme Blick, die strenge Linie der Schwanzflosse, was beides auf die ältere Seele in dem jüngeren Körper hinweist. Aber auf der Aufnahme ist eindeutig ein Mann zu sehen, Ihre Größe, Ihre Statur, wie er über den Zaun hüpft, zum Teich schleicht, mit Niedertracht im Herzen. Ich habe auf Überwachungsbändern ja schon so allerhand merkwürdige Dinge gesehen, Mr Greenwood, aber was er als Nächstes gemacht hat, schießt den Vogel ab. Wissen Sie, was er gemacht hat?«

Ich schüttelte den Kopf.

»Möchten Sie raten?«

Ich schüttelte wieder den Kopf. So langsam saß ich wie auf heißen Kohlen.

»Er hat zwei riesige Stangen Toblerone auf den Steg gekippt. Wieso macht einer so was?« Er fixierte mich mit einem Starrblick. Zum ersten Mal sah er aus wie, na ja, ein Polizist.

»Warum fragen Sie mich das?«

»Ich will Ihnen sagen, warum. Weil Sie mit Audrey Greenwood verheiratet waren, bevor sie sich von Ihnen scheiden ließ und sich fürs Querfeldeinradeln und für andere Aktivitäten mit meiner Frau Michaela begeisterte, die sich, soweit ich weiß, derzeit noch irgendwo in England aufhält. Michaela mag sehr gern Toblerone.«

»Ach ja?«

»Für ihr Leben gern. Sie konnte eine von diesen kleinen Stangen ganz schlucken, und sie hat immer einen gleichnamigen Cocktail getrunken, eine Mischung aus Kahlúa, Frangelico, Baileys, Sahne, Milch, Crème de Cacao und Honig. Sie hat mir einen in unserer Hochzeitsnacht gemixt, damit ich meine Hemmungen verliere, wie sie sagte. Das Einzige, was ich verloren habe, war meine Magenschleimhaut.«

»Na ja, Hochzeitsnächte können selbst die Erfahrensten unter uns ganz schön nervös machen. Meine hab ich überwiegend in der Notaufnahme verbracht, hab ich Ihnen das schon mal erzählt?«

Er fuhr unbeirrt fort. »Doch neben ihrer Vorliebe für Toblerone hegt meine Frau einen unnatürlichen Hass auf Karpfen im Allgemeinen und Mutter Teresa im Besonderen. Sie nahm Anstoß an ihrer Ausgeglichenheit, ihrer unerschütterlichen Andacht, meinte, meine Fische wären mir wichtiger als sie. Was natürlich irgendwann auch der Fall war, aber aus durchaus verständlichen Gründen.«

»Okay. Ihre Frau hatte also ein gestörtes Verhältnis zu Fischen, ein bisschen wie Audrey. Wieso erzählen Sie mir das?«

»Weil ich glaube, dass Sie meinen Fisch gestohlen haben, mit Michaelas Hilfe. Zugegeben, die Filmaufnahmen sind sehr unscharf, weshalb ich Sie damit nicht überführen kann. Aber die Umstände sagen mir, dass ich mit meinem Verdacht richtigliege. Sie waren der Letzte, der Mutter Teresa gesehen hat. Sie haben einen leeren Teich, den Sie auf Vordermann gebracht haben, wie Sie sagen. Ich denke, die Tatsache, dass Michaela meine Fische hasst, und die Tatsache, dass ich Sie wegen eines Mordes, den Sie nicht begangen haben, beinahe für zwanzig Jahre hinter Gitter gebracht hätte, könnten Sie beide zusammengeführt haben, trotz gegenseitiger Antipathie. Für ein verbrecherisches Ziel finden sich mitunter die seltsamsten Gespanne. Außerdem waren Sie unübersehbar von Mutter Teresas Schönheit bezaubert, als Sie sie gesehen haben. Was ich Ihnen nicht verdenken kann. Wo ist sie? Im Teich?«

Er wartete gar keine Antwort ab, sondern lief schon durch die Diele und in den Wintergarten, ehe ich ihn aufhalten konnte. Der Hai bremste ihn kurz, dann sah er meine zweite Skulptur an der Mauer. Er ging drum herum, strich mit der Hand über ihren Rücken. Sie sind doch alle gleich.

»Sie haben ein gutes Gespür dafür, Mr Greenwood, die seidene Glätte, die Wölbung des Bauches, die lockenden Schmolllippen. Wenn dieser bedauerliche Vorfall nicht wäre, hätte ich vielleicht so einen für meine erweiterten Wasserspiele in Auftrag gegeben. Ich gebe derzeit einen Haufen Geld dafür aus. Aber das wissen Sie ja bereits, nicht wahr?«

Er ging durch den Garten zum Teich. Ich dackelte hinterdrein. Ich sah, wie nebenan bei Michaela die Hintertür aufging und ganz schnell wieder zugeknallt wurde. Vielleicht konnte ich ihr die ganze Schuld in die Schuhe schieben, ihm weismachen, dass sie mich verleitet hatte, darauf hinweisen, dass die unterdrückten Begierden, mit denen ein Mann im Gefängnis zu kämpfen hat, von einer hinterhältigen, sexbesessenen Hyäne, wie sie es war, ausgenutzt werden können. Die Nymphe stand mit dem Rücken zu uns, doch ihr Kopf, na ja, der schien sich irgendwie zu drehen, als ob sie uns kommen hörte. Ehrlich gesagt sah sie in dem T-Shirt noch aufreizender aus als im Evaskostüm, keck und voller Verheißungen. Dann blieb Rump am Rand des Wassers stehen, ich direkt hinter ihm. Er schaute sich um, nickte. Die Stunde der Wahrheit.

»Das ist alles sehr hübsch geworden, Al, muss ich sagen. Sehr hübsch. Wenn Sie doch nur nicht …«

Er hob die Hand an den Mund, bereit, das Rufsignal zu machen. Ich trat zurück und riss der Nymphe mit einer ruckartigen Handbewegung das T-Shirt vom Leib. Es zuckte kurz im Wasser, wie das Schlagen einer Schwanzflosse, wie eine Geisha, die ihren Fächer zuschnappen lässt, zu schnell, als dass man es hätte sehen können, aber auch unmöglich zu übersehen.

»Was war das?« Rump horchte auf, ließ die Augen hin und her huschen wie ein Fuchs. Ich hatte ihn noch nie so erlebt. Tatsächlich war er jetzt praktisch ein Polizist.

»Bloß die Pumpe, war wahrscheinlich irgendwie verstopft«, sagte ich aufs Geratewohl.

»Das glauben Sie doch selber nicht«, sagte er.

Er hob wieder die Hand an den Mund und stieß den Ruf aus. Ich hob auch eine Hand an den Mund, unfähig zu atmen. Keine Welle kräuselte sich. Er holte tief Luft und versuchte es erneut, der Ruf hallte über das Wasser. Doch noch immer tat sich nichts, bloß die Sonne und die Brise und die beiden Möpse der Nymphe, die auf das reglose Wasser zeigten. Er rief und rief und rief. Häuptling Hiawatha, an welchen Ufern er auch immer auf und ab tanzte, hätte es nicht besser machen können. Irgendwo unter einem meiner Steine lag Mutter Teresa, hin- und hergerissen zwischen fischiger Zuneigung und dem Wunsch, ihre Integrität nicht aufs Spiel zu setzen. Was für einen, wie Miss Prosser sagen würde, unerschütterlichen moralischen Kompass dieser Fisch doch besaß, auch wenn es ein moralischer Kompass war, mit dem ich nicht gänzlich übereinstimmte. Rump ging jetzt auf und ab, wurde immer aufgewühlter, mit jeder Minute verzweifelter, aber es nützte nichts. Sie würde nicht kommen, nicht in einer Million Jahren. Meine Nymphe mochte ja aus Stein sein und ein kaputtes Knie haben, aber wenn es um pure, laszive Nacktheit ging, konnte ihr niemand das Wasser reichen. Sie war eine Wucht. Ich tätschelte ihr den Hintern.

Nach gut fünfzehn Minuten gab Rump auf, blickte ausgesprochen verlegen.

»Und?«, sagte ich. »Schon gefunden?«

Er schüttelte den Kopf.

»Das liegt daran, dass sie nicht hier ist, Inspector. Das liegt daran, dass Sie zwei und zwei zusammengezählt und drei rausgekriegt haben, ich, Audrey und Ihre missratene Gattin. Das liegt daran, dass Ihre Verbitterung gegen Ihre Frau, Ihre Schuldgefühle wegen meiner Inhaftierung und Audreys vierjähriger zügelloser sexueller Freiheit Sie ganz kirre im Kopf gemacht haben. Ich weiß, es ist schick, so zu denken, aber das Leben besteht nicht nur aus Dreiecken, Inspector, die alle miteinander verbunden sind wie bei einer langen Stange Toblerone.«

»Nein. Das sehe ich jetzt auch. Ich muss mich wohl bei Ihnen entschuldigen.«

»Und ob Sie das müssen. Ich hätte nicht übel Lust, mich

bei Ihrem Vorgesetzten zu beschweren. Polizeischikane nennt man so was.«

Ich marschierte zurück Richtung Haus. Er rannte mir förmlich bettelnd hinterher, das Blatt hatte sich radikal gewendet.

»Ich wäre Ihnen ungemein dankbar, wenn Sie das nicht täten, Mr Greenwood. Ich muss gestehen, es hat mich völlig aus dem Gleichgewicht gebracht, Mutter Teresa zu verlieren. Als ich dann von Ihnen und dem kleinen Zwischenfall auf dem Parkplatz hörte, ja, ich gebe zu, da hab ich zwei und zwei zusammengezählt und drei rausgekriegt. Und alle Zweifel, die ich natürlich noch hatte, lösten sich in nichts auf, als ich den Hut da sah.«

Er zeigte nach hinten, wo der Hut vor den Füßen der Nymphe lag. Ich ging hin und hob ihn auf. Ich würde ihn der Nymphe nicht wieder aufsetzen, noch nicht. Nein, ich würde ihn ihr nie wieder aufsetzen. Nackt, wie die Natur sie gewollt hatte, würde meine Nymphe bis ans Ende ihrer Tage leben. Keine Hüte und – bis auf eine Ausnahme – keine T-Shirts mehr.

»Was hat dieser Hut damit zu tun?«

»Seine Komplizin hat so einen getragen.«

»Dann hatte er eine Komplizin?«

Er nickte. »Ich hab mit ein paar Leuten am Strand gesprochen, die zur fraglichen Zeit da waren. Offenbar hat eine Frau in einem Tretboot gewartet. Großer weißer Hut, wie der hier, große Sonnenbrille, ein bisschen à la Audrey Hepburn.«

»Diese Hüte sind sehr verbreitet. Wenn Sie jede Person beschuldigen wollen, die so einen hat, dann …«

»Ich weiß. Ich habe voreilige Schlüsse gezogen, das war falsch. Ich hab auch ein richtig schlechtes Gewissen, Al –

darf ich Sie Al nennen? –, dass ich an Ihrer Aufrichtigkeit gezweifelt habe, ausgerechnet bei einem Mann, der sich genauso für Karpfen begeistert wie ich. Wenn ich das irgendwie wiedergutmachen kann …«

Ich führte ihn zurück ins Haus, machte ihm eine Tasse Tee, gab ihm einen Keks. Er saß auf dem Sofa wie ein schlaffer Ballon.

»Nur interessehalber, haben Sie irgendwem bei der Polizei von Ihrem Verdacht erzählt?«

»Das ist ja eines der Dinge, die mich etwas aus der Bahn geworfen haben. Es ist nämlich ein bisschen schwierig für mich, zur Polizei zu gehen.«

»Ich versteh nicht. Sie sind doch die Polizei.«

»Ich spreche von meinen Vorgesetzten, meinen Kollegen. Die Sache ist die, ich hätte in den letzten paar Tagen eigentlich zu einem Lehrgang gemusst. Aber ich hab mich krankgemeldet. Gesagt, ich hätte mir eine böse Grippe eingefangen.«

»Sie waren zu Hause, als die Sache passiert ist?«

»Nein. Ich war tatsächlich auf einem Lehrgang, aber auf keinem von der Polizei. Auf einem Seminar in Nottingham. Moderne Koizuchtmethoden. Dr. Wang war dort.«

Er sah meinen verständnislosen Gesichtsausdruck.

»Dr. Wang ist *der* Experte für Koi-Fortpflanzung, Al. Nahrung, Temperatur, Umgebung, das alles spielt eine Rolle, genau wie bei uns Menschen, aber Karpfen können sich überflüssiges Brimborium wie Gespräche oder Geschenke, Blumen, Pralinen, den ganzen Quatsch sparen. Laut Dr. Wang bewirkt ein tägliches Zusatzfutter aus Avocado und Wassermelone wahre Wunder bei der männlichen Fruchtbarkeit. Mit einer zweiwöchigen Intensivbehandlung lässt sich die Spermienzahl kolossal erhöhen.«

Klang interessant.

»Wissen Sie, ob das auch bei Menschen funktioniert?«, fragte ich. Ich hatte nicht vor, mich ihr aufzudrängen, aber wenn ich mich geschickt anstellte, stand mir womöglich ein anstrengendes Wochenende bevor.

Er verstand nicht. »Ich habe keine Ahnung. Aber Dr. Wang verfügt über eine Fülle derartiger Erkenntnisse. Ich hab mich anschließend mit ihm unterhalten. Charmanter Mann, obwohl er Japaner ist. Er hat mir seine Karte gegeben. Sehen Sie mal.«

Ein Schwarz-Weiß-Foto starrte mich an, große Glupschaugen, fleckige Alkoholikerhaut, Lippen wie ein Kamel mit Erdnussallergie.

»Hässlicher Bursche, was?«

Er riss mir die Karte wieder aus der Hand. »Das ist nicht Dr. Wang. Das ist sein berühmter scharlachroter Koi, über einhundertfünfzig Jahre alt, einer der ältesten Karpfen der Welt. Ich hab immer gedacht, Mutter Teresa könnte ihm altersmäßig Konkurrenz machen, bei ihrem Hintergrund. Nicht, dass ich das noch erleben würde, klar. Aber diese Entführung könnte alles verändern.«

Er blickte wieder durchs Fenster in Richtung Teich. Er hatte nicht alle Tassen im Schrank, aber wissen Sie was, er tat mir richtig leid. Ich hatte Torvill und Dean nicht mehr, aber dafür hatte ich jetzt Carol, ich hatte die Erinnerungen an Miranda, und mit ein bisschen Glück hatte ich bald Emily. Es hatte mal eine Zeit gegeben, als ich so war wie er, als ich nur meine Fische hatte, als sie alles waren, wofür ich lebte, das und ein bisschen saisonales Rumgevögel irgendwo Richtung Weymouth. Das hatte mich ja überhaupt erst dazu getrieben, Audrey von einer Klippe stoßen zu wollen, schätz ich. Ich kannte dieses leere Gefühl, als wäre dein Blut so kalt wie das der Fische, deine Augen genauso starr.

»Hören Sie«, sagte ich. »Ich werde Ihnen helfen, wenn ich kann. Vielleicht komm ich demnächst mal abends vorbei, kuck mir den Film an. Es ist gestern passiert, sagten Sie.«

»Am Nachmittag, glaub ich. Um die Zeit, als Sie in der Nähe waren. Deshalb dachte ich ja ...«

»Schon gut. Fangen wir nicht wieder davon an. Ich wollte einfach nur einen Ausflug machen, ein bisschen Boot fahren mit Carol, ein bisschen was für die Vater-Tochter-Beziehung tun. Hätte ich auch, wenn es da nicht zu diesem Streit mit ...«

Ein kleiner Gedanke hatte sich in mein Herz geschlichen. Ich konnte spüren, wie es sich freute. »Sie können übrigens wirklich etwas für mich tun. Kann ich mal die Kopie von der Bowles-Anzeige sehen, die Sie vorhin hatten?«

»Die darf ich Ihnen eigentlich nicht zeigen.«

»Nur ausnahmsweise. Sie sind mir noch was schuldig, wie Sie selbst sagen. Von Karpfenfreund zu Karpfenfreund.«

Er wühlte wieder in seiner Brieftasche, reichte mir das Formular. Ich wischte das Fischmehl weg. Anzeigenformular 101, Datum: 23. Juli, blablabla, Anzeigensteller: Frederic Bowles, derzeit wohnhaft Marbella Avenue 32, Wool. Den Rest konnte ich mir sparen.

»Es könnte«, sagte ich, als ich das Formular zurückgab, »wohl nicht zufällig eine Verbindung zwischen beiden bestehen? Ihrem Fisch und meinem Fisch?«

»Was meinen Sie?«, fragte er.

»Na ja, da stiehlt ein Pärchen meinen Fisch, und dasselbe Pärchen ist genau zu der Zeit, als Ihr Fisch gestohlen wird, in seinem klapprigen Volvo ganz in der Nähe von Ihrem Haus unterwegs.«

»Ich versteh nicht ganz«, sagte er.

»Bei beiden Delikten geht's um Fische, nicht? Vielleicht haben die zwei ein ungesundes Interesse an Fischen.«

»Es ist kaum möglich, ein ungesundes Interesse an Fischen zu haben, Al.«

»Einverstanden, aber vielleicht sind sie davon besessen, Fische zu *stehlen,* so, wie manche Leute Schuhe stehlen … oder Toblerone.« Wieso sagte ich das?

Er tat den Gedanken mit einem abfälligen Schnaufen ab. »Unterschiedlicher Modus Operandi, Al. Das ist ein Fachbegriff, aber laienhaft formuliert heißt das, dass unterschiedliche Verbrecher bei unterschiedlichen Delikten auf die gleiche Weise vorgehen – oder bei den gleichen Delikten auf unterschiedliche Weise? Ich weiß es nicht mehr. Jedenfalls, ich will damit sagen, dass Ihre Fische aus Holz sind, meine Fische dagegen sind aus … na, Fisch. Verstehen Sie? Außerdem, einen solchen Eindruck haben die beiden nicht auf mich gemacht. Sie kamen mir wie ausgesprochen redliche Bürger vor, Mitglieder des Wandervereins, so was eben. Sie haben darauf beharrt, Anzeige gegen Sie zu erstatten, was sie wahrscheinlich nicht getan hätten, wenn sie waschechte Kriminelle wären.«

»War nur so ein Gedanke. Ich nehme an, da können Sie wohl nichts machen. Die beiden zur Vernunft bringen, meine ich.«

»Al, glauben Sie mir, ich würde, wenn ich könnte, nach dem, was ich Ihnen heute Morgen zugemutet habe.« Er schloss seine Aktentasche mit einem Klick, stand auf. »Die einzige Möglichkeit wäre, ich hätte irgendwas gegen sie in der Hand, dann könnte ich ihnen einen Deal anbieten: Wenn sie die Anzeige gegen Sie zurückziehen, lassen wir im Gegenzug die Anschuldigungen gegen sie fallen.«

»Na, wenn die wirklich so redlich sind, wie Sie sagen, wird es dazu wohl nicht kommen. Dann werde ich mich dem Gesetz stellen, auf das Beste hoffen müssen.«

»So ist's recht.« Er klopfte mir auf den Rücken. »Wissen Sie was, Al? Es macht mich immer traurig, einen leeren Teich zu sehen, ohne Kois, die ihn beleben. Ich werde Ihnen zwei von meinen schenken, als Entschuldigung, weil ich Sie falsch eingeschätzt habe. Kommen Sie doch abends mal vorbei und bringen Sie eine Kühlbox mit. Sie haben die freie Auswahl, bis auf Mutter Teresa natürlich, falls ich sie wiederkriege. Was sagen Sie dazu?«

Was konnte ich dazu sagen? Ich sagte Danke und brachte ihn zur Tür, sagte erneut Danke, als ich noch mit zu seinem Wagen ging und zuschaute, wie er sich anschnallte. Würde ich ihn beim Wort nehmen? Ich wusste es nicht. Aber eines wusste ich genau. Ich würde ihm seinen Fisch zurückgeben, so schnell ich konnte.

Ich hatte keine Zeit zu verlieren. In acht Stunden würde Emily auftauchen, um meinem neuen Leben einen Kickstart zu verpassen. Acht Stunden, um alles zu regeln. Ich holte die Kühlbox, ging zum Teich und füllte sie mit Wasser. Ich streifte der Nymphe ein letztes Mal das T-Shirt über und machte das Rufsignal. Mutter Teresa war im Nu da, blies mir durchs Wasser Bläschen zu. Im Grunde war sie nicht mein Typ, aber es war trotzdem schön, sie zu sehen. Sie war schließlich ein Koi.

Ich streute ein paar Pellets rein, und während sie fraß, hob ich sie so sanft mit dem Kescher hoch, dass sie es kaum merkte. Ich zog sie schwungvoll aus dem Wasser, hielt sie einen Moment lang in der Luft, sodass Licht auf ihren nassen Rücken fiel und ihre Farben aufblitzten wie elektrische Funken. Ich hätte sie auch gleich in die Box hinunterlassen können, aber ich tat es nicht. Ich wollte sie fühlen, wollte wieder fühlen, wie ein Fisch mir durch die Finger glitt, fühlen, wie das Leben sie durchwogte, flink und sicher. Ich schob meine Hand unter ihren Bauch und hob sie an. Wasser lief mir die Arme herunter, ihre Muskeln zuckten an meinen Fingern. Sie drehte den Kopf und sah mich an, starrte mich an, als wüsste sie Bescheid, als wüsste sie alles, dann wandte sie sich wieder ab. Sie hatte genug gesehen. Ich tat sie in die Box und schloss den Deckel.

»Nicht mehr lange«, sagte ich zu ihr. »Nicht mehr lange.«

Ich holte das Schild, das noch auf dem Rasen lag, und packte es zusammen mit der Kühlbox und dem weißen Hut in den Kofferraum des Citroën. Dann fiel mir noch was ein: der Zeitungsausschnitt mit dem Foto von Rump und Mutter Teresa, den Michaela mir an dem ersten Abend gegeben hatte und der noch in meiner Tasche steckte. Fünfzehn Minuten später war ich auf der Marbella Avenue. Ich parkte ein kleines Stück entfernt von Nummer 32 und ging den Rest zu Fuß. Es war ein billiges, modern aussehendes Haus, offenbar eine Notlösung für die Bowles, bis sie etwas Anständiges zum Mieten fanden. Ein von Unkraut überwucherter, mit Ziegeln plattierter Weg, der zu einer Haustür mit Milchglasscheibe führte, und eine von diesen Garagen, die sie gern unter das Kinderschlafzimmer zwängen, damit es unten auch ja schön eng wird. Es war kurz vor Mittag, heiß, alle waren zu Hause und mampften oder vögelten oder lagen mit aufgeschlitzten Pulsadern in der Wanne. Der Volvo stand da, Motorhaube zur Straße. Im Garten hinterm Haus hörte ich ein Radio dudeln. Sie aßen im Freien, die zwei Hübschen, oder machten das andere im

Freien, wer weiß. Hauptsache, sie waren die nächsten dreißig Minuten beschäftigt.

Zuerst der Volvo. Diese Autos haben solide Schlösser, aber nichts, was nach vier Jahren Gemeinschaftszelle mit Vic dem Autoknacker ein Problem wäre. Einmal kurz mit dem Plastikstäbchen gewackelt, das ich mitgebracht hatte, und zack. Ich stellte die Kühlbox in den Kofferraum, warf den weißen Hut auf die Rückbank und legte Michaelas Zeitungsausschnitt ins Handschuhfach, streute sicherheitshalber noch ein bisschen Fischmehl auf die Fußmatte darunter. Dann kam das Schild: 1 PREISGÜNSTIGER FISCH stand darauf, und ja, das war er allerdings. Das Schild stellte ich direkt neben die Haustür, damit sie es nicht sahen, wenn sie aus dem Fenster schauten. Ich trat einen Moment zurück, um den Anblick zu genießen. Echt lustig.

Den Anruf tätigte ich auf der Fahrt nach Wareham, erzählte der Polizei, ich sei Karpfenliebhaber und hätte den Tipp bekommen, dass auf der Marbella Avenue 32 ein Typ billig Karpfen verkaufen würde, und ich hätte unter den Fischen im Angebot den Koi erkannt, von dem ein Foto in der Zeitung gewesen war und der einem von ihren Leuten gehörte, Detective Inspector Adam Rump, und wenn sie es sich nicht mit ihm verderben wollten, sollten sie sich lieber sputen, da dieser Bowles den Fisch an jemand anderen verscherbeln wollte, wenn ich nicht innerhalb von einer Stunde zurückkäme. Später würde ich Rump anrufen, fragen, ob er damit einverstanden wäre, die Anzeige gegen die Bowles zurückzuziehen, falls sie im Gegenzug die Anzeige gegen mich zurückzogen. Er würde es bestimmt machen. Von Karpfenfreund zu Karpfenfreund.

In Wareham erledigte ich meine Einkäufe. Lebende Hummer, passenden Wein mit edlem Namen, Pralinen,

Blumen, sogar eine neue Zahnbürste, nur für alle Fälle. Um zwei war ich wieder zu Hause. Noch vier Stunden. Hummer und Wein kamen in den Kühlschrank, die Blumen in eine Vase und die Pralinen auf das Bett im Gästezimmer. Dann holte ich das Scrabble-Set hervor, tat, was ich tun musste, rief an. Zum letzten Mal.

»Michaela. Ich dachte, wir spielen heute Nachmittag die Partie Scrabble. Beruhigen unsere Nerven, bevor wir den Anruf machen.«

»Meine Nerven müssen nicht beruhigt werden.«

»Gut, dann stimulieren wir eben unsere Nervenenden. Bringen zu Ende, was wir angefangen haben.«

Eine Pause trat ein.

»Was ist mit Carol?«

»Carol ist den ganzen Tag nicht da. Auch heute Abend nicht. Wenn du das rosa Outfit wieder anziehst, kriegst du sogar deinen rosa Hut zurück. Ich hab ihn gewaschen, zum Trocknen an die Leine gehängt. Du kannst ihn dir auf dem Weg hierher einsammeln.«

»Ich soll mich durch die Hintertür reinschleichen, ja?«

»Hintertür, Vordertür, du kannst kommen, wie du willst.«

Sie brauchte zwanzig Minuten. Sie hatte den Hut auf dem Kopf, als wäre er nie woanders gewesen.

»Du bist also hinten rein?«

»Ich wollte ihn nicht noch mal verlieren.«

»Na, dann nimm ihn diesmal nicht ab.«

»Wie, auch nicht unter gewissen Umständen?«

»Ich wüsste nicht, welche.«

»Hol mir was zu trinken. Dann werden wir sehen.«

Als ich zurückkam, hatte sie das Brett und zwei Ablagebänkchen aufgebaut. Sie wollte also wirklich eine Partie spielen. Wie sie gesagt hatte, sie war eine Spielerin. Ich hatte einen der Stühle vom Esstisch geholt und würde ihr gegenübersitzen, der Zeitschriftentisch zwischen uns. Ich würde auf sie herabschauen. So ging ich am liebsten mit einer Frau um. Das stellte die Verhältnisse klar. Ich weiß, ich weiß. Mit Emily würde es anders sein. Aber das hier, das hier musste nach den alten Regeln gespielt werden.

»Bevor wir anfangen«, sagte ich und reichte ihr ein Glas. »Du warst dabei, mir den Namen zu verraten, von der Frau auf der Klippe, weißt du noch?«

»Wann?« Sie nahm einen Schluck, stellte das Glas auf den Tisch.

»Kurz bevor Carol unerwartet aufgetaucht ist.«

»Bin ich deshalb hier?«

»Nicht ganz. Aber es ist so weit, Michaela. Die Scrabble-Partie, der Fisch von deinem Mann, der Name der Frau.«

»In dieser Reihenfolge?«

»Wenn du willst. Da.« Ich warf ihr den Notizblock für den Punktestand hin. »Schreib ihren Namen da drauf. Ich lese ihn erst, wenn du gegangen bist. Was hältst du davon?«

»Ich weiß nicht, wann ich gehen werde.«

»Genau. Alles schön der Reihe nach. Scrabble, der Fisch des Göttergatten. Ist doch fair, oder?«

Sie blickte mit großen Augen zu mir hoch, als wäre ich ein Idiot.

»Na dann, tritt einen Schritt zurück«, sagte sie. Ich tat wie geheißen. Sie zog den Block näher, schirmte ihn mit einer Hand vor meinen Blicken ab, während sie schrieb. Sie riss das Blatt ab, faltete es in der Mitte und hielt es mir hin. »Nicht nachsehen.«

»Keine Bange.« Ich schob den Zettel in meine Hemdtasche. Sie nestelte an ihrem BH. Es ist unmöglich, nicht hinzuschauen, wenn Frauen das machen, finde ich.

»Woher willst du wissen, dass ich die Wahrheit gesagt habe?«, fragte sie.

»Woher willst du wissen, dass ich dich hier rauslasse?«

Sie lachte. »Spielen wir«, sagte sie und schob das Brett in die Mitte.

Ich nahm das Säckchen, schüttelte es. »Das letzte Mal Scrabble gespielt hab ich mit Bernie dem Schließer. Gefängnismeisterschaft, Bernie und ich waren Nummer eins in unserem jeweiligen Team.«

»Wer hat gewonnen?«

»Was glaubst du wohl?«

»Du hast Kampfgeist, was, Al? Das mag ich bei einem Mann.«

»Das sagt Alan Ladd in *Mein großer Freund Shane*«, erwiderte ich. »Das sagt er zu Little Joey, nachdem Little Joey sich im Schilf versteckt und ihn beobachtet hat. ›Das mag ich bei einem Mann.‹«

»Ihr Männer und eure Western.« Sie hob die Hand, griff mir vorne an die Hose. »Ich wette, das hat Little Joey nicht gemacht.«

»Dann wäre Shane garantiert vom Pferd gefallen. Das Komitee für unamerikanische Umtriebe hätte sicher auch noch seinen Senf dazugegeben.«

»Ist es ein unamerikanischer Umtrieb, einen Mann da unten anzufassen?«

»Auf jeden Fall dann, wenn ein Minderjähriger das in Technicolor macht.« Ich wich ein wenig zurück, ordnete mich wieder und nahm Platz. Dabei ließ ich einen Buchstaben in meine Hand fallen. Hätte ich nicht besser planen können.

»Normale Regeln?«, fragte ich.

Sie drohte mit dem Zeigefinger. »Freizeitschweinkram. Das ist doch dein Dauerthema, nicht? Fangen wir an?«

Ich steckte die Hand ins Säckchen, rüttelte darin herum, zog mit viel Tamtam den Buchstaben heraus und hielt ihr dann das Säckchen hin. Sie betastete es zunächst von außen, richtig anzüglich, wog es in der Hand, als würde sie mich wieder begrapschen, schob dann die Finger hinein, ohne mich aus den Augen zu lassen. So viel Unausgesprochenes wurde gesagt. So war es gut.

»Du zeigst mir deins, und ich zeig dir meins.« Es gefiel ihr, das zu sagen. Es würde auf diese Art von Partie hinauslaufen. Hoffte sie.

Ich öffnete meine Hand. Z.

»Die Glücksgöttin meint es heute Abend anscheinend gut mit mir«, witzelte ich. »Du fängst an. Was hast du? Nur interessehalber.«

»Ist doch jetzt egal, Al.«

»Nur interessehalber.«

Sie öffnete ihre Hand. A.

»Was zuerst gelegt wird, ist immer wichtig, findest du nicht auch?«, sagte sie. »Das bestimmt den Charakter der gesamten Partie.« Sie warf den Buchstaben wieder ins Säckchen.

Das war genial. Ich meine, sie musste auch geschummelt haben. Ich wollte zwar, dass sie anfing, einen Vorsprung hatte, sich überlegen fühlte, aber ich hätte nie gedacht … Wie hatte sie das gemacht? Ihre Arme waren nackt, aber hatte sie nicht eben ihr Dekolleté zurechtgeschoben? Hatte sie den Buchstaben dort versteckt, als ich rausgegangen war, um was zu trinken zu holen? Und wie viele Buchstaben hatte sie noch im Ausschnitt und was für welche? Einen Joker? Ein paar S? Ein Buchstabe ging ja noch, aber das hier war schließlich mein Spiel. Ich beugte mich vor, riskierte einen Blick.

»Augen aufs Brett, Al«, sagte sie. »Alles andere später.«

Und los ging's. STERIL war ihr erstes Wort, freches Biest. Ich hätte sie da schon einsetzen können, die Buchstaben, die ich in der Hinterhand hatte, aber das hätte keinen Spaß gemacht. Es ging jetzt nicht darum, diese Partie zu gewinnen. Es ging um den Gesamtsieg. Ich genoss es, Michaela in Sicherheit zu wiegen, mit lahmen Drei-Buchstaben-Nulpen auf ihre Fünf- und Sechs-Buchstaben-Hämmer zu antworten. An das T von ihrem STERIL legte ich MUT. An ihr NEOLOGE mit doppeltem Wortwert legte ich GANS, woraufhin sie sich geschlagene drei Minuten vor Lachen nicht mehr einkriegte. In dem Stil ging es weiter, das Brett füllte sich, meine Chancen, das Blatt zu wenden, verringerten sich mit jeder Minute. Okay, ich legte zwischendurch auch mal ein Juwel. Zum Beispiel BIDET an ihr EVIDENT, aber es war ihr großer Auftritt, ohne jeden Zweifel. Bloß, es scherte mich nicht, beunruhigte mich nicht. Ich weiß nicht, warum, aber ich wusste, wenn der Zeitpunkt kam, würde ich legen können, was ich geplant hatte. Ich fühlte mich unbesiegbar. Ich *war* unbesiegbar. Ich hatte Rump geschlagen, die Bowles aus dem Rennen gekickt, und nicht mal Carol konnte mir was anhaben. Ich konnte machen, was ich wollte, und vorläufig wollte ich einfach so dasitzen und zuschauen, wie Michaela mich sozusagen auf dem Brett überrollte und jedes Mal, wenn sie einen Treffer landete, mit dem Hintern auf dem Sofa hin und her rutschte.

»Ich glaub, ich gewinne«, sagte sie.

»Sieht ganz so aus.«

»Es scheint dir nichts auszumachen.«

»Na ja, Gewinnen ist doch relativ, oder? Kommt drauf an, wobei man gewinnt. Bei einer albernen Partie Scrabble oder bei etwas, das ein bisschen größer ist. Du bist dran.«

Und dann tat sie es. Lieferte mir das Wort, das ich brauchte, lieferte es mir, als das Brett drei viertel voll war und ich so gut wie verloren hatte.

»Das Wort kenn ich nicht«, sagte ich.

»Das wundert mich überhaupt nicht«, sagte sie. »Willst du's nachschlagen?«

»Nein, nein. Es genügt mir, wenn du es kennst. Hat sogar ein I am Ende. Das ist ganz schön beeindruckend.«

»Ich bin ganz schön beeindruckend«, sagte sie und spielte wieder an ihrem Ausschnitt herum.

Ich schob meine Buchstaben hin und her, schaffte es, sie zu Boden fallen zu lassen. Es ging ganz schnell, sie in meine Tasche zu schmuggeln und gegen die Trümpfe, die ich zurückgehalten hatte, auszutauschen. Sie lagen auf dem Bänkchen, noch ehe Michaela ihre neuen Buchstaben sortiert hatte. ÜGBHCNE. Alakazam! hatte mir doch so einiges beigebracht.

»Tja«, sagte ich, »ich geb auf. Wenn das keine Pechsträhne ist. Ich meine, kuck dir das an. Ein G und ein B, ein H und ein C, ein N und ein E und zu allem Überfluss auch noch ein Ü.«

»Bitte, Al. Du solltest mir nicht sagen, was du hast. Du solltest es mir zeigen.«

»Aber du bist so viel schneller als ich. Ich dachte, ich wäre nicht schlecht, aber dein Wortschatz, phänomenal. Das letzte Wort zum Beispiel, KAURI, na los, sag schon, was ist das?«

»Ein neuseeländischer Nadelbaum.«

»Da siehst du's. Ich meine, ich hab noch nie davon gehört, von einem Kauri. Ist bestimmt groß, was? Ich wette, ein riesiger Hobbit würde sich in einem dichten Kauri-Wald verirren.«

»Ich glaube, du meinst Elfen, Al. Ein riesiger Hobbit ist ein Widerspruch in sich.«

»Dann eben Elfen. Eine Gruppe Elfen wäre in so einem Kauri-Dschungel vor lauter Blättern nicht zu sehen. Jedenfalls bis der Herbst kommt.«

»Es sind Nadelbäume, Al. Die legen ihr Blätterkleid nicht ab.«

»Also ein bisschen so wie du. Du hast kleidermäßig auch noch nicht viel abgelegt, seit du hier bist, wenn ich das sagen darf.«

»Darfst du nicht.«

»Tja, ich wünschte, du würdest mir helfen, diese Buchstaben abzulegen. Was soll ich bloß mit dem Ü anfangen? Nein, nein, nicht sagen. Mir fällt schon was ein. Wie ist noch mal der Punktestand?«

»Achtundneunzig für mich, einunddreißig für dich.«

»Peinlich, was? Ist dir das nicht peinlich? Mir schon. Moment mal. Dein Kauri. Hat mich grad auf eine Idee gebracht. Könnte es …«

Ich schloss die Augen, bewegte die Lippen, als würde ich buchstabieren. »G … Ü … C … H … N.«

»Menschenskind, nun mach schon, Al.«

»Ja, ich glaub, jetzt sehe ich das Wort vor lauter Bäumen, haha. Nicht zu glauben. Pass auf.«

Und dann legte ich sie alle an.

G R Ü B C H E N

»GRÜBCHEN«, sagte ich. »Und dank deinem Kauri hab ich kein R gebraucht.«

Sie blickte auf das Brett.

»Audrey hatte Grübchen, weißt du.«

»Was?«

»Audrey. Grübchen hier, Grübchen da, die Grübchen waren wunderbar. Hört sich an wie aus einem Song, nicht wahr? Weißt du, wie ich sie genannt habe? Meinen Grübchenhasen.«

»Du Bastard.«

»Was denn, du auch? Mannomann, gib's mir, Nelson! Wie steht's mit Galaabenden in der Sydney-Oper? Wie viele hast du besucht? Diese pompösen Produktionen, wo alle lügen und betrügen und sich gegenseitig in den Rücken fallen, alles im Namen der Liebe. Ich genieße so was, diesen ganzen niederträchtigen, hinterlistigen Kram. Du doch bestimmt auch. Wer von euch beiden ist eigentlich auf die Idee gekommen, Rumps Fisch zu klauen? Ich hab zuerst gedacht, du, aber das kann genauso gut auf Audreys Mist gewachsen sein. Mit so was vertreibt sie sich die Nächte. Du hast dem Plan den letzten Schliff gegeben, hattest die Idee mit dem T-Shirt, dem Schwan, der niedlichen kleinen Kamera in dem allsehenden Buddha. Oh ja, ich weiß Bescheid.«

»Und ich weiß nicht, wovon du redest.«

»Doch, das weißt du. Ihr wollt, dass ich geschnappt werde. Ich begreife nur nicht, wieso du denkst, dass ich dich nicht mit über die Klinge springen lassen würde. Du warst schließlich dabei.«

»War ich das? Wer ist denn über den Zaun geklettert, Al? Wer hat den Fisch vom Strand in deinen Teich gebracht? Wer hat den Erpresserbrief hinterlegt, wer hat den Wagen gefahren?« Sie strich sich das Kleid glatt, hatte ihre Haltung wiedergewonnen. »Ich hab gedacht, wir würden ein Picknick machen, mehr nicht.«

»Was, ausgerechnet du, die du deinen Mann im Streit verlassen hast, die du in deinem allerletzten Brief an ihn Gemeinheiten über seine Fische geschrieben hast, willst keine Ahnung gehabt haben? Glaubst du, das kauft dir einer ab?«

»Deshalb hast du mich verführt, Al. Um mir Informationen zu entlocken, in einem unvorsichtigen Augenblick. Ich wusste nichts von deinen Plänen. Deine Unterstellungen sind reine Spekulation. Du hast den Fisch gestohlen. Er ist da hinten in deinem Teich.«

»Bist du da wirklich sicher? Warst du dabei, als ich ihn reingesetzt habe? Warst du dabei, als ich ihn aus dem Teich deines Mannes geholt und in meinen gesetzt habe? Ja?«

»Das war gar nicht nötig. Ich hab ihn gehört, wie er herumgeplatscht ist.«

»Wasser platscht nun mal, Michaela, das wirst du als südafrikanische Meisterin im Turmspringen doch wohl wissen. Na los, geh nachsehen, wenn du mir nicht glaubst. Sieh nach, ob du einen Fisch drin entdeckst. Der Teich ist ein bisschen so wie eine Riesenstange Toblerone. Sieht voll aus, ist aber in Wahrheit absolut leer.«

Es machte mir nichts aus, dass sie mir drei oder vier Ohrfeigen gab, es machte mir auch nichts aus, sie am Arm zu packen und nach draußen zu bugsieren, ja es machte mir nicht mal was aus, dass sie die nächsten fünfzehn Minuten versuchte, die Tür einzutreten. Ich hatte es geschafft. Alles war ruhig und friedlich. In zwei Stunden wäre Emily da. Sie würde frohen Mutes und ein wenig schüchtern eintreffen, wir würden in den Garten gehen, und ich würde ihr alles erklären, was ich mit meinen Skulpturen vorhatte, was ich mit meinem Teich vorhatte, wie sich mein Leben verändert hatte, wie es sich weiter veränderte, dank ihr.

Dann würde ich die Hummer abstechen und auf den Grill schmeißen, und ein wenig später würden wir im Wohnzimmer essen oder vielleicht im Wintergarten, unter den Augen des Hais mit der Axt im Kopf, und ich würde ihr von dem teuren Wein einschenken, den ich gekauft hatte, die Flasche so drehen, dass sie auch ja das Etikett sah, und es würde dunkel werden, und wir, wir würden immer fröhlicher werden, bis wir mit unserer Fröhlichkeit den Raum erhellten.

Doch zuerst der Name. Bloß ein Vorname, aber es war ein Anfang. Vielleicht musste ich mehr auch gar nicht wissen. Vielleicht war es Anfang und Ende zugleich.

Ich goss mir noch ein Glas ein und zog den Zettel aus der Hemdtasche. Meine Hand zitterte so heftig, dass ich ihn kaum auf dem Tisch glatt streichen konnte.

Sechs Buchstaben.

E I L E E N.

Ich hatte den Namen schon mal gehört, noch vor gar nicht langer Zeit, als hinge er frisch in der Luft, ich hörte förmlich im Hinterkopf, wie jemand ihn aussprach. Eileen. Ein N, ein I, ein L und drei E. Wieder ein Dreieck. Eileen. Ihr Name war Eileen, und sie war an dem Tag dort gewesen, in Wind und Regen, hatte Eumel in ein Handy gesagt, hatte eine Thermosflasche und eine Bibel dabeigehabt, auf dem Weg hinauf zur Beule. Und sie hatte gelacht oder geweint, vielleicht von beidem etwas, war trotz des Wetters fest entschlossen gewesen, nach oben zu gehen. Und dann wusste ich, wer sie war, sah es klar vor mir, sah, wie sie zum Kliff hinaufeilte, weil sie da oben sein wollte, da oben sein musste, genau an dem Tag, um jeden Preis. Sie hatte kein Handy in der Hand gehabt, sondern einen Brief. Sie hatte keine Thermosflasche in ihrer Tasche gehabt, oder falls doch, dann war kein Kaffee drin gewesen. Sondern Asche. Menschliche Asche. Eumel hatte sie gesagt, nicht in ihr Handy, zu jemandem am anderen Ende, sondern vor sich hin, zu dem Brief, den sie las, dem Brief, den ihr Sohn ihr sechs Jahre zuvor geschrieben hatte, genau an dem Tag. Sie wollte ihn beerdigen, nein, nicht beerdigen, aber seine Asche oben auf der Beule verstreuen, ihn fortan jedes Jahr dort besuchen. Sie hatte seine Asche sechs Jahre lang aufbewahrt und dann endlich den Mut gefunden, da hinaufzugehen, die Asche an der Stelle zu verstreuen, wo er so viele Stunden verbracht hatte, wo Carol und er ihre gemeinsame Zukunft geplant hatten. Ich hatte seine Mum von der Klippe gestoßen, seine Mum, die ihn geliebt hatte, so wie er sie, Robin, ihr einziger Sohn, wie ich der einzige Sohn meiner Mum gewesen war. Was, wenn das da oben meine Mum gewesen wäre, die um mich weinte? Sie hatte weiß Gott oft genug meinetwegen geweint, und dann auf einmal war es zu spät gewesen, und ich konnte nichts mehr wiedergutmachen. So wie es jetzt zu spät war, um das mit Eileen wiedergutzumachen. Zu spät für alles.

Plötzlich verließ mich alle Kraft. Wie sollte ich etwas mit Emily anfangen, wo ich wusste, was ich wusste, wusste, was ich getan hatte? Wie sollte ich sie anlächeln und ihre Hand nehmen, gut zu ihr sein, wie ich es sein wollte, Pläne schmieden, eine Zukunft haben? Es gab für mich keine Zukunft mit Emily, nicht nach alldem. Vielleicht hatte es nie eine gegeben. Okay, es war nicht fair, nicht fair mir gegenüber, dass ich sie so spät gefunden hatte, und auch nicht fair ihr gegenüber, dass sie mich überhaupt gefunden hatte. Wenn ich sie unter normalen Umständen kennengelernt hätte, am Strand oder auf einer Party oder sogar in einer Kunstgalerie, wo ich meine Fische ausgestellt hätte, wäre alles anders gewesen. Aber ich hatte sie im Gefängnis kennengelernt. Klar, wenn ich nicht ins Gefängnis gekommen wäre, wenn ich nicht all das getan hätte, was ich getan hatte, hätte ich sie gar nicht erst kennengelernt, und ich war froh, ihr begegnet zu sein, verdammt froh. Aber jetzt war alles vorbei, noch ehe es überhaupt angefangen hatte. Ich musste es ihr sagen, ehrlich zu ihr sein, so wie sie ehrlich zu mir gewesen wäre, in dem Leben, das wir nie haben würden. Es war wahrscheinlich besser so, weil ich sowieso alles kaputt gemacht hätte, und sie gleich mit, und das hatte sie nicht verdient.

Statt mich also fertig zu machen, zu duschen und zu rasieren, ein schickes frisches Hemd anzuziehen, setzte ich mich hin und schrieb einen Brief, einen langen Brief, erzählte ihr von Robin und Robins Mum und davon, was ich getan hatte, erzählte ihr alles, erzählte ihr, dass es mir leidtat, dass ich sie toll fand, nein, nicht bloß toll, dass ich sie wunderbar fand und dass es mir leidtat, dass ich ihr Herz hatte höherschlagen lassen, es sogar ein wenig angeknackst hatte, aber dass ihres zu jung war, um ganz zu brechen. Und ich schrieb, so unendlich leid es mir auch tat, eines würde ich auf gar keinen Fall bedauern, nämlich sie kennengelernt zu haben, denn das sei das Beste gewesen, was mir seit Langem passiert war, deshalb sei ich traurig und froh zugleich, und ich fügte hinzu, dass ich ihr alles Gute wünschte und dass ich ihr, falls sie es ertragen könnte, gern den ersten Fisch schenken würde, den ich gemacht hatte, dass ich weiter welche machen würde, im Knast, komme, was wolle.

Nachdem ich den Brief eingeworfen und eine Tube Klebstoff gekauft hatte, packte ich das Scrabble-Set zusammen, nahm einen Spaten und ging hintenrum zur Beule hinauf.

Es war warm da oben, warm und ruhig, totenstill, als hätten alle die Bühne verlassen, damit ich meine letzte Rolle spielen konnte, und ich dachte, wenn das alles nicht passiert wäre, hätte ich Emily mit hierher genommen und ihr gezeigt, wie es hier war, wie sagenhaft klar und schön es war, wie groß, wie verdammt riesig und wundervoll und unbeherrschbar, wie das Leben selbst. Dann schob sich eine Wolke vor die Sonne, und ein leichter Wind kam auf, der kühl war, als bahnte sich eine Veränderung an, als wären die Märchenzeiten vorbei.

Ich packte den Spaten und stach ein säuberliches Loch aus, hob die Grasnarbe behutsam ab, damit ich sie anschließend wieder ordentlich drauflegen konnte. Ich grub etwa einen Meter tief, stampfte den Boden flach. Dann holte ich das Scrabble-Set hervor und schüttete die Buchstaben aus. Ich brauchte eine Weile, um die richtigen zu finden, sie so auf das Brett zu legen, dass es aussah wie ein Grabstein, sie aufzukleben, damit sie nicht mehr verrutschen konnten, aber schließlich bekam ich es hin.

HIER RUHEN IN FRIEDEN
ROBIN PARKER UND SEINE MUM EILEEN

Nachdem alles schön fest getrocknet war, legte ich das Brett ins Grab, packte die Schachtel und die restlichen Buchstaben daneben und füllte die Grube auf, trat das Gras so gut ich konnte wieder fest. Eines Tages, in Tausenden von Jahren, würde vielleicht ein anderer Robin das hier finden und glauben, dass dieser Robin ein König oder so was Ähnliches gewesen war und seine Mum eine Königin. Nun, seine Mum war eine Königin gewesen, was ihn dann ja wohl zu einem König machte.

Da bin ich nun, seitdem, und warte ab, was als Nächstes passiert. Die Aussicht von der Beule ist gut, nicht bloß nach vorne aufs Meer, sondern auch nach hinten, auf die Reihe Bungalows und das Dorf ganz unten. Eine halbe Stunde nachdem ich fertig war, tauchte Emily auf, parkte ihren Wagen, hüpfte zur Vordertür, klingelte. Nach einer Weile ging sie ums Haus herum, um zu sehen, ob ich da war, spähte in den Wintergarten auf den Hai, ging dann zum Teich, um sich dort umzusehen. Sie wartete fast eine ganze Stunde, die Gute, doch schließlich stieg sie in ihren Wagen und fuhr davon. Fuhr ziemlich schnell davon, als wäre sie verärgert. Na ja, niemand lässt sich gern versetzen. Dann, nach einer Weile, ging der Mond auf und die Sterne kamen heraus, und ich lag auf der Beule und blickte in den Himmel, lauschte auf die tief unten rollenden Wellen aus schwarzem Nichts. War mir kalt? Ich habe keine Ahnung. Ich schätze, ja, denn ich wachte bibbernd auf, auch weinend.

Inzwischen steht die Sonne schon ganz schön hoch. Vor zwei Stunden erschien Alice und machte ihre Verrenkungen auf einer Matte auf dem Rasen hinter ihrem Haus. Die arme alte Alice. Sie hatte so an mich geglaubt, und da war sie, mit ausgestreckten Armen, voller Gottvertrauen, ohne zu ahnen, was ich getan hatte. Ich kann den Polizeiwagen sehen, der langsam die Straße herunterkommt. Er hat kein Blaulicht an, aber das heißt nichts. Natürlich hält er vor dem Bungalow. Natürlich steigen ein paar Polizisten aus und rücken ihre Mützen zurecht, als wollten sie auf eine Party. Ich spüre den Drang, so laut zu rufen, dass sie mich hören. Hier bin ich. Hier ganz oben. Aber ich tu's nicht. Ich warte einfach. Sie kommen noch früh genug her, um mich zu holen. Falls ich dann noch da bin.